百变王牌

疯狂鬼牌
WILD CARDS

【美】乔治·R. R. 马丁 / 编
陆小夜 / 译

WILD CARDS Ⅲ: JOKERS WILD
Copyright © 1987 by George R. R. Martin
This edition arranged with The Lotts Agency Ltd. through Andrew Nurnberg Associates International Limited.
Simplified Chinese edition copyright © 2019 Chongqing Publishing & Media Co., Ltd.
All rights reserved.

版贸核渝字(2017)第135号

图书在版编目(CIP)数据

百变王牌.疯狂鬼牌/(美)乔治·R.R.马丁编;陆小夜译.—重庆:重庆出版社,2019.10
ISBN 978-7-229-14030-4

Ⅰ.①百… Ⅱ.①乔… ②陆… Ⅲ.①长篇小说—美国—现代 Ⅳ.①I712.45

中国版本图书馆CIP数据核字(2019)第023753号

百变王牌·疯狂鬼牌
BAI BIAN WANGPAI · FENGKUANG GUI PAI
[美]乔治·R.R.马丁 编
陆小夜 译

责任编辑:邹 禾 唐弋淄 许 宁
装帧设计:谢颖设计工作室
封面图案设计:罗 烜
责任校对:郑 葱

重庆出版集团 出版
重庆出版社

重庆市南岸区南滨路162号1幢 邮政编码:400061 http://www.cqph.com
重庆出版社艺术设计有限公司 制版
重庆市国丰印务有限公司 印刷
重庆出版集团图书发行有限公司 发行
E-MAIL:fxchu@cqph.com 邮购电话:023-61520646
全国新华书店经销

开本:890mm×1230mm 1/32 印张:14.125 字数:364千
2019年10月第1版 2019年10月第1次印刷
ISBN 978-7-229-14030-4
定价:64.00元

如有印装质量问题,请向本集团图书发行有限公司调换:023-61520678

版权所有　侵权必究

目录
Contents

序	1
序章	1
第一章	2
第二章	19
第三章	40
第四章	57
第五章	75
第六章	95
第七章	114
第八章	132
第九章	151
第十章	177

第十一章	190
第十二章	210
第十三章	223
第十四章	240
第十五章	262
第十六章	279
第十七章	298
第十八章	325
第十九章	337
第二十章	347
第二十一章	352
第二十二章	365
第二十三章	380
第二十四章	395
第二十五章	411
演职人员表	433

本书编辑的帽子戏法

是向所有帮助过的编辑致敬

敬本·博瓦、泰德·怀特、阿黛尔·里昂

敬大卫·G.哈特维尔、艾伦·达特洛、安·帕蒂

敬贝齐·米切尔、吉姆·弗伦克尔、艾伦·古奇

敬回忆中的拉里·赫恩登与德克萨斯三重奏

当然还要敬肖纳和刘

他们总是能认出胜利之手

编者的话

《百变王牌》这部作品完全架构在一个虚构的世界中，它的历史与现实历史完全平行。《百变王牌》中呈现的所有姓名、角色、地点和事件纯属虚构，或当虚构使用。任何与真实事件、场所及在世或已死亡的真实人物的相似之处，纯属巧合。例如，本选集中的论文和文章以及其他相关文献都是虚构之作，本书完全无意于描述或暗示任何真实存在的作者或诸如此类的人物曾经确实写过、出版过或对本书中的论文、文章及其他相关文献做出过贡献。

乔治·R.R.马丁

序

"超级英雄"的文学之旅

  对我来说,长久以来,古代、太空歌剧或幻想的第二世界都是我的兴趣点,凡是现当代的通俗文化产品,我更希望是描写自己熟悉的生活场景,显而易见,这样更能引起共鸣,也更能获得享受,而不是非得去一大堆自己完全陌生的地点、食物、玩笑、音乐等等中间刨梳和理解。因此我把《百变王牌》自然而然地划归"美国都市社区传说"一类。

  作为乔治·马丁的译者、研究者和狂热爱好者,在相当长一段时间内,我疯狂地寻找和阅读了乔治·马丁所有出版过的文字,但对占用他创作时间第二位(除《冰与火之歌》之外)的《百变王牌》系列,却一直束之高阁(部分原因也是该系列篇幅太长)。直到最近几年,随着阅读眼界的不断拓展,观看这套书的理由不断累积,我才说服自己拿起书本来试一试。好奇我的理由吗?具体而言,打动我的有如下几个方面:

  其一,我终于明确了一点——其实这一点原本就非常明确,无奈提到超级英雄,总不免第一时间想到漫画——《百变王牌》是文字小说系列,在这个领域,它能直接发挥乔治

WILD CARDS

·马丁作为作家的特长，也能让熟悉和景仰马丁的我较为轻松地进入。《百变王牌》的确脱胎于美国超级英雄漫画的文化，乔治·马丁也的确从几岁起就是超级英雄漫画的粉丝……但它的基础载体是小说，它是文学宇宙，不同于DC或漫威的漫画宇宙乃至电影宇宙。

从基本介绍中即可得知，《百变王牌》先后有超过四十位作家参与，而乔治·马丁作为总编辑和作者是其灵魂人物。该系列小说不但均由他过目和整合，而且他自己还实际参与了其中若干中短篇的写作。《百变王牌》至今（截至2018年底）已出版了二十七部小说，大致可分为三类：

A类，同一故事背景下不同作者创作的中篇小说合集；

B类，单一作者的长篇小说；

C类，"马赛克小说"，即长篇小说的各部分由不同作者写就，最后经马丁本人发挥"导演"和"乐队指挥"的功能，将其融为一体。其中最后一类是马丁的得意之作，最能彰显他的创作成就。

其二，《百变王牌》源自桌面角色扮演游戏。虽然我对超级英雄漫画说不上知根知底，对美国文化背景更显陌生，但作为游戏迷和奇幻迷，对角色扮演游戏却是熟悉和喜爱的，尤其是《龙与地下城》及其衍生和改编的各类电子游戏。

整理和翻译《梦歌——乔治·马丁作品回顾集》的时候，我就清楚乔治·马丁对角色扮演游戏的狂热。他于1980年搬家到新墨西哥州圣塔菲市（至今依然定居于此），不久便加入了当地的角色扮演游戏聚会（聚会成员一半以上是作家），起初玩的是"克苏鲁的召唤"，1983年开始玩"超人世界"，从此一发不可收拾。乔治·马丁喜欢游戏主持人（GM）的角色，在游戏过程中创造了数以百计的NPC和反派（据说其中许多人物至今还没捞到在《百变王牌》小说里的出场机会！），也创造出《百变王牌》的基础设定。很大程度上，《百变王牌》的创作过程就是我们自身"跑团"经历的翻版（跟《龙枪》的诞生过程非常相似），这大大拉近了我跟它的心理距离。

其三，《百变王牌》虽根植于美国文化，与我们中国人的日常生活环境相距颇远，但乔治·马丁的指导理念是一脉相承的现实主义。《百变王牌》与其他超级英雄作品在立意上的最大不同，在于它的创作者是一群思想活络的作家（而非单纯的漫画从业者），他们从最初的游戏过程开始就彼此"争奇斗艳"，试图把笔下人物当成活生生的"人"来考察。它并不像许多超级英雄作品一样追求肤浅的"合家欢"，回避现实中怯于提及的问题，它不但着重考察了超级英雄（即《百变王牌》中的"王牌"）对人类社会方方面面的影响，还把力量对超级英雄自身的影响作为重点。

此外，《百变王牌》横跨二战以后的整个时空，故事背景从上世纪40—50年代种族主义和麦卡锡主义泛滥的美国一直到当前的网络社会。它的视野并不若我最初以为的那样局限于"乡土美国"和"都市美国"，真实的历史人物和历史事件在小说中频频出现，从西方到东方，从总统选举到世界和谈，光怪陆离的多元化犹如《冰与火之歌》中神秘莫测的魔法一样吸引着我。

　　基于这三点，我从最初的排斥到逐步试探，展开了对《百变王牌》系列的了解和阅读。根据乔治·马丁及其同伴作家们的说法，他们当年并不甘心自娱自乐，舍不得告别自己创造的精彩人物，于是在一年多酣畅淋漓的游戏之后，萌生了将游戏的设定和故事进行商业化、推向市场的念头，由此诞生出《百变王牌》。梳理从上世纪80年代中叶商业化至今的全部作品，这个IP（一度号称世界上延续时间最长的共用世界系列）大致可分为如下几个发展阶段：

　　第一阶段，黄金时期。乔治·马丁等人最初寻找的合作者是著名的巴兰亭出版社，于1987年到1993年间一共推出了十二部小说（包括上面提到的中篇合集、长篇小说和"马赛克小说"这三种形式）。作为巴兰亭出版社重点栽培的书籍，《百年王牌》系列不负所望地一炮走红，并在评论界获得极大赞誉，1988年即进入雨果奖决选，只是惜败给阿兰·莫尔那本极其出色的《守望者》。它也迅速被改编为漫画、桌面角色扮演游戏，并卖出电影版权，培养了大批至今仍支持着它的忠实读者。

　　顺带一提，重庆出版社简体中文版《百变王牌》最初出版的七本小说全部来自这个时期，它们是"元祖三部曲"的《百变王牌》《王牌云巅》和《疯狂鬼牌》，"木偶师四部曲"的《王牌旅途》《深入污秽》《最后王牌》和《亡者之手》。

通过这些最经典的著作，读者可迅速进入《百变王牌》的世界。

第二阶段，沉沦时期。随着《百变王牌》在巴兰亭出版社的销量缓慢走低，马丁等人为了眼前利益，轻率地将出版权转交给较小的巴恩出版社。1993年到1995年间该出版社出版的《百变王牌》第十三到第十五部小说在商业上迎来惨败，此后便是长达七年的空白期。2001年，马丁等人寻到新出版商IBOOKS，然而到2006年为止，勉强推出《百变王牌》的第十六和第十七部小说（及再版了以前的部分小说）之后，该出版商宣告破产。

不过，乔治·马丁的《冰与火之歌》系列前三卷就出版于《百变王牌》的七年空白期之内，并让他的作家生涯更上一层楼。真可谓塞翁失马焉知非福，或者说失之东隅收之桑榆——如果《百变王牌》不遭遇滑铁卢，说不定读者们还看不到《冰与火之歌》呢！

第三阶段，复兴时期。2007年IBOOKS破产以后，美国最大的幻想文学出版社托尔出版社趁机将《百变王牌》纳入帐下。此后伴随乔治·马丁声誉的节节高升，也得益于市场大环境的变化（如超级英雄题材在电影领域的极大成功），《百变王牌》逐渐恢复了过去的辉煌。2008年到2018年这十一年间，托尔出版社一共出版了十部《百变王牌》的新小说，再版了以前的大部分小说，还在网站上发表了近二十篇中篇小说，《百变王牌》也再度被改编为漫画和桌上角色扮演游戏。

更激动人心的消息来自2018年底，HULU电视台宣布将与马丁合作开发两个《百变王牌》的电视剧。在这个眼球经济的时代，这无疑是该系列顺利延续和发展的最大利好。

那"百变王牌"究竟是什么？《百变王牌》系列又在说什么呢？本着不剧透的态度，我可以简单地回答，"百变王牌"是与地球人高度相似的塔基斯星人研究出来的一种改写基因的外来病毒，其研究的最初目的是制造超能力，却发生了可怕的意外。它于1946年被释放在美国的纽约市（当即造成近两万人的死亡），随后又经携带扩散到世界各大城市。

事实证明，"百变王牌"病毒是可怕的，它对所有人一视同仁，没有免疫可能；但它同时又像神奇的阿拉丁神灯，透过人类的潜意识诱发变异，经由人类的欲望、个性和恐惧而产生神奇的力量。"百变王牌"的基因还可以在人体内潜伏下去，并以百分之五十的概率传递给后代，所以该系列的宇宙里，至今仍有人会突然激发自己的能力，由新时代的欲望而产生新的英雄（或怪物）。

成为英雄的条件非常苛刻，也非常不公平。一百个人中，九十个人会抽到"黑桃皇后"（变异失败，迅速死亡），九个人抽到"鬼牌"（变成怪物，甚至宁愿自己去死），只有唯一的一人能抽到"王牌"（激发潜在能力，成为超级英雄）。

《百变王牌》讲述的，就是这百分之一的英雄的故事。

屈畅

序章

新奥尔良有四旬斋嘉年华，里约热内卢有狂欢节，世界各地的节日、假日、纪念日成百上千：爱尔兰人有圣帕特里克节，意大利人有哥伦布日，美国有七月四日独立日。历史上，盛装游行、化装舞会、狂欢、宗教盛会，还有国家庆典，不可胜数。

百变王牌纪念日和它们所有都有点像，却又远胜它们。

1946年9月15日下午，喷气机小子死在曼哈顿的寒空中，塔基斯星病毒——众所周知的百变王牌病毒，在全世界散布开来。

这些纪念仪式从何开始，已不可考。但到了60年代末，那些曾被百变王牌病毒触碰并能活着谈及此事的耐特，那些纽约的鬼牌和王牌，将这天变为自己的节日。

9月15日成了百变王牌纪念日。在那天，欢庆与恸哭并存，悲伤与喜悦交织，人们悼念逝者，珍视生灵。在那天，天上燃着焰火，街上尽是集市和游行的队伍，化妆舞会、政治集会、纪念宴席不胜枚举，人们在小巷中畅饮、交媾、争斗。年复一年，节庆的规模越来越大，人们也愈发为之狂热。酒馆、餐厅和医院的生意不断创下新高，媒体开始注意这些，最后，当然啦，游客们蜂拥而至。

曾有一年，在没有批准和法令的情况下，百变王牌日席卷鬼牌镇和纽约城，街头巷尾尽是混乱的狂欢。

1986年9月15日，是第四十个百变王牌纪念日。

♣ ♦ ♥ ♠

第一章

清晨6：00。

第五大道如往常一样，黑暗、寂静。

珍妮弗·马洛伊看着路灯和纹丝不动的车流，烦躁地抿起嘴。她不喜欢灯光和这些节庆活动，却也毫无办法。毕竟，纽约的第五大道和第七十三大街永不入眠。以前，她会在清晨到这里四处转转，今天早上就和那会儿一样繁忙，她当然没理由期待今天能有所好转。

她把双手插进风衣口袋，大步走过五层的灰石公寓楼，溜进后面的小巷。这儿既黑暗又寂静。她步入小巷，踱到被大垃圾箱挡住的地方，露出微笑。

不管干了多少回，她依旧为此兴奋不已。她脉搏加快，呼吸因期待也快了起来。她戴上兜帽面具，将如雕塑般俊美的容颜藏在面具之下，金色的茂密头发在脑后盘成一个结。她脱下风衣，熟练地叠好，放在垃圾箱旁边。风衣下，她只穿了一件简简单单的黑色细带比基尼，脚蹬一双跑鞋。她身形苗条，毫无赘肉，肌肉线条流畅优美，小胸细臀，双腿修长。她弯下腰来，解开鞋带，脱下跑鞋，把它们放在风衣旁边。

♣

那是电锯锯湿木头的声音，嗡嗡的钢锯齿声震得杰克牙疼，好像哪个熟悉的小子挣扎着要钻到扭曲的柏木结里去。

"他就在什么地方！"说话的是他的叔叔，雅克。阿特里亚教区的人们在背后都管他叫狡蛇雅克。

男孩咬住嘴唇，不让自己喊出来。他咬得太狠，尝到了鲜血的滋味，只为了不让自己变化。这法子有时管用，有时——

钢锯再次深深锯入潮湿的柏木，发出尖厉刺耳的声响。男孩深深低下脑袋，棕色的、带着咸味的水溅上他的嘴巴，进入鼻子。他哽咽着，仿佛整个海湾流过他的脸庞。

"早就和你说过！那个小鳄鱼崽子就在这里！让我进来！"其他的声音也加入进来。

电锯又发出恼人的声响。

杰克·罗比丘克斯在黑暗中挥着手臂，一只胳膊困在汗津津的被单里，另一只手去够手机。他"砰"地一声把蒂凡尼台灯撞到墙上，不由咒骂着抓起台灯做成花瓣和植物茎秆样式的底座，把台灯在床头柜上放稳，这才摸到冰凉光滑的电话。电话响了四声，他方拿起了听筒。

杰克又开始骂骂咧咧。谁他妈的会有他的号码？垃圾婆有他号码，但她就住在自家隔壁的屋子里。但当他的耳朵快碰到话筒时，他明白了。

"杰克？"电话另一端说。远距离的静电干扰让声音停滞了一瞬。"杰克，我是艾洛耶特，我在路易斯安那州给你打电话。"

他在黑暗中微笑："就知道你在那儿。"他划过台灯开关，但什么也都没发生。一定是灯丝在台灯倒下时碰坏了。

"从没真隔这么远打电话。"艾洛耶特说，"罗伯特总是在拨号码盘。"罗伯特是她丈夫。

"现在你那边几点了？"杰克问，他边问边去拿手表。

"大概早上五点吧。"他姐姐答道。

"出什么事儿了？是妈出事了吗？"他总算从那些支离破碎的梦

中清醒过来。

"不是,杰克。妈很好,她什么事也没有,她会比我俩都活得长。"

"那是什么事儿?"他意识到自己的声音有些尖锐,试着让语气柔和些,只是艾洛耶特说得如此缓慢,她久久地沉思着。

终于,静电干扰的声音打破了这片寂静,线路不断放大着静电的声音。最后,艾洛耶特终于开口:"是我女儿出事了。"

"科迪莉亚?她怎么了?她出什么事情了?"

又是一片寂静。"她离家出走了。"

杰克有点尴尬。毕竟,多年前,他也离家出走过,而且那时他比现在的科迪莉亚还小。科迪莉亚现在多大了?十五岁?十六岁?"告诉我发生了什么。"他安慰姐姐。

艾洛耶特回答他,(她说)科迪莉亚离家出走前给过一些小警告。一开始,女孩不下来吃早饭,然后化妆品、衣服、钱,还有一个过夜用的背包也不见了。她的父亲和科迪莉亚的朋友联系过——她的朋友并不多。他还找了郡里的警长。巡逻队也知道了这件事。但没人看见她。律师说,最好的可能是科迪莉亚搭了便车,从柏油路上离开了。

警长悲伤地摇摇头:"小姑娘就是这样。"他说,"唉,我们总得提心吊胆。"他尽力了,但这些都浪费了不少宝贵时间。最后,还是科迪莉亚的父亲想出了一个主意。得知一个有着同样的面孔(售票员原话:"这个月我见过的最纯洁的小家伙。"),披着一头长长的茂密黑发("如新月时海湾的夜空那样黑。"搬运工说)的女孩,搭上了一辆去巴吞鲁日的巴士。

"她搭了灰猎犬巴士。"艾洛耶特回答,"买的是去纽约的单程票。我们发现时,警察却告诉我们在新泽西拦下巴士很不现实。"她的声音微微颤抖,听起来像是要哭了。

"没关系。"杰克问,"她大概什么时候到这里?"

"七点左右。"艾洛耶特答道,"你那里的七点。"

"天。"杰克在床上转了个圈,转身下床,在黑暗中起身。

"你能去那儿么,杰克?你能找到她吗?"

"没问题,"他回答,"但我现在就得起身去港务局巴士总站,不然就来不及了。"

"那就太感谢了。"艾洛耶特说,"见到她后给我打个电话,好吗?"

"我会的。然后我们再想接下来该怎么做。我先挂电话出发了,好吗?"

"好,我待在这里。待会罗伯特大概也会回来。"她的话中充满了信任,"谢谢你,杰克。"

他放下电话,蹒跚着穿过房间。他摸到墙壁上的开关,终于能看清这间无窗的屋子。昨天的工作服随便搭在粗糙的长凳上。杰克拿过穿了很久的旧牛仔裤和绿色棉衬衫穿上。他苦着脸看着臭气熏天的工作袜,但这是他仅有的袜子。今天轮到他休息,他本来打算去趟洗衣店。他飞快地用鞋带穿过劳保靴①的每一对金属孔,系上鞋子。

他打开家里通往别的屋子的房门,垃圾婆、两只大猫、一群小奶猫,还有一只戴着护目镜的浣熊,都在门廊里静静地盯着他。台灯微暗的光芒照着起居室,杰克隐约看见垃圾婆那头深棕色的头发,那双更加深邃的眼睛,高高的、棱角分明的颧骨,还有闪着光泽的肌肤。

"天,圣母在上!"他连连后退,"别这样吓我!"他深呼吸,感到手臂上的粗糙颗粒逐渐软下来。

"我不是故意的。"垃圾婆说。黑猫凑上来蹭杰克的腿,它的背

---

① 劳保靴:皮质、脚趾处缝有铁块防止重物打击用以保护脚趾的劳动保护鞋。

WILD CARDS

依偎着杰克的膝盖，咕噜咕噜的叫声好似装满咖啡的研磨机。"我听见电话里说什么了。你还好么？"

"去大门路上边走边说。"他向垃圾婆简短说明事情经过，在厨房停了一会，把昨天的咖啡渣倒进泡沫杯里带走。

垃圾婆碰碰他手腕："要我们一起去么？这种时候，大巴站多些眼睛盯着会更好。"

杰克摇了摇头："应该没什么问题。她才十六岁，而且从没来过大城市。她母亲说科迪莉亚只不过看了太多电视。我会在大巴门口接她。"

"她知道么？"垃圾婆问。

杰克停下来挠着黑猫耳后，另一只有斑点的白猫喵喵着踱过来，也要他挠。"不知道。大概她到了会给我打电话，能省点时间。"

"我的提议依旧有效。"

"你接着睡吧，在你醒前，我就会带她回这儿吃早饭。"杰克顿了一下，"也可能先不回来。她大概有一堆话想说，所以我也许会带她去自助餐厅。她在阿特里亚可没见过这些。"他径直走向大门，两只猫失望地嚎着。"而且，你和罗斯玛丽有约，对吧？"

垃圾婆点点头，对杰克的说法有些怀疑："我们约了九点见。"

"没事，别担心。或许我们能共进午餐，就看城里堵不堵。也许我们可以从韩国熟食店买份外卖，然后去史泰登岛渡轮上野餐。"他倾过身子，在女人的额上飞快地落下一吻。她甚至还没来得及抬手抓着他胳膊回礼，杰克就一溜烟跑掉了。他远远跑出大门，她大失所望。

"该死的。"她说。两只猫抬起脑袋，一头雾水但充满同情地望着她。浣熊抱着她脚踝死不撒手。

♠

珍妮弗·马洛伊像幽灵一样悄悄穿过公寓楼的一二层，没碰到任何东西，没打扰任何人，自然，也没人瞧见她或听见什么声响。她知道这栋楼很早前就分租给不同人家，而她想要的就在最顶上三层。这三层归一位叫金福的倒霉蛋所有，他是一位富有的越南商人，坐拥多家餐馆和多家干洗店——起码他们在两周前 PBS 电视台的《纽约风尚》里是这么说的。珍妮弗很喜欢这档节目，节目会带观众游览纽约上层人士富有艺术或时尚气息的家。这给她带来了无穷无尽的潜在目标和数不胜数的有用情报。

她飘进金家仆人住的三楼。因为节目没有报道，所以她完全不知道四楼有什么。因此，她避开四楼，直奔顶层金福的居所。他一人住在八间金碧辉煌的屋子里，奢靡之至，几乎有些盛极必衰的意味。珍妮弗从没想过开中餐馆和自动洗衣店居然可以这么赚钱。

五楼则是一片漆黑，一片寂静。她小心绕开一间放着镜顶圆床的卧室（她看电视的时候就觉得这儿有点棘手），避开精美绝伦的手绘丝绸屏风，绕过摆着有 2000 年历史青铜佛像的西式起居室。佛像端坐尊位，仁慈地注视着屋内。佛像边是一块极佳的电子娱乐区域，放着一台宽屏电视、一台录像机、一台 CD 播放机，还有几架子的录像带、录音带和光盘。她的目标在书斋。

她开始行动。书斋和这层其他地方一样黑暗，后墙显眼处摆着一张巨大的柚木书桌，她看见一个模糊的身影立在桌旁，若隐若现，看不真切。虽然当她幽灵形态时，一切物理攻击都对她无效，但她依旧大吃一惊，更何况《纽约风尚》的镜头可没拍下这个身影。

她迅速隐入最近的墙壁，但这个身影纹丝不动，甚至连一点注意到她的迹象都没有。她小心翼翼，再次溜入书房，终于放下心来——她惊讶地发现，那只不过是一个巨大的、接近六英尺高的兵马俑。陶俑巧夺天工，面容、服饰、武器，皆是精雕细琢，栩栩如生，仿若真人化为陶土，又在窑中完美烧制，流传千年，终于完好无损地出现在金先生的书斋里。珍妮弗对金先生的财富——和影响——的尊敬更上一层楼。这具陶俑无疑是真品——金先生在电视采访中明确表示，他绝不买仿品。她知道，这尊有着 2200 年历史的陶俑属于统一六国的秦始皇嬴政，对私人艺术藏家来说就是无价之宝。金福一定用了千方百计，重金贿赂，这才将其收入囊中。

这是件精美昂贵的文物，但珍妮弗知道，它太大了，不好搬，而且这件东西太过特别，没法转卖出手。

突然，她如幽灵般没有实体的身子泛过一阵眩晕的涟漪，她立刻让自己恢复原样。她不喜欢这种感觉，每当她过度使用自己的能力，这种情况就会发生，仿佛这是一种对她保持幽灵形态太久的警告。她不知道如果自己幽灵化太久会发生什么，她也一点儿都不想知道。

还是务实为好。她环视房间，那东西就在展示柜中，和金福收藏的其他玉器放在一起，这是西方世界最美、数量最多，也是最值钱的收藏。金福在《纽约风尚》中介绍过它们，而这些，才是她的目标。起码带走其中一部分。她意识到，即使自己往返多次，也没法将其全部带走，因为她将外物转化为幽灵态的能力十分有限，一次只能把一点玉器变为幽灵态带走。不过，说真的，一点足矣。

然而，在偷走玉器前，她还得干件别的事。她赤脚踏着精美华贵的地毯，厚厚的绒毛在玉足下颇有美感。她轻轻地绕过柚木书桌，如幽灵态时一般悄无声息，终于在书桌后挂着北斋画作的墙壁前驻足。

金福说过，画的后面藏着一个嵌在墙中的保险柜。他之所以敢提，是因为，用他原话来讲，这保险箱绝对万无一失、百分之百保险、完全不会有问题，防盗水平一流。没有小偷能掌握它的微电路来绕开这个保险箱的电子锁，而保险箱本身十分坚固，能扛住炸掉一栋楼那么大威力的物理打击。没有人，在任何时候，能有办法撬开它。提起这些，金福洋洋得意，看着就是那种喜欢自吹自擂的家伙。

她脸上浮现出一丝调皮的微笑，财大气粗的金先生会在他的高科技保险箱里面藏些什么呢？珍妮弗将右臂幽灵化，没有实体的右手穿过北斋的画，伸进钢铁铸成的保险箱门中。

◆

他如杂耍般把她转到另一只胳膊里，腾出手找钥匙，终于开了锁。

"你个蠢货，放我下来，然后你就能开门了。"

"才不，我要把你抱过去。"

"我们还没结婚！"

"早晚的事。"他朝她咧嘴一笑。

她倚在他怀里，这个角度望去，他的脖子更畸形了，而他的脑袋看起来就像个杵在台子上的棒球。除了那脖子——这是百变王牌病毒的杰作，他是个挺英俊的男人。棕发剪得很短，两鬓有些斑白，棕色的眼睛露着笑意，加上挺拔的下巴——一张俊俏的脸。

他踏入门内，放她下来："这是我的城堡，希望你喜欢。"

房间的陈设显示出这个男人身处蓝领阶层。耐用的沙发和躺椅摆在电视机前，咖啡桌上摆了一堆《读者文摘》，一幅巨大但粗糙的油画挂在墙上。画里，一艘帆船在辽阔无垠的公海上遨游，正是那种挂在希尔顿酒店、由不入流艺术家售卖的那种画作。

但房间同样被收拾得一丝不苟，甚至与它高大强壮的主人显得有些不符。一排五颜六色的非洲紫罗兰在窗台上怒放。

"露莱特，高中舞会后，我就再也没在外面过夜了。"

"我敢说你整夜都在外面鬼混。"

他脸红了："嘿，我可是虔诚的天主教徒。"

"我妈总让我小心虔诚的天主教男孩。"

他移步靠近，强壮的手臂环住她的腰肢："我现在可没那么'虔诚'了。"

"我希望你是在指你的道德，而不是你的行为，斯坦。"

"露莱特！"

"好个正经人。"她调笑道。

他亲昵地用鼻尖蹭着她脖子，轻轻啃了一下她耳垂，露莱特再次思索着这位王牌的随意天性，正是这种天性，让这位普通的"码头工人"更有人情味。

她伸出手，沿着那侧肿胀的喉咙向下轻抚："它会让你困扰么？"

"成为咆哮者？怎么可能。这只会让我变得和别人不一样，我总是想与众不同。这让我爸头疼不已。他说，我们这种人，有水喝就行了，意思是我们别想着超越自己。他现在肯定会大吃一惊。嘿。"他伸出手，粗大的手指抹去她的眼泪。"你在哭什么？"

"没什么。我只是……只是觉得有点难过。"

"嘿，没关系。我会让你瞧瞧，我会做得有多虔诚。"

"早餐前做这个？"她试着拖时间。

"当然，这会让我们有个好胃口。"

她顺从地和他进了卧室。

♥

珍妮弗在保险柜里摸索着，她似乎摸到一堆放在一个小袋子里的硬币。她试着将一枚硬币幽灵化，硬币却毫无变化，她不由皱起了眉头。

大概是金的，她想。克鲁格或加拿大枫叶金币[1]。

金属，尤其是黄金这样密度大的金属很难被幽灵化，这需要更深层次的集中精神与更多的能量投入。她决定把这堆硬币扔在一边，继续看看保险箱里还有什么。

---

[1] 克鲁格金币：一种南非金币，正面刻有南非总统克鲁格的头像；加拿大枫叶金币：加拿大金币，正面有枫叶图案。

她的手摸到一个扁平的长方形物体,把它幽灵化比把硬币幽灵化轻松得多。她从墙里抽出三本小笔记本,黑暗中看不清细节,她打开放在柚木桌子上的小折叠台灯。她现在可以看到,有两本包着简朴的黑色封面。第三本包着有竹子图案的蓝色布套。她翻开最上面那本书。

厚厚的笔记本中,一大堆鲜艳的小纸片卡在纸张上的一排排小口袋里。这些都是邮票。第一排似乎是英国的邮票,但上面的文字却是另一种语言,印刷日期是1922年。她弯下腰仔细检查它们,一个小小的声音从桌上台灯投下的小小光锥外传来,她瞬间愣住了。

她环顾四周,什么都没看见。她的双眼习惯了光亮,把台灯朝外掰了掰,光线随之越过书桌,照亮黑暗。

她停住了,心仿佛卡到嗓子眼。

远远的书桌一角摆着一个五加仑的大广口瓶,约有一个冷水桶那么大。只是这个瓶子是玻璃的,不是塑料的,也没有连任何东西。它摆在桌子边缘的一个平整的底座上,里面漂着什么东西,似乎就是用来养这个的。

那是一只有一英尺高、绿色、无毛,皮肤有点疣斑的东西。它浮在水面之上,脑袋清楚地露出水面,网格状的手指压在玻璃上,皱巴巴的脸上长着人的眼睛,那双眼死死盯着珍妮弗。他们对视许久,那东西张开嘴巴,大声尖叫,高亢的声音顿时响起:"金金金金金——!抓小偷偷偷偷偷——!抓小偷偷偷偷——!"

《纽约风尚》可半句都没提金福养了只青蛙似的看门鬼牌。其他房间的灯猛地——亮起,珍妮弗觉得头晕目眩。她听见公寓其他地方传来喧闹的声音,玻璃缸里的鬼牌尖叫个不停,一直喊金福来抓贼,那号哭一般的声音似乎绕开她耳朵,直直往她脑子里钻进去。

集中注意,她告诉自己,集中注意,或者让自称为"幽灵"的神偷被抓住曝光,让天下人都知道神偷幽灵原来是珍妮弗·马洛伊

WILD CARDS

——纽约公共图书馆的参考图书管理员①。她肯定会丢饭碗，然后坐牢。她的母亲听到这个消息，又会怎么想呢？

门口有动静，有人打开书房的顶灯。珍妮弗见到一个身材高大苗条、爬虫长相的鬼牌。他朝她发出嘶嘶的声音，伸出长到不可思议的分叉舌头。他举起手枪，朝她开火。他瞄得很准，但子弹却直直打到墙上被弹飞。珍妮弗迅速沉入地板，三本厚厚的笔记本，正牢牢抓在她胸前。

♣

杰克一走，垃圾婆开始每天早上例行公事般的活动。她穿着杰克送她的虎皮纹长袍，坐上其中一把饰有红天鹅绒的椅子，闭上眼，准确找到与她共享生命的小家伙们。白猫正在给她的小猫崽喂奶，黑猫守在一旁。浣熊脑袋靠着她脚踝睡着了，这小东西在杰克维多利亚风格的住所内绕了一宿，累坏了。垃圾婆希望这小东西没打坏什么重要的东西。她早就在浣熊的脑袋里留下警告，要他离杰克的东西远远的。事实证明这样做非常有效，但她永远不会忘记自己曾和杰克大吵一架，就是因为这浣熊把杰克的每一本书都从架子上扒下来了。

她轻抚浣熊的皮毛，然后将自己的感知扩大到整个城市。现在这对她来说容易多了，就像每日醒来必做的仪式一般——虽然，当她不和杰克在一起时，这些仪式要丰富得多，垃圾婆习惯昼伏夜出。几年来，他们保持着非常随意的关系，只有天气特别恶劣或者像今天这样、有陌生人突然闯进他们的生活，他们才会外出。平时他俩都特别害羞，不愿外出冒险。如果杰克在家，她就留下来。如果杰克出去

---

① 参考图书管理员负责帮助顾客在图书馆里寻找有关书籍，一般需要获得图书管理相关专业硕士学位的人方可担任，除了向顾客提供直接服务之外，参考书目管理馆员需要随时了解最新的、不同类型的参考书目。

了，她就去另一个小窝待着。但在最近，她更频繁地寻求他的陪伴，试着找各种借口去找他。虽然她不知道该怎么定义他们对她的意义，但杰克和罗斯玛丽都对她很重要。垃圾婆用了很长时间才信任他们，但一旦她对他们推心置腹，他们总是可靠得难以置信，总会在第一时间到她身边。她生气地摇摇头，对自己为不能控制的事情分神而感到生气，也因此跟丢了一些小动物的踪迹。

和她的小动物一起捕猎行走，变得更自然了。她的思绪随着水管里的老鼠一起移动，随着鼹鼠一起移动，随着兔子、负鼠、松鼠、鸽子还有其他的鸟儿一起移动。她把夜里死亡的小动物带走，每天晚上，总有很多小动物死去，她明白，它们没有逃出生天的可能。很多小动物是被天敌捕杀的，还有的被人类杀害。曾经她试过拯救它们，保护它们免于掠食者的侵袭，这几乎让她再次发疯。生命有着自然的循环，生死的循环，这比她强太多，所以垃圾婆开始顺应自然规律。一些动物死了，还会有更多的生灵代替它们。只有人类的干扰才会打破自然规律，而她现在还不能控制人类。她曾短暂地触碰过动物园里的动物，这些生命对笼子的憎恨让她记忆犹新。总有一天，她向动物园的囚徒许诺，总有一天……

温暖的爪子拍在她脸上，把她的思绪拉了回来。那只四十磅的黑猫，躺在她胸前。她睁开眼睛，黑猫舔了舔她的鼻子。她伸出手，往黑猫的耳朵后面挠了挠。

黑猫的嘴巴和鼻子周围的毛已经有点变灰了，但大多数日子里他还像年轻的猫那样充满活力。她给黑猫送去一种温暖的感觉，她觉得这种感觉是爱。黑猫发出咕噜咕噜的声音，让她看见白猫正带着小猫们远离杰克的维多利亚风格家具。如果不凑近了瞧，就不会发现，小猫们把家具上狮子的腿和爪子，当成了绝佳的磨爪板。

好吧，老朋友。昨晚杰克又拒绝我了。你觉得是哪儿出了问题？她无声的问题收获了黑猫疑惑的眼神，但很快，黑猫向她展示了另一幅画面：成百个垃圾婆的动物朋友都在她身边。

是的，我知道你们都在，我总会时不时渴望有一个人能陪着我。她向黑猫展示它和白猫相濡以沫的样子。黑猫回了一幅垃圾婆和一个人类大小的猫在一起的画面。垃圾婆点点头，低头看着小猫们一起玩耍。可惜，这不是我的菜。

她想知道为什么杰克不愿意和她一起睡。她的沮丧和不理解开始变为愤怒。从去年开始，这就困扰着她。每次她和小猫一起玩耍，她就感觉自己的生活好像缺了一块。

这种感觉让她愤怒，但她无法否认事实。最近她开始向杰克寻求慰藉，但他总是拒绝自己。她便决心不再提及。

即使没有外界那些层层尘土和旧衣服的保护，她也知道自己并非毫无吸引力可言。为了不让自己的朋友罗斯玛丽感到尴尬，她也学着在某些特殊场合好好打扮自己，衣着品味也能被人接受。但这总让她觉得不自在。那才是她真正穿着戏服的时候，她对此憎恶不已。或许她对杰克和罗斯玛丽投入了太多感情，或许是时候重新回到街头了。

黑猫跟上她的思绪，即使它没法理解它们的抽象涵义。它向垃圾婆展示他们曾经的小窝，支持她重回街头、斩断与人类的关系。

但不是今天，今天我得去看罗斯玛丽。垃圾婆从椅子上站起，朝那堆老旧、脏兮兮，甚至没什么形状的旧衣服堆走去——她衣橱里几乎都是这样的衣服。黑猫和两只小猫跟在她后面。

不行，你得留下。杰克可能会找我。再说，我自己一个人去她办公室就够不容易了。她转移注意。穿蓝大衣还是军绿夹克呢？

♠

房间里点着十三支黑色蜡烛，它们燃烧时，石蜡变成鲜血的鲜红，从顶端缓缓流淌而下。少顷，蜡烛小小的光芒渐渐褪去，房间随之暗淡。

"你知道现在几点了?"

福尔图纳托抬起头,维罗妮卡穿着粉色内裤和一件被扯坏的 T 恤,双手抱臂叉在胸前。"快凌晨了。"他回答。

"你要不要睡觉?"她别过脸,波浪般的黑发从头顶倾泻,遮住脸颊。

"待会吧。别这么站,小肚子都凸出来了。"

"遵命,先生!"这讽刺既轻柔,又幼稚。几秒后,他听见浴室门反锁的声音。如果她不是米兰达的女儿,他想,他早就在几周前把她丢在街头自生自灭了。

他伸了个懒腰,盯着东方阴云密布的天空,几秒后,才走回面前的工作室。

他用榻榻米遮住地板上的五角星,并在上面放上哈索尔[1]之镜。镜子约一英尺长,镜柄与太阳光环图案相接处饰有女神的图像。一对牝牛角让她看起来有点像中世纪的小丑。它由黄铜制成,前部反射着千里眼,磨损的后部则用来反射敌人的攻击。他从东乡里一位上了年纪的嬉皮士手中订做了这面镜子,从前天开始就以祭祀九柱神[2]的仪式将其净化。数月来,他除了宿敌,什么都没法去想,这种情况越来越严重。他的宿敌自称"钦天士",手下有庞大的埃及共济会作为网络——直到福尔图纳托与其他人在大都会修道院分馆捣毁了他的老巢。但钦天士却逃走了,可他从太空带来的邪恶玩意却留了下来。数月的风平浪静,反而让福尔图纳托越来越恐惧。

---

[1] 哈索尔,也称哈托尔,埃及神话中司爱情与欢乐的女神,母牛是她的化身之一。

[2] 九柱神:埃及神话的九柱神来自赫里奥波利斯神系(The Heliopolis Theology)的创世传说,是以太阳城 Heliopolis 为中心发展出的九柱神。九柱神的九大神分别是阿图姆(Atum)、休(Shu)、泰芙努特(Tefnut)、努特(Nut)、盖布(Geb)、欧西里斯(Osiris)、伊西斯(Isis)、塞特(Seth/Set)、奈芙蒂斯(Nephthys)。

WILD CARDS

　　恶魔初唤[1]、亚伯拉罕箴言[2]、卡巴拉[3]的领域，所有的西方古老巫术都让他失望了。他必须用钦天士自己的巫术来还治其人之身。即使钦天士设下的屏障不知怎的让福尔图纳托看不见他，福尔图纳托也必须找到他。

　　埃及共济会的把戏则真实得多，他们可不像钦天士那样血腥扭曲，他们的力量来自对动物的崇拜。福尔图纳托一辈子都在曼哈顿，先是在哈林，有钱了又搬到了市中心。对他而言，动物只不过是要么在人行道上拉屎、要么就无精打采的狮子狗，要么就是像漫画那样在动物园里呼呼大睡浪费生命还奇臭无比的东西。他从不喜欢也从不理解动物。

　　不过他可没法把这种态度保持很久。他居然允许维罗妮卡把她的猫带进了公寓。那是一只自负、肥胖的灰色虎斑猫，叫丽兹，这是为了向一位电影明星致敬。如今，这只猫正在他盘起的腿上呼呼大睡，爪子钩着他的丝绸长袍。猫那原始的价值体系，正是进入埃及宇宙的大门的敲门砖。

　　他拾起镜子，定好心神，看着镜中自己的倒影：瘦削的脸庞，褐色皮肤因缺乏睡眠有些斑点，前额因营养液而肿胀，这是他储存精子的密宗能力的展现。渐渐地，他镜中的面容开始融化、消逝。

---

　　[1] 恶魔初唤：阿莱斯特·克劳利所发明，一种初始的召唤恶魔仪式。

　　[2] 亚伯拉罕箴言：来自《亚伯拉罕之书》（或译作《阿布拉姆林之书》），讲述一名叫亚伯拉罕或阿布拉姆林的埃及法师的故事，该书的魔法体系在十九世纪至二十世纪的西方非常流行，部分原因在于其在卡巴拉生命之树教派的"黄金黎明"密令中占有重要地位。

　　[3] 卡巴拉：犹太教神秘学，其符号卡巴拉倒生树为一种在犹太教使用的神秘符号，倒生树用来描述通往神（在卡巴拉教派文献中，通常被称为耶和华，或"神名"）的路径，以及神从无中创造世界的方式。卡巴拉学者使用生命之树作为创世的示意图，从而将创世这个概念发展成为一个完全的现实模型。

他的注意力被突然从浴室传来的声响和一声低沉的叹息分散。接着，他从镜中看到的不是钦天士，而是维罗妮卡。她坐在马桶上，内裤滑到脚踝，左手拿着一面随身镜，右手拿着点红条纹的苏打吸管。她轻轻晃着脑袋，脸颊蹭着肩膀。

　　福尔图纳托把哈索尔之镜放到垫子上，这货色一点都不让他意外。这就是她会在这儿干的事情，就在他的公寓里。他不顾猫的抗议，把猫从膝盖上放下，径直走向浴室。他用意念打开门锁，把门踢开，维罗妮卡突然抬起头，内疚地说："嘿。"

　　"把你的垃圾收拾收拾，出去。"福尔图纳托言道。

　　"嘿，伙计，这不过是可卡因。"

　　"看在上帝的分上，你觉得我多蠢？你觉得我会认不出海洛因？你吸这玩意儿多久了？"

　　她耸耸肩，把镜子和吸管放回钱包，站起来，差点摔倒，然后才发现自己的脚上还挂着内裤，她扶着毛巾架站稳，穿上内裤，合上钱包。"大概几个月吧，"她回答，"但我没上瘾，只是偶尔吸一吸。麻烦让一下。"

　　福尔图纳托让她过去："你到底有什么毛病？你一点都不在乎这样糟践自己吗？"

　　"在乎？我他妈是个妓女，我为什么要在乎？"

　　"你不是妓女，妈的，你是一名艺伎。"他跟着她进了卧室，"你有脑子，也有身份——"

　　"去他的艺伎，"她重重地坐到床尾，"我为了钱和男人上床，这就是他妈的底线。"她把不受控制的腿伸进连裤袜中，大脚指甲一直往右跑。"你就拿这堆艺伎的鬼话糊弄自己吧，但真正的艺伎绝不会为了钱上床。你就是个拉皮条的，我是个妓女，就这么回事。"

　　福尔图纳托正欲反驳，突然前门被人砸得隆隆响。剑拔弩张的氛围从门廊传来，但没什么实质性威胁，现在没什么事情不可以先放

17

一边。

"我不能容忍瘾君子。"他说。

"你不能？少逗我笑了。你底下有一半的姑娘时不时都吸一回，还有五六个打针头，还是经常的事。"

"谁？卡洛琳——？"

"不，你的宝贝卡洛琳正直得很，如果是她，你也不会知道。你完全不知道现在是他妈的什么情况。"

"我不信你，我不能——"

前厅传来打斗的声响，门开了。一个叫布伦南的男人站在门口，手里拿着一条细长的塑料片，另一只手则提着一个有些大的皮革手提箱。福尔图纳托知道，里面装的是拆开的可装卸狩猎弓和一大堆宽头箭。

"福尔图纳托，"他说，"抱歉，但我——"他看向维罗妮卡，她脱下T恤，双手托着乳房。

"嗨，"她开口，"想上我吗？只要付点钱。"她用拇指玩弄乳尖，舔了舔嘴唇，"你有多少钱？两美元，还是一块五？"泪水涌出她的眼眶，鼻涕也跟着流出来。

"闭嘴，"福尔图纳托说，"他妈的给我闭嘴。"

"你为什么不狠狠给我一耳光？"她问，"这不就是拉皮条的该做的，不是吗？"

福尔图纳托看向布伦南，说道："或许你该过会儿再来。"

"我不知道还能不能再等，"布伦南开口，"是钦天士。"

第二章

早上7：00。

到了港务局巴士总站，杰克觉得该早早带上他的电动轨道维修车，这样就能在城区一路飞驰，和列车玩跳房子。真是活见鬼，他一边懊恼，一边爬着市政厅站长长的台阶，去旅客层——这可是节假日。他一点都不想考虑工作的事情，他最想干的，就是把所有衣服洗一遍，再读几章史蒂芬·金的小说《汉尼拔们》，然后大概就是和垃圾婆带着小猫们去中央公园散个步，买几个便宜热狗。

但就在此时，通往市区第七大道的快速列车呼啸着驶入车站，这时候似乎上车才是明智之举。列车驶过翠贝卡①、驶过格林威治村②、驶过切尔西③，杰克透过污浊的车窗朝外看去，发现节假日的车站竟然如此熙熙攘攘——现在时间还早得很。

他在时代广场下车，沿着第四十二街下的隧道走向西边的街区，无意中听见一个交警厌烦地朝同伴抱怨："要是从上面扫一眼过去，

---

① 翠贝卡：位于纽约下城区的翠贝卡街区，其英文名 Tribeca 是 Triangle Below Canal Street 的缩写，意为运河街下方的三角形区域。

② 格林威治村：美国纽约市西区的一个地名，住在这里的多半是作家、艺术家等。

③ 切尔西（纽约）：纽约曼哈顿的一个地区，坐落于曼哈顿岛的西侧，大约位于第三十六大街或第三十四大街以南、第十四大街以北、第五大道或第六大道以西、哈德逊河以东。

WILD CARDS

这简直比春假时的劳德代尔堡①和布朗克斯动物园②加起来还堵。"

他从第八大道走出来,隧道里消毒剂的强烈气味勉强盖住了呕吐物的味道,他得上来透口气。大道上人山人海,杰克觉得这和工作日的早高峰没什么两样,只是人群更加年轻,平日里的暗淡西装也被五花八门的华丽服饰所取代。

杰克走下路沿,省得撞到三个一组大摇大摆的少年们——从外表就可略知一二。这些少年们戴着夸张的泡沫帽子,帽子上装饰着触手、耷拉的嘴唇、一节一节的腿、动物角、融化的眼睛,还有很多倒胃口的器官和附肢,随着少年们的举动摇摇晃晃。

一个男孩用大拇指指着颧骨,朝路人挥手:"嗨!嗨!"他大喊着,"我们是怪胎!我们很坏!"他的同伴捧腹大笑。

再过一个街区就到了。一位小贩在街边售卖泡沫帽子,杰克从他身边走过。"嘿!"小贩吆喝着,"嘿!快过来!快过来!你不需要成为鬼牌,就能看起来和他们一样!今天你可以像鬼牌一样活动。有兴趣么?"

杰克无言地摇了摇头,抓了抓手背,继续往前走。

"嘿!"小贩朝另一位潜在顾客吆喝,"做一天鬼牌!明天就能继续做自己了!"

杰克摇摇头,他不知道自己是该继续沮丧,还是该回去把小贩的喉咙扯碎会更好些。他看了看手表,六点五十五分。巴士差不多要到站了。小贩暂时捡回一条命。

港务局大楼看上去灰蒙蒙阴沉沉,在曼哈顿寒冷灰暗的清晨中膨胀着。接着杰克注意到,大部分人从大楼中走出,鲜有人往里走,这让他想起喷过杀虫剂后的 A 大道公寓——大群蟑螂如《出埃及记》

---

① 劳德代尔堡:位于美国佛罗里达州的著名港口城市,有"美国威尼斯"之称,以大量的春假活动闻名,有很多酒吧和俱乐部,是美国著名的旅游城市之一。
② 布朗克斯动物园:位于纽约布朗克斯公园内,是全球十大动物园之一。

里逃出埃及的希伯来人般黑压压地铺满了每一个出口。

他奋力挤入一扇主门,无视突然出现的胡搅蛮缠之人。"嘿,伙计,要不要打车?要不要人陪你上巴士?"他们喊着。室内走道两侧的大部分店面都关着灯锁着门,但卖零食的小店却生意兴隆,人来人往。

杰克又看了看手表,七点零二分了。通常来说,他会停下脚步,驻足欣赏巨大的"第四十二街旋转木马"活动雕像:玻璃箱中罩着一座精美的音乐鲁布·哥德堡①机械装置,但现在时间紧迫,不容挥霍。

他查看到达公告牌,他等的巴士停在三层楼上的一扇门边。妈的,电梯坏了,而人群还都在下楼梯。杰克爬着摇摇晃晃的金属楼梯,他觉得自己像只逆流而上、游去上游产卵的大马哈鱼。

人潮中,看上去只有一小部分人是平时就坐巴士来曼哈顿的,其他大部分人要么是游客,要么就是鬼牌。杰克好奇,难道真有这么多游人特地为百变王牌日慕名而来?杰克心生嘲讽,这些耐特应该对这一切感恩戴德,因为正是这狭窄的楼梯和自动扶梯台阶,才让他们能如愿以偿,如此靠近鬼牌们。

正在此时,旁边有人重重地用手肘撞了他一下,胡思乱想到此结束。当他到了三楼,挤出不断往楼下走的人群,杰克觉得自己消耗的热量,仿佛和爬到自由女神像冠冕上差不多。有人从后面匆匆撞了他一下。"混蛋,看着点路。"他并无敌意地提醒,连看都没看。

他找到了想找的那扇门。通往门的区域堆满包裹,好像起码有一

---

① 鲁布·哥德堡(1883—1970),美国漫画家、雕塑家、作家、工程师和发明家,其漫画鲁布·哥德堡机械系列为最闻名于世的作品。这是一种被设计得过度复杂的机械组合,以迂回曲折的方法去完成一些非常简单的工作,例如倒一杯茶,或打一只蛋等等。因此,鲁布·哥德堡已成为"简单事情复杂化"的代名词,指通过一连串复杂的连动机构,或是利用关系触发去完成一件简单事情。

WILD CARDS

打大巴同时到站然后往这里堆东西似的。他在漫无目的的混乱中艰难跋涉,朝着正确号码的大门走去,停下给十二名身着传统服饰的修女让路,目送她们从身边走过。一个身形庞大的鬼牌试图从修女间挤过去,他有着皮革般的皮肤,上嘴唇下长着显眼的獠牙,嚷嚷着:"喂!企鹅们,快走!"另一个鬼牌则出声抗议,他长着狗狗般的巨大棕色眼睛,手掌中似乎有表示耻辱的伤痕。这场唇枪舌剑似乎有演变为暴力冲突的趋势,自然,越来越多的人挤到这里,驻足围观。

杰克试图绕路走,不小心绊到一位看上去很普通的人,这位路人又挤回来。"抱歉!"杰克说。

这位耐特超过六英尺高,肌肉发达:"滚。"

然后杰克看见了她,科迪莉亚。虽然他从没见过小姑娘,但他百分百确定这就是她。以前圣诞节艾洛耶特寄过照片,但毕竟女大十八变。看着科迪莉亚,就像看见三十年前的姐姐,他想。他的外甥女穿着运动衫和牛仔裤,运动衫是有些渐变的深红色,上面是黄色的大写的"铁锯齿乐队"。虽然他对重金属毫无兴趣,但也听过这名字。他也能用几道闪电、一柄剑还有看起来像卍字的符号胡乱拼凑一些图案。

科迪莉亚就在十码开外,就在下车的汹涌人潮的另一边。她一手拿着有些磨损的小碎花行李箱,一手提着手提皮包。一位高高瘦瘦、衣着昂贵的西班牙裔男子正要帮她提行李箱。杰克立刻起疑,任何穿着紫条纹西装、戴着卷边帽、还套着皮草镶边大衣的陌生人伸出援手,都没安好心。穿这衣服简直就像披着幼年格陵兰海豹皮。

"嘿!"杰克喊道,"科迪莉亚!过来!是我——杰克!"

她显然没听见。对杰克来说,这一切就像看电视似的,或者就像望远镜拿反时看见的景象。他完全没法引起科迪莉亚的注意。车站人声鼎沸,巴士的引擎隆隆作响,人群大呼小叫,他的话夹在中间,根本传不过去。

的行李箱,杰克无助地大吼大叫,科迪莉亚在微笑。

……膊,带着她从最近的出口走了。

……吼让科迪莉亚转过头来,疑惑地看了看,很快又……人的指令向出口走去。

杰克先……出声,开始扒开人群,试图横穿候车厅。修女、鬼牌、朋克乐队、街上的流浪汉,这都不重要,直到他撞到一个大块头鬼牌,这名鬼牌看上去身形和常人无异,却有半个大众甲壳虫那么重。

"要过去?"鬼牌问。

"对。"杰克回答,想挪过去。

"我从圣达菲①来,一下车就碰上这个。我早就听说你们这儿的人不讲礼貌。"

一个有面包机那么大的拳头抓住了杰克衣领,带着恶臭的鼻息让他想起早晚高峰后的公共休息室的味道。

"抱歉,"杰克开口,"是这样的。我得赶紧在一个狗娘养的拉皮条的把我外甥女拐走前追上他。"

鬼牌俯视许久:"我明白了。"他说,"和电视演得一样,哈?"他放开杰克,后者飞速绕过他走开,仿佛绕过一座大山。

科迪莉亚不见了,那个领着她的打扮利落的男人也不见了。杰克赶到他们可能离开的出口,眼前是上百个路人,而且大多是背影,但没一个看起来像他的外甥女。

他只迟疑了一秒。这个城市有八百万人。他根本不知道在百变王牌日又会有多少从世界各地涌入的鬼牌和游客。可能有上百万吧。而他需要大海捞针般找一个从路易斯安那州来的十六岁乡下姑娘。

这都是一瞬的直觉。他并未多想,转头走向电扶梯。或许他会在外面赶上科迪莉亚和那个男人。但如果找不到,那么他只能在街头找

---

① 圣达菲,美国新墨西哥州首府。

外甥女了。

他一点都不想去想，该怎么和姐姐交代。

◆

斯佩克特醒着。他捡起放在床头柜上的琥珀色药瓶，扔进垃圾箱。他得找点更烈的玩意儿。

疼痛就像破烂酒吧里的陈腐的烟味般如影随形。斯佩克特坐起来，慢慢呼吸。清晨的光线让他的公寓看起来比平常更加灰暗。麻雀虽小五脏俱全的公寓里，被他堆满了从当铺和二手商店淘来的便宜破烂。

电话响了。

"你好。"

"斯佩克特先生？"是波士顿人的尖锐嗓音，斯佩克特没听出来是谁。

"是我。你是哪位？"

"我是谁不重要，起码现在不重要。"

"好吧。"他们打算对他守口如瓶，不过大多数人都这样。"那你找我干什么？你想要什么？"

"我们共同的朋友，格鲁伯，暗示你有独一无二的才能。我的一位客户有可能想要雇佣你，让你以个人的身份接一单活儿。"

斯佩克特挠了挠脖子。"明白了。如果这是什么圈套，你就死定了。如果你说的是正经生意，那得花不少钱。"

"自然如此。也许你听说过影拳会？如果你和组织合作，就能挣很大一笔钱。不过，他们非常谨慎，加入他们需要投名状。今早开始怎么样？"

传言说，影拳会为城里一位隐姓埋名的犯罪头目所把持，他们从原来的黑帮老大们那儿下功夫学了不少东西。即使在家里面，斯佩克特都能感到即将到来的血雨腥风。"我也没别的事情可做。你有什么建议?"

"这对我们来说不重要。"他停顿一下,"格鲁伯先生似乎对你了解甚多,而他可不是谨慎之人。"

"我无所谓。"

"今天上午十一点三十分,到时代广场。如果我们觉得你符合要求,让我们满意,就会在那儿联系你。"

"报酬怎么算?"斯佩克特听见那边传来一阵嗡嗡响。

"回头再算。如果不介意,我还有其他事情要办。再见,斯佩克特先生。"

斯佩克特把听筒放回支架上,露出微笑。格鲁伯不是他最喜欢的那类人。他是个奸商,从不以公平价钱交易。杀了这个贪得无厌的家伙,才是为广大人民服务。

他赤身走进浴室,盯着镜中的自己。他一股股的棕发急需清洗,小胡子也挨到了薄薄的上嘴唇。除此之外,他看起来和死的时候一模一样。那天是塔基扬医生把他带了回来。斯佩克特想,自己不可能永生不死。不过这会儿他可不在乎。他伸出舌头,镜中的影子却没有,它朝他微笑。

"别担心,死期。"他镜中的影子说,"你还是会死的。"影子笑了。

他回到卧室,空气冰冷。什么东西碎了,发出响亮的声音。斯佩克特朝客厅跑去,卧室的门直接砸在他脸上,他闻到臭氧的味道。

"如今,现在,死期。我只想和你说会儿话。"斯佩克特认出这个声音了,他转身,钦天士的投影正坐在床上。他穿着一件黑色长袍,腰上系着头发编成的腰带。他佝偻的身体比往常要挺拔一些,这意味着他的能量恢复了。现在,他浑身浴血。

"你想要什么?"斯佩克特很恐惧,他的能力只对极少的人不起作用，钦天士算一个。

"你知道今天是什么日子？"

"百变王牌日。每个人和他家的狗都知道。"斯佩克特从地板上捡起一条棕色灯芯绒裤子。

"没错。但远不止这些。今天是审判日。"钦天士手指交叉。

"审判日？"他提上裤子，"你说什么？"

"这些混蛋毁了我的计划。他们打扰了我们真正的使命。他们让我们无法统治世界。"钦天士的眼睛熠熠发光，眼里是斯佩克特从未见过的疯狂。"但还有别的世界。这个世界不会被忘记，我将把那些挡我路的混蛋一一射杀。"

"灵龟、塔基扬、福尔图纳托。你打算追杀他们？"斯佩克特轻轻拍了拍手，"好样的。"

"审判日的最后，他们都会死去。而你，我亲爱的死期，将助我一臂之力。"

"扯淡。我曾经接过你的脏活，但现在不会了。你他妈的让我坐冷板凳，我绝不给你第二次机会。"

"我不想杀你。所以我再给你一次改变主意的机会。"钦天士周围的光线聚成彩虹般的七彩漩涡。

"滚蛋。"斯佩克特挥着拳头，"我不会再被你愚弄了。"

"不干？那我恐怕得把你变成一具尸体了，和其他人一样。"钦天士变成一只巨大的胡狼脑袋，它张开血盆大口，漆黑黏稠的血液流淌到铺着地毯的地板上。它长啸一声，整栋楼为之颤抖。

斯佩克特捂住耳朵，倒在地上。

♥

福尔图纳托叫卡洛琳来接维罗妮卡。卡洛琳会把她带到福尔图纳托母亲在镇上的屋子，也就是妓院的正式营业地址。卡洛琳，还有另外六个女人,几乎都曾住在那里。他催维罗妮卡赶紧穿好衣服,让她在外面客厅沙发上小憩。

布伦南问:"她没事吧?"

"我很怀疑。"

"我知道这不关我事,但你会不会对她太严厉了?"

"一切都在掌控之中。"福尔图纳托回答。

"那是自然,"布伦南说,"我从没说过一切不在掌控之中。"

他们站在那里对视几秒。作为自由民,布伦南大概是整个纽约穿着格式制服的义警中,福尔图纳托唯一信任的一位。一方面是因为布伦南没有感染百变王牌病毒,还是个人类。另一方面是因为他和福尔图纳托曾在被一些人称为"异群"的外星怪物体内共患难过。

钦天士把这个外星怪物叫做"提亚玛特①",他用一个叫"沙克帝德维"的机器把这个怪物带到地球。福尔图纳托亲手砸碎了机器,但为时已晚,那怪物已经到了,全世界成百上千的人因此而死。

"那钦天士呢?"福尔图纳托问。

"你知道那个叫'海象'的家伙吗?朱比,那个卖报的?"

福尔图纳托耸耸肩:"我应该见过他。"

"他今早在鬼牌镇看见钦天士了。他把这个告诉了蝶蛹,蝶蛹又告诉了我。"

"你为此付出了什么?"

"什么都没有。我知道,这很反常,但连蝶蛹都怕钦天士。"

"这个海象又是怎么得知钦天士的消息的?"

"我不知道。"

"所以我们只有一个不靠谱目击者的二手消息,和一条几乎追不到的线索?"

---

① 提亚玛特:又名混沌,是巴比伦神话中的咸海之神、万物之母。

"少来。我想打电话过去,但接线员告诉我这个电话线路繁忙。这甚至不是我的战斗。我只是想帮你忙。"

福尔图纳托看着哈索尔之镜,要重新凝神净化这面镜子,起码要一整天。然而,如果钦天士真的从他的巢穴里出来,那可麻烦了。

"好吧,好吧,让我来处理,我们看看。"

福尔图纳托穿便服,这时卡洛琳到了。即使她的短金发纠缠不清,还穿着旧运动衫和牛仔裤,她依旧激起了他想占有她的欲望。

她和七年前福尔图纳托第一次收留她时看起来一模一样,时光没有在她脸上留下任何痕迹。她有一张娃娃脸,身体健美又充满力量,每块肌肉似乎都在她的掌控之中。福尔图纳托爱他手下的所有姑娘,但卡洛琳与众不同。她愿意学习他教她的一切——礼仪、外语、烹饪、按摩——但她的精神从未崩溃。他永远不愿奴役她,或许这就是为什么,她依旧能在床笫之间给他带来更多的愉悦。

福尔图纳托飞快地亲吻她,让她进门。他希望自己能带卡洛琳回卧室,让她给自己来一发密宗能量。可惜时间不够。

"你想对她怎么样?"卡洛琳问。

"她今晚有约吗?"

"今天是百变王牌日,每个人晚上都有约。我的约会大概会在午夜结束,如果回来得早,我可能会再出去找点乐子。"

"帮我盯着她。如果她看起来正常了,就让她出去。但让她离那些垃圾远点。其余的事我晚点弄清了再说。"

卡洛琳看向自由民:"出什么事了?"

"没什么好担心的。我会给你回电话。"他再次亲吻她,看着她带维罗妮卡下楼,进了等在楼下的出租车。然后,他才看向布伦南:"我们出发。"

♣

"那是只龙虾还是龙虾?"吉尔斯问。他拿起一只龙虾,让海勒姆观察，龙虾无力地挥着钳子。龙虾的钳子被合上捆住，几缕海藻缠在坚硬的绿壳上。

"一只非常优质的龙虾。"海勒姆·沃切斯特点头，"他们都长这么大？"

"这只算小的。"吉尔斯说。这位鬼牌有着带绿色斑点的皮肤，脸颊两侧的狭缝中藏着鳃，他一微笑，狭缝就会打开，湿润的红色组织便从两颊中露出来。当然，这对鳃没什么用，要是有用，这位老鱼贩就不会是鬼牌，而是王牌了。

店外，清晨的曙光照耀着富尔顿街，但鱼市早就熙熙攘攘。鱼贩和买家讨价还价，冰柜卡车装满货舱，卡车驾驶员相互叫骂，其他身着粉白围裙的人把一个个圆桶滚到人行道边。鱼腥味如同香水般弥漫在空气里。

海勒姆·沃切斯特以夜猫子自诩，大部分日子里，这时候他还在呼呼大睡，但今天和往日不同，今天是百变王牌日。今天，他的饭店将不对公众开放，而是将专门为城里的王牌们举办一场私宴，来招待他们，这已经成了一项传统。特殊的场合当然有特殊的要求，比如天还没亮就从床上爬起来。

吉尔斯转身，把龙虾放回桶里，从圆桶中又拿出一只龙虾："你想看看其他的？"他一边问，一边将一把湿漉漉的海藻捋到一边，掏出另一只龙虾给海勒姆看。这只比上一只还大，而且更加生龙活虎，有力地挥着钳子。"看，这只蹬得很欢，"吉尔斯说，"我只说新鲜还是新鲜？"

海勒姆笑了，黑色的络腮胡中，洁白的牙齿一闪而过。他对"王牌云巅"的食物要求很高，而百变王牌宴就更不必谈。"你从不让我失望，"海勒姆说，"这些很好，十一点送来，可以吗？"

吉尔斯点头。龙虾愤怒地朝海勒姆张牙舞爪，或许它预见了自己的命运。吉尔斯把它放回桶里。

WILD CARDS

"迈克尔怎么样?"海勒姆问,"还在达特茅斯?"

"他喜欢那里。"吉尔斯回答,"已经十一年级了,都已经开始和我叨叨怎么做生意了。"他把最上面那只龙虾也放回桶里。"你要多少只?"

海勒姆考虑过,大约会有一百五十位客人赴宴,其中包括八十几位王牌,每位王牌都可能携配偶,或一位情人,或一位客人,前来赴宴。不过,光用龙虾做主菜,自然远远不够。即使是在这样一个特殊的夜晚,海勒姆也会给他的客人们一些选择。他准备了三样主菜,但这些龙虾看起来如此鲜美,显然将大受欢迎,既然如此,多准备些总没错。

他身后的门开了,他听见了门铃响。

"六十只,我想差不多了。"海勒姆回答,不过他很快意识到吉尔斯根本没在听,鬼牌异于常人的大眼睛死死盯着他身后的门,海勒姆转身。

门外有三个人。他们穿着深绿色的皮夹克,其中两个看起来与常人无异。一个只有五英尺高①,瘦长脸,大摇大摆趾高气扬。另一个则又高又胖,坚如磐石的啤酒肚从骷髅头和交叉骨头图案的皮带扣上耷拉下来。他看上去刚剃了头。领头的那位显然是个鬼牌,一名独眼龙,那只独眼透过一个带着可乐瓶透镜的单片眼镜向外窥视。这很不寻常,鬼牌和耐特可不常混在一起。

独眼龙从夹克口袋里掏出一截锁链,握在手中开始抡链子。另外两人环顾吉尔斯的铺子,仿佛这是他们的地盘。一人抬起脚,沉重、磨损严重的靴子狠狠踹在木头锯屑里。

"不好意思,"吉尔斯说,"我得……我……我马上就来。"他暂时抛下海勒姆,朝独眼龙走去。房间的另一边,独眼龙的两个手下倾

---

① 约1.5米。

身靠近，开始交头接耳。还有一个多余的人，一个蠢笨的鬼牌，正用扫把将湿锯屑推到一边，目瞪口呆地看着入侵者，他开始向后门慢慢挪。

吉尔斯向独眼龙抱怨着，宽宽的手掌不断比画着，指间的皮肤像蹼一样相连，他低声下气地向独眼龙讨饶。年轻的独眼龙用那只无情的独眼盯着他，面无表情，神色冰冷，吉尔斯和他说话时，他不停地把锁链缠在手上。

海勒姆皱起眉头，转身离开。这儿有人找麻烦，但不关他的事，他今天要烦的已经够多了。他走过一条盖满锯屑的小道，检查新鲜出货的金枪鱼。巨大的金枪鱼在粗糙的木板箱里横着，玻璃般的眼睛死死盯着他。可以做烟熏金枪鱼，他想。这个想法让他脸上露出微笑。利巴尔是做卡真菜①的天才。不过不是今晚做，菜单几周前就定下了，但烟熏金枪鱼是为他平日菜单锦上添花的绝佳选择。

"去他的，"房间另一边的独眼龙大声说道，"你一周前就该想到这个。"

"求你了。"吉尔斯的声音微弱，充满恐惧，"只要再宽限几天……"

独眼龙把一只脚踏到一桶鱼上，一脚踢翻，白鲑鱼倒了一地。"求你了，别这样。"吉尔斯不断重复，他的员工们全部不见踪影。

海勒姆回头，双手随意地插在夹克口袋里，朝他们走去。对这么一个大块头来说，他的步子算是非常轻快了。"打扰一下，"他朝独眼龙发问，"这儿有什么问题吗？"

年轻的鬼牌比吉尔斯高了好几个头，吉尔斯是个小个子，他佝偻的脊背让他显得更加矮小，但海勒姆·沃切斯特就是另一回事了。海

---

① 卡真菜是移民美国路易斯安那州的法国后裔发明的一种菜系。

WILD CARDS

勒姆有六英尺二英寸高①，大部分人只消看上他个头一眼，都猜他起码有三百五十磅②重。如果他们再减个三百二十磅就对了，不过那是另一个故事。独眼龙透过厚厚的单片眼镜往上看海勒姆，猥琐地笑了："嘿，吉尔斯，"他说，"你什么时候开始卖鲸鱼了？"

他的两个同伴一直站在门边，努力做出一副既无聊又危险的样子，这时也移了过来。"看，他妈的来了个固特异飞艇。"矮的那个开口。

"求你了，海勒姆。"吉尔斯说，他轻轻地碰海勒姆胳膊，"我很感谢……但……这里一切都好。这些男孩只是……额……只是迈克尔的朋友。"

"我总是乐意会会迈克尔的朋友。"海勒姆盯着独眼龙，"不过我很惊讶。迈克尔总是很有礼貌，而他的朋友们完全不像话。你知道的，吉尔斯背不好。你真的应该帮他把你弄翻的鱼收拾好。"

吉尔斯的脸比平时看起来更绿了。"我会收拾好的。"他开口，"薯条和吉姆可以收拾，不用……不用担心。"

"你干吗不滚，肥猪？"独眼龙骂道，朝矮个男孩丢了个眼神，"切奇，给他开门，帮他把那个肥屁股从门里塞出去。"切奇往回退去，打开门。

"吉尔斯，"海勒姆说道，"我们刚刚正在谈那些美味的龙虾的买卖。"

剃了头的高个男孩第一次开了口："让他尖叫，独眼。"他声音低沉，"放他走之前，让他惨叫。"

海勒姆·沃切斯特看着他，打心眼儿里感到厌恶，眼中还有一种他自己都没意识到的冷静。他厌恶这种事情，但有时别无选择。"想

---

① 约1.9米。
② 约158千克。

吓唬我,但你只会让我愤怒。我很怀疑你们是否真的是迈克尔的朋友。我建议你们快滚,趁现在事情还没太严重,还没人受伤之前。"

他们哄堂大笑。"莱克斯,"独眼告诉那个光头,"这里太他妈热了,我都出了一身汗,得透透气。"

"我现在就给这儿降降温。"莱克斯回答,他环顾四周,两手抓起一个小桶,一把举过头顶——一个平稳有力的挺举——步上前,朝面向富尔顿街的大玻璃橱窗走去。

海勒姆·沃切斯特把手从口袋里拿出来。右手在他身侧紧握成一个坚硬的拳头,微微地抽搐着。他知道,这都是他思维作用的结果,而不是双手自己的反应,但这一手势正是施展他百变王牌超能力的一部分。刹那间,他能看见朦朦胧胧的重力如夏日路面蒸腾升起的热气、如波浪般在木桶周围晃动。

接着,莱克斯晃了一下,他的手臂折了。一桶大约三百磅的腌鳕鱼突然朝他脑袋倾泻而下。身下,他的双脚向外滑去,他重重地摔在地上。木桶裂成碎片,莱克斯被埋在一堆鱼下面。一堆非常重的鱼下面。

他的狐朋狗友一头雾水,目瞪口呆。海勒姆精神焕发地踱到吉尔斯面前,把鱼贩推开,吩咐道:"快打电话报警。"吉尔斯慢慢往回走。

矮个的切奇试图把莱克斯从破碎的木桶下拉出来,这比看上去难得多。独眼龙目瞪口呆,接着面露不善地盯着海勒姆:"是你干的。"他满脸通红,"你就是那个胖子。"

"我讨厌那个名字。"海勒姆回答。他攥紧拳头,独眼龙的单片眼镜瞬间变得无比沉重,从他的脸上砸到地上摔成碎片。独眼龙凄厉地咒骂着下流的脏话,缠着锁链的拳头朝海勒姆庞大的肚子挥去。海勒姆躲开,他比看起来敏捷得多,虽然块头大,但多年来他一直把体重控制在三十磅左右。独眼尖叫着紧追不放。海勒姆一边后退,一边攥紧拳头让鬼牌每走一步都比走上一步时沉重,直到独眼的腿再也支撑不住自身的重量,摔倒在地,躺在地上不断呻吟。

切奇是最后一个动手的。"你们王牌都见鬼去吧。"他说。他手掌绷平,撑在胸前,摆出一副空手道或中国武术还是别的什么的架势。他起跳,靴子嵌着金属的鞋尖直奔海勒姆的脑袋而去。

海勒姆向锯屑偏倒,切奇直接从他上方飞了出去。切奇现在比刚刚轻了很多,所以根本停不下来,因此这一跳让他直直撞到墙上。他翻滚着,想保持平衡,结果发现自己又变得无比沉重,根本站不起来。

海勒姆起身,掸掉夹克上的木头屑。他看起来一团糟,看来,在回王牌云巅前,他得先回家换个衣服。吉尔斯慢慢走向他,不断摇头。"你报警了么?"海勒姆问。

老人点头。

"很好,你知道,重力扭曲只是暂时的,我能让他们在警察来之前都动弹不得,但这会消耗我很多能量。"他皱了皱眉,"对他们身体也不好。这些重量会给心脏很大的负担,"海勒姆扫了眼自己的金色劳力士,已经过了七点半。"该死,我真得回王牌云巅了。我不能在这些事情上耽搁时间,今天真的不行。警察还有多久才能来——"

吉尔斯打断他:"走,快走。"他急忙轻轻用手把大个子推开,"我能对付,海勒姆。真的,求你了,快走。"

"警察会需要我录口供。"海勒姆反对。

"不会的,"吉尔斯说,"我能对付,海勒姆。我知道你是好心,但你真的不该……我是说……好吧,你就是不明白。我不能面对指控。快走,求你了,别插手,会好起来的。"

"你不是认真的吧!"海勒姆言道,"这些流氓——"

"是我的事。"吉尔斯替他把话说完,"求你了,我以朋友的名义求你,别管这事。快走,我会把龙虾送过去,都是很好的龙虾,我保证。"

"但是——"

"快走!"吉尔斯坚持。

♠

他嘶哑的咕噜声、腹股沟不断撞击的击打声,伴着床头柜上从廉价店买来的、明黄色、做成大本钟样子的小闹钟指针的滴答声合在一起,发出美妙的共振。露莱特将黄玉般的双眼从斯坦的棕色眼睛里移开,看着他另一只手轻柔地从闹钟表面扫过。

时间。闹钟滴答作响,无情的心脏跳动着,驱使着血液从她的血管中流过。破碎的时间。正是这些时间的碎片,标记着生命的消逝。最终,所有人都会走向死亡。这与财富无关,与权势无关,与圣洁无关。或早或晚,死亡终会降临,让那坚不可摧的脉搏归于寂静。而她有她的打算。

露莱特抬起身子,轻轻抚摸着斯坦的太阳穴。

她吸气,但不呼出来——凝聚能量和心神。这需要仇恨,而她只能感到疑惑。她向后倒去,凝神去想恐怖的画面。分娩的剧痛,她知道一切很快就要结束,她会将她的孩子抱在怀里,一切痛苦便会烟消云散。医生瞪大了眼睛,眼里充满恐惧,她挣扎着起来,盯着两腿之间的东西。

她紧绷的腹部渐渐失去了力气,另一股暖流冲刷着她的深处,毒液如潮水般汹涌而出,勾出一副热情的假象。咆哮者突然瞪大了眼睛,他张开嘴,从她身上弹了起来,发出刺耳的声音。他用双手护着下身,干呕几声,发出窒息的尖叫。一丝唾液流过他的下巴。梳妆镜如水晶瀑布般炸裂开来,玻璃碎片撒了一床。四散的尖叫荡漾开来,声波冲撞着迷你大本钟。水晶钟面七零八落,指针动弹不得。声波直捣闹钟内部,它发出一声沮丧又无力的声响,仿佛在抱怨自己遭受不公，就这么平白无故地突然被毁掉了。

这声音好似往露莱特右脸颊上砸了一拳，在她如奶咖般的肌肤上烙下斑驳的淤痕，一股细细的鲜血从她的耳边缓缓流下。吸入的空气像嶙峋石头一样卡在她喉咙里，她觉得反胃。咆哮者痛苦的脸庞悬在她眼前，她知道，自己正直视着死亡。他的胸膛不断起伏，他张着嘴，牙齿从双唇中裸露出来，潮水般的蓝黑色从他完全发黑肿胀的下体开始，在他身上蔓延开来，没过腹股沟，没过腰腹。

皱巴巴的绸缎被子没能给她挥动的双腿带来安慰。她觉得自己仿佛在玻璃上游泳。最后，在他绝望的挣扎中，露莱特双膝跪在床上，一手环住王牌的胸膛，另一只手在他被汗水浸透的头发里纠缠。她猛地把他的脑袋转过去，让他的脸朝着起居室和卧室间的墙壁。他纵声尖叫，那尖叫能终结生命、停止时间，直冲宇宙的边缘，再被宇宙的边缘反射回来，在房间里久久回响。墙壁炸裂开来，石膏尘土慵懒地打着旋，飘入咽喉，充斥着鼻孔。瓦砾在客厅的地板上跳动，远处的墙壁也起了鼓包。那一瞬，露莱特凝视着那面摇摇欲坠的墙壁，想象它倒下来，想象着隔壁那对肥胖的、中下阶级的夫妇盯着她，盯着这幅即将出现的画面：赤裸的女人怀抱着赤裸的男人——整个身躯因被毒素撑爆的血细胞而膨胀，那皮肤上蜿蜒斑驳的蓝黑色，就是毒素留下的痕迹。

又一次抽搐，咆哮者颤抖着，但他的喉咙已经肿了，再也发不出任何声音。他大汗淋漓的后背变得冰冷黏腻，紧紧贴着她扁平的乳房，而松弛的膀胱和肠子释放出的臭气弥漫了整个屋子，令人窒息。她推开王牌，从床上爬起来，在床边的地板上草草整理自己。

大都会修道院分馆的崩坏是他的杰作。钦天士明明暗示说，毁掉石墙的是灵龟……但他说谎！他明明保证，即使这是她杀死的第一个王牌，其中也不会有任何风险。他说谎。她伸手触摸耳朵，着迷地凝视指间凝固的鲜血。一种被人背叛的感觉蚕食着她的意识，进而化为怒火。他明明知道，却不警告我。他是想让她死在这儿吗？那谁去帮他杀掉塔基扬？

塞壬警告过她，此事凶险。她太沉浸在死亡和被背叛的感觉中，几乎忘了现实。在下曼哈顿区，没人听不见那咆哮者濒死的号哭，她没时间了。如果她想活着，想达成她的终极目标，就得赶紧走。她将纠缠不清的头发甩到脑后，将由小珍珠和水晶编成的长链绕在指上，用力套上头发。她把长筒袜和吊带内裤塞进小钱包，匆忙穿上裙子，一脚蹬上高跟凉鞋。

她向粉身碎骨的房间投去最后一眼，检查自己是否漏下任何她曾来过的痕迹——当然，除了最明显的、床上那具肿胀的尸体。

我总是想与众不同。

她发出含混不清的尖叫，跑向逃生通道。一个鞋跟卡在脚下的铁栅栏上，她咒骂着脱掉鞋子，一手拎一个，一口气跑下五段楼梯跑到一楼。接着，她从消防梯下到堆满垃圾的肮脏小巷里。一百扇破窗户的碎玻璃如同闪着光的雪花，落在腐烂的菜叶、塑料六分格、还有臭气熏天的罐头上。碎玻璃在脚下嘎吱嘎吱地响着，她踏上地面，一块碎片深深地刺进她的脚后跟。

她呜咽着，把碎片拔出来，穿上鞋子。破伤风针，我需要打一针破伤风针。自从和乔赛亚在秘鲁待的那个月后，我就再也没打过破伤风。

想起前夫乔赛亚，回忆便一发不可收拾，如获得动力的火车般势不可挡。画面如两倍速播放的噩梦影像般破碎着、前赴后继着，向前翻涌……直到再也没有任何连贯的影像留下，只余一种没有差别的、朦胧的痛苦与悲伤，还有让她渗出毒液的满腔怒火，还有她如潮水般将毒液释放后的解脱：咆哮者死了。

走出小巷，步入街头。她试着和周围的人一样。如果只是简单地无视周围散落一地的玻璃——那是保险公司的噩梦，也是玻璃装卸工的快乐之源，那就太可疑了。但是，她无法让自己融入这群推搡着、拥挤着、瞠目结舌的人群里，他们中的许多人还穿着睡衣或浴袍，他们成群结队地站在一起，目瞪口呆地看着铺满玻璃碴的街道，看着布满裂痕或是粉身碎骨的车窗。看来，她最好装成一个年轻的上班族，感兴趣，但按时上班更重要。

一辆警车朝街上开了一枪，经过她时突然刹车，车上两名乘客像做安全测试的假人一样猛地向前一冲。一双布满血丝的无趣双眼斜睨着她，即使心中充满恐惧，她还是强迫自己迎上警察怀疑的目光。这个社区基本都是白人，即使她打扮得既优雅又低调，但这衣服显然属于夜晚。

妓女。

这个想法清晰地写在警察臃肿傲慢的粉红脸上，露莱特愤懑不平。我出生在70年代[1]，毕业于瓦莎学院，经济学硕士学位，才不是什么妓女，你个混蛋。不过，她没有露出任何神色，把这些想法小心翼翼地藏在心底。

一名男子跑出咆哮者的公寓大楼，双手高高举过头顶，向风车一样挥动着双臂，嘴巴一张一合，可惜在警笛的呼啸中他说的任何话都听不清。警察失去了对露莱特的兴趣，分了心。他向自己的搭档咆哮着什么，将大拇指猛地指向公寓。警车继续开动，露莱特强迫自己赶紧逃离。

恐惧又涌上心头。不是因为在她身后会聚的有形的追捕者，而是来自守在身侧的悠然踱步的灵魂猎犬们。它们等待着，静候着，等待随着每一次杀戮一点点增长的怀疑、恐惧和内疚吞噬她，击倒她，然后猎犬就会靠近，再彻底摧毁她。它们就在那里——等待着。她能听见它们的低号，此前她从未听见过。她快疯了。如果她再犯下杀戮，

---

[1] 这个故事发生在 1986 年。

又会发生什么？但她不得不这么做。如果能杀掉塔基扬，即使疯了，也在所不惜。

♣ ♦ ♥ ♠

第三章

早上8：00。

石狮子守在纽约公共图书馆主入口台阶前，仿佛也放了假似的。图书馆大门紧闭，楼梯没有一个人影。

珍妮弗先回了趟自己的公寓，吃了顿清淡的早餐，换上保守的职业套装：黑短裙、黑夹克、白衬衫。她如往常一样顺手拍了拍制服的一边，似乎是她夸奖自己干成一票的小小仪式。她用钥匙进入大楼，又在身后把门锁上。她的鞋底大声敲击着地面，在图书馆空旷的前厅诡异地回响。

"早啊，马洛伊小姐。"一个穿着皱巴巴制服的老人向她问候。她正穿过四通八达的中央大厅，走向自己在一楼书库旁的办公桌。

"早上好，赫克托。"

"你不去看游行？"老人是位保安。他喜欢讲述自己目睹喷气机小子在曼哈顿上空大战飞艇的故事，还有赶上新时代的第一批恐怖事件是何感受。那时他还是个警察，百变王牌病毒从空中散落开来，突然就这样永永远远地改变了这个世界。

"我可能待会再去。"她答道。她喜欢这位老人，但现在可不是让他开始无休止谈论过去回忆的时候，"我还有些工作要做，有个项目要完成。"

老赫克托舌头敲着假牙，摇了摇脑袋。

"你太努力工作了，马洛伊小姐。像你这样的年轻姑娘，应该多出去转转。"

"我会的。我只是觉得今天更适合完成自己的项目。整个图书馆都不对外开放。"

"我明白你的意思，明白你的意思。"老人苦口婆心地说，他在一排排昏暗的桌子间穿梭离去。"从来没见过这么喜欢书的姑娘，还老待着不出去找乐子。"他嘟囔着，一半讲给自己听，一半讲给她听。

珍妮弗往回走向书库，注意着赫克托的动向，确保他仍在漫无目的地游荡。他不会发现，她告诉自己，他才不会突然回来撞见参考图书管理员正把整整一个目录的珍贵邮票倒在她桌上，他才不会发现呢。

◆

水晶宫里几乎没有什么噪声，私人对话听得一清二楚。但斯佩克特对做隔墙之耳一点兴趣都没有。他直奔吧台，坐下，在磨得发亮的木板上敲手指。吧台后，萨沙正在忙着给一位身着紧身红白棉裙的金发女郎调一杯白兰地亚历山大。萨沙的脸上没有眼睛，这让斯佩克特毛骨悚然。

"嘿，"斯佩克特喊，音量刚刚能引起萨沙的注意，"我要来杯黑杰克。"

"我一会儿招呼你。"

斯佩克特点点头，把头发往后捋，好不挡眼睛。他吓得吃不下东西，但总能喝上几杯。妈的。他想，我应该答应他的。那个佝偻的糟老头能让我把吃的肉都吐出来。他用手遮住嘴巴，试图让断断续续的呼吸平静下来。

他转过身去，怕钦天士正跟着他。只有为数不多的几人才有熊心豹子胆敢在水晶宫搞事，钦天士绝对不是其中之一。

上帝，我真不想被那个混蛋追着不放。或许他会忙着对付其他人。即使是钦天士,想打倒他们所有人,也很棘手。

"你的酒。"

他终于盼到了萨沙的声音,斯佩克特转过身来:"谢谢。"他从口袋里摸出一张五美元,把皱巴巴的账单和钱一起扔到吧台上。萨沙迟疑了一会,拿起钱转身离去。

斯佩克特举起杯子,把威士忌一饮而尽。得向前看了。也许钦天士不会在布鲁克林找我。他轻轻地对自己笑了。也许下一任总统就是张鬼牌。

他踏出水晶宫,空气寒冷安静。他手合在一起摩挲着手掌,快步走上街头,朝着最近的地铁站走去。

♥

她第一次杀人纯属意外——如果那件事情可以被定为意外的话——事到如今,她都能为之辩解。因为对苏利这样的蛤蟆来说,他根本就不配繁衍生息。

她刚刚丢了工作。她的手指捏紧,糖和不新鲜的甜甜圈碎屑噼里啪啦地落在塑料盘子上。有人提议,就当放几天假,但她心里再清楚不过。几周来,低语就如鬼魂一样纠缠着她,在办公室隔间的角落里阴魂不散,在盥洗室里幽幽回荡,在每一张脸上留下明显的标记。可怜的小家伙……丈夫正在和她闹离婚……是真的么?……她怀了……一个怪物?

几个怀孕的朋友离她而去,好像她的存在会让腹中胎儿发生变异。加之疾病预防控制中心传出谣言,说百变王牌病毒已造成两个不同寻常的病例,说明这种病毒实际上是可传染的,这更加重了她们的恐惧。那天,弗兰克很友好地叫她去办公室,但他的意志十分坚决。她的存在已经对工人的工作热情与生产效率产生了不良影响。而她难道不需要花点时间来明白，自己身上到底发生了什么？那么，为什么不早点走呢？

几周后，她的钱所剩无几，意志也愈发消沉，苏利·桑顿敲开了她的大门。他是个可怜的小家伙，总是像驴一样嚷嚷说自己是乔赛亚的"商业伙伴"。他在斯莫伍兹时，露莱特从没特别注意过他和乔赛亚有什么商业往来。相反，他总是一心一意欣然接受所有能拿到的免费酒品，只要露莱特无人陪伴，他还试图在她身上留下醉醺醺湿漉漉的吻。她给过他一耳光，他发出一阵马鸣般的尴尬笑声，连他显眼的喉结都颤了颤。他醉醺醺地辩解，说自己只不过是继承了桑顿老爷子对皮肤黝黑的姑娘的偏好。这是天生的。好啊，她愤怒地想，要换个皮肤黝黑的男孩，看你怎么办。去他妈的，这也是天生的。

苏利说着什么因为乔赛亚对她很不好，所以想照顾她；能不能请她出去吃个晚餐；听闻她丢了工作，需不需要"借点小钱"诸如此类的话。她明白弦外之音。虽然她非常厌恶这位男性，但她还是接受了。贫穷能把人的标准降低。

后来，在那天晚上，他躺在她身上呻吟喘息，她想起了骨头尽裂生出孩子的那一刹那，她抬起手肘，看到……不！接下来，另一种东西从她体内诞生，苏利死了。

苏利死后的几小时里，她的灵魂吞噬者开始折磨她。如果朱达斯没找上她，她可能就此了结自己的生命。但钦天士的王牌猎犬找到了她，把她带到大都会修道院分馆。钦天士与她的阴暗面交谈，扶植她腐烂的恨意，向她保证她会报仇雪恨。当她完成最后一项杀戮，他会给她安宁——他会彻底抹去有关她孩子的记忆。

钦天士用她的次数很少，非常谨慎，意在保护她的秘密，也非常有效率。她也很有效率。今天，她已经为她的邪恶主子杀了第三个人，每一次情况都会变得更糟。她咽下咖啡——在阳光咖啡馆，他们把咖啡装在搪瓷杯里，搪瓷已经有些剥落了——试图用咖啡冲散舌尖上死亡的恶心气味。

这次他会知道的。他能嗅到她的怀疑和内疚，并有所行动，而她不敢让他失望——不，她只是单纯地害怕。她害怕他，害怕他的能力，害怕他偏执地追求毁灭。第一是提亚玛特是那些不承认他会最终胜利的人。

如果她只是再也不回去呢？

不，如果没有他在，就不会有最终的净化，就不会有怪物记忆的最终释放。他什么都可以要，但塔基扬必须命丧她手。这就是她的执念，正是仇恨和复仇的执念，让她和钦天士结合在一起成了邪恶联盟，这种纽带远比爱情更为强大。

"女士，我这里可不是按时间收座位费。"阳光咖啡馆老板抱怨，店家没有义务遵守电视广告欢乐的宣传内容，他简直就是活生生的例子。

她把钱扔到桌上，决定对店家的打扰心存感激，丝毫没有恼羞成怒。她光滑的咖啡勺已经被收走。她该走了。

她该去见他。

♣

若是往日，海勒姆喜欢乘车穿过城市的大街，透过结了霜的宾利车窗，去观赏退潮和曼哈顿街边人行道上的众生百态，让他的司机来担心堵车和神风出租车。但是今天，鬼牌镇和周围的街区一片混乱，鬼牌们纷纷走上街头，成百上千的游客蜂拥而至，来欣赏游行、街边集市、漫天烟火，还有其他百变王牌日的标志性庆祝活动。

为了避免冲撞，海勒姆告诉安东尼走罗斯福大道，可即使这样路况还是一团糟。他应该先回公寓换身衣服，但没时间了。他们直奔帝国大厦而去。

疯狂鬼牌

天鹅绒绳索在通往王牌云巅的电梯前高悬,一个极有品味的烫金招牌上是大写的"因私人派对暂停营业"。海勒姆轻轻跃过绳子,这对一个只有三十磅重的人来说,毫无技巧可言,但大厅里总有几个看见的人扬起眉毛。电梯直接把他送到王牌云巅的门厅。

门开了,他听见主厨正对谁大吼大叫。不用想,肯定是调味汁厨师,他们总是吵个不停。海勒姆从电梯出来,一个门卫正在打扫衣帽间。"一定要把烟灰缸清干净,斯密提。"海勒姆告诉他。他停顿一下,环视四周。大理石地板闪闪发光,沙发洗得干干净净,所有的墙上都挂着装裱好的名人影像:政客、体育明星、性感尤物、社交名流、作家、电影明星、记者,还有无数王牌。大多数人都在他们的照片上留下了温暖的私人签名,以示对海勒姆的喜爱。他停下脚步,把哈特曼参议员的照片摆正,还有咆哮者的照片——参议员重新当选的那个晚上,咆哮者的照片就被拿走了。然后,海勒姆才穿过宽敞的双人大门,步入餐厅。

即使人声鼎沸,保罗·利巴尔的声音在店里听起来也挺响亮。工作人员正把平日使用的桌子放回储藏室,换上宴会桌。清洁人员正在给地板、长长的弯曲吧台、还有精美绝伦的装饰艺术水晶灯抛光,这盏水晶灯给王牌云巅添了太多氛围。通往夕照露台的宽阔大门敞开,给房间通风,屋外纽约的狂风咆哮不停,昏暗的晨光中,海勒姆听见远处车流不息,警笛呜咽。

他的领班侍者和左膀右臂——柯蒂斯,胳膊下夹着一堆僵硬的海报板。他是个高高瘦瘦的黑人,有着一头白发。平日到了晚上,穿着燕尾服的他看起来精致、优雅,甚至有些严厉。可现在,他穿着法兰绒衬衫和一条破旧的工装裤,看上去十分憔悴。

"厨房乱七八糟。"他轻快地说,"保罗坚持说米丽安毁了他的特制蛋黄奶油酸辣酱,他威胁说要把她从夕阳露台上扔下去。厨房还着了点小火,已经扑灭了,没什么损失。冰雕还没到。六个服务生今天早上打电话说自己生病了。我管这个叫狂欢节流感,他们还抱怨,说私人宴会连小费都收不到。来笔大的奖金这病就突然能好了。关于黄金男孩的谣言又传了个遍,还是那些老话,我都接到三个客人紧张兮兮地打电话过来,说如果黄金男孩来,他们就不来。哦对了,底格打电话说,如果今天不让他来,《王牌!》杂志就再也不会提咱们的餐馆。对了海勒姆,你今天早上过得怎么样?"

海勒姆叹了口气,伸手摸着自己的秃头,在他还有头发的时候,他一紧张就会这么干。"告诉底格,如果他的编辑再也不在《王牌!》里提我们,我就让他来。再给我找六个临时服务生——不,找十个,他们肯定不如我们的老员工熟练。我倒是不担心保罗,至今为止他还没把谁扔出窗户。"说完,他大步朝自己的办公室走去。

柯蒂斯跟上他的步伐:"总会有第一次。那黄金男孩的事情怎么说?"

海勒姆发出粗鲁的声响:"那谣言每年都来一遍,就没变过。布劳恩先生也至今没来。如果他真来了,我会亲自解决晚宴的问题。还有谁威胁说他不来?"

"闪光约翰尼、决胜王牌,还有麻脸老板。"柯蒂斯回答。

"和肖纳还有露保证,"海勒姆告诉他,"再告诉闪光约翰尼,就说黄金男孩肯定来。那些是座位表吗?"

柯蒂斯把座位表递给他:"我会打电话问凯文,再问问冰雕的事情。"他一边说,海勒姆一边打开私人办公室的门锁。

"从窗户扔出去!"保罗·利巴尔在厨房咆哮,"你下落的时候可以好好反思,到底应该怎么做蛋黄奶油酸辣酱,说不定你落地前就能想出来!"

海勒姆的脸苦恼地抽搐:"就这么干吧,"他说,"哪位行行好,给我做点早餐。我想要一个煎蛋卷,放番茄、洋葱、碎培根还有奶酪。"

"要不要加切达乳酪?"

海勒姆抬起眼睛: "当然。要四个鸡蛋。还要些炸薯条和一瓶橙汁,再来点格雷伯爵茶。有饼干吗?"

柯蒂斯点头。

"好,来三块,谢谢。我饿得快虚脱了。"使用能力总让他饥肠辘辘,塔基扬医生说这和什么能量流失有关。"安东尼会带着一套干净的套装过来。我在富尔顿街起了点纷争。让谁去大厅等一下安东尼。如果安东尼想上来,宾利就可能要被警察拖走了。"他关上门。

一台 26 寸的彩电悬在书桌上方的墙面上。海勒姆坐在一张巨大的定制皮革行政椅中,椅子闻起来有种非常古老独特的英国男士俱乐部的气息。他打开背部按摩器,把座位表放在黑胡桃木桌上,按着遥控器打开电视。维拉德·斯科特和游隼女士出现在屏幕上。出于某种原因维拉德正带着一双驼鹿耳。游隼女士穿得尽可能暴露。他们在谈论鬼牌镇大游行。海勒姆按下静音键,他喜欢工作时把电视调成静音,这种影像背景能让他保持和世界的联系,但声音只会让他分心。对游隼女士令人敬佩的服装留下最后一瞥后,他开始审查座位表,每看完一张,就把它放回原来右手边的角落下面。

这时候,柯蒂斯端着煎蛋卷回来了,海勒姆看完座位表: "两处改动。"他说, "把西北风的座位放到露台边上,如果风太大,她能帮我们解决。把塔基扬医生和克罗伊德调个座位。如果我们把塔基扬和福尔图纳托放一桌,会出人命的。"

"完美。"柯蒂斯回答, "六桌放门边?"正式请帖早已发给一年一度到王牌云巅参加百变王牌晚宴的常客,也会要求客人回复。但总有王牌小心翼翼地隐瞒他们的真实姓名,还有一些没被邀请的王牌。晚宴对他们所有人都开放,每一年,那些获得王牌能力的人排着队想赢得入场券,队伍一年比一年长。

"放八桌。"海勒姆顿了顿, "毕竟今年是第四十个百变王牌纪念日。"他再次抬起头看着电视屏幕，"还有件事，"他的目光重新回到最上面的座位表，上面做了一个标记，"这里。"

柯蒂斯研究了一下："游隼女士坐在你旁边，非常好，先生。"

"我也这么想。"海勒姆安静地微笑。他非常为自己高兴。

"冰雕一小时内就会送到。"

"非常好。冰雕到了，记得叫我。"

柯蒂斯关上门，走出办公室。海勒姆坐在椅子朝后仰去，看着电视屏幕，换了个频道。喷气机小子之墓的台阶上，琳达·艾勒比正在采访泽维尔·德斯蒙德。他看着他们的嘴无声地张张合合，然后一条新闻快报突然打断了他们的谈话。好像是关于咆哮者的什么事情，他的照片在整个屏幕上闪烁，照片里他穿着黄色战斗服。一个好小子，但他对颜色的品味和塔基扬医生一样糟糕。

海勒姆皱起眉头，若有所思地将指尖搭在一起。一切尽在掌控之中，这场派对会取得无与伦比的成功，将成为今年令人瞩目的社交活动。他应该感到高兴才对，但他只觉得困扰。

富尔顿街鱼市里的冲突，在他脑中挥之不去。吉尔斯有麻烦，他需要帮助。海勒姆很喜欢这位上了年纪的鬼牌。他们做了十年生意，而王牌云巅甚至为他儿子的毕业典礼提供了餐饮服务。

应该找人打听打听，到底出了什么事，海勒姆想。当然，不是他自己，他是个酒店老板，又不是什么冒险者。不过，他知道应该找谁，很多人都欠他人情。或许该动动人际关系了。

海勒姆在他的名片盒里翻到塔基扬医生的号码，拿起电话，按下号码。电话响了很久都没人接。众所周知，塔基斯星人喜欢熬夜。终于，他放弃了。百变王牌日对塔基扬医生来说一直是件麻烦事，总让他时不时陷入内疚、自怜和痛饮白兰地的结果。这是第四十个百变王牌日，医生的恐惧会尤其严重。噢，毫无疑问，塔基扬医生会准时赴宴。但海勒姆希望有人能立刻着手调查此事。

他想了一会，他的好朋友哈特曼参议员能让他动用些司法部的王牌，但要政府参与太费时费事。福尔图纳托可能帮得上忙，也可能帮不上。

他翻着自己的名片盒，看着一个个名字，当然啦，它就在那里，最上面的那张就是。

杰伊·阿克罗伊德
秘密调查
经验丰富

海勒姆·沃切斯特微笑着，拿起电话，拨了这个号码。

第五声铃响时，阿克罗伊德接了："太早了。"私家侦探抱怨，"滚。"

"该起床了，砰呼杰伊。"海勒姆快活地说，知道这样才能刺激他。"早起的鸟儿有虫吃，而到了晚上你还得解决自己的晚饭，所以，谈正事。"

"最好不止一顿饭，海勒姆。"阿克罗伊德回道，"还有，该死，不许叫我砰呼杰伊。"

♠

每本收藏簿有十页，每页约有一百张邮票，下面写着它们的斯科特标准邮票目录①编号，非常容易识别。

里面有十枚爱尔兰 38 号（大英 171 号，上面用蓝黑墨水印着"临时控制 1922 年"）无瑕疵，每枚价值 1500 美元。还有八枚丹麦 1

---

① 斯科特标准邮票目录：每年，斯科特出版业都会出版的美国和海外邮票目录，列单着每张邮票的估计值和每张的斯科特标准编号。每张邮票的斯科特标准编号都是独一无二的。

号（黄棕色底纹，无齿孔），盖着浅浅的邮戳，邮票四边保存完整，每枚价值 1300 美元。还有十二张日本 8 号（无胶原生纸），无瑕疵，每枚价值 450 美元……诸如此类，一本收藏簿里一共有一千八百八十枚邮票，分门别类放好，平均每枚价值 1000 美元，因此每本收藏簿光里面邮票就价值 100 万美元，而第三本……

珍妮弗迅速翻阅书页，但她的思绪却被第三本神秘的书吸引住了，毕竟，她面前乱七八糟的桌上，另两本书都价值连城。

金福收藏了不少东西。她对集邮知之甚少，但只需迅速细看目录前的价格信息，加上她在稀有物品和可收集物品领域的大致经验，就能判断出金福收集了完美的藏品，时机一到，就能出手获得最大的利润。

金福收集的邮票珍贵，但不稀有。真正稀有的邮票举世皆知，所有存世的样本都被记录下来，几乎无迹可寻。而金福收集的邮票即使在市场上出售，也不会引起轰动。

但这些邮票确实又很珍贵——当然，这取决于他有多绝望地想将自己的资产变现——当需要将它们变现成其他更容易交易的资产时，他会期望在目录价格上下成交。

她迅速翻阅了前几年目录里的几个被摘出来的刊号，上面说，这些珍贵的邮票每年都在升值。如果金福在变现时招数得当，他都不用为此缴纳税款。当然啦，一个邮票交易商总会缺乏现金买下全部的邮票，但任何一个大城市中，邮票交易商总是不缺。

不幸的是，当她漫不经心地扫视邮票页面时，她意识到自己别无选择。她无法将收藏分散开来，必须一次出手，如果她销赃的买家愿意付十分之一的价格，她就够走运了。

不过，十分之一的价值也不错。20 万美金也对得起一早上的忙活了。

她买下公寓的按揭贷款中，最后一笔金额最大的那笔款项该还了,还有一些特别的项目要花钱。她从钱包里掏出一个小黑本,开始看她最喜欢的慈善组织机构名单。这些慈善组织机构大多是帮助受虐女性、遗弃儿童还有流浪动物的中心,规模不大,资金不足。在这个政府削减支出的年代,公民个人必须支持有价值的事业,比如这些慈善,珍妮弗想,这世上有价值的事业还有很多。

◆

水汽从隧道墙壁上斜穿而过的裂缝中渗出。似乎整个曼哈顿的重量都悬在她头上,她第一百次杞人忧天,担心这些密密麻麻兔子窝般的管道和小房间,能不能撑起整个曼哈顿的重量。或许,她的脚步将成为压死骆驼的最后一根稻草,让它们崩塌下来。恐惧推着呼吸深入腹腔,她匆匆向前,水汽不断渗入凉鞋之中。

对她来说,最难以置信的是,就在5月,纽约的王牌们捣毁大都会修道院分馆、杀死一批埃及共济会成员、摧毁沙克帝德维,惨败后的钦天士冷静地回到了自己的老巢,居然无人发觉。对,埃及共济会成员所剩无几:卡夫卡、钦天士自己、罗马人、金拓义、格蕾莎姆、小恶魔、胰素灵还有她——钦天士之所以救她,是因为他还需要她那天在纽约州北部的音乐会上待一天。或许(只是最近才被消除的)异群威胁,能解释为什么这群王牌没能发现钦天士的藏身之地。

露莱特沿着隧道步入一个小房间,踏上石地板中不断扩大的浓稠黑色血液,鞋跟在脚下歪到一边。这是一个充满活力的仪式,明亮的鲜血被涂在墙上。那里有耀眼的红色斑点,有溪流般流淌的血液,血液淌过冒着水汽的灰色石膏墙,如同一场野蛮的现代艺术展。远处的角落堆柴火似的堆着七零八落的人体残肢,瞪着眼睛的头颅像甜瓜一样放在顶上。她曾是个漂亮姑娘,长长的黑发亲吻着脖子参差不齐的剩余部分。一根绳子吊着光秃秃的灯泡从天花板垂下,头颅两边的耳垂上,水晶耳环在刺眼光芒中闪闪烁烁。

WILD CARDS

疯狂的静物,露莱特想,歇斯底里和剧烈的厌恶扯得她喉咙绷在一起。

卡夫卡看起来就像一幅达达主义①的作品。他像两个搭起来的毛巾架,弯腰驼背地立在钦天士身侧。几条绣着泰迪熊图案的蓬松毛巾搭在他嶙峋的壳质手臂上。他的甲壳咯咯作响,但这是出于寒冷还是出于恐惧,露莱特不得而知。

最后,她强迫自己把目光投向她的主人,钦天士非常讲究地拿一条毛巾轻轻擦着双手,再将毛巾放在脚边的地板上。在厚厚的眼镜片下,他的眼睛如同两轮悬浮的巨型月亮,但他依旧充满活力,巨大的能量在他身躯内噼啪作响。她明白,钦天士已经准备开始着手今天的议程,那是一场为接下来的宴会所准备的血色盛宴。

"怎么样?"

"咆哮者死了。"

"非常好,亲爱的,非常好。"他转过身,轻蔑地推开轮椅。轮椅凄凉地转着轮子,咯吱咯吱地滚进角落。"但是,要告诉我所有经过。告诉我每一个微妙的细节,讲一讲每一张饱受折磨从而扭曲的脸……"

"这一点都不微妙。"她断然回应,将编发理到脑后,露出淤青,"而且我右耳到现在都听不清楚。"

低沉的隆隆声从他喉咙深处涌出,钦天士大笑着,她愤怒地颤抖不已。

---

① 达达主义:1916 至 1923 年间的一种艺术流派,由一群年轻的艺术家和反战人士领导,他们通过反美学的作品和抗议活动表达了他们对资产阶级价值观和第一次世界大战的绝望。达达主义是一种无政府主义的艺术运动,试图通过废除传统文化和美学形式发现真正的现实,信奉的是流行的巴枯宁哲学,打倒一切,排斥一切,是一种过渡形式的艺术流派,对后来的现代与后现代艺术流派的发展有促进作用。代表人物有马塞尔·杜尚(1887—1968)和马克斯·恩斯特。

"我差点就没命了！难道你一点都不在乎吗？"

"没什么大不了的。"他看着她，她挣扎着，没法凝视他的双眼。

"你起码应该警告我！"她哭着，试着望向安全的地方，但举目四周，所见唯有疯狂。

"我又不是你父亲。我认为，你应该有足够的智慧进行自己的调查。"

"我又不是专业杀手，我不会事先调查。"

闻言，连卡夫卡都发出一声干瘪的低笑，那声音听起来就像干枯的尸体摩挲着双手。钦天士仰天咆哮，皮包骨的脖子上，凸起的青筋如树枝一样蜿蜒。

"噢，我亲爱的宝贝，这就是你躲避灵魂追捕的借口？你这个小傻瓜。你应该拥抱仇恨、舔舐它、吃掉它，在仇恨中陶醉，在仇恨中狂欢。我给你提供的，是独一无二的复仇机会。用痛苦偿还失去的一切。当一切结束，尘埃落定，我会将你所渴望的自由赐给你。你应当心存感激。"

"我成了一个怪物。"露莱特低语。

"我听见的是怀疑么？那就请碾碎它。愧疚是最无力的情感，它让你软弱。你看，怀疑会导致背叛，而你知道我会怎么对付那些叛徒。我把塔基扬医生赐给你，虽然我很想亲手结果他。所以，别给我哭哭啼啼地说你离死亡只有咫尺之遥，说什么我逼你犯下杀戒。更别想什么洗手不干的事情。我没空对付医生——还得让小恶魔和胰素灵去对付灵龟。所以，如果要把塔基扬医生重新挪回我的日程，我会对你非常失望。相信我，这种快乐不会压倒我的怒火。"

"我不认为你是因为慷慨才如此决定，我认为，你怕他。所以你才让我去对付他。"

她像个傻瓜一样说完这些话。话音未落，钦天士已走到她身边，五指如老虎钳一般钳住她下巴。

"管我叫懦夫？我可爱的性爱杀手？"他的神情仿佛魔鬼。

"不。"她被迫说出只能勉强听得见的话语。

"那就好。我可不想认为你不尊重我。现在！给我说说咆哮者死时的事情！"

"不，我不……我不能再想……不能再想一遍。"那时，她骑在咆哮者身上，正居高临下地盯着咆哮者光秃的颅骨，颅骨上只盖了几缕散乱的头发，还有带着斑点的粗糙皮肤。

"那就想想这个！"潮水般的记忆回来了。她看见双腿间那扭曲可怖的东西。这就是她历经那么长时间的痛苦生出来的东西。一个怪物，一个连护士都不愿去碰的可怖怪物。

"好，好！他当时……很痛苦。"

"他的脸，他的脸当时是什么样的？他一定直直地盯着你看。"

"他看起来很悲伤，就像一个困惑的孩子，不明白为什么自己会受到伤害。"她抽泣着，仿佛有碎玻璃卡在咽喉中。

"你是不是很享受？"他空出来的手搭上她的左肩，迫使她朝自己跪下。她感到鲜血浸透了她裙子的边缘，黏在她光秃秃的膝盖上。

他的目光再一次对准她，没有任何说谎的希望。

"不。"她的眼泪决堤而出，滚滚热泪顺着脸颊流淌。"我都没有真正了解他。我们只有一个晚上，但他对我很好。现在他死了，我很害怕。"

"害怕什么？"

"害怕我会变成怪物，怕接下来还要……"

"亲爱的，如果你就此不前，随之而来的后果，才是你应该害怕的东西。你在我手里，露莱特。如果让我失望，我会狠狠地惩罚你。"

她发出撕裂喉咙般的刺耳尖叫，他把手滑进她的胸腔，将她的心脏握在手中，她感到沉重的压迫。

"只要挤一下，露莱特，你就死了。"他的手向下移动，按摩着她的卵巢,极度的痛苦透过她的腹部蔓延。"别逼我杀了你,露莱特,那可就太浪费了。"他移开手掌,爱抚着她带着淤青的脸颊,"但我也不想吓唬你,亲爱的。我想帮你。我会拯救你的灵魂,让你获得自由。你会疯掉,露莱特,就像你会恐惧,除非你能完成最后的复仇并净化你的灵魂。如果没有那种净化,我帮你抹去记忆对你来说没有任何帮助。现在,你走吧,去找塔基扬医生,杀了他,然后你就自由了。"

"自由。"她叹了一口气,钦天士突然放开了她的下巴,她向前跌倒,双手撑住地面。她呜咽着,在她的指间一些血液已经凝固。甚至是不再受你束缚的自由,她想,那种感情既不是爱也不是恨,而是爱恨交织的复杂情感。

"是的,我的小美人,甚至是不再受我束缚的自由。"她闭上眼,等他殴打自己或什么别的惩罚。时间一分一秒地过去,什么都没有发生,她小心翼翼地睁开双眼。

"那你什么时候会……"

"消除你的过去?当你再次向我汇报,告诉我那些痛苦的细节。"——他的嘴唇弯起一个意味深长的微妙弧度——"我要知道塔基扬死亡的每一个瞬间。"

"是……好的……我会的。"

露莱特站起来。钦天士扬了扬头,示意卡夫卡离开。这个丑陋的鬼牌蟑螂忙不迭地朝门口走去,经过时递给露莱特一条干净的毛巾。她充满感激地接过它。

"我还是来这里找你?"

"那得看是什么时候。我今天的日程已经排满了。"他得意地笑了起来,若有所思地盯着她,"你把我服侍得不错。噢,为什么不呢?我已经决定,在离开时多带几个忠实的追随者。"他拿起一段可调节的软管,缠住上臂,摩擦着凸起的静脉。

"离开？"

"对。我会离开这个背叛我欺骗我的世界。"

"但怎么离开？"

"坐塔基扬的飞船。"

"但你根本不会驾驶宇宙飞船，不是吗？"她补充，突然对自己的话充满怀疑。钦天士的能力无可比拟，或许他能做到。

"这艘船会飞起来的，因为它是一个有着自己思想的智慧生物，我能控制一切有思想的生灵。我们明天凌晨三点半会合，只要你按时赴约，就能一起走。当然，前提是你要杀了塔基扬，而且你的小汇报要让我满意。现在，你应该作何言论？我是最讲公平的。"他意味深长地补充，以彰显自己是多么宽宏大量。

然后，他嘴角的笑容就消失了。他的脸扭曲成可怖的怪相。"现在，滚！"他大吼着，唾沫在他的嘴唇泛起小小的白泡，溅在她脸上。

她转身就走，跑回潮湿的隧道，毛巾压在她的嘴唇上。卡夫卡还在沿着隧道慢吞吞地走，露莱特从他身边走过，心想他到底听见了多少。如果他也是"忠实的追随者"之一，钦天士又怎么对他。如果他不是"忠实的追随者"，偷听到这些谈话，钦天士又会怎么对他。在他们眼神交汇的刹那，露莱特看见，鬼牌的眼中映着恐惧、困惑、憎恨还有绝望。她明白，自己也是如此作想。

她轻轻地摸着他的甲壳："谢谢你的毛巾，卡夫卡。"

"不客气。"他的话里有一种奇异的拘谨，让他古怪的样子更加荒诞也更令人心碎，"露莱特。"当她要和他分开时，卡夫卡补充道："要小心。我希望我们中能有一个人摆脱这种境况，那时，希望我们还能保持着某种理性和人性的完整。"

"嗯，这不会是我。但谢谢你的关心。"

♣ ♦ ♥ ♠

第四章

早上9：00。

珍妮弗拿起桌上的电话，拨打号码。去年来，这个号码她只打过六次，但早已牢牢印在脑中。听筒响了三声，然后被人接起，一个富有、受过良好教育，并极力掩饰自己布鲁克林口音的声音在另一端响起："快乐典当铺。"

"你好，格鲁伯。"

电话那头的声音变了语调，变得深沉，变得油腔滑调，有了一种不必要的殷勤。"我亲爱的幽灵。"他用珍妮弗的化名称呼她，"好久不见，最近怎样？"

"挺好的。"珍妮弗用最简洁的语言回答。她不喜欢莱昂·格鲁伯，但格鲁伯喜欢她。他有点胖，面色苍白，是个瘾君子，却有哥伦比亚大学艺术专业的硕士学位。他从父亲那里继承了当铺——虽然按珍妮弗听到的传言，这一说法相当可疑。他是她的销赃对象。每次交易时，他便趁机不断向她示爱，但珍妮弗总会冷冰冰的以礼相待。

"你有什么好货要给我？"他问。

他让这个问题听起来带着一丝猥琐的意味。珍妮弗似乎都能看见他在舔自己微微上翘的嘴唇。

"邮票。"她言简意赅。

"有多少？"他声音里的蛛丝马迹，表明他重新回到了谈生意的状态。

"按明码标价，200万美元。"

长长的沉默。格鲁伯终于开口，他的声音又变了。言语背后是珍妮弗从未听过的一些东西，让他听起来比往日更冰冷、更精于算计。

"你确实惊到我了，亲爱的。告诉我，这些是经销商的库存，还是有关人士的收藏？"

"不关你事。"

"好吧，我们都喜欢藏点小秘密，不是吗？"

"我的秘密只是我自己的秘密。"珍妮弗坚定地答道，言语间不止一点恼怒，"如果你对这批邮票没兴趣，我能找到其他买家。"

"噢，我很感兴趣，真的。我对你的一切都非常感兴趣，我亲爱的幽灵小姐。"听着他的用词，珍妮弗做了个鬼脸。她都能想象出电话那端他被可卡因塞满的脑子里闪过的是什么画面。"你是一个非常，呃，非常引人注意又令人好奇的人物。你总是凭空出现，在不到一年的时间里成了纽约最棒的窃贼。我觉得，能和你联系，三生有幸，而我对这批邮票非常、非常感兴趣。但我今天早上手头有点事，我在等人。你能在十一点左右过来吗？或许看完货，我们能共进午餐。"

"或许。"没必要在他看邮票前忤逆他，"十一点，我会过来。"

"我会等你，亲爱的。"

他最后一句话油腻地在她耳朵里回响，珍妮弗挂了电话。他的渴望比往常还要急切。她决心再找一个销赃的下家。她再也无法忍受格鲁伯频送秋波的话语。或许他会过分沉溺于可卡因，珍妮弗想，他吸了这么多，总有一天，他的心脏会因此爆炸的。

♥

福尔图纳托在检查自己的手表。人群中，他得把胳膊抬起来，越过胸前，才能看清时间。九点多一点。他抬起头，整个世界像一个万花筒。明亮颜色的碎片将他包围，不断变幻出新的形状，无法预料，却也并非无迹可寻。

当卡洛琳告诉他,今天是百变王牌日,他还觉得没什么大不了。他应该想清楚些才对。现在,他和布伦南被困在人群里,无法脱身。每过几分钟,他对公共展演的认知准则就会被刷新一下。对他来说,把自己浮起来从人群中脱身,然后回到清净的公寓,并不是什么难事。

然后,他就想起了钦天士。或许钦天士就在几码开外,或许他正要进行下一场杀戮,并在此过程中让自己变得更为强大。

前方赫斯特街和包厘街的交界处,就是鬼牌镇中心的广场。警方设下路障封锁了旁边的小道,但还是有相当数量的游客想到鬼牌镇里去,只要他们想去,一辆警车根本没法阻挡。他们大多数穿得和参加田径比赛的差不多:短袖、跑鞋,还有狰狞的T恤衫——除了都体重超重,这些人还背着各种相机,戴着写着各式愚蠢标语的鸭舌帽。

"看,那儿就有一个。"福尔图纳托指着其中一个说。这个人帽子上写着"外面吃饭很愉快"。福尔图纳托想把他的胃掏出来,让它被食管挂在嘴外面,让他的血、唾液还有早饭,一起流到人行道上。

放轻松,他告诉自己,放轻松。

从典型的鬼牌时尚看,整个游行已经是一团糟。官方花车本应一路排到运河,但街上早就挤满了民间的东西。最显眼的是一个二十英尺高的乳胶阳具,它粉粉嫩嫩,闪闪发光,大约倾斜六十度。这玩意被固定在一个木制平台上,三个戴着面具的鬼牌正努力推着它穿过人群。阳具有个分叉,两个头中间悬着一块标语,上面是大写的"去他妈的耐特"。第四个鬼牌站在木平台上,朝人群扔一些看起来像是用过的安全套的东西。有两股人马正奋力从人群里挤出一条通往平台的路,一股是警察,还有一股是愤怒的游客。

"他在那儿。"布伦南朝福尔图纳托的耳朵大吼,确保他听得见。福尔图纳托转过头,看见又矮、又胖的朱比正坐在他自己的书报亭顶上，他的海象牙在晨曦中闪闪发光。

"好。"福尔图纳托说。他用自己的一点点能量，在书报亭前清出一小块空地，双手在嘴边围拢，仰头喊他："劳驾您下来一会儿？"

朱比耸耸肩，开始往下爬。福尔图纳托伸手拿起一个黑色橡胶脚踝护具帮他站稳。接触朱比的那一刹那，福尔图纳托感到一股奇异的波动穿过他。朱比低下头，他们眼神交汇，福尔图纳托不由自主地读到了他的想法。

"对，"福尔图纳托回答，"现在我知道了。"朱比不是人类。

"我在水晶宫见过你，"朱比说，"但我们从没正式地自我介绍。"他伸出一只手，"你会保守秘密吗？"

"大多数情况下，我只管自己的事情。"福尔图纳托说，"塔基扬医生知道你的事情吗？"

"不，只有你知道。我想，我只能希望你没什么好理由来出卖我。"

布伦南走过来，朱比瞬间脸色煞白，布伦南说："蝶蛹告诉我——"

"我看见钦天士了。"朱比拼命点头，他黑色的脑袋泛着油光，几束红发贴在上面，"今天早上五点左右，我正去拿《询问者》，你知道，我每周一都这样。"福尔图纳托不耐烦地清了清喉咙。"他在一辆豪华轿车后座，车朝第二大道开了。"

"你怎么知道是他？"福尔图纳托问。朱比犹豫了一下，福尔图纳托用命令的口吻追问："说实话。"

"我……参加过几个他们的集会。埃及共济会的集会。我以为他们有……一些我想要的东西。"

一阵突然的巨响惊得外星蠢货连连后退。福尔图纳托转身看去。赫斯特街对面，一扇玻璃橱窗从里面炸得粉碎，碎片洒落在街上。四个穿蓝缎子夹克的东方孩子冲出店铺，最后一个孩子手持短棍，砸碎了门上的玻璃:"老家伙,你给我记住!"这孩子大吼大叫,"你别想惹白鹭会,混蛋!"他们冲进人群,消失不见。

布伦南打开皮箱,迅速将弓的两部分拼到一起,整个过程只有1.5秒。即使如此,他也没机会出手射箭。他只好把弓收起来,转身看福尔图纳托,后者一动不动。

"你没开玩笑,"朱比说,"你确实关心自己的事情。"

"对于无法预见之事,我不会干预。"福尔图纳托回答。他想起1969年的往事,那时,他刚刚显露出了自己的能力。接下来的几个月,他被卷入一场地下政治运动,试图阻止越南对鬼牌的大屠杀。那时候,即使整个事件都一清二楚,他也感到心神不宁。那时有一个女人,她失踪的时候,以前的他也就随之而去。从那时起,他就开始把秘密藏在心底。"如果我想做警察,我就会去做警察。"

他再次转向朱比:"我认为,多事之秋一过,你和我需要时不时坐下好好长谈一番。但现在,只需要多长个心眼多看看。如果你再瞧见钦天士,或者任何你知道的钦天士的手下,打电话给塔基扬。他会联系我。好吗?"

外星人点点头。

"还有,看在上帝的分上,"福尔图纳托说,"开心点。"

♣

斯佩克特慢慢爬着地铁站的台阶,环顾四周。杰克·丹尼尔没帮上忙。他见过钦天士杀人,见过好几次。老家伙能在他再生愈合前就把他撕成碎片。他颤抖着,蹒跚而行。再过几个街区,格鲁伯的当铺就到了。

弗拉特布什大道一片寂静,仿佛荒废了似的。一个孩子一只手拿着飞机,另一手拿着飞艇,在门廊上玩。他用飞机撞向飞艇的一侧,大吼着:"我还不能死!我还没看《约尔森的故事》!"

斯佩克特摇摇头。他不能理解，为什么所有人都把喷气机小子看成是英雄。那个小混蛋确实努力阻止百变王牌病毒释放到整个纽约，但他搞砸了，失败了。可是，人们居然为此给他建了个雕像，还有几百万粉丝崇拜他。

"喷气机小子就是个窝囊废。"他朝男孩大吼。

男孩盯着他，然后捡起玩具，在门廊里乱窜。斯佩克特从灰西装里掏出亡灵头颅面具。他戴上面具，穿过马路，往快乐典当铺走去。

他迅速走过街道，想进门，但门锁了。斯佩克特重重敲了几下门，等了一会儿，依然毫无动静。他又敲了几次。这次，门内传来沉重的脚步声。锁响了，门开了一个小缝。

"我正忙着呢，待会儿再来。"格鲁伯说。

"你领子上有可卡因。"斯佩克特指着他的定制粗呢制服，把一只脚伸到门内，"我是斯佩克特，我想买点东西。"

格鲁伯打开门，等斯佩克特进来便赶紧关上。"买东西？这可不同寻常。好吧，你想买什么？"

"一把自动手枪，一件防弹衣。"斯佩克特环视光线昏暗又乱七八糟的店铺，整个地方闻起来一股垃圾和格鲁伯喷的古龙水混合的味道，"你是怎么在这种鬼地方找到东西的？"

"所有重要生意都在后面交易。"格鲁伯打开栅栏隔，走入里屋。他又胖又软，光凭这点斯佩克特就讨厌他。他跟着小个子，将痛苦变为专注。

格鲁伯打开橱柜，拿出一把手枪。"带肩套的英格拉姆 Mac-11。如果是普通客户，我会开价八百。但你可以把它直接拿走。我希望，你很快就会为我带点什么回来。"

斯佩克特拿起英格拉姆看了看。枪支已经上油，分量称手。"没问题。不过，没有防弹衣？"

"抱歉，没有。"

斯佩克特想过，或许防弹衣能阻止钦天士把他撕成两半，但希望渺茫。他不过想碰碰运气，因为通常情况下，格鲁伯总会备着防弹衣。"那子弹呢？"

"这儿。"格鲁伯递给他一个没开封的盒子，说，"你为什么需要枪？我的意思是，你已经是王牌了，这一切看起来，呃，像是画蛇添足。"

斯佩克特发现，格鲁伯小心翼翼不敢与他对视。他突然揪住胖子的耳朵，把他拉近。格鲁伯想用一只手抠他眼睛，另一只手抽出一把.22口径的自动手枪。斯佩克特夺过手枪，枪口对准销赃人。两声枪响，齐齐命中格鲁伯的肚子。斯佩克特把枪扔掉，他知道，格鲁伯将经历漫长的死亡过程，最终因枪伤而丧命。他把格鲁伯的脑袋转过来，逼他盯着自己的眼睛。

"不。"格鲁伯闭上眼睛，斯佩克特给他喉咙来了一拳，把他打倒在地，然后跨坐在胖子身上，锢住他的手臂。

"别杀我。求你了，别杀我。"

"你已经死了。"斯佩克特翻开格鲁伯的眼皮，格鲁伯放声尖叫，可惜为时已晚，他的眼睛已经被斯佩克特锁定了。

斯佩克特是唯一一中了黑桃王后[①]，还能活着讲故事的人。不幸的是，他的死亡记忆深深在心底留下烙印。他将这段死亡记忆释放进格鲁伯的脑中，将他的痛苦投射入男人的体内，从而说服格鲁伯已身之将死。格鲁伯那又矮又胖的身躯相信了这一暗示。他翻着白眼，喘着气。斯佩克特感到他的身躯渐渐僵硬，这才松手。

他看向桌面。格鲁伯只在记事本上写了一个单词：邮票。他耸耸

[①] 黑桃王后：《百变王牌》系列中的俚语，表示感染百变王牌病毒后死亡。90%的人感染百变王牌病毒会死亡，没有哪两个人的死亡方式完全相同，他们的身体无法适应病毒引起的剧烈变化。"黑桃王后"在生物学上是不可预知也不可持续的，有些会当场毙命，有些则相当漫长，症状因人而异。

肩，转身离去。

  他戴上肩套，把英格拉姆放进去。如果碰上钦天士，这可能有点用，当然，也可能毫无用处。他关上栅栏，把隔间门锁上，戴上面具，从后门离去。

♠

  愚蠢！我到底蠢到了什么地步？杰克一边想，一边奋力穿过人群，向市中心走去。他对自己的怒火依旧熊熊燃烧。他扫过眼前第八大道的一切，小姑娘和那个穿紫西装戴精致软呢帽的男人到底跑哪里去了？

  他还不能给科迪莉亚的母亲打电话。不管艾洛耶特有没有失去耐心，她都得再等等。杰克已经打了一通电话，试图挽回点局面，如果垃圾婆和她的动物们能看见他外甥女……接下来的事情他就能接手了。他感觉自己的舌头变得有些粗糙，当舌头滑过牙齿，他觉得牙齿的数量比平常更多，牙齿也比平常更长、更锋利。他试图遏制怒火蔓延，以防为时已晚。

  控制。显然他现在有点自控能力了。起初，在离开港务局巴士总站时，他漫无目的地想在人群里随便朝哪个方向挤出一条路，然后再找另一个方向去挤。然后他思维里的人类层面起了作用，将爬行动物的大脑平复。他应该设置搜索网格，而不是沿着一条线去找。如果将福尔图纳托作为一条线索，那就应该去市中心找找。他不知道，刚刚那个男人是不是皮条客，不知道那个男人是不是福尔图纳托手下来去自由、物色新人的眼线，事实上，他甚至不知道那个男人有没有用过那种寻找被抛弃之人的才能，但这起码值得一试。那个和科迪莉亚在一起的男人，会更容易被人群裹挟着朝鬼牌镇走去。现在第八大道比其他几条大道都人少好走些，最终，杰克不得不担心选哪条路穿过市中心，但现在，他还是跟着感觉走。

奏效了。

他来到第三十八街的交叉路口。突然,他在街对面瞧见了熟悉的软呢帽,帽子轻微地上下晃动,好像戴着帽子的人正疑惑地看着自己。他还看见了一个后脑勺,一绺发亮的黑发隐约可见。软呢帽朝黑头发走去,那个有着黑发的年轻姑娘离得很远,她在跑。

软呢帽追了上去。

杰克盯着他们,走下人行道。一只手抓住他的肩膀,粗鲁地把他拉回来。一辆黄色出租车按着喇叭呼啸而过,差点压着他的脚指头,撞上他隐藏的鼻子。

"看着点,兄弟。"站在他边上的强壮鬼牌说,"出租车司机才不会在乎,今天不会在乎,从前和以后都不会在乎。"

现在,整个交叉路口车流不息。最后几辆出租车已经穿过路口。现在,各个方向都有车流排队等候,似乎没人在意要自动扣除的25美元车辆拥堵费。

"需要警察的时候,警察都不在。"有人说。

杰克像一名不错的跑垒员一样跑过路口。纽约喷气式飞机橄榄球队会很骄傲——他胡思乱想着——这个赛季,他们就会让他上场。到了第三十八街另一边,他发现科迪莉亚和软呢帽都不见了。

该死的。他想,迟早要去市中心找。他环顾四周,想找一只垃圾婆的鸟儿,或者一只猫,或者一只松鼠,什么都行。

需要鸽子的时候,鸽子都不在。

♦

垃圾婆的衣服都放在杰克那里,她从一堆破破烂烂又脏兮兮不成套的大衣、裤子还有衬衫里挑好衣服,把一顶希腊渔夫帽胡乱戴到如丝般的头发上,留下猫,绕开杰克的家,穿过隧道,走向地面。数年来的地下活动让她十分敏捷,她透过住在隧道里的老鼠的眼睛来认路。老鼠们贴近地面的视角，已经足够让她避开大部分障碍物。她已经在地下待了好几天，完全没用自己的眼睛去观察。最好能像她在隧道和洞穴里爬行的小生物一样，尽可能不与地面上的人群接触。

垃圾婆抓住梯子的横挡，向上攀爬，来到地面上的世界。她向上稍微移动井盖，环顾四周，小巷里只有一名熟睡的流浪汉。她爬出地面，将井盖放归原位，蹒跚着朝小巷口的人群走去。很久以前，她在地方检察官办公室找到了直接通往罗斯玛丽·马尔登办公室的路。但在今天，街上到处都是狂欢的人群。很多人带着怪异的面具，有些人盛装打扮。垃圾婆对这些耐特感到愤怒。百变王牌病毒虽然让她多了许多生存技能，却也让她与正常的人类世界疏离。有时她感到遗憾，但大部分时候她毫无感觉。毕竟，诅咒人群，清出一条通往司法中心的道路，一点都不费力。

有人在吹口哨，虽然她喜欢这个声音，但她并没有四下张望。反正，这也不是朝她吹的。

在保安注意到她之前，垃圾婆混入了等待电梯的人群中。她和保安之间隔着一群穿着三件套西服的家伙。她低下头，斜视着，朝楼梯走去。爬到八楼要花几分钟，但她讨厌电梯。

接待员不是往常那个，他不知道垃圾婆是罗斯玛丽在社会服务工作里的老常客。前台现在坐着一个身着棕色套装的英俊黑发男子，当她从接待处经过时，他正和电话那端起了争执。

"该死！又丢一个！发明保持通话按键的那个人应该被拉出去枪毙，你觉得呢？"他头都没抬，狠狠砸着电话控制台，"尽管我知道，这根本不是一个律师应该有的态度。"终于，他惊讶地抬起头，表情凝固了一会："嗨，我能帮你做什么？"他朝流浪的女士微笑，"你是来这层楼办事的吗？这是地方检察官办公室，你想找哪位？"

"罗斯玛丽。"垃圾婆低着头，声音沉闷无力。

"罗斯玛丽？我是新来的，但这里唯一的一名罗斯玛丽——我想

——是罗斯玛丽·马尔登。她只不过是地方检察官的一位助理。"他转头，怀疑地看着电话控制台，"呃，我可以帮你打给她，但是……"

"罗斯玛丽。"流浪者的声音变得更为强硬愤怒。当他再次抬起头，仅仅就那么一瞬，他看见了一双锐利而干净的黑眼睛。

"我会尽我所能。"电话响了，"保罗·哥德堡。这里是地方检察官办公室，我能帮您做什么？"

垃圾婆朝哥德堡身后的一扇门走去，不过，在她碰到门把手前，门开了。

门后的女士身材娇小，比垃圾婆矮三寸。她们曾有一次不得不互换服饰，因此流浪女士对此一清二楚。罗斯玛丽的眼睛会根据她的心情，从深褐色到浅褐色变化。今天，她的双眼黑暗，透着紧张不安的神色。

"早，见到你很高兴，快进来，我一会儿就回来。"罗斯玛丽·马尔登帮流浪女士打开门。进门前，垃圾婆转头回望接待桌。罗斯玛丽点头："保罗，再打电话给临时服务，告诉他们，如果十五分钟内还没人过来，我们就找别的服务。这件事情太荒唐了。"

"好的，马尔登女士。我希望我没冒犯您的客人。"他朝流浪女士歉意地一笑，垃圾婆毫不犹豫地摇了摇头。

"她是我朋友，保罗。"罗斯玛丽说，"请继续帮我接一下电话，好吗？"

接待桌后的男人叹了口气，点点头："当然如此，马尔登女士。希望再次见到您，小姐。"他朝垃圾婆说。当垃圾婆再次盯着他时，他已然又接起电话。垃圾婆回头，蹒跚着走进罗斯玛丽的办公室。

"唐尼斯度假去了，现在整个事情一团糟。"罗斯玛丽关上门，走向胡桃木书桌，"所以现在，我们人手严重不足，而我们最新的对付方法就是接电话而不去办案子。虽然，他就是个摆设。"罗斯玛丽在桌子上坐下，"他们为我提供新地毯，来换这些糟糕的绿色毛毯。

我直接换了一个检察官职员。"

"明智之选。"垃圾婆在一张旧平椅子边坐下。她摘下帽子,将头发梳到脑后。

"杰克怎么样?"罗斯玛丽伸手接过垃圾婆的帽子,戴上。她疑惑地看着垃圾婆,后者正摇着头。

"你和粗花呢不搭。"垃圾婆小心翼翼朝后坐,好像担心椅子随时会塌掉似的,"好吧,我猜……我们现在不怎么说太多话。过来前我接到他打来的电话,他正在找一个离家出走到纽约的小外甥女。"

罗斯玛丽翻了个白眼。

"她叫科迪莉亚·切森,十六岁,是个路易斯安那州的乡下姑娘。杰克说她很好看——又高又瘦,黑头发,深棕色眼睛。他就和我说了这么多,他听起来非常沮丧。"

"我会把这些话告诉车站站房。"罗斯玛丽说,"这些我能做到。太多小孩喜欢往城市跑。"她从臀边的桌上拿起一支钢笔。

垃圾婆点头表示感谢:"不用跑现场的生活怎么样?"

"谁说我不用跑现场?摊上这份工作,我想离开现场都不行。"罗斯玛丽叹了口气,继续玩着手中的钢笔,显然她脑中另有他事,"甘比诺家族的问题更严重了。屠夫——还记得弗雷德里科首领吗?——他正大开杀戒,谁威胁他的权势,他就杀谁。这可不是控制甘比诺家族的法子。我们再也不能完全控制鬼牌镇的情况,有人正教唆鬼牌们反对我们,反对甘比诺家族。当然,他们都被当了枪使。"

"鬼牌总是会被利用。他们要么是本世纪伟大的被压迫的少数人,要么就是一个应当被消灭的瘟疫。"垃圾婆又大又黑的双眼跟着她来回转。

罗斯玛丽继续说:"他们保护甘比诺家族时,会有所回报,这个传统连屠夫都不敢废除。"她用钢笔做了个手势,"我总是在想,如果我父亲有个儿子,来接手甘比诺家族的事情,这一切就都不会发生了。或许那个狗娘养的屠夫会碰上一场漂亮的意外,比如在浴缸里滑倒或是别的什么。"

"他总是意味着坏消息。"垃圾婆一本正经地朝罗斯玛丽微笑,"即使我们萍水相逢,我都不敢说他给我留下了什么好印象。如果我听见了什么消息,我会告诉你。一般情况我都会避开鬼牌镇,但老鼠们喜欢去那里,那里吃的多。"

"拜托,我不想听细节。"罗斯玛丽打了个寒战,"你想知道什么事让我的生活有意思了吗?首先,我听说今早,有一些价值连城的笔记本流落街头。我甚至不知道这是谁的本子,但白鹭会想要它们。如果白鹭会对它们感兴趣,那我也对它们感兴趣。你确实总能听见最奇异的事情,所以如果你听见了什么风声,我会不胜感激。"罗斯玛丽不愿看垃圾婆暗淡的目光,"我感觉我在利用你,苏珊妮。但你真的能知道其他人都不知道的事情。谢谢了。"

"我有很多的耳目。"垃圾婆越过罗斯玛丽的肩膀,看向窗外,"你是我的朋友,除此之外,我只有一位——人类朋友。我想帮你。"

"我希望杰克不是个蠢蛋。"罗斯玛丽说,"这孩子到底哪儿有问题?"她同情地摇摇头。"你有没有想过,也许可以在其他地方找找看?"

"或许在执行任务的时候找找?"垃圾婆用手把头发往后梳,带上帽子。她站起身,理了理破烂的佩斯利短裙。她穿着一双斜纹棉布鞋。"或者可以在单身酒吧试试看,或许我会引领新的时尚潮流。"

"我很抱歉。"罗斯玛丽从桌子上滑下来,拍拍垃圾婆的肩膀,垃圾婆转开,从她手下脱身。

"这么多年了,我总是一个人。我能活着。再说,小猫们会很开心。"垃圾婆露出又白又尖的牙齿,"我会和你联系。"

罗斯玛丽打开门,陪她走到前台。

"二十分钟后,我要出庭。如果需要什么,只管给我打电话,亲爱的。"流浪女士弯着腰，低低地点头走开。她路过接待桌，哥德堡抬起头。

"希望很快能再见到你，祝您生活愉快。"

话音未落，流浪女士转头盯着他。

"是啊，我自己都不相信刚才说的那些鬼话。"他咧嘴一笑，歉意地耸耸肩，电话再次响起，"再见。"

她慢慢地走向楼梯，垃圾婆不知道杰克有没有找到科迪莉亚。失踪的女孩，丢失的笔记本。每个人都在寻找什么。但她不需要找什么丢了的东西，这就是一无所有的好处，她已经没什么可失去的了。

♥

鬼牌们看起来都一模一样。

连那些扮成鬼牌的耐特都是一个模子刻出来的。

杰克困惑地眨着眼睛。试图在遇到的所有面孔里找人，这就好比在斯特兰德书店①里一目六行看着书脊找书。过了一会儿，所有的颜色、大小、标题都看起来一模一样。他在人群中看见黑发姑娘——却总不是自己的外甥女。他看见戴软呢帽的人，看见戴巴拿马宽边帽②的人，看见戴卷边帽的人，没一个是要找的人。

在第十大道西边的拐角，他差点撞上一个朝东走的孩子。"看着点路，死基佬。"年轻人说。

杰克惊讶地盯着他。

"你没法糊弄我。"小孩说，"想都别想。"

男孩显然一点都不想让路，杰克开始绕着他走。小混混，他想，

---

① 斯特兰德书店：位于纽约曼哈顿，是纽约的地标建筑、世界著名书店之一。书店收藏有大量新、旧及珍稀图书，这些图书摆放在一起足有十八英里长。此外，店内还收藏有许多绝版书籍。

② 巴拿马宽边帽：一种稻草或棕榈叶编成的宽边帽，主要由男性佩戴。

十足的街头小混混——不是那种剃了头化了妆的朋克青年。

这孩子比杰克还矮,瘦得像个雪貂。他的表情空洞,眼睛是雨水的颜色,如被压紧的弹簧一样虎视眈眈地盯着他。"看着点路。"他又说了一遍。

杰克走过男孩身边,被一位路人挤了一下。为保持平衡,他的手拂过男孩的手肘。男孩退回一步,摆出类似武术的架势,一副要开打的样子。

"别碰我,死基佬。"男孩说。

他们互相瞪了几秒,杰克点点头,转身离开。他没有回头,但他能感到男孩在他身后,用那双干净、刻薄、紧张兮兮的眼睛,一直盯着他。

♣

水晶宫闻起来和其他早上的酒吧一个样——陈腐的烟、溢出的啤酒,还有消毒剂的味道。福尔图纳托在俱乐部的黑暗角落发现了蝶蛹,透明的皮肤几乎让她接近隐形。他和布伦南在蝶蛹对面坐下。

"看来,你收到了消息。"她用伪装的英国公学口音说。

"我收到了消息。"福尔图纳托说,"但线索断了。如今钦天士可能在任何一个地方。我希望你能给我点别的消息。"

"或许吧。你知道一个自称'死期'的蠢货吗?"

"知道。"福尔图纳托回答,他的指甲徒劳地抠着桌上的聚氨酯表面。

"大概一小时前,他来这儿了。萨沙从他身上读到了一条清晰明了的话:'他妈的他会来杀我。那个扭曲的老混蛋。'"

"说的是钦天士。"

"没错。这个死期看起来完全疯了。萨沙说,他脑子里有很多东西在转。"

"你的意思是，另有隐情。"福尔图纳托说。

"对。但接下来的东西就不免费了。"

"现金还是人情？"

"今天早上我们说话都直来直去，不是吗？好吧，我倾向于用人情换。为了纪念今天的节日，我甚至会给你一个偿还期限。"

"你知道，我很擅长这个。"福尔图纳托说，"或早或晚，这人情我会还。"

"不管是什么情况，我都不喜欢给坏消息收钱。萨沙听见的另一句话是：'或许，他会忙着对付其他人。'"

"天哪。"福尔图纳托说。

布伦南看着他："你在想，他将要进行某种杀戮的盛宴。"

"唯一让我惊讶的是，他居然拖了这么久。他一定是等着在百变王牌日出山，好搞一出大肆破坏的好戏。还有别的消息吗？"

"关于钦天士的消息就这么多。但还有另一件事情。这件事情可能更归你管，自由民。今天早上，我收到一通电话，要我仔细留心关于一本失窃书籍的消息。准确说，是三本书。两本是装着珍贵邮票的收藏簿，但打电话的人更关心第三本书。这本书和普通学校的笔记本差不多大，蓝色封面，上面有一个竹子的图案。"

"那么，这电话是谁打的？"布伦南问。

"不重要。我感兴趣的是他背后的组织。我花了一点时间和关系来打听是哪个组织，但最后，我想起了一个名字。"

"你开价多少？"布伦南问。

"消息换消息。我觉得，在这件事上，我们应该通力合作，这对我们双方都有利。但你不能瞒我，如果你隐瞒了什么，我会知道的。"

"我同意。"

"'影拳会'这个名字耳熟吗？"

布伦南摇摇头："不太熟。我在唐人街听过这个名字，我只知道这些。"

"好吧，"蝶蛹说，"或许我应该提一下这个组织里一个高层的名字。人们叫他'枪眼'。这个名字耳熟吗？"

福尔图纳托摇摇头，布伦南盯着桌子看。"对，"布伦南说，"我听说过他，他的真名是什么什么莱瑟姆。施特劳斯律师事务所里的那个莱瑟姆。我听说，没人知道百变王牌病毒是不是毁掉了他所有的人类情感，或者，他只是一个非常、非常杰出的律师。"

蝶蛹点头："公平交易。我们再来一轮？"

"你先。"布伦南说。

"巧合的是，我今天早上又接到另一通电话。打电话的人叫格鲁伯，他是个中间商——我猜，他恐怕是个开当铺的，他不会自己进货。他关心的是，一个王牌今早准备出手一些装满邮票的收藏簿，显然，这个王牌叫'幽灵'。虽然是个神偷，但她只是个小姑娘，而这事已经有点让她头疼。任何找到这些书的人，都会拥有巨大的能量。"

"或以死谢幕。"布伦南说。

"该你了，"蝶蛹说，"我洗耳恭听。"

"接下来的事情，你可能已经猜了个八九不离十。"布伦南说，"或许你不想提那个名字，那个名字很危险，因此非常珍贵。"

"说出来。"蝶蛹说。

"金福。"布伦南说，"我确信枪眼是金福的人。肯定出了什么事，而且是件大事。如果枪眼那么不顾一切地想找书，那这书一定是金福的。而且这书一定非常重要，是个能造成极大破坏的东西。如果影拳会是金福的人，那他们将无处不在。"他站起身来，"我的朋友，我们就此别过。"

福尔图纳托握住布伦南的手："谢谢，如果我有书的消息，我会告诉你。"

"祝你好运。"布伦南说。他一路小跑，从前门离去。

蝶蛹朝桌子俯身："这个'死期'，他对你很重要，是吗？"

"如果他能让我找到钦天士，他就很重要。"

"为什么你就不能用自己的能力去找钦天士？"

"对付他没什么好处，他把我屏蔽了，就像他们用锡纸屏蔽雷达一样。即使他就站在那里，我都看不见他。"他指了指对面，蝶蛹的眼中突然闪过恐惧，她慢慢转身，看着福尔图纳托指的地方。

"没事，"她说，"那里没有人。"

福尔图纳托没有看着她。他正在构思一个身材高大但极为瘦削的男人形象，男人有一头棕发，长着一张被毁了容的脸。如果死期没跑远，还在几个街区之内，只要集中心神，福尔图纳托就能找到他。

他睁开双眼。

"运河街。"他说，"在地铁站。"

♣ ♦ ♥ ♠

第五章

早上10：00。

当他步入西村蜿蜒曲折的街道，杰克开始思索他要不要朝东边的鬼牌镇走，还是继续朝喷气机小子之墓前进——那是纽约今天一切活动的中心。

起码现在他对这片地方更熟悉了。他在格林威治认出一个熟悉的建筑，他在胸前的口袋里摸索，找出那张起了皱纹的彩色快照——那是艾洛耶特在上一个圣诞节寄给他的照片。显然现在科迪莉亚已经女大十八变，但只要有相似之处，就足够了。

酒吧叫"青年幻想"，是一个社交场所。它从早上开业的第一件事起，就显得像一个蓝领工薪阶层的地盘。而到了晚上六点，它就按下换挡开关，发生天翻地覆的变化，变成一家通宵同性恋酒吧。不管外面看起来怎样，青年幻想都是西村最古老的营业场所之一。

杰克三步一跨，推开转门。酒吧里一片漆黑，他花了点时间让眼睛适应昏暗的光线。他穿过宽宽的长方形房间，听见花生壳在他11码的鞋下咯吱作响。

酒保正在擦一盘啤酒杯，他抬起头："有什么事吗？"

"也许今天早上你往窗外看了看。"杰克说，他把照片举起来，"你见到她了吗？"

"你是警察？"

杰克摇摇头。

"我没看见。"酒保仔细看了看照片,"挺漂亮的姑娘。你女朋友?"

杰克摇摇头:"我外甥女。"

"好的。"酒保说,他凑过来,仔细打量杰克,"今天早上6点多,我是不是在这里见过你?"

"有可能。"杰克回答,"我来过这儿。照片中的女孩,你今天早上见到她了吗?"

酒保若有所思地眯起眼睛:"没见过。"他挑剔地打量杰克,"姑且认为,她真是你外甥女,哈?是走散了,走丢了,还是被拐走了?"

"被拐走了。"杰克在哈姆斯餐巾纸上潦草地写下一串数字。垃圾婆给过他罗斯玛丽办公室的直通电话。"帮我个忙,好吗?如果你见到她,不管她是独自一人,还是和谁在一起,麻烦给这个号码留个消息。"他朝门走去,"万分感谢。"他回过头告诉酒保。

"明白。"酒保说,"无论昼夜,永远顾客至上。"

♠

她让出租车停在畸人俱乐部门口。即使到了早上十点二十分,夜店依旧歌舞升平。扶她下出租车的门卫看起来好像已经喝得酩酊大醉。他柔软的白色皮衣布满褶皱,红眼睛既朦胧又明亮。他指了指夜店的门口,但露莱特只是摇摇头,转身走向水晶宫。

双门突然被撞开,吓得她一个激灵。夜店门口装饰着做成六乳脱衣舞者的霓虹灯,一长队跳着康加舞①的鬼牌从霓虹灯大腿处出来,蜿蜒着跳到街上。领头的是一名长着美丽面孔的姑娘,舞蹈摇摆扭曲的动作对她来说毫无困难,因为从脖子往下,她有着彩虹般的蛇身。

---

① 康加舞:一种起源于古巴的舞蹈,于20世纪30年代到50年代流行于美国,男女可以随意搭配,无须特定着装,无须特定场合,皆可跟着节奏强劲的音乐起舞,通常由众多舞者列队进行。

她的尾巴末端是一缕完全不协调的羽毛，高高向上扬起，跟在她身后的鬼牌紧紧抓着她的尾巴尖。

大多数鬼牌都戴上了面具，唯独她没有。其余的人群摇摇晃晃，大喊大叫，都戴着各式各样的半脸面具，面具用羽毛、珠宝还有亮片精心装饰，以隐藏面具下比他们隐藏的畸形更为可怖的面容——或许如此。

队伍末端紧跟着几个看起来既兴奋又难为情的耐特，看起来还有点挑衅的意味，好像在说这些鬼牌居然敢大摇大摆地住在包厘街——还为游客提供用皮肤爬行、将脊柱穿刺等娱乐项目。

一时之间，露莱特厌恶起那些追求刺激的正常人，他们长着平淡无奇的脸，还沾沾自喜以为安全无虞。我希望这些病毒能传染，她恶毒地想，上帝诅咒你们所有人。但把这想法真正说出来的是乔赛亚——他曾发誓会爱着她关心她，而不是在她最需要他的时候弃她于不顾。显然，这种白人自由主义的负罪感不足以对付一个感染百变王牌病毒的女人。或许这病毒会传染，她就能想象她的前婆婆正坐在她坐落于纽波特的大厦里过分装饰的华丽椅子里，一边品茶，一边讨论无论你给那些"黑人"女孩做多少工作，最后总会无功而返。很多时候，她们在进入白人社会时，无论精神还是肉体，都会受到白人男性的压迫，导致她们的内心深处受伤害，从而变得扭曲。这难道不是一个耻辱？唉。

但乔赛亚和我离婚后，她可能会烧掉盖着家具的床单，还有每一件家具。道貌岸然又虚伪的婊子！

露莱特发现她一直漫无目的地在街上闲逛，用肩膀挤开鬼牌镇街上熙熙攘攘的人群。锤子和钉枪的声音在已经有些闷热的空气中回响，庆祝和咒骂的呼喊从鬼牌们的嘴里喊出，他们正忙着为为期一天的庆典搭售货摊。（好闻的、难闻的）食物味道飘在的充满废气的空气中。天空上，一家小型私人飞机正拉着一条长长的横幅，上面用大写字母写着："鬼牌变王牌，效果有保证。联系电话：555-9448。"

WILD CARDS

另一个角落，鬼牌基督教堂的小摊已经搭好并开始营业，他们向任何驻足的人发放印刷品。他们的效果也有保证，但那是在来世。露莱特想，这里到处都是骗子，无论是来世还是今生，尽是些无望的希望。好啊，我的人民可以告诉你们这一切，生活永远不会因为你换了身份而不再艰难，除非有新的、更不受欢迎的少数人代替你们的位子。而我实在想不到，有什么会比你们这些鬼牌更不受欢迎，有什么更可怖的少数人会出现来代替你们，可怜虫。

亨利街上横跨着一个路障。这不合法，蝶蛹可是鬼牌镇的风云人物，而这个辖区分局有理由对水晶宫的主人心存感激。许多难啃的案子都是由她帮助才得以破解，因此这里的长官没必要为一年一度的几场交通混乱和她结下梁子。蝶蛹同样也管控着这条街道的装饰，所以亨利街呈现出一幅很有品味的骄傲景象，而不是像其他街一样以花里胡哨、令人瞠目、博人眼球的东西取胜。露莱特溜过路障，沿着街道行走。在她右边，大约半个街区的长度内，有一块空地堆满了瓦砾，这是对1976年鬼牌镇暴乱的纪念。现在，那里荒草齐腰，几株坚韧的树苗穿过砖石和土堆，顽强地向上生长。有些土堆裂了口，就像一张张打哈欠的嘴巴，她想知道，是不是已经成为小动物的庇护所。她无法想象，挑剔的蝶蛹会允许一大窝老鼠在她酒吧旁边安家。她正注视着这些土堆，突然洞穴深处闪过一道微光，很快冒出一双被头发包围的明亮眼睛。这可不是只住在洞里的害羞动物。这是一个人——某种意义上是个人。

露莱特喘口气，低下头匆匆前行，从阿拉克尼[①]的身边路过。阿

[①] 阿拉克尼的典故来自希腊神话。希腊神话中，阿拉克尼是一名美丽的纺织女郎，但因自称比雅典娜织得好还好，于是雅典娜和她相约比赛，条件是落败的一方将永远不能使用织机、纺锤和卷线杆进行纺织了。阿拉克尼织得固然很好，但还是不如雅典娜，最终输了比赛，并即将面对永远不能纺织的了无生趣的生活。不过女神同情这位酷爱纺织的姑娘，将她点化成一只蜘蛛——据说她就是现今所有蜘蛛的祖先。

拉克尼正从她球状的身体里挤出细丝，细长的八条腿理着丝线，迅速将其织成她著名的蛛丝披肩。她的女儿正忙着把一大批精心织染的围巾和披肩挂上货摊。如果看到这些是怎么织出来的，大部分耐特永远都不会买这些摇曳的、几乎透明的零碎织物，但阿拉尼克靠把围巾卖给萨克斯百货和雷蒙·马库斯百货，可以很好地支撑生活。露莱特就有一条这样的围巾，围巾被精心染成桃红色，戴上时，好似将夕阳围在她的肩膀上。如果她知道阿拉克妮会在亨利街摆摊，她会戴上围巾，让女人看看，她完全不在意围巾的材质来源，并以这种艺术为豪。

低沉的隆隆声迅速而又强烈地传开，随着一声轰然巨响而告终。水晶宫的常驻保镖埃尔默，把另一个金属啤酒桶从前门滚到街上，啤酒桶像圆滚滚的台球杆猛烈撞击着一堆放好的台球那样，猛得撞进了其他酒桶里去。保镖本人看起来也像个啤酒桶，他满意地松松肩膀，回头去拿另一个酒桶。

孩子们在人行道上上下下地飞奔，追逐一只有些磨损的足球，而在街区的尽头，另一场即兴棒球赛正打得如火如荼。贫民窟的爆破者们奏出一首富有冲突的刺耳音乐：灵魂乐、摇滚乐、乡村音乐、古典音乐。孩子在喊，母亲在叫，但在这种疯狂里有一种安定和宁静：这是一种家的感觉。在其他任何地方，她都不会感到这种为了享乐不顾一切、令神经舒展的强烈力量，就像吸引畸人俱乐部外跳舞的人群的那种力量。这些人，尽管他们长相可怖，却能在自身之中得到安乐。

露莱特将目光从这群玩耍的孩童身上移开，强迫自己在人群里一心一意地找一名独特的、身材矮小、头顶红发的人。半个小时前，她在鬼牌镇诊所驻足，只打听到塔基扬医生非常潇洒、非常优雅、非常美丽，而且是一位非常不受赞赏的诊所首席外科医生——因为好医生总不在岗，却毫无疑问地能在任何一家酒吧打电话找到他。露莱特已经给厄妮和沃利的酒吧打了电话，又给开心屋酒吧打了电话，都一无所获，现在试试水晶宫……

她找到他了。

医生坐在一张小桌子后面，这张小桌子和其他小桌子一起挤在水晶宫前的人行道上。他细长的手指轻轻地端着白兰地酒杯，酒杯微微倾斜，琥珀色的液体优雅地朝四周洒落。他的左肩后站着另一个像玻璃一样的人，但这位人物在人形的外表下，骨骼和内脏清晰可见，长长的指甲绘成闪着光的粉红色，另一边看不见的脸颊上闪烁着银色和蓝色的粉末。蝶蛹。

露莱特终于走到了这一刻。她从来没想过会找到这位塔基斯星人，但现在她找到他了，之后该怎么做？装作昏倒？扭伤脚踝？她知道——就像世界大部分地方一样——外星人也喜欢漂亮姑娘，但纽约的漂亮姑娘数不胜数，如果他今天已经找到女伴了呢？如果他还没找到，又怎么能保证，他会选中自己？她确实很美，但却不具备将美貌作为武器的技巧。她一直都不会调情。一瞬间，她感到一种汹涌的释然，她可以直接走过去，如果他注意到她……那就这样吧。他总该面对自己的命运。如果没有……她努力不去想，那个潜伏在潮湿洞穴里的瘦小男人。

她盯着路障看，开始数自己的脚步，留心她鞋子的橡胶底是如何从水泥地面上弹开、她的长裤如何与脚踝低语、还有她的辫子是如何拂过——

"我觉得你就是个蠢货。"蝶蛹用她清晰明了的英国口音说，"每年的今天，你都会到这里，开始喝一天里的第一杯白兰地，然后保持清醒直到演讲完毕，然后就开始玩着游戏狂饮啤酒，接下来你会到海勒姆的晚宴上继续喝，然后为了给一天画上完美的句号，你又会回到这里，酩酊大醉，心怀内疚，悲惨兮兮。你为什么就不能听听我的建议——"

"每年你给我的建议都一模一样。"塔基扬轻快地应和着。

"去迈阿密。"他们异口同声。

塔基扬的笑容消失了："我怎么能走？咆哮者死了，凶手不知所终。"

"你又不是警察，把这事交给专业的人去干。"

他固执地摇摇头。

"塔基，你没必要参与这一年一度的诡异庆典。鬼牌镇知道你在乎他们。他们不会因为在这365天里你有一天不在，就怀恨在心。"

"但不能是这一天。我必须留在这里。"他又咽下一大口白兰地，"这是我的赎罪。"或许是因为白兰地，他的嗓音听起来有些沙哑。

"你就是个蠢货。"蝶蛹轻轻说，一只透明的手重重捏了捏他的肩膀。

露莱特着迷地盯着蝶蛹用显着白色指骨的手指，碰上塔基扬医生染成深红的外套，这种错位的场景，好像死亡正在他身边雀跃。她慢慢把手抬到眼前，仔细打量。她仔细研究肌腱在如牛奶咖啡般的皮肤下移动的方式，研究磨光的苍白指甲下的白色小月牙，研究着食指上的小伤疤——那是她六岁参加烹饪课时不小心切到自己留下的伤疤。然后，她回头看向蝶蛹，蝶蛹已经消失在水晶宫的门后，我应该看起来和她一样，她想，我就是死亡。

手指碰上脸上淤青的触感是如此冰冷。一个依靠。她喘息着，睁开眼睛，低头对上塔基斯星人关切的淡紫色双眼。

"女士，你还好吗？你看起来好像快要昏倒了。"

"我很好……不……我很好。"她含糊不清地说。

环住她腰间的手臂力量与他纤弱的外表完全不符。

"这儿，先坐吧。"

椅子的金属边缘卡在她的膝盖后面，她朝后仰去，意识到自己离昏厥有多近。白兰地酒杯被塞进她手中。

"不。"

"这是一种治疗昏厥有效的老法子，公认有效。"

她的勇气回来了，她在椅子上挺直身体："而我是个老派人，现在这个时间喝白兰地，为时尚早。"

她惊讶地看着他瘦削的脸上泛起红晕，他红色的睫毛低垂，藏住那双紫色眼睛里的懊恼。塔基扬医生迅速拿走酒杯，把它放得离两人远远的，好像在郑重宣布自己戒酒了一样。

"你是对的，蝶蛹是对的。这个时候喝酒太早了。你想来点什么？"

"一些果汁。我……我才意识到，今天除了咖啡，我什么都没吃。"

"噢？这可不行，不过纠正这个很容易。请稍等一下。"他从椅子上跳起来，匆匆进了水晶宫。

露莱特把头靠在手上，试着重新调整自己的想法，或者，这才是她刚刚那段时间以来第一次真正思考。这个毁掉她人生的男人一直只是个模糊轮廓。首先，她根本没想到他竟然是这么小的个子，其次她也没想到他会有这么甜美的笑容，或是更适合18世纪交际厅这种场合的精致礼节。

希特勒还喜欢儿童和小动物呢。她提醒自己。她的目光投向一个正在玩棒球的孩子，那是个身材臃肿的小男孩，双脚是窄窄的脚蹼，当球被击中时，他蹼状的手臂兴奋地上下翻飞。他已然罪恶滔天，他的死亡将让不止我一个人的苦难得到解脱。

他回来了，把一杯橙汁放在她面前。他看着她小口啜饮，方才斜倚进椅子，穿靴子的双脚靠着桌子。他看起来对这片刻的寂静非常满意，这让她有点不习惯，因为她面对男人时通常不是这样。大多数男人似乎都需要在周围的女性前口若悬河舌灿莲花，才能凸显出自己的重要性。

"好点了吗？"

"好多了。"

他倾身向前，椅子的前腿同时倾斜。"那么，就该自我介绍了……我是塔基扬医生。"

"露莱特·布朗·罗克斯伯里。"

"露莱特。"他重复着，带上了一些法语的发音，"好不寻常的名字。"

她转动杯子，在桌上留下一圈凝结的小水珠。"这名字背后有一个故事。"她抬眼看去，发现他饶有兴趣地看着她的脸，但他的目光同时也令人不安。"我的母亲对大多数避孕设备过敏，所以我的父母决定用安全期的方式避孕。父亲说，这就像玩俄罗斯轮盘，当不可避免的情况发生时，他们决定用俄罗斯轮盘这个单词来当我的名字。"

"迷人。名字应当对它的主人或者身世有所阐释。它们就像一代代补充一代代流传的故事。但我接下来的话可能会冒犯你。"露莱特强迫自己面部保持冷静："不，您不会冒犯我。"

她让自己的思绪回到水滴形成的冷凝环上，一种温柔的寂静笼罩了他们，街上孩子们的呼喊和锤子叮叮当当的敲击声仿佛更加响亮。

"医生……"

"女士……"

他们同时开口，然后都尴尬地同时倒回自己的椅子里。"您先说，"她朝他示意，"您但说无妨。"

"我在想，是什么让你在今天来到鬼牌镇。你身上没有那种带着愧怍的好奇，也缺乏病态的渴望，通常来说，耐特都是因为这两点才会在今天来到鬼牌镇。"

"我已经在绝望中行走了相当长的一段旅途。"她听见自己这么说，她灵魂中黑暗的那部分在诅咒她是个傻瓜。什么样的男人会想和一个哭哭啼啼的有病女人度过这一天？

他的手覆在她的手上，紧紧握着她的手指，仿佛疼痛在他们之间流动。"那么,如果你愿意,就让我们一起度过这段旅途。"他迅速补充,好像怕自己冒犯到她,"今天……对我来说很难。如果有你的陪伴,会过得容易些。"

"我没有安慰可以给你。"

"我也没有要求安慰。只要求你的陪伴。"他的手指轻轻拂过她绯红的脸颊,"也许,如果你愿意,我或许会给你安慰。"

"或许吧。"在她的隐秘之地,一点点……死亡,正在狂欢。

◆

人们从四面八方冲向他。整个人行道挤满了盛装打扮的鬼牌和四下转头张望的耐特。他和人群以同样的速度、同样的方向行走,任由人群带着他前进。没必要让自己引起注意,和往常一样,钦天士可能在任何地方。

斯佩克特不需要在 1 小时内到达时代广场。他不想早到,早到会让他显得过于急切。鬼牌镇大游行,是他能想到用来打发时间最安全的去处。

街上,有一个乐队开始演奏《鬼牌镇的阔步舞会》①。斯佩克特的幽闭恐惧症开始发作,他挑了一条路,朝人群的边缘走去。一个穿着白色紧身衣、长了三只眼睛的哑剧演员挡住了他的去路,哑剧演员示意他停下。斯佩克特焦虑不安。哑剧演员夸张地皱起眉头,然后让到一边,示意他过去。斯佩克特狠狠朝鬼牌的胃来了一肘,微笑着看鬼牌弓着身子走到一边。他恨哑剧演员。

斯佩克特还挺感谢自己的老毛病,正是这种幽闭恐惧症,让他不会在意成百上千大汗淋漓的鬼牌发出的臭味。今天结束时,会有无数

---

① 《鬼牌镇的阔步舞会》这首曲子,是向 1917 年由谢尔顿·布鲁克斯发行的《达克镇的阔步舞会》致敬。

耐特散发着死鱼的气味。

斯佩克特看了看他的电子表,这是他一周前从自己在金融区杀死的一位年轻经纪人身上拿的。现在才十点半多一点。今天,时间过得简直像这大游行一样,全是慢慢爬过去的。从他第一次和钦天士会面起,他从来就没有这么怕过。老家伙告诉他,他们会统治世界,然后他会成为新秩序下的地位最高的走狗。全是屁话。本地的王牌已经介入,而且会把一切都搞砸。起码钦天士也会去追杀他们,我希望,他会把塔基扬医生留在最后,斯佩克特想。

他来到人群边缘,躲进一条小巷,里面垃圾堆积如山。他只走三步,便听见咆哮声。斯佩克特停下脚步,抬起头,钦天士正浮在空中,微笑着俯视他。

"我告诉你会有今天,死期。我给过你机会。"钦天士再次咆哮,那是一种喑哑的、不属于人类的咆哮。

斯佩克特转身就往人群跑,一路推开过往行人,把他们撞倒在地。他无视周围的威胁和咒骂,奋力挤出一条通往大街的路。他避开惊愕的乐队成员,跑过灵龟的绉布花车,跑进另一边的大部队中。他不敢回头。

一名警察抓住了他的胳膊。斯佩克特用膝盖撞他的裆部,抽出手臂。周围的人群尖叫着,他几乎不能呼吸。

"我就在你身后。"钦天士的声音很近。

斯佩克特转身。钦天士被警察拖住了,警察举起手枪,准备开火。钦天士的右手里骤然出现一道蓝光,与手枪相连。手枪爆炸,弹片洒了警察和斯佩克特一身。人群爆发出更多尖叫。

斯佩克特被垃圾篮绊倒,狠狠摔在水泥人行道上,手破了皮。他慢慢站起来,膝盖摇摇晃晃。他感到有双手捏住了他的肩膀,手指深深嵌进皮肉,无法挣脱。

"不。"斯佩克特的声音听起来和之前格鲁伯临死前一样。

钦天士放开一只手，抓住了他的头顶："当我和你说话时，看着我，死期。"

斯佩克特感到自己的头被转了过来。一阵无法承受的剧痛，咔嗒一声，他便满嘴鲜血。钦天士露齿一笑："这是审判日。"

他们身后的人群发出噪声，钦天士转头，被什么东西分散了注意，像扔一袋垃圾一样把斯佩克特丢了下去。

他身体瘫痪了，因此无法阻止坠落。他的脸先落在人行道上，嘴巴和鼻子重重砸向地面。他看见一小摊血从他张开的嘴边慢慢扩大开来。是时候再死一次了。起码这回，他不必去看或者去感受，接下来要遭什么罪。

♥

整整一个街区，还有半个运河南岸的中央大街，都挤满了肩并肩、保险杠对保险杠的花车队。在花车上，福尔图纳托能见到用鲜花和铁丝网扎成的泽维尔·德斯蒙德——一个长着大象脸的鬼牌。托德博士的飞艇与喷气机小子的飞机紧跟其后，花卉制成了表示它们正快速移动的线条。空中，一个显然是用塑料制成的蝶蛹气球，在随风飘动。

这里已是鬼牌镇深处，不会有太多游客。大老远跑过来的游客不会带上他们的孩子。穿着全套制服的司机站在花车边，一边互相交谈，一边吞云吐雾。人群中最糟糕的那些似乎正和福尔图纳托朝一个方向移动，都想去看前方到底发生了什么事。

隔着半个街区，他就看见空气中一丝丝能量构成的线条。就像蒸腾的热浪，闪烁着，将周围的一切扭曲变形。这是一个不能算识别标志的特征，是一种抹去灵魂的记号。他第一次见到这些还是在十七年前，在一个离这儿不远的死去男孩的房间内，那里曾有一个阴谋，女人们被残忍地切成碎块，最终与绕着太阳旋转的巨大吞噬怪物提亚玛特一起同归于尽。

他感到头晕眼花，而他的脉搏正疯狂跳动。他意识到他在恐惧，真的，向基督发誓，十七年来，他第一次这样毛骨悚然。

他向前方发射出一股楔形能量，朝空中那些能量曲线汇合的地方跑去。在他两边，人群被纷纷挤开，他们朝他大吼大叫，却碰不到他。

死期在尖叫。即使穿过人群的种种噪声，福尔图纳托都能听见骨头被挤压脱臼、软骨错位、还有躯体轰的一声被砸到人行道上的声响。

当他穿过人墙，人群已然开始掉头，想要逃离这一切。有人拖着一个受伤的警察，警察的右手被烧得焦黑，脸上布满密密麻麻的血痕。人行道上，人们围了一个直径十英尺的圆圈，里面除了死期，什么都没有。

死期仰面躺着，灰色大衣的领子和肮脏衬衫翻开的领子露在外面。他的脑袋被掰了半圈，脸压着人行道，鲜血从他的口鼻中流淌出来。

人群中，有个人在尖叫："那里！他就在那里！他要跑了！拦住他！看在上帝的分上，拦住他！"

他指的地方什么都没有。福尔图纳托只能看见模糊的无数的脸庞，即使他正盯着眼前，却好像在看很远很远的地方。

屏蔽我。他想。他集中力量，延缓时间流逝，直到那男人的声音和周围惊惧厌恶的呻吟变成次音速的隆隆响。飓风般的灵魂能量在他四周凝固的混乱中盘旋，里面有死期的能量、有福尔图纳托自己的能量、还有鬼牌病毒般的能量。想找到钦天士，没戏。

他收回能量，时间的流逝恢复了正常速度。他什么都做不了。死期死了。不过这算不上什么损失。

他只知道，死期是钦天士的二把手或三把手，在大都会修道院分馆暴乱后，被警察和看热闹的人捡了回来。他是个窝囊废，一个感染百变王牌病毒的中产阶级失败者，在塔基扬医生的诊所死去。但塔基扬医生把他从死亡中救了回来，为此，死期一直怀恨在心。

他们说，死期复活后，有了投射心灵感应的能力，他能将自己的死亡记忆投射到他人脑中，直到致人死亡。很长时间里，他都是钦天士的左膀右臂，直到福尔图纳托和其他人毁掉了他们在大都会修道院分馆的基地，并独自将"沙克帝德维"机器炸为灰烬。

如果当时他有机会，他会把钦天士和死期一起炸掉。但如今，死期似乎已经无关紧要了。为了让他死得不那么难看，福尔图纳托单膝跪地，将死期的头颅转过来，恢复正常的样子。他正欲离去，死期却开了口："谢谢，我正需要这样的帮助。"

福尔图纳托回头，仿佛有小虫正爬过他的皮肤。死期蹲坐在脚后跟上，摩挲着脖子上血管爆裂留下的紫色肿块。福尔图纳托看见这些淤痕正慢慢变成黄色，一点点痊愈。

死期笑了。他的嘴又长又薄，一边弯得老高。他的微笑充满恐惧，双手不住颤抖。他举起颤抖的双手，放声大笑："你没想到还有这招，对吗？复活除了能让我投射小小黑色信息，还让我获得了这种能力。连钦天士都不知道。兄弟，我能自愈啊。"他咳出一团血，当血碰到人行道时，已经凝成坚固的棕色薄片。

"所以，他以为你死了。"福尔图纳托说。

"老天，但愿如此。如果你没出现，他绝对会继续把我的心脏扯出来，让我死透。那个狗娘养的甚至告诉我他就打算这么干。如果我想待在布鲁克林，我最好别挡他的道。"他又咳出另一团血块，"如果狗不停下来撒尿，它就能逮住兔子了。"

"为什么钦天士想要你死？"

"他觉得我出卖了他，就这么简单。自从大都会修道院分馆那档子破事后，我开始考虑，另谋出路或许更有益健康。"死期盯着他，福尔图纳托在他目光深处看见了一丝火花,他如果不是天才,也至少有一些狡诈和手段。大部分人都没意识到这点,因为不管如何,他们大都不会花时间,在死期的双眼深处驻足。

火花后还有别的东西。这种东西福尔图纳托曾在十七年前见过,那时,他将一个男孩从死亡中带回来。那是一种与死亡紧紧对视后,留下的漆黑的绝望。

"事实上,"死期说,"我很惊讶他刚刚没把你带走。除非他要把你当餐后甜点来享用。"

"餐后甜点?"

"就这么回事,兄弟。他管这叫审判日。我会死的,你会死的,你们每一个曾在大都会修道院分馆攻击他的混蛋都会死,这些都会在今天内发生。加上鬼牌镇发生的其他幺蛾子,他根本不需要担心警察或者其他什么人会挡他的道。"

福尔图纳托灵光一现,一个隐形能量线的汇聚点。"你知道那些失窃的书?或者一个叫金福的人?"

"你问得太多了。"

"我刚刚救了你的命。"

"不知道。我不知道那是什么书,也不知道那个谁谁谁。"

他说的是实话,但福尔图纳托依旧感到这两件事中必有关联:"那你知不知道一个叫'枪眼',或者莱瑟姆的人?"

"抱歉,毫无头绪。"

福尔图纳托正欲离去。"嘿,听着,"死期说,"我不想激怒你。但或许你可以帮我躲一阵子?只要躲到明天这个时候就行。"

"为什么是明天?"

"就像那个男人说的,'临走前的最后一击'之类的鬼话。我有一种强烈的预感,明天早上,你就可以当我死了。所以你怎么看?有地方藏我吗?"

"别把希望押在运气上。"福尔图纳托说。

死期耸耸肩,这个动作看起来有点僵硬,但他的脖子几乎已经恢复正常:"那么,我猜我必须自己想点法子了,对吗?"

♠

冰雕装在冷冻车里,从 SoHo 区艺术家的公寓一路穿过假日熙熙攘攘的人群,终于在十点半送达饭店。海勒姆下楼,来到大厅内,确保真人大小的冰雕在被运到服务电梯、一路送达餐厅时,不出任何差池。

艺术家是名有着坚毅脸庞的鬼牌,他有着骨白色的皮肤和五彩斑斓的眼睛,自号霜冻凯文。对他而言,零下三十度左右才是最舒适的温度。他从不离开自己寒冷舒适的工作室。但只要面对冰块——或者用霜冻和批评家的话说,"转瞬即逝的艺术"——他就是名不折不扣的天才。

当冰雕被安全送达王牌云巅的步入式冰柜里时,海勒姆松了一口气,并仔细打量它们。霜冻果然没让他失望。他的细节处理一如既往令人惊叹,而这次,他的作品还有些别的内容——一种令人心酸、又带着人情味的东西,如果温暖能被贮藏在冰中,这大概就是温暖。冰雕中,喷气机小子伫立在那里,仰头望着天空,他每一处都透着英雄的气质,但不知道怎的,也是一个迷茫的男孩,海勒姆读出了一种绝望和毁灭的意味。塔基扬医生在沉思,他看起来就像罗丹的雕塑《思想者》,但和思想者坐在岩石之上不同的是,医生坐在冰球之上。飓风的斗篷如巨浪般汹涌翻滚,你似乎都能感到狂风在他周围猎猎作响。咆哮者直立着,双腿紧绷,双拳紧握在两侧,他张着嘴,似乎正在发出崩裂墙体的咆哮。

游隼女士被定格的是另一种姿势。雕塑中,她赤身裸体地侧卧着,慵懒地倚在一边的手肘上,身后翅膀半开,每一根羽毛都精雕细琢。那张著名的脸上绽着狡猾而又甜美的微笑。整个雕塑充满了情欲和雍容华贵的气质。海勒姆想知道，会不会是游隼女士亲自为他摆了造型，这可不像她的作风。

但霜冻真正称得上大师之作的，海勒姆想，是灵龟。怎么展现一个从未露出真容、只以镶嵌着相机镜头的巨大龟甲为公众形象示人的人物的人性？艺术家完成了这项挑战：龟壳就在那里，每一个裂缝和铆钉都清晰可见，在此之上，是一幅含有大量人物的微缩群像。海勒姆绕着冰雕踱步，带着崇敬之情，仔细欣赏每一个细节。四位王牌组成了类似《最后的晚餐》一样的画面。黄金男孩看起来就像犹大。另一边，十二名鬼牌在龟壳的曲面上奋力挣扎，似乎在攀爬某种不可翻越的崇山峻岭。福尔图纳托也在那里，环绕他的是扭曲的裸体女子。还有一个人物，有着一百张朦朦胧胧的面孔，似乎正深陷于某种沉睡。每换一个角度欣赏，都会发现新的宝藏。

"可惜它很快就要化了，不是吗？"杰伊·阿克罗伊德的声音在他身后响起。

海勒姆回头："艺术家可不这么想。霜冻坚持认为，所有的艺术都是朝生暮死，最终，一切都会消亡。毕加索、伦勃朗、梵高；西斯廷斯教堂，还有《蒙娜丽莎》。不管你怎么在意这些名字，最终，他们都会归为尘土。因此，比起否认艺术转瞬即逝的本质，冰雪艺术更加坦诚，它颂扬着这种本质。"

"非常好，"侦探平静地说，"但没人会掰下一块圣母悼子像放到酒里。"他扫过游隼女士，"我应该去当艺术家。姑娘都喜欢在艺术家面前脱衣服。我们能离开这儿吗？我忘了拿我的长毛夏威夷裙。"

海勒姆锁上冰柜，陪阿克罗伊德回到办公室。侦探是那种难以归类的非典型人士，不过这对他的专业来说，反而是一种可贵的优势。他年过不惑，身材瘦削，个子刚刚比中等身高矮一点，棕发仔细梳理过，棕色的眼睛反应很快，脸上挂着难以捉摸的微笑。大街上，你绝对不会多看他一眼，而如果看了他，你也永远无法确定是不是见过他。今天早上，他穿着一双带流苏的棕色便鞋，一件明显是买的现成的棕色西装，还有一件开着衣领的正装衬衫。海勒姆曾问过他问什么不打领带。"会沾上汤水。"阿克罗伊德如此回复。

"那么？"海勒姆安稳地在书桌后坐下，问道。他瞥过设成静音的电视，彩色的画面正放着声波从一名身着黄衣、挺拔如松的男子口中咆哮而出，一面墙应声而倒。然后，画面切换到摄像机前实时播报的记者。记者身后，十几辆警车在一栋砖房四周拉起警戒线。整个街道铺满碎玻璃，在阳光下闪闪发光。摄像机镜头缓缓扫过破碎的窗户，还有附近停放车辆破碎的挡风玻璃。

"这不是什么大事。"阿克罗伊德说，"我只消在渔市打听一小时，就足以明白个大概。你那基本的保护勾当，会流传下去的。"

"我明白了。"海勒姆说。

"水边会引来骗子，就像野餐会引来蚂蚁，这不是什么秘密。走私、毒品、诈骗，只要你想得到的非法勾当，那儿都有。遍地都是机会。你的朋友，吉尔斯，就和大多数小生意人一样，要给黑帮交一定比例的保护费，换来黑帮的保护，黑帮偶尔还会让警察或联邦政府来帮帮忙。"

"黑帮？"海勒姆问，"杰伊，这听起来很合情合理，但我对黑帮的印象是：一群喜欢细条纹西装、黑衬衫、白领带的异国绅士。而那几个给吉尔斯找麻烦的小混混连最起码的时尚品位都没有。而且，里面还有个鬼牌。现在黑手党都开始招募鬼牌了吗？"

"没有。"阿克罗伊德答道，"这就是麻烦所在。东河岸属于甘比诺家族，但甘比诺家族已经失势好几年了。鬼牌镇到了恶魔王子还有其他鬼牌帮派手中。他们也被逐出了唐人街，那里现在被一个叫白鹭会还是什么雪鸟会还是什么的华人帮派控制。哈林很久前就被带走了，城里大量的毒品再也不从甘比诺家族手里过。但他们还控制着水边，直到现在。"他倾身向前，"现在，有觊觎者了。他们要收更高的价钱，来换取新的、升级的保护措施，或许这笔保护费对你的朋友来说，有些太高了。"

"他儿子在上大学，"海勒姆仔细思索，"我相信，他儿子的学费相当可观。所以我今早目睹的，只是一场小小的逼债？"

"没错。"阿克罗伊德说。

"如果吉尔斯还有他的生意人伙伴已经给甘比诺家族交了保护费，以换取他们的保护，为什么甘比诺家族没有出手？"

"两周前，离富尔顿街两个街区远的一间仓库里，有人发现有具尸体挂在肉钩子上。死者是一名叫多米尼克·森塔瑞罗的男士。身份是由指纹确定的，因为他的脸被打进地里，无法分辨。森塔瑞罗的一名同事，一个安吉洛·卡萨诺维斯塔，被发现一周前死在一桶腌鲱鱼里。不过，他的脑袋不在桶里。街上的传言是，新的帮派有甘比诺家族没有的东西——一位王牌，或者起码是一名能在昏暗光线里被认成王牌的鬼牌。一传十十传百，说法越来越夸张。他们告诉我，说这位人士有七英尺高，超乎常人的强壮，而且相貌奇丑，能吓得你尿裤子。他的迷人化名是棒槌。要我说，甘比诺家族根本不是对手。"他耸耸肩。

海勒姆·沃切斯特心惊胆战："那警察呢？"

"吉尔斯很害怕。他一个朋友试图和警察说这些事情，然后他尸体的喉咙里就被塞了一条比目鱼。显然，警察确实在调查。"

"是可忍孰不可忍。"海勒姆说，"吉尔斯是个好人，一个诚实的人。他不应该活在这种恐惧里。我应该怎么帮他？"

"借钱，让他交得起保护费。"阿克罗伊德玩世不恭地微笑提议。

"你不是认真的！"海勒姆反对。

侦探耸耸肩："更好办法是——雇我当他的全天候保镖。不管怎么说，他有没有可以出嫁的女儿？"海勒姆没有回答，阿克罗伊德起身，双手插进夹克口袋。"好吧，或许还有什么能做。我会着手的。如果价钱得当，蝶蛹或许会告诉我什么有用的。"

海勒姆点点头，从书桌后站起来："好，"他说，"非常好。有什么消息随时和我说。"阿克罗伊德起身离去。"还有件事情，"海勒姆说。杰伊回头，扬起眉毛。"这个棒槌，呃，起码是个暴脾气。别做什么太危险的事情，要小心。"

杰伊·阿克罗伊德笑了："如果棒槌想找我麻烦，我就用魔法把他晃瞎。"他一边说，一边用手指变出一把枪，中指、无名指和小拇指收回，食指指着海勒姆，大拇指高高抬起，像把锤子。

"你敢，"海勒姆·沃切斯特警告他，"如果你敢，今晚就别想来吃饭了。"阿克罗伊德大笑，把手伸回口袋，悠然离去。

海勒姆视线重新扫过电视屏幕。上面正在播放一条对咆哮者的采访。采访记者是沃尔特·克朗凯特。海勒姆意识到，这是十年前的采访片段，是1976年鬼牌镇大暴乱的事情。他切换频道，想看对鬼牌镇或者喷气机小子之墓的新闻报道，或许还能再度瞥见游隼女士的风姿。但是，他只看到比尔·莫耶斯在咆哮者的巨幅照片前做实况解说。今天，咆哮者好像上了很多新闻，海勒姆心想，他有点好奇。

他打开声音。

♣ ♦ ♥ ♠

第六章

中午 11：00。

在鬼牌镇举办游行总是一种独一无二的体验。人们没必要用金属丝、鲜花和彩纸扎出神奇的生物。这些都没必要，这里的鬼牌就能以其悲惨的躯体提供所有怪诞猎奇的效果。这里也没有鬼牌王后。几年前，他们试图引入这一概念，塔基扬医生一边穿过人群，一边和露莱特解释，但由于他的强烈反对，计划者放弃了这一理念。因此，很多在政治上活跃的鬼牌，对此一直不能原谅。

萨拉罗斯福公园已被警戒线封锁起来，里面都是冒着滚滚沙尘的平板卡车，实用的货舱上装着种种不可思议的戏剧场景。远处，西边的一小群汗流浃背的警察正在拆毁一个巨大的双头阳具。露莱特注意到，每当撬棍往橡胶里深入一点，人群中有一些人就会移开目光。西边，鬼牌穆斯洛奇风笛乐队正在调音。风笛刺耳的声音在寂静、闷热的空气中回响。

"你是精通游行的大师吗？"露莱特问，语气比打算的还要刻薄。

"不是。"塔基扬医生迅速回答，扫视着人群。她发现自己正盯着他僵硬的后背。

人群中有一个肥胖的鬼牌，脸中间生着一个长长的象鼻，末端是几根小小的手指，已如破开冰山般从人群的边缘伸过来，冲着医生喊叫不止。

"都安排好了？"他伸出一只手，发问。

"都安排好了,德斯。介绍一下,这位是露莱特·布朗·罗克斯伯里。露莱特,这位是泽维尔·德斯蒙德,开心屋酒吧的主人,鬼牌镇最优秀的居民之一。"

"有人会说,这种说法自相矛盾。"

"好吧,我们今天都太急躁了。"医生刻薄地揶揄。两个男人对视一眼,露莱特意识到他们的关系非比寻常。他们是朋友,他们相互尊重,但他们之间还藏有什么,那是一段来自过去的痛苦回忆。

这一闪而过的恶意产生了一丝不同寻常的影响。不知怎的,比起加强她的杀意,这反而让他显得更为迷人。他不是完美的,甚至也不是纯粹的邪恶,只是一个"人",因而可以被理解。她咒骂着这种想法,因为恨一个模糊的人影要容易得多。

德斯看了眼手表:"和往常一样,又推迟了。"

"我只希望,推迟拖延和闷热的天气不会导致任何我们所说的……意外。"他撇撇嘴,"看到那些警察,我就会不由自主地想起1976年的暴乱。"

"那天总觉得哪里不对劲。还好,从那时候起,我们从来没有过那种感觉。"

"那么,我最好加入进去。"他抬起露莱特的双手,分别在上面飞快地落下一吻,"出发前,我会回来找你的。"

"你确定不要我和你待在一起吗?或许我们可以一会儿后共进午餐,或者……"她的声音越来越轻。

"不,不。我需要支持。"

"情况复杂。"

"您刚刚说什么?"露莱特把目光从塔基扬医生快速消失的身影上移开。

"如果他不参加游行,人们会控诉他蔑视鬼牌,偏爱王牌。而如果他参与其中——就像过去这五年一样——人们会控诉他是一个冷血无情的寄生虫，用他帮助创造的鬼牌的苦难谋生，说他是自己怪胎国度的镀锡小国王。"

她的目光在公园中游移。移动刨冰摊在人群中叫卖，警察凹陷的衬衫前部被汗水浸湿，塔基扬医生就像但丁笔下的小红衣红发魔鬼，周围的鬼牌如恶魔环绕。完成任务，赶紧从这里脱身，这才是她现在想要的。

不管怎样，她都得让他放纵自己，找一个隐蔽的酒店或公寓，然后杀了他。她现在还不能打断他。他的责任感会让他继续待在怪胎游行中，而他还是位要在喷气机小子之墓发表演讲的人物。她的想法推着她，让她穿过公园，朝塔基斯星人走去。在她身后，德斯看着她突然离去，皱起了眉。

要不装个突发疾病？愚蠢！这么做只会让她躺在鬼牌镇诊所的病床上，这绝对不是正确的床榻。或许来一个——用用你该死的身体！大部分男人的脑子都挂在他们的屌上！

他脸上洋溢着欢迎的微笑，拥抱了她："哈！我想，你一定是会心灵感应。我正要来找你呢。"

"是吗？"她听见自己如此作答，但声音却仿佛来自很远的地方，"我希望，你会继续为我而来。"她胳膊悄悄绕过他脖子，身体与他紧贴，在他的唇上压下一吻。

在那一瞬，她有些退缩。会不会有点过了？然后，他们唇舌相遇，所有的克制一扫而空。他的舌挑逗着，越过她牙齿的阻碍深入着。他的手，滚烫地贴着她的后颈，将她拉近。四下众人一起发出欣赏的嘘声，他们这才分开。

"呃，"塔基扬医生享受着，从口袋中掏出一块手帕，容光焕发地轻轻拍着额头。

她凑近，依偎着他，挽着他的手臂："早些时候，我很悲伤。是你改变了这一切，谢谢你。"

"女士……露莱特,你可以在任何时候感谢我。"

司机——一名尾巴捆在靴子脚踝处的鬼牌——帮他们打开了一辆灰色加长林肯轿车的车门。

"啊,里格斯,一如既往的准时。我总是在想,你是怎么忍得了我。众所周知,我实在太没时间观念了。"

"我已学会忍受这点。"鬼牌的声音好似柔软的天鹅绒,而他发着幽光的翠绿猫眼隐隐闪烁,似乎以此为乐。

"里格斯,这是露莱特·布朗·罗克斯伯里,今天白天她是我们的客人。"他捏了捏她的手指,"我希望也会是夜晚的客人。"

里格斯摸了摸帽檐:"女士。"

"所以,你喜欢鬼牌。"她滑过皮革内饰,评论道。

"当然。"这个回答让她的沾沾自喜有些受挫,"里格斯的反应和夜间视野比常人要好太多。把我的安全交到他可靠的手里,我感激不尽。"

领头的花车正庄严地向包厘街进发。后面跟着纽约布鲁克林P.S. 235莱诺克斯学校的游行乐队,他们摇摇摆摆,活力四射,演奏着《凤梨碎屑》。

哈特曼参议员①的敞篷车就在旁边的队伍里。一名王牌在豪华轿车边慢跑。起码露莱特觉得他是王牌。大部分特勤人员才不会穿着白色合体套装,还用黑色的兜帽包住头和脸。

哈特曼就像每一个年长的政治家一样,一边挥手一边微笑。街边列队的人群里,有人喊道:"您会参加1988年的大选吗,参议员先生?"

"提出来,我已经准备好了。"哈特曼回应,笑声和欢呼声在人

---

① 哈特曼参议员在1976年和1988年均成为总统大选里的民主党候选人,因此这里是指1988年的大选。

群中蔓延，他也咧开嘴笑了起来。

还有两辆花车，还有巡逻队。里格斯踩上加长林肯的离合器，以每小时 10 英里的速度匀速前行。

"为什么不用敞篷车？"露莱特问，头顶上，车顶的天窗向后滑开，嘟嘟囔囔地回应了她的疑问。

"我大概在地球上生活了四十年，但我依旧是一个塔基斯星人。如果我乘一辆谁都能接近的敞篷车，我就完了。尤其是在百变王牌日，我的敌人和我的朋友一样遍地都是。"

十五分钟后，他朝后栽进座椅，用手帕给自己扇风："这鬼天气糟透了。"

"用这个。"当他待在车顶和人群招手时，她已经把车里探索了个遍，发现了车内的小冰柜酒吧。

"加了冰的杜本内红酒①，你真是一个优雅的救命之人。这次，你一起喝吗？"

"没错。"

她凑过来，大腿紧贴着他的腿。他们若有所思地各自小酌一口，然后，她用长长的指甲划过他的脸颊，注意到他的鬓角旋成金红交织的小卷，贴在他洁白的皮肤上。她停住指尖，描绘着他这侧下巴上小小的等腰三角形伤疤。

"怎么搞的？"

"战斗训练。赛杜和我父亲一致同意，留着这个疤，提醒我下次动作要更快些。"他垂下头，悲伤的泪水模糊了淡紫色的双眼。

就是这个时候。她捧起他的脸，吻了他。她的嘴唇灵巧地撬开他僵硬的嘴唇。一滴热泪溅在她的手上，她将这小小的湿气舔舐殆尽。

"为什么这么悲伤？"

---

① 杜本内红酒，法国著名红酒，为法国开胃酒之王。

"因为赛杜去世了,我父亲也去世了。他意识到自己命不久矣,欣然拥抱了死亡。我想,回忆是一种诅咒。"

"我也是。"她的手向下滑,滑过他的绸缎背心,抓住他的腰带。他的喘息与拉链刺耳的声音交织着响起。"因此,让我们来探寻和感知当下,忘掉那些过去。"

她解放了他,轻轻握住他的下体。他立刻硬了起来,拱起背,额头和唇上滚下粒粒汗珠。

"理想中的女人,你在做什么?"

她露出蒙娜丽莎般的微笑,把它放进嘴里,轻轻地吮吸。一只手伸了过来,按下控制键,升起他们和里格斯之间的窗户。她的舌头戏弄着他,他呻吟起来。

"行行好。"他痛苦地低吟着,一只手绞着她的发辫。

"没问题。"她抽身回来。

"我的理想,你就这么把我晾着?"

"那就去别的地方。"

"还要演讲。"

"演讲待会儿再说。"

"天呐。"

♠

当他们驶入时代广场,地铁车厢的金属车轮发出又长又尖的尖叫。车门嘶嘶地打开,斯佩克特下了车,感觉比早上好多了。钦天士大概认为他已经死了,而老家伙今天很忙,应该不会有什么时间再想起他。

他用指甲挖出牙齿间凝固的淤血,穿过门前的旅客。上车的汹涌人潮把他又挤了回去,他用肩膀挤出一条路到站台上,站在一对想上车的男女前面。身后,车门关了。

"嘿，伙计，你让我们误车了。"男人是个年轻的西班牙裔，戴着卷边帽，穿着紫色细条纹西装。女孩正抓着他的海豹皮外套的袖子。男人推了斯佩克特一下，摇摇头："你这个该死的蠢货。在这个鬼地方，总会撞上几个白痴。别担心宝贝儿。再过几分钟，还有一班车。"

斯佩克特打量这个女孩。女孩很高，黑发黑眼，身材苗条。她穿着一件重金属 T 恤，上面是大写的"铁锯齿乐队"。拉皮条的提着一个软边小碎花行李箱，显然这箱子是女孩的。女孩身上有什么值得在意的地方。斯佩克特能和她好好享受一回。不是要和她上床，他才不会这么干。虽然，他喜欢和钦天士一起杀小姑娘。那才是唯一能让斯佩克特达到高潮的事情。如果能体会这个小家伙生命的消逝，那才算真正的快感。

"嘿，伙计，你瞅啥？"皮条客又狠狠地推了他一下。

斯佩克特的憎恨和痛苦堵住了他们的去路。他盯着皮条客的双眼，深深望进去。空气从那个男人的身体里溢出，他发出一声软弱无力的声音，倒在站台上。周围的人困惑不解地看着尸体，几秒之后，叫医生的声音此起彼伏。

他用力扯着自己的胡子，很高兴皮条客死了。女孩低头盯着尸体，但没有尖叫。起码现在还没有。

他从皮条客手中提过箱子，朝女孩微笑："刚到纽约？我可以带你逛逛一两个地方，都是本地特色，你想看什么都行。"

她从他手中抢过箱子，转身就跑，一个字都没有讲。

斯佩克特看见一队警察正朝这边过来。他藏进人群。女孩的事情很遗憾，但是，总的来说，事情都在向好的方向发展。

◆

快乐典当铺坐落在布鲁克林的弗拉特布什区，就在华盛顿大道和沙利文大街上。珍妮弗叫了辆出租车，在几个街区外下了车，然后走过去。当铺夹在其他几家小的、家庭经营的商铺中，周围有一家熟食店、一家服装店、一家鞋铺，还有一家小小的比萨店。除了熟食店，其他几家店铺都关了门，而当铺周围的街道几乎空无一人。可是，只要再走几个街区，街对面就有一大片人群，乌泱泱挤在艾比兹球场外面，等着布鲁克林道奇队一年一度的百变王牌日特别赛。根据主入口的标牌，布鲁克林道奇队会和洛杉矶明星队比。这两队是老对手，而且，因为道奇队将很快取得另一面获胜锦旗，因此鱼贯而入的人群似乎已经将老球场的上座率撑到极限。

珍妮弗又看了一眼腕表。已经十一点过几分了。汤姆·西弗，他在珍妮弗的一辈子里几乎一直都是道奇队的投球手，今天他将对阵年轻的墨西哥投手费尔南多·巴伦苏埃拉。还有时间能搞到门票，比起和格鲁伯共进午餐，看场球赛才是度过下午的愉快方式。

她从当铺落满灰尘的窗户向里望去。要不是知根知底，她一定会以为当铺和街区中其他小店一样关门歇业。但格鲁伯从来没有对她爽约。

她试着从前门进去，前门没锁，于是她径自走入。当铺里黑暗寂静。窄窄的走廊和高高的货架堆满了人们不想要的东西，其中大部分是从格鲁伯父亲那个时代留下来的，这些让珍妮弗有一点犯幽闭恐惧症。断了弦的吉他、烧了管路的电视机、电线磨损的烤箱，粘着污渍的破损外套、衬衫还有连衣裙，统统都挤在昏暗屋子里的货架上，典当标签上的墨水，已经褪得模糊不清。

屋里唯一的光线，来自角落的栅栏里，用电线高高悬着的光秃秃的电灯泡。那是格鲁伯习惯待的老地方，但格鲁伯不在那儿。

她喊他的名字，但声音却空洞地在屋里回响，她突然有种不对劲的感觉。她走近栅栏，右脚踩在什么黏黏的东西上，像是一团嚼过的口香糖。她低头看去。

一摊浓稠黏密的液体从过道向外蔓延。她上前一步，盯着过道周围的货架，一直看向过道里面，盯着地上的尸体。

那是格鲁伯。他嘴巴大张，苍白柔软的脸因为强烈的恐惧而冻结。他苍白柔软的双手紧紧抓着自己的胃，但这没能阻止他的血液流失殆尽，在他周围形成一摊浅浅的、黏糊糊的血泊。

珍妮弗停在一个低矮的柜台边，柜台里装满了便宜珠宝和便宜枪支，她把早餐和胃里的东西都吐了个干净。她颤抖地倚着玻璃柜子，让它支撑着自己。

那一瞬间，她的大脑一片空白，彻底停止了运作。她擦了擦嘴，强迫自己去看格鲁伯倒在那里的遗骸。这是她见到的第一具尸体，她如着了魔一般，恐惧地盯着眼前的一切，想着自己应该做些什么，但她什么都不知道。

"是是是她。"

她身后响起咝咝的嘘声，她的心脏开始像有氧教练训练的速度那样跳动。她半蹲着转过身，盯着三名悄悄从后门进入商店的入侵者。

有两个是耐特，起码看起来如此。第三人是个高高瘦瘦的鬼牌，他看上去就像长着两条腿的蜥蜴。他就是那个说话的人。珍妮弗盯着他，盯着他长长的、分叉的舌头又一次从嘴里卷出，朝她抖动。

"就就就是是是是是那个，"他发出嘘声，"抓住她！"

"老天，"另一人低语，"她杀了他。"

两个耐特心神不宁地对视一眼，珍妮弗的大脑终于开始工作了。

她认出那个像爬行动物一般的鬼牌。她在金福的分租公寓里见过他，广口瓶里的鬼牌的尖叫把他招来了。他是怎么一路追踪她到这儿的？她瞥了眼格鲁伯的尸体。可能是格鲁伯泄的密，但她现在没法问他到底是不是他出卖了自己。但是，格鲁伯又怎么会知道，自己的东西是从金福那里偷的呢？

但现在不是担心这个的时候。那个爬虫般的男人正说服两个手下对付自己。他们慢慢朝她靠近，举着手枪，而鬼牌站在一旁注视。

珍妮弗将自己化为幽灵。

她踩过自己的衣服，只留下平时穿的比基尼和装着书的小包。她穿过一个装满杂物的货架，回头看了一眼。两个耐特目瞪口呆地站在原地，鬼牌则用嘶哑的咝咝声咒骂着。

她继续前行，穿过货架，穿过墙壁，穿过当铺和隔壁建筑的小巷，将追兵远远甩在身后。她调整呼吸，然后重新化为实体，伫立在一家服装店中。

她拿过一条牛仔裤，一件女士衬衫，还有一双跑鞋，统统穿上。她从包里掏出两张20美元，放在收银台上，从前门溜了出去。

举目望去，金福的手下已经不见了。她怀疑，自己的消失能让他们迷惑一会，但她不能指望他们一直毫无头绪。

她望向街道。右边，是艾比兹球场，里面是人山人海的棒球粉丝。左边，是纽约的展望公园，里面是葱茏绿意，适合独处。不知怎的，此时的她想要待在人群里面。她在人群中会很安全，没人想去杀了她，也让她有时间梳理头绪。

她沿着街道奔跑，加入了涌入艾比兹球场人群的队伍末端。远处，在街区的另一边，金福的手下怒发冲冠，愤怒地摇着脑袋，四处搜捕。

♥

他们都挤在海勒姆的办公室里，所有人都在。清洁人员、洗碗工、厨房工作人员，甚至是来修理水晶吊灯电线的电工，他们坐在椅子上，坐在地上，坐在桌子和橱柜上。还有很多人站着，没人说一句话。连保罗·利巴尔都闭上了嘴巴。所有的眼睛都盯着电视机，杰拉尔多·里韦拉正在采访咆哮者的一位姐妹。海勒姆都不知道，咆哮者还有个姐姐。事实上，他有四个姐妹。

就像肯尼迪遇刺的那天,他想,或者是第一个百变王牌日。四十年前,喷气机小子死了,整个世界为之改变。

新闻播报切换到一场警方发布会,海勒姆听着,感到一阵恶心。

"上帝啊,"彼得周说。这个安静的男人是王牌云巅的安保负责人,他喜欢收藏各种彩色有机玻璃,还集齐了各类武术的黑带。他总是安安静静,从不大声讲话或出言不逊。"他妈的上帝啊,"他说,"神经毒素。他妈的上帝。"

"这讲不通。"一个洗碗工开口,"哥们儿,这根本讲不通。那个混蛋吼起来可以墙崩地裂,我见过他这么干过,哥们儿,我亲眼见过。"

然后每个人都七嘴八舌议论起来。

柯蒂斯轻轻拍了拍海勒姆的肩膀,用询问的眼神看着他,然后朝门点了点头。海勒姆起身,跟着他走出去。整个楼层像巨大的洞穴一般,空空荡荡——所有人都挤在海勒姆办公室里呢。

"我们出去。"海勒姆说。他们走上夕照露台,俯瞰着这个城市。帝国大厦的公共眺望台在他们之上,再往上,是曾准备用于停泊飞艇的旧天线杆,整个纽约或者整个世界都没有这么高的地方。明亮的阳光照耀着,海勒姆在想,喷气机小子死去的那天,天空是不是也这样湛蓝。

"晚宴。"柯蒂斯言简意赅,"我们是继续办,还是直接取消?"

"我们继续办。"海勒姆毫不犹豫地回答。

"非常好,先生。"柯蒂斯说。他的语调非常中立,听不出是赞成还是反对。

但海勒姆觉得他应该解释解释。他把手放在石头栏杆上,茫然地凝视着西边。"我父亲,"他说,即使是对他自己来说,他的声音也听起来陌生而又迟疑,"他是,呃,一个强大的人。他的块头和我一样大。晚年时,他有着,呃,非常好的胃口。"

"他是英国人,对吗?"柯蒂斯问。

海勒姆点头:"他在敦刻尔克打过仗。战争结束后,他娶了一位陆军女兵,然后漂洋过海来到美国。他自称是一位战争男新娘,当然这不是因为他穿着白色的海军制服。他总是这么补充,然后我的母亲就会脸红,他就会大笑。上帝,他确实会大笑。那简直是咆哮。他做什么都喜欢兴师动众,什么都多。吃得多,喝得多,连女人都有很多。他有一打情妇。我母亲似乎并不在意,虽然她会更喜欢慎重一点。我父亲,他是位响当当的男人。"

海勒姆看向柯蒂斯:"我十二岁时,我父亲去世了。葬礼办得……好吧,我父亲不会喜欢这种仪式。如果他没躺在棺材里,他绝对不会参加。葬礼很严肃,很虔诚,而且实在太安静了。我总是希望,我父亲能在棺材里坐起来,然后说个笑话。葬礼上有落泪,有低语,但没有笑声,没吃没喝。我每一秒都如坐针毡。"

"我明白了。"柯蒂斯说。

"我把这个都写进遗嘱里了,你知道吗。"海勒姆说,"一笔相当数量的款项已经预留完毕,而且我还可能会追加另一笔可观的金额。在我去世后,王牌云巅会对我的朋友和家人敞开大门,食物和酒水源源不断,直到钱全部花完。或许,还会有欢声笑语。也许,我不知道咆哮者对这个事情怎么想,但我确实知道,他会吃最好的,喝最好的,而且,他是我认识的人中,唯一一个笑声比我父亲还要洪亮的人。"

柯蒂斯微笑:"如果我没记错,他的笑声会让价值数千美元的水晶粉碎殆尽。"

海勒姆也扬起微笑:"而且他不是最后一个为此局促不安之人。塔基扬医生才是那个说俏皮话逗咆哮者发笑的人,当然啦,他特别内疚,之后,我大概快三个月都没见过他。"海勒姆一只手拍在柯蒂斯肩膀上,"不,我不相信,咆哮者想让我们取消宴会。我们会继续办好,这是必须的。"

"那冰雕呢?"柯蒂斯轻轻提醒他。

"我们会展示。"海勒姆坚定地说,"我们不会试着假装咆哮者从没存在过。冰雕会让我们记得……记得,今晚有一个人无法赴宴了。"露台下面,一声号角高高响起。一个人去世了,他是一位王牌,是一位少数的幸运之人,但城市一如既往川流不息,就像,总有人会赶不上什么东西。海勒姆打了个寒战:"那么,就让我们把宴会办好。"他们走回屋内。

彼得周从某处穿过楼层,迎面向他们走来:"你有个电话。"他告诉海勒姆。

"谢谢。"海勒姆回答。他走回自己的办公室:"我知道,你们都对新闻很感兴趣。"他对员工说,"我也是。但再过几个小时,我们就要招待一百五十多名客人。放心,我们将用电讯播放最新消息。现在,大家都回到岗位上,继续工作。"

员工们一个接着一个离去。保罗·利巴尔临走前,他将手放在海勒姆肩膀上以示安慰。电视里,哈特曼参议员正站在喷气机小子之墓前,向人们承诺,他将会对咆哮者之死进行一项人心惶惶的调查。海勒姆点点头,又按下静音键,拿起电话。

起初,他都没认出这个声音,艰难的声音吐出那些破碎的词语,似乎都说不通。电话那头的男人一直在道歉,一遍又一遍地道歉,似乎在说什么关于汽油的事情,海勒姆完全没听明白:"你在说什么?"

"龙……龙虾。"那个声音说。

"什么?"海勒姆说,他坐直身体,"吉尔斯,是你吗?"这听起来完全不像他。

"对……对不起,海勒姆。"他开始喘息。然后,有人拿走了电话。

"早啊,小胖子。"一个奇怪而刺耳的声音说,这声音听起来像

107

剃刀划黑板似的,"吉尔斯没法好好说话,他还在吐牙。"海勒姆听见电话那端,有人在狂笑。"这张死鱼脸想说的是,我们刚刚他妈的用汽油腌了你狗日的龙虾,如果你还想要,你他妈的可以过来自己捡,因为他该死的卡车着火了。"又是一阵狂笑。"现在给你我听好了,混蛋。我他妈才不在乎你是不是城里的王牌,死屁脸,敢搞我,这就是你的下场,听好了。"

一瞬间,空气一片死寂,然后是一声尖叫,还有一个尖厉的声响,听起来像是骨头破裂的声音。

"听见了吗,死屁脸?"那个剃刀般的声音说。海勒姆没有回答。"你他妈听见了吗?"那个声音尖叫。

"我听见了。"海勒姆说。

"过得愉快。"那个声音说,接下来是电话挂断的嘟嘟声。

海勒姆慢慢把电话放回支架上。今天不能更糟糕了,他心想。

然后,电话再次响起。

♣

福尔图纳托拿起电话,拨了一个布鲁克林的分机。他刚坐下,猫就跳到膝盖上,开始揉他穿着牛仔裤的腿。电话响了两声,有位女士接了电话。"您好,请问阿尼在吗?"他问。福尔图纳托可以遣去自己的灵体,但他刚刚花了约一半的能量,是时候省点力气了。

"不在。我是他母亲。有什么能帮你吗?"

"我叫福尔图纳托——"

"啊,终于。我听阿尼一直念叨你。要是他知道你打电话过来而他却不在,他会直接气死。"

"如果您告诉我他在哪儿,女士,我会自己去找他。"

"噢,他朝喷气机小子之墓走了。每个百变王牌日,他父亲都会带他去那儿。他们大概一个小时前去的。我不知道,那么多人,你能不能找到他。他没惹什么麻烦，对吧？"

"没，女士，他没惹任何麻烦。我确信自己会找到他的。"

"啊，那就好。我猜，你自有办法，对不对？我只是有点紧张，因为咆哮者那档子，还有其他七七八八的事情。"

"咆哮者？"

"噢，你还没听说，天哪。不久前他们刚刚找到咆哮者。他被人谋杀了。是某种神经毒素还是什么东西，电视上刚刚在放。"

福尔图纳托挂了电话。为了集中心绪，他在纸上写下名单，列出当时在大都会修道院分馆的王牌的名字：恐龙小子、塔基扬、游隼女士、灵龟、模块人、咆哮者、跃闪杰克，还有睡莲。

他把咆哮者的名字从名单上画掉。看来是真的，他想，死期没有胡说八道。一切都开始了，山雨欲来风满楼。

剩下的这些人里，跃闪杰克和灵龟能保护好自己，但塔基扬不能，不过这是他自己的问题。

他给王牌云巅打了个电话，找海勒姆。他不认为海勒姆会在钦天士的名单上，毕竟，海勒姆只在外围牵扯到了提亚玛特的事情，而且那时根本不在大都会修道院分馆。但是，也应该打电话警告他。

他简明扼要地讲完故事，然后说："听着，如果你愿意，有件事情我想请你帮一下忙。我需要一个指挥所，一个能让我安全把人留下的场所，还有一个能让人们留下信息的地方。"

"没问题。没人会攻击王牌云巅，除非他疯了。"

"好。"福尔图纳托说，"但以防万一，你有没有什么渠道能联系到那个机器人，模块人？"

"我想，他有次给过我什么信号。如果有必要，我能找到他。"

"给他拍拍马屁，我想这就够了。如果这还没法把他哄过来，你可以巧妙地暗示会有姑娘。如有必要，他可以享用我手下的一个。我只要打个电话，就能送一个过来，免费。"他趁海勒姆还没改变主意，赶紧挂了电话。

那么,接下来怎么办?在喷气机小子之墓前成千上万的人群中找一个他几乎记不清样子的男孩?还是继续找名单上的其他人?

不行。男孩既鲁莽又愚蠢,而且还恰恰拥有能给自己带来真正麻烦的能量。他必须找到男孩。

♠

球票几乎销售一空,当珍妮弗来到售票窗时,只剩下一些露天座位的位子,不过这对她来说不是什么问题。她只想坐在暖和的阳光下,让周围人群的令人安心的声音淹没她,然后思考。

她买了票,某种从祖先那里流传下的本能让她转过身,看向后面。她身后站着一个男人,黑发黑眼,中等个子,身材颀长但强壮有力。他似乎正专注地打量她,但当他们眼神交汇,他迅速移开了目光。

她的目光萦绕了他一会。男人穿着T恤衫、牛仔裤,还有一双深色跑鞋。他肌肉发达却又轻盈的身体撞到她身上,然后她就被买了票的人群裹挟着进了球场。

他真的在看她,还是她想多了?她深深呼出一口气,可能他盯着自己是因为自己的衣服。她没什么时间来试拿走的衣服,裤子太小,屁股包得很紧,而套头衫又太短,胸和腰之间露了几寸出来。一定是这样,是因为她穿的衣服。一定是她想多了,随便在人群里找个路人,我以为是来追杀自己的。

不过,这也不是说她没有多想的理由。毕竟,确实有人在追杀她。现在,她需要想明白这是为什么,而且更重要的是,他们是怎么追踪到她的。

♦

斯佩克特受够了等待。他的匿名线人说的是十一点半,而现在已经过了好几分钟。也许他们对他处理格鲁伯的方式不太满意,但这又不是他的问题,谁叫那个傻瓜居然去拿枪。况且,他们也不会蠢到认为格鲁伯是被枪杀的。

他倚着乔治·M. 科汉的雕像,掰着手指。他意识到大衣上凸着英格拉姆枪托的形状。大部分警察都在鬼牌镇,但城里的其他地方也有警察。既然如今钦天士不再追杀他,或许扔掉枪才是明智之举。但话说回来,你永远不知道,一把自动手枪会在什么时候派上用场。

排队买百老汇演出门票的队伍明显比平日短很多。斯佩克特从来不买演出门票:在他看来,这些剧目既愚蠢又昂贵,完全不值这个价。过去,他常常在跨年夜从新泽西赶来,看时代广场的跨年球落下来。这是他为数不多觉得自己只是某种更宏大的东西中的一小部分的时候。

白天,时代广场周围的霓虹灯既无聊又令人失望。如果联系他的人还不出现,他可能会随便找个妓女弄点乐子。看到那些廉价妓女的眼中卷起墓碑,起码能让他减轻几个月的痛苦。她们不像地铁站那个女孩那么好,但也足以让他分分神。上帝,他真想杀了她。起码狠狠伤害她,来获得她的一些反应。算了,还是把自己灌醉看看电视上的球赛吧。在今天余下的时间保持低调,也不完全是什么坏主意。

"他妈的,"他一边说,一边从雕像边走开,"那些影拳会小子,最好比这些好点。"

"别沉不住气。"一个低沉又令人作呕的声音从身后响起。

斯佩克特转过身,一个鬼牌离他数步之遥,慢慢地按某种步子踱近。他的衬衫上有凝固的血迹,额头中央有一只眼睛。

"你迟到了。"

"这是一个忙碌的早晨。水边有些小生意要处理。"独眼鬼牌握起拳头,展示着伤痕累累的指节,"你一定就是斯佩克特。"

"没错。所以,说点什么吧。"

"就像这样。"他的视线越过他的肩膀,"甘比诺家族今晚要在海防百合餐厅设宴。你知道,这是家庭聚会。先生正在路上。得有人把他处理了。这就是你要做的工作。"

"今晚,嗯哼?报酬多少?"

"5000 美元。"

斯佩克特的舌头在牙齿间打转,将更多凝固的血迹清理干净。他意识到,一定有人给这个蠢货开了一个上限价码,他准备把剩余的部分自己私吞。这个鬼牌的智商连六岁小孩都不如:"想都别想,要么你就自己干。"

"好吧,好吧,7500。"

"10000 美元,否则就另请高明。我们可不是在说什么容易的目标。你想搞定的可是先生。"斯佩克特退后一步,望向远方。他得把这家伙逼紧了,这样组织才不会把他当傻瓜。

鬼牌把手放在髋部:"成交。"

"我现在就要两成的预付款。"斯佩克特伸出手。

"什么?在这儿给?你一定是在开玩笑。"他又一次环顾四周,这回,他的语气充满夸张的戏剧色彩。

斯佩克特得咬着舌头才能不让自己大笑出来。这个蠢货需要上点表演课,顺便学学怎么用脑子:"他们不会给你点零钱就让你过来。现在,付钱,不然就另请高明。"斯佩克特喜欢稍稍靠在这个蠢货身上,看着他因紧张不适蠕动着身体。

独眼鬼牌从大衣里掏出一个厚厚的棕色信封,亮到斯佩克特面前:"谨此表示我们对你的信任。"

斯佩克特把信封藏进大衣里,微笑起来:"我甚至连数目都不用数。当然,只是现在不数。那么,我们的朋友,先生什么时候来参加晚宴?"

"八点左右。所以你需要提早一点到。现在,你可以好好吃一顿了。"鬼牌拍拍斯佩克特口袋里的信封，说。

"剩下的什么时候付？"

"明晚付清。地点我们会另行告知。"他靠得很近，呼吸有种腐朽的味道，"顺便，如果你恰好听说了一些失窃的收藏簿的事情，请告诉我。"他掏出一本小小的螺旋形笔记本和一支笔，在第一张纸上写下一个电话号码，"接下来的几小时内，你可以在这个地方找到我。"他一边说，一边将纸撕下，交到斯佩克特手中。"是包厘街百变王牌一角博物馆。有空的时候，我就在那里做安保工作。"

"你会用一只眼睛留心那地方，对吧？"

独眼鬼牌无视了他的玩笑："嘿，你总得有个合法工作去交税，这是我们老板说的，不然看起来就太可疑了。"

"当然，当然。你刚刚说，你叫什么来着？以防万一？"

"独眼。"

"如果我联系不上你怎么办？"

"打电话给扭龙酒吧，找丹尼·毛。告诉他，你是在火马年出生的。他会就此接手。"

"你愿不愿意今晚和我一起走一趟？这样你就能百分百确定，我完成了合约。"斯佩克特用胳膊环着鬼牌，和他一起在人行道上行走。

目耸耸肩，甩开他："你只要他妈的干完这票。还有，把你的基佬爪子拿开。"

"合作愉快。"斯佩克特目送他远去。开工前，还有时间找个酒吧看看球赛。今天道奇队最好他妈的能赢，不然，先生可就要有一堆人围在身边了。

♣ ♦ ♥ ♠

第七章

中午 12：00。

当珍妮弗找到她在露天长椅上的座位时，道奇队正在进行击球练习。暮夏的阳光温柔地抚慰着她裸露的脸庞和臂膀。她闭上眼，听着球场中友好的声响：小贩的吆喝声，球迷的对话声，还有她绝对不会听错的球棒猛击棒球的声响。

她突然意识到，自从父亲去世以后，她上一次来现场看球，已经是两年前的事情了。她的父亲非常热爱道奇队，总是带她去看各种比赛。她自己倒不是什么狂热粉丝，但能陪在他身边，她总是很开心。而且，这是一个好借口，能出来晒晒太阳，或是沐浴在夜晚凉爽的空气中。

她想起来了，实际上，父亲曾带她来看第一届百变王牌日特别赛。那是 1969 年，道奇队对上圣路易红雀队。骄傲的获得特许经营权的道奇队曾在 20 世纪 60 年代中期经历低谷，排名整整五年位于或接近联盟最末。但在 1969 年，无与伦比的已退役球员皮特·莱塞，开始接手管理他的老球队。当 1946 年百变王牌病毒从空中倾泻而下，他在道奇队担任中外野手。当莱塞为道奇队服役时，队里都是各种传奇人物。可到了 1969 年，队里是一群被抛弃的、没人听过的小角色，还有一些从没上过场的新秀。皮特·莱塞，这位 40—50 年代无人能敌的中外野手，曾经拿下最多的击球、赢过最多的得分，还创造了史上最高平均打击率，他用不可思议的管理远见和士气鼓舞相结合，把这支在1968年垫底的寒酸队伍，带到了1969年的排名第一。

汤姆·西弗，布鲁克林唯一真正的球星，在1969年的那天投出一球，并以2：0击败鲍勃·吉布森。她记得，道奇队获得了投手失分点，年长的三垒手，也就是有"滑翔机"之称的查尔斯，独自打出了全垒打。那场比赛让道奇队赢得了季后赛资格。接着，他们再接再厉，在国家联盟的第一场分区季后赛中击败密尔沃基队，又在美国大联盟冠军赛中打败自吹自擂的巴尔的摩金莺队。

那天，整个纽约都洋溢着喜悦的欢呼，那天的欢乐回忆让她的脸上露出微笑。那是一个罕见的时刻，如今回头看来，她希望自己上了足够的年纪，来欣赏那种绝对而又纯粹的喜悦，绝不夹杂任何其他的情绪或思想。从那之后，她很少有那种体会，而且再没和数以万计的人们待在一起。

球棒击中棒球，发出一声巨响，将她带回现实。她脸上的笑容消失了。回忆过去没有任何好处。她意识到，沉浸于过去美好的回忆，从而逃避危险的现实，这对解决问题没有任何帮助。有人在追杀她，而她需要弄清楚其中缘由。好吧，其实她知道这是为什么。显然，他们想追回自己偷走的那几本书。但他们怎么会这么快就找到她？而且，为什么他们会杀掉格鲁伯？不，这不对劲。他们认为，格鲁伯是她杀的。而她没有杀人。如果格鲁伯不是他们杀的，也不是自己杀的，那会是谁干的？

有些奇怪的事情正在发生，而珍妮弗恰好卷了进去。她打了个寒战。突然间，阳光不再温暖，周围的人群不再清白无辜。金福的手下已经追踪她到了快乐典当铺，他们会很快在这里找到她。她周围任何一位"道奇队球迷"，都可能是一名杀手。

她环视四周，僵在那里——她最坏的恐惧似乎已经化为现实。她的余光瞥见那个在排队买票队伍里撞见的黑发男子。他就坐在自己后面两排，就在自己右手边。他装作在研究自己的记分卡，但同时也在

WILD CARDS

偷偷摸摸地打量她。

他可能就是杀手，起码也是金福的一个手下。珍妮弗坚定地向前看。怎么办？当然，她可以报警，但这就意味着她需要承认自己是幽灵，是那个甚至上过一本正经的《纽约时报》封面的大胆神偷。他们会保护自己免于金福手下的攻击，但她也会因为自己犯下的一系列偷窃罪行，落不得一个好下场。

她的余光看见，那个男人正朝她走来，她紧紧咬住牙齿。

怎么办？怎么办？这句话疯狂地在她脑中重复着，那节奏就像她越来越快的心跳声。没什么，她告诉自己。冷静，什么都不用做，否认眼前的一切，在这么多人面前，他不能把我怎么样。

达里尔·斯卓伯瑞，这位年轻的右外野手是两年前从低级新手营里进来的，他正在击球笼里表演。每个人的目光都集中在他身上，看着他把球击到露天看台的左边、右边，还有球场中部。没人在看她和那个男人。恐惧在她内心深处侵扰着，尤其是当他把大手轻轻放在她的肩膀上，以一种完全出乎意料的温柔语调轻声开口："幽灵。"他居然称呼她的化名！这下，她完全慌了手脚，立刻幽灵化，留下他一脸震惊地盯着她的裤子、鞋子皱巴巴地堆在她所坐的露台长椅前面，而他的右手还拿着她的衣服。

她听见他脱口而出："等一下！"接着，她就不见了。她像石鬼一样，沉入露台长椅下的建筑结构中。

♥

一名乐于助人的安保人员朝豪华轿车挥手，指引它停到悬挂旗帜的看台后面。里格斯打开车门，他的表情为猫和金丝雀的故事赋予了新的含义。塔基扬医生的脸色因她的服侍与炎热的天气，变得更深了，颜色甚至有些接近于火红。他用一种非常急切的语气说："演讲一结束，我们要尽快离开。"

"好的,医生。那我们还按计划去艾比兹球场吗?"

"不去!"塔基扬医生用他的母语说了些极富争议的话,接着把露莱特的胳膊卷在自己的胳膊下,护着她一起走上后台楼梯,然后站在看台之上。一大群政要已经在讲台周围站成一个半圆。她看见哈特曼参议员面带怒火,而纽约市长科赫正在他椅子后徘徊,为他即将到来的州长选举拉票。那个穿着白色连体衣的王牌把兜帽摘了下来,正殷勤地在周围走来走去。他目光呆滞,盯着人群中一名身着紧身背心的性感少女。露莱特发现,这位王牌的五官并不协调,两只眼睛不在同一高度,而鼻子看着好似扭曲的球根,仿佛要开花一般,长在过小的嘴巴和下巴上面。他看上去就像艺术家捏的黏土模型,只是这个艺术家在做完上半身前就厌倦不干了。

第二排椅子上坐的是一名相貌出众的东方人。他时不时在一本皮革封面的书里匆匆记下笔记,露莱特注意到,他的黄金钢笔在书上留下了一道黄金墨水的印子。她对这种做作的举动做了个鬼脸,想着有钱还是不能提高档次或者品位,这实在太司空见惯了。男人抬起深色的眼睛,目光从书上移开,有些恐惧地盯着一位银发男子——他的衣服的剪裁做工,简直在尖叫着说他是个律师。这个男人似乎在找机会开口,打断市长科赫口若悬河的话语,好和哈特曼议员说上话。

前排最远端,坐着一名摇滚巨头,他以"帮助鬼牌"音乐会筹集了数百万美元——但没有一点流进鬼牌镇。露莱特讥笑着。以她在联合国的日子的经历来看,她明白有多少种洗钱和贪污的法子。塔基扬医生和他的诊所即使能瞧见10000美元,都算他走运。

她的思绪就此停住。塔基斯星人的声音穿透她黑暗的研究:"露莱特,来这儿。"

她疑惑地环视四周,专注地看着折叠金属椅,这里坐的只有她。

"天哪,布朗·罗克斯伯里夫人!你怎么会在这儿?"她盯着哈特曼参议员淡棕色眼睛,参议员尴尬地咳了两声,"哦该死,这听起来非常没礼貌,对不对?我只是很惊讶,也很高兴见到你。爱先生告诉我,说你已经离开联合国了,对此我很抱歉。"

"联合国?你们在说联合国?你在联合国工作过?"塔基扬医生插话进来。"参议员,见到你很高兴。"两位男士越过她握了握手。露莱特张开嘴巴,见哈特曼帮她接话,便又不作声。"是的,布朗·罗克斯伯里夫人是联合国发展项目里的一位经济学家。"

"不对,我们根本没发展过任何一件该死的东西。"她机械地回答。

哈特曼哈哈大笑:"这才是我的露莱特。那会儿,你总是不给他们好日子过。"

"夫人?"

"别慌,我离婚了。"

哈特曼继续对"国际货币基金组织和世界银行的杰出贡献"絮絮叨叨,头顶上,条纹遮阳棚正慢慢竖立起来,给人们挡点太阳。风中,遮阳棚噼啪作响,这声音成了他话中奇怪的标点符号。

"没错,"啪,"刚果民主共和国的电气化"砰,"工程",啪,"是杰出工作的经典案例……"

一声不引人注意的咳嗽打断了参议员的絮叨:"参议员先生。"

"在,什么事?"

"圣·约翰·莱瑟姆,施特劳斯律师事务所里的那个莱瑟姆。"莱瑟姆倾身向前,他苍白的眼睛毫无波动,"这是我的客户。"他伸手示意那位东方绅士,哈特曼扭过身往那个方向看。

"金将军,你最近怎么样?我都没看见你悄悄过来了,你应该说点什么。"

金福把笔记本放回大衣口袋,起身,握住参议员伸出的手,和他握手:"我不想打扰到你。"

"胡说八道。我总是有时间留给我忠实可靠的支持者。"

莱瑟姆苍白又毫无感情的眼睛看看金福，又将目光投回参议员身上："就是那桩案子，参议员先生……今天早上，将军受到了严重损失。几本价值连城的邮票簿从他的保险箱里失窃了，而警方在这件事上毫无成效。"律师看着塔基扬医生，但后者没有任何一丝走开的迹象。律师耸耸肩，继续说道："事实上，他们根本就不在乎。我给他们施压，结果他们告诉我，说百变王牌日还有很多七七八八的问题要他们解决，他们没空管一场小小的盗窃案。"

"实在无礼。恐怕我和纽约最出色的警察没有什么联系，此外，我也不想插手科赫市长的领地。"参议员朝市长飞快一笑，依然希望能与市长就刚才的对话继续会谈。哈特曼的目光若有所思地投向王牌。"但是……请允许我向您介绍雷先生，他是我在司法部忠实的看门犬。"

金福神经紧绷，和他面无表情的代理律师交换眼神。露莱特想知道，这个律师的脸上，除了冰冷的算计，还有什么其他东西。

"那样也好——"

"先生，"雷打断他们的对话，"我的工作是保护你，无意冒犯，你比那些邮票重要多了。"

"谢谢你的关心，比利。但你的工作是，不管我和你吩咐了什么，你就要去干。现在，我吩咐你去帮助莱瑟姆先生。"参议员现在似乎没那么有魅力了。王牌耸耸肩，不再争辩。

"谢谢您，参议员。"金福轻声低语。他和莱瑟姆拉着比利·雷，穿过椅子退下。

"好了，刚刚我们谈到哪儿了？"微笑重新定格在哈特曼的脸上，"噢，我想起来了，我们刚刚在说你做出的杰出贡献。"

露莱特急忙用肩膀压了压塔基扬医生的肩膀，以显示她有些不安，他明白她的用意。

"啊，参议员先生，我看到有个我必须上去打招呼的人。暂时离

WILD CARDS

开一下。女士，您陪我走走？"他起身，朝露莱特挽起胳膊，他们迅速走到看台另一边。

人潮包围了看台的边缘，如汹涌的海潮般向外蔓延，溢满了喷气机小子之墓前的整个广场。他们身后，喷气机小子巨大的翅膀向外凸起，仿佛伸向天堂。透过高高的窄窗，她看见天花板上悬着 JB-1 的全尺寸复制品，二十英尺高的喷气机小子塑像伫立在飞机模型前，冷漠的目光高高越过人群的头顶，直视前方。

"我们刚刚看了出小小的好戏，有点好奇。"塔基扬医生评论。

"没错。"

他向后靠，仰头看着她："你不喜欢参议员，这是为什么？"

"因为我怀疑他对那些刚刚他津津乐道的公司感兴趣，而那些公司可是做了数百万美元的无用功。"

"但听起来，这些项目确实会帮到刚果人民。"

"很难说。按照项目设计，电力无法转移，从而无法为生活在这条长达 1100 英里的铁路线上的居民提供服务。这就基本上等于直接给那个暴徒蒙博托数十亿美元，而钱由各种大型国际合作组织出，再让一些西方大银行赚取百上千的利息。这确实把刚果依旧在生存线上挣扎的人民生活弄得一团糟，尽管刚果是非洲矿产资源最丰富的国家之一。"

"露莱特，你真出色。"

她转身面对他："如果你想告诉我，我充满激情的时候有多美，我就把你从这个看台上打下去！"

他赶忙举手："不不不，我确实很欣赏你的激情，而且你也非常美丽，但你富有爱心，你真的非常有趣……你让我想起了另一个女人。"这些相当纠结的话语渐渐消失不见，他似乎在看与眼前展开的假日人群完全不同的画面。

露莱特空洞地盯着人群，突然，一只翼龙的影子投在人群上，如波浪般起伏。她抬起头,果然,一只翼龙正扇着翅膀朝他们飞来。塔基扬医生被她深重的呼吸打扰从回忆中惊醒,他叹了一口气,挥着手发出赶鸟的嘘声。史前生物继续朝他们飞行,塔基斯星人抓住她的腰,将她拉回遮阳棚下面,此时,几团小翼龙的粪便噼里啪啦落到看台上来。

"小子!"塔基扬医生怒吼,"下次再让我看到你这样,我就揍你!"

科赫朝他们招手,他们回到自己的座位。十分钟后,一个有着可爱脸庞、下巴上笨拙地用什么东西盖着自己的青春痘、穿T恤衫、牛仔裤的男孩,大摇大摆地穿过前排人群,厚颜无耻地朝塔基斯星人招手。

"嘿,医生,我在这儿。"

"好吧,起码你还记得穿衣服。"

"我想过把衣服留在飞机里。"他伸手一指喷气机小子之墓,"但要是这样,你可能要揍我。"

"我真会揍你。"

"我赌你不会。"

科赫正在用食指轻轻敲击麦克风,砰砰嘣嘣的声音在整个广场回响。露莱特看看男孩,看看塔基斯星人,看到男孩因警觉而睁大了眼睛。医生内疚地看着科赫市长,飞快朝看台边缘走去。男孩转身,弓着腰,故意给医生留了个背影——刚刚,医生在座位上飞快但轻柔地踢了他一脚。

"小子,别惹麻烦。"

"这不公平。'令人作呕!滥用外星能力虐待儿童'。"他以《国家密探》头条的语气抱怨。

"明明是'小流氓滥用王牌能力惹怒城市'。"

"惹怒?起码我也得是个恐怖分子吧?"

WILD CARDS

"等你大一些才行。"科赫盯着这两人,"现在,安静,我得保持威严。"

"祝你好运。"弹指间,男孩消失在人群中。

"他是谁?"

"恐龙小子。他很聪明,但很不幸正处于男孩和男人间的青春期,也就是说,某种意义上他就是个小怪物。他总是到处乱跑,让王牌抓狂。他父母要把这么个王牌拉扯大,一定非常不容易,但小孩子总是让人很愉快——"

"嘿,到你了。"露莱特打断他们的喋喋不休。

"噢,好模范,谢谢你。"他倾身靠近她眨了眨眼,"然后我们就走。"

她觉得他就像是漫画里走出来的人。个子小,脑袋刚刚高过演讲台,一身红缎外套,长长的红发,就像朋克版的方特勒罗伊小爵爷①。她发现他没带笔记簿,心想这种场合做即兴演讲是否明智。然后,他扬起头,开始演讲,于是喜剧变成了正剧,高贵,又饱含关怀。

"我总觉得,思考今天要说什么,有点困难。我们是在庆祝吗?如果我们在庆祝,我们在庆祝什么?我们是在缅怀,在纪念吗?如果我们在缅怀,在纪念,那我们在缅怀谁,又如何来铭记过去,从而防止未来犯下错误?你们会听到很多喷气机小子的事迹,听到很多灵龟的事迹,听到很多飓风的事迹,还会听到一百个其他王牌的事迹。"他向盘旋在人群上方的巨大绿色龟壳挥手示意,"是的,甚至会听到我的事迹。但我认为这不公平,因此,我将说说其他人,说说鬼牌,

---

① 方特勒罗伊小爵爷,来自英裔美国作家弗朗西丝·霍奇森·伯内特的同名小说《方特勒罗伊小爵爷》,是她的第一部儿童文学作品,于1885年11月至1886年10月在圣尼古拉斯杂志上发行,1886年由圣尼古拉斯出版社出版,并在1936年、1980年先后被改编成电影,讲述了一个美国小孩去英国继承一个古老爵位,然后与自私而冷酷的现任伯爵一起居住的种种故事。

闪光者，他给了一名弃儿一个家。朱贝尔，他总是接济遭受不幸的其他鬼牌。还有德斯，他为鬼牌镇建设停车场、提升学校质量出了很多力，他改善了鬼牌镇的条件，在这点上，他比任何人做得都要多。

"我之所以谈论鬼牌，是因为我认为，他们是一个很好的例子，能给其他人好好上一课。他们所受的苦难、他们的心理、体魄还有情感，无一不是人类历史中曾经历的。面对社会的孤立，他们千方百计地抗争：无论是安静忍耐警察还有其他官员的虐待，还是在 1976 年的暴乱中揭竿而起达到高潮。而现在，他们有了新的抗争方式：他们自力更生，互相扶持，在被我们称之为'鬼牌镇'的边界里，建立起一个真正的社区。

"我之所以要列举这些杰出人物的种种贡献，是因为如今在我们的国家，有一种让我为之恐惧的新情绪正在蔓延。如今，又有人企图描绘，什么样的人才是'美国人'。他们鄙视、歧视那些不属于童话般的'大多数'的边缘人群。对，这是一个童话。每个人都是完完全全独一无二的个体。没有'共识'，也没有做什么事情的'正确方式'。只有人，无论他们的外貌多么扭曲可怖，但内心深处，他们有着和我们一样的梦想、抱负和希望，正是这种同样的梦想、抱负还有希望，驱使着他们，也驱使着我们。

"我想，这就是我在这个百变王牌日真正想说的东西。1986 年的主题是'行善'。很多东西都会引发灾难，不只是穿越数光年来到地球的外星病毒。或许有一天，我们所有人，'耐特'、'王牌'还有鬼牌，都一样，都需要行善，都需要伸出的援手，都需要鬼牌如此完美展现的社区所传达出来的精神。谢谢。"

现场响起雷鸣般的掌声，但塔基扬医生看起来并不愉快，他走向她。

"非常高尚，但你觉得会有什么效果？"露莱特问。医生从椅子上捞起帽子。

她的胳膊再一次挽上他,他催促她朝后面的楼梯走去。"有人会把我和特蕾莎修女相提并论,其他人会说我只是个自私自利的狗娘养的。"

"那你呢,你怎么看?"

"二者皆不是。我只是一个试图与荣誉相依存的人,并拥抱被给予的一切欢愉。"他们站在豪华轿车前,塔基扬医生突然将手环在她的腰际,将脸埋在她的胸前,"而我很高兴,可以在这儿拥抱你。"

她愤怒地用力甩开他,转头后退,直到汽车在她身后停了下来。"别找我要安慰。我不会给任何人安慰。我和你说得很清楚。而且,你需要安慰做什么?你是鬼牌镇的圣人,是开着私家豪华轿车的大空头,和任何王牌一样的大明星。"

"对,我是,我是,我是!但我同样被罪恶感吞噬,在每年9月15日被四面八方围过来的失败感淹没。上帝,我是多么恨这一天啊。"他双手握拳,砸向轿车车顶,里格斯移开目光,饶有趣味地盯着制服外套袖口。塔基扬医生的肩膀抖了数秒,猛地用手擦过眼睛,这才转身面对她:"好的,你不会给我安慰。我接受。你说,你是绝望途上的朝圣者。我也是。那么,起码让我们在这条路上同行,如果我们无法给彼此安慰,起码可以分担彼此的绝望。"

"行。"她爬进车,脑袋倚着车窗休息。

也许,我可以做点什么。我可以让你不再被罪恶感侵扰。而且,杀掉你,或许我会找到属于我的平静。

♣

珍妮弗让自己穿过无穷无尽的钢筋混凝土,寻找一块可以将自己实体化并急需好好呼吸的地方。她感到头晕眼花,即使处于幽灵态,她也越来越难以集中心神。她有一种强烈继续漂浮的冲动,就像一朵云一样脱离肉体飘在空中,忘记所有的烦忧,忘记如咆哮的杜宾犬一样紧追着她脚步不放的所有危险。

但她不能向这种冲动屈服。如果她这么做，就会失去一切，变成一团稀薄的鬼火，没有意识地四处飘荡，直到毫无规律的布朗运动将她散到地球的每一个角落。

在这种危急时刻，想要催促自己更快移动很难，但珍妮弗成功了。她穿过最后一个露天看台支柱，发现自己站在一个铺着地毯的走廊里，头顶是闪亮的荧光台灯。她立刻化为实体，颤抖着倚在走廊的墙壁上。她头晕目眩，依旧觉得这一切遥远而又陌生，分不清东南西北。就差一点，但她还是及时实体化了。她意识到，这段时间必须小心使用自己的能力，直到她确信自己的系统没有超负荷过重。

现在，珍妮弗想，只要她能适应现在的状态，她就能出去。唯一的问题是，她从没来过艾比兹球场内部，她完全不知道自己在哪儿。

走廊一头是一扇双人门。另一头是岔路。她必须选择其中一条路，珍妮弗向岔路走去，但不幸的是，那里什么都没有，也没有一扇窗户。

好吧，她想。如果有人问起，她可以简单地说她迷路了。只是要解释为什么只穿比基尼，这会有点麻烦。

她深吸一口气，用力吐出来，推开走廊另一头的双人门，步入一间宽敞明亮、地上还铺着豪华地毯的房间，愣住了。屋里的低语声渐渐消失，所有人的目光都集中在她身上。

这一定不是真的，她告诉自己。她闭上眼睛，过一会儿又睁开，还是和刚刚看到的一样。我进了道奇队的更衣室？我不信。

屋内有二十个男人。有的在三五成群地打牌，有的在聊天。一垒手赫尔南德斯一如既往地正坐在更衣柜边，玩赛前拼字游戏。已过花甲一头灰发的皮特·莱塞依然精瘦，如羽箭般挺拔，正站在汤姆·西弗的更衣柜前，和投手兼道奇队的古巴投手教练菲德尔·卡斯特罗交谈。还有些球员仍穿着练习球衣，有些开始换比赛制服，有些刚刚才换一半。

珍妮弗感到所有目光聚在自己身上，压力很大，觉得自己好像应该说点什么，她张了张嘴，却什么都没说出来。

"呃……"她再度尝试，"呃……祝你们今天好运。"

一个小小的金属鼻烟盒从道奇队队长、捕手老将瑟曼·曼森手上滑落，砸在他更衣柜前的凳子上，发出声响。这一突然的声响，似乎打破了让每个人停驻不动的魔咒。

一打球员几乎同时开了口，从莱塞刺耳的"你到底是怎么进来的？"到一堆诸如"天，身材真好"和"穿得很棒"等七嘴八舌的话语。

珍妮弗无地自容，忘记了之前的担忧，变成幽灵的形态穿过最近的墙壁，来到另一个小房间。房间里摆着一台药品柜、几张空的软垫桌、一堆令人费解的器械，还有湿漉漉、光溜溜还滴着水的德怀特·古登从按摩浴缸里爬出来。

"喂！"他朝路过的珍妮弗喊。

"昨天比赛打得不错。"珍妮弗邪恶地微笑，他赶紧爬回浴缸蹲下，让水没到他下巴，难以置信地盯着她穿过按摩浴缸旁边的墙。

身材确实很棒，珍妮弗想，在消失前悄悄偷看了最后一眼。

♠

作为罗斯玛丽的父亲唐·卡罗·甘比诺手下黑帮里的一个小头目，"屠夫"弗雷德里科·马切拉约[①]曾下令要垃圾婆死。垃圾婆可没忘记这些。她立在几近荒芜的中央公园里的一棵橡树边，开始朝公园西边前进。今天，纽约大多数人都去了喷气机小子之墓，她对此感到

[①] 马切拉约，Macellaio 为意大利语，意思是"屠夫"。

很高兴。她穿着褐色粗花呢西服，和在地下储藏室里扫出来的一双高跟鞋，觉得自己非常扎眼。但这么穿，公园的常客基本都认不出她来。这些年，街头的流浪汉们早已见怪不怪，因此，还是……谨慎为好。她把隐隐作痛的左脚从鞋子里拔出来，重心落在右腿上站立着，看着弗雷德里科从他的豪华公寓离开。遮挡的天篷上写着卢克索。屠夫穿着极为昂贵的定制黑西装，穿过人行道，进入一辆白色的凯迪拉克加长豪华轿车。

两名身着解扣西装外套、戴着深色墨镜的警卫护送着他。弗雷德里科进入车内，从司机手中夺过车门，"砰"的一声把门摔上。司机停顿一会儿，然后迅速转身进入车内，一名警卫坐在副驾驶上，另一名警卫则似乎正同时查看人行道和中央公园两个方向是否有异常。

豪华轿车从路边离开，穿过汽笛不断的车流，从西快车道进入中央公园。她有些不相信自己的眼睛，罗斯玛丽曾告诉过她弗雷德里科首领的习惯，他总是走同样的路线。弗雷德里科要么非常愚蠢，要么就是过于自大，以此显摆自己的权势。她知道，轿车将横穿马路，驶入第六十五横街，缓慢驶过以马内利会堂，来到屠夫最爱的餐厅：阿罗尼卡的餐厅。垃圾婆斜着穿过公园，她用精神召集了一群鸽子和约一百只松鼠，它们都在快车道中间附近的石桥上待命。

垃圾婆在去与它们会合时，一只硕大的灰猫——黑猫与白猫的后代之一，从一棵被闪电劈歪的枫树上跳下来，拦住她的去路。

在黑猫和白猫的孩子里，灰猫是为数不多的与他父母一样聪慧的小猫之一。在他搞清楚垃圾婆是怎么利用动物，有时甚至还不顾动物的生命安危后，他拒绝为垃圾婆效劳。因此，灰猫在中央公园里垃圾婆很少涉足的一块地盘安了家。

现在，他对她的出现愤愤不平。垃圾婆告诉他，自己不会在那儿待太久。灰猫给她展示了一幅尸横遍野的景象。垃圾婆强硬起来，告诉他离自己远点。灰猫转身小跑几步，又回头朝她吐口水。她用思维反击，但又在灼毁他的大脑前停了下来。垃圾婆握紧双拳，目视他消失在枫林里。

接着，她猛然感应到弗雷德里科那辆轿车的行程。一只逃离城内驯鹰者的游隼成了她的双眼，随着屠夫的轿车慢慢驶过公园。画面没有颜色，但当猎鹰的目光梭巡过公园，她全神贯注地观察轿车的一举一动。她命猎鹰盘旋回来，跟着屠夫的车。按罗斯玛丽的档案记载，弗雷德里科·马切塔约首领每天都走这条路，从他那全副武装的装甲防监视车里，为他的敌人判下死刑。垃圾婆靠在身后宽阔的树干上，踢掉鞋子，专心致志地指挥她的动物们。

她开始用心神组织所召唤的鸟和动物们，指挥它们行动。垃圾婆意识到灰猫正藏在枫树中打量她。她警告灰猫离开，但灰猫却以一幅他将这些树标记为自己领地的景象回敬。她无视灰猫，注视着弗雷德里科一点点向她选好的地方逼近。

灰猫的接近让她紧张，让她无法集中心神。他有一种天赋，能让她以她通常避免的方式思考。屠夫既是罗斯玛丽的敌人，也是她的敌人。她早就从动物身上学会，要么当刀俎，要么当鱼肉。屠夫是一个不得不被除去的威胁。再说了，这会让罗斯玛丽很开心。垃圾婆认为，罗斯玛丽瞻前顾后思虑过多，对甘比诺家族的执念已然将她吞噬。如果甘比诺家族由一个新人掌权，她才能放松下来，花更多时间陪自己。垃圾婆渴望她的陪伴，这一渴望足够让她打破生命的循环，打扰她的小生灵的生活，甚至牺牲他们的生命。

她将灰猫逐出自己的大脑，通过他们间的心灵感应让灰猫感到痛苦。能量击中了灰猫，灰猫哀号不已。

她头脑的一部分正在指挥鸽子排兵布阵，以完成这项任务。鸽群正暂时栖息在桥边的树中。那一瞬，时间似乎不自然地停住了。

穿过树林，最后一道漆面反射着阳光，豪华轿车庄严地绕着公园的一角前行。镜面般的挡风玻璃反射着车顶树枝的影像。

疯狂鬼牌

一只孤独的鸽子从鸽群中腾空而起,依着垃圾婆的指挥高高翱翔在天际。然后,仿佛只是想落在一棵不存在的树上一般,它用力砸向豪华轿车的挡风玻璃。鲜血飞溅在引擎盖的白色油漆上,司机踩下刹车,犹豫了一会儿,然后继续前行。

通过跟在车后的鹰与轿车前上方鸽群的目光,垃圾婆零零碎碎地看见了这些场面。她自己双眼圆睁,盯着前面,但鸟类的视野淹没了人类的视野。平日,她会在经历与她意识相连的动物死亡时,抹去死亡的记忆,现在,她以同样的方式为鸽子抹去死亡的痛苦。

头顶上,一百只鸟儿同时停止了呼啸,他们都被垃圾婆控制了。鸟儿组成的波浪一层层向轿车涌去,车上瞬间覆盖了一层鲜血和羽毛。轿车的刹车尖叫着,这是惊慌失措的司机试图在什么都看不见前,为防止轿车失事尝试的紧急停车。

更多的鸽子前赴后继着,垃圾婆将注意转向聚集在路边橡树和枫树低枝上的松鼠们。她命一群松鼠冲向突然转弯的车辆,痛苦冲击着她的大脑。她的第一想法是,要么是黑猫,要么是白猫,出事了。但就她意识里对城市里流浪动物的认知,以及他们的个体行为模式来说,两只猫都不会有事。是灰猫。他故意自残,试图用自己的痛苦摧毁她的注意。垃圾婆从精神上训斥他,发出一阵令人彻骨的精神寒意,让反叛的灰猫头晕目眩。

只过了几秒,路上已铺满松鼠,如同给道路盖上了地毯。司机加速从鸟群中逃离,几近恢复控制。垃圾婆控制松鼠钻到轮子下面。濒死的松鼠发出尖叫,与过载刹车的刺耳声响混在一起。沉重轿车的动能让车碾过大群啮齿动物,鲜血溢满路面,豪华轿车向路边打滑。现在,车门和侧板都被划出划痕,点点血迹溅在上面。

灰猫的反应如洪水般涌入她的大脑,垃圾婆的脑袋猛地绷到一边。这回,灰猫不再满足让她分心,他试着以垃圾婆为焦点,将动物群分散。她怒火中烧,直接让灰猫失去意识。她可能会杀死他,但如今，她需要全神贯注对付桥那边的情况。

为了防止汽车进一步打滑飘移，司机矫枉过正，反而让车开始旋转。轿车的两个右轮撞向低矮的护栏，护栏被撞得凸出一道弯。汽车的大片装甲板擦过遮挡的墙壁，翻了起来。白色的油漆划痕留在钢筋混凝土上。一个轮盖脱离车身高高抛起，先轿车一步飞过边缘，如飞盘一样慢慢掠过空中，而汽车就没那么幸运了。

时间似乎停止。垃圾婆看着轿车在空中翻滚，她头脑的一部分正在帮攻击中受伤的松鼠和鸟儿结束生命，另一部分正在思考这件谋杀。她想明白，为了帮助一个友人、为自己复仇，付出这些代价到底值不值得。

车子一头栽进慢跑道，重重撞在水泥小径上，乘客车厢的车顶被砸烂，和尸体一同涌了出来。汽车颠簸着停下，炸成一团猎猎作响的火焰。

与她在桥上见到的这场屠杀相比，牺牲几个动物来喂养其他动物实在不值一提。她环顾四周，到处都是残肢。自她学会让动物的生命从她自己的生命中疏离开始，她从没体验过这种痛苦。或许，灰猫想阻止她是对的。她作为人的那部分认为，人类会为她的成功感到愉悦，她迫不及待地想知道罗斯玛丽对此作何反应，而她动物的那部分，则拒绝接受她刚刚做的一切。

猛然间，垃圾婆意识到剩下的动物都在耐心地等待她的指示。黑压压的鸽群飞向天空，朝四面八方散开而去。而没人看见大片大片的松鼠涌动着四散奔开，朝公园树林的方向跑去。垃圾婆则借着树木的掩护，朝哥伦布圆环的地铁入口走去。

穿过第五十九街前，恢复的灰猫再次和她对峙起来，这次，他用的是她刚刚一手造成的景象，只是，躺在地上的，是她血淋淋的尸体。

垃圾婆定住了，她终于意识到自己到底做了些什么。她利用了自己一直在保护的动物，以残忍的方式来达到只对她自己有意义的目的。她背叛了自她从医院归来后一直拥有的信任。她觉得恶心，而这不是因为灰猫的所作所为。她只希望，罗斯玛丽值得她为之付出这一切。

如果罗斯玛丽毫不知情，她会等。在和她联系前，垃圾婆可以先拜访一下杰克的家，查一查他失踪的外甥女，科迪莉亚的消息。或许，现在正是帮助他的好时机。

垃圾婆走下台阶，用一枚浣熊偷来的代币进入地铁站——事实证明，浣熊确实是偷窃老手。她搭乘1号线进入城内，无视身后的男性乘客倾慕的目光。

♣ ♦ ♥ ♠

第八章

下午1：00。

街上，迟到的球迷、叫卖纪念品的小贩和票贩子摩肩接踵。不知怎的，珍妮弗成功偷偷穿过球场外墙溜到外面，没有引起任何注意。但当她走到街上，还是吸引了一大片目光，但她毫不在意。她迅速移动，小心注意那些试图在快乐当铺外抓她还有跟踪她到球场里的人，但他们似乎都不在附近。她瞧见一辆空出租车，招手拦下，告诉司机："去曼哈顿。"

司机带着她驶向熟悉的地方，她安顿下来，开始思考。她周围发生的事情都以令人费解的速度接连不断，暴力如影随形。金福一定特别想找回自己的邮票，她想，除非，是为了另一本书。

她的目光落在自己的钱包上，那是一个用简单的袋子束上的小皮包，里面装着她偷来的书，还有一些她专门为这种紧急情况准备的美元，除此之外别无他物。没有皮夹，没有身份证明。整件事都黄了。她觉得有人在看她，于是，珍妮弗抬起头，看向镜子，发现司机正盯着她看，被发现后，司机移开目光，珍妮弗则努力把自己藏到出租车后排染着色磨破皮的内饰中。她得到什么地方找点得体的衣服。她现在看起来就好像是里约热内卢狂欢节的打扮。

或许吧，她想。她必须终止这单生意，把书还回去。格鲁伯已经为此丧命了——虽然她可能一辈子都不知道是谁杀了他——她也为此惹上不少涉及暴力的麻烦。

她必须联系金福。这倒不难,但怎么敲定交易细节,这就有点棘手了。此外,她可不想两手空空、毫无准备地面对这档麻烦事。

她焦虑地望向窗外,突然灵光一现,不禁喊道:"停车,停车,就在这儿停车!"

司机依言,猛踩刹车,汽车尖叫着在路边停下。她下了车,把一些皱巴巴的钞票扔到前排座椅上,轮胎依旧尖叫个不停。

"谢谢。"她上气不接下气地说,转身跑到街上。

"我的荣幸。"司机一头雾水地回答,欣赏地看着她的比基尼,目送她一路消失在著名的包厘街百变王牌一角博物馆门前。

♦

"杰克!杰克!是你,对不对?"

一个熟悉的声音,今天,在西村的马戏团听见任何熟悉的声音,都在意料之外。杰克转过身来,看见一个英俊的、比他高半个头的男子,正俯视着他。

"嗨,让·雅克。"杰克说。六年前,让·雅克从塞内加尔到了这里。平时,他在第六大道与第八大道交叉处的辛巴酒吧兼职做服务员,其余时间,他是一名在新立学校任教、给外国学生教英语的老师。

让·雅克点点头,但似乎心不在焉:"什么都行,我的朋友,什么都行。"

杰克知道,这是出事了:"你在说什么?"

"没什么好担心的。"让·雅克移开目光,望向精神烁烁在他们面前走过的行人。刚至下午的阳光照在他的皮肤上,那深深的黑皮肤反射着阳光,看起来几乎变成了蓝色。

"我很怀疑。"杰克把一只手搭在男人的肩膀上,他意识到温暖的活力正从这明亮的图案中散发出来,"告诉我发生了什么。"

让·雅克回望杰克,他通透的目光与杰克的目光相交:"是逆转录酶病毒。"他说,"会致死。我刚刚见完医生,很不幸,诊断为阳性。"他叹了一口气,"非常显著。"

"逆转录酶病毒?"杰克问,"你是说百变王牌?"

"不是,"让·雅克打断他,"百分百致死。"那个词似乎卡哽在他喉咙里,"艾滋病。"

"圣母在上,"杰克说,"我很抱歉。"他靠近让·雅克,仅仅只迟疑了一瞬,就继续上前拥抱他。"我真的很抱歉。"

让·雅克轻轻把杰克推开:"我理解,"他言简意赅,"你不是我第一个告诉这个消息的人。他们已经开始把我区别对待,好像我是个该死的鬼牌。"他悲哀地闭上双眼,再度睁开:"别担心,老朋友,你没事。我知道这是谁传染给我的。"他又一次闭上眼睛,"我也知道,我是什么时候被传染的。"他轻轻摇头,杰克再度拥抱了他。这次,让·雅克没立刻推开他了。

"我想,你在执行一项任务。"让·雅克说,"告诉我,你在找什么,如果我能帮上忙,我会帮忙的。"

杰克迟疑了一下,然后将科迪莉亚的事情和盘托出。塞内加尔人仔细研究照片,说:"一个非常美丽的年轻姑娘。"他看向杰克,"你们的眼睛一模一样。"接着,他把照片递回来:"走吧,"他说,"继续你的搜索。如我所言,如果我发现了什么能帮你的东西,我会告诉你的。"

接下来是一阵沉默,但杰克依旧停在让·雅克身边。

"快走。"让·雅克重复道,他轻轻微笑起来,"祝你好运。"接着,他按下鞋跟上的按钮,消失不见。

♥

"这就是你重要的过访?"露莱特盯着河边仓库的腐朽墙壁,问。

几个街区前,塔基扬医生遣开里格斯,脚步轻快、汗流浃背地带她走到了这里。

他一边回头看,一边用瘦削的双手打开巨大闪亮的挂锁,极力压制的兴奋与恶作剧得逞之情溢于言表,看上去就像准备炫耀自己收藏的蝌蚪的小男孩。她突然意识到,他还很年轻。拜突变和他们对生命科学的痴迷所赐,塔基斯星人远比人类要长寿得多。以地球的标准,塔基扬医生已经是耄耋之年且银发苍苍的老人,但若以塔基斯星人的标准看,他不过是个刚刚有些男子气概的毛头小子。这能解释很多问题。

门绕着充分上油后润滑的铰链旋转,终于打开,他挥手示意她进来。她突然的胆怯使她紧紧地靠在他的胸膛上。

"别害怕。"

"我的上帝,这是?"她小心翼翼地扫视空空荡荡还有回音的房间中央,那里蹲着一个发着光的巨大而又丑陋的怪物。它看起来很像一只海螄螺科的贝壳,但它灰色的尖刺顶上,却闪着琥珀色和紫色的光芒。看上去,它似乎正栖息在一个熠熠生辉的漩涡里,因为尘埃正朝着它如螺旋般前进。

"飞船。"

"什么?"

"你的飞船。"她很快纠正自己。

"没错,宝宝。"

"宝宝?"

"嗯哼。"塔基扬医生淡紫色的眼里露出充满爱意的目光,看着这艘飞船,而露莱特(由钦天士精心树立)的防护罩对附近心灵感应的沟通做出了回应。

"她很沮丧。她想和你问好,但你有防护罩。"他敲敲一边的脑门,严肃地提醒她,"奇怪,大部分人类……"他迅速摇了摇头。

"好吧，进来。"

"我……我不太想。"

"她不会伤害你。"

"不是因为这个。"

"那是为什么呢？"

她耸耸肩，朝飞船走去，尽管这感觉很像背叛。明天一早，钦天士就会抓住这只活着的飞船，将她驶远。

飞船乖乖打开锁，他们走入指挥室。船内的墙壁和地板如抛了光的珍珠母一样闪闪发亮，乳白色的光芒从中穿过，照在占据大部分房间、挂着帷幕的大床上。塔基扬医生咯咯直笑。

"你的态度是无价之宝。你瞧，我和我种族里的大部分人不一样，我发誓，我会死在床上。这似乎是确保我履行誓言的好办法。"

其余的家具有种脆弱的美。从椅子的宽度看，显然塔基斯星人的身材比人类矮小，除非这些家具是为塔基扬医生一人定制的。

外星人轻轻抓住她的肩膀，指了指墙壁。流动的银色笔迹闪闪发光。

欢迎你，露来特。

塔基扬医生微笑着摇了摇头。

露莱特。

"她的拼写还不怎么好。从我请一些朋友到这儿开始，她才学这招。她正在通过低层次的阅读来学如何书写英语。我把她宠坏了，也就由她去了。"

"不可思议。"

她坐在床上，塔基扬医生正从箱子里找出一对水晶高脚杯，看起来，箱子似乎是船伸出的一部分。

塔基斯星人回过身，另一行字迹飞快地掠过墙壁。

你很荣幸。这句话有点怒气冲冲的意味。

"闭嘴,宝宝。"塔基扬医生警告飞船。

对不起。

"没关系。"露莱特说,她觉得自己就像个傻瓜。

塔基扬医生从酒壶里往每个酒杯里倒了些白兰地,白兰地飞溅到杯壁上。他的脸上飞着两朵红云:"你是我第一个带到这来的女人,所以她很好奇,充满希冀,又有点不满。"

"她爱你。"

"对,我也爱她。"他轻轻用掌心拂过弯曲的墙面。

"为什么说她充满希冀?"她小口啜饮白兰地。

"尽管她有些嫉妒,但她还是想看到我结婚生子。血统延续对这些飞船来说非常重要。几百年来,他们已经吸收了我们对祖先崇拜的执念,而她认为我是个失败者。我一直和她说,我还有大把的时光。尤其是,现在我生活在地球上。"他在她身边挨着床坐下。

"关于你,我读过不少东西。但我从没见过有什么提到这个。当然,你有一艘飞船,这非常符合逻辑,不然你怎么来到地球?"

"我对此一直非常低调。当我试着把她从政府那儿取回来,我得对宝宝做一大番事情。现在,我更加小心,而且庆幸人类记忆短暂。不幸的是,她变得特别孤独,因此我会尽可能地来看她。她也想念其他飞船。他们原本都是群居生物,这种孤独对她来说并不好。"

"那么,你为什么不住在她里面?"

"我想社交,而且我也想把她当成一个秘密。这两个目标相当矛盾,因此我妥协了。我住在附近,我常常来看她,有时也带她出去转转。按南街传教团的抹大拉修女的说法,我这是在做有益的事情。她手下有几个流浪儿见过我们,都发誓为我们保密。"

她大笑,俯下身来吻了吻他,他倚在靠垫上。他手指颤抖,抓住了她衬衫最上面的那颗纽扣。从她的眼角可以看到他勃起在绸缎马裤下面。她猛然抽身,并迅速扣上衬衫。

WILD CARDS

"对不起,但我以为……我们——"

"不是在这儿!我不能在其他人的注视下干这个。"她同样想知道,如果她在宝宝的肌肤下杀死塔基扬医生,飞船会作何反应。若真如此,露莱特怀疑自己能不能活着离开飞船。

♣

著名的包厘街百变王牌一角博物馆(门票仅售 2 美元)关门歇业,或许是因为经理觉得,大部分人在今天都会上街,看免费展览。

不过,珍妮弗觉得无所谓。她走向旁边的小巷,确认无人张望,便走进墙壁。这次有些难,她花了不少时间集中心神,然后开始穿墙,仿佛她才是固体,而砖墙不过是一种黏稠的半凝固液体。她筋疲力尽,她明白自己超负荷了,但她必须把这件事做完,然后,或许才会考虑休息的事情。

她终于穿过墙壁,发现自己在一间黑暗的房间中。房间里放着一系列朦朦胧胧发着微光的玻璃瓶,瓶子沿墙陈设,仿佛是宠物商店的一排水族箱。水箱中,浮着可悲的小小尸体,几乎没什么防腐措施,上面的标识写着"鬼牌的怪物婴儿",和展览宣称的一样。这种标本大概有三十来个,大部分几乎都没有人形,珍妮弗有些庆幸,毕竟,他们只在残酷的世界生活了短短的时光。

她匆匆离开房间,发现自己身处博物馆专门展示等身立体布景的大型展厅。屏幕无光,音响关闭,漆黑一片,安静得有些诡异,而她是这里唯一的活物,令人不安。

她路过一幅描绘着鬼牌镇燃烧的场景,显然是为了纪念 1976 年的鬼牌镇大暴乱。一幅老旧的画展示着声称是鬼牌镇狂欢的场景,这对现代人的品味来说,无法造成太大的冲击。一块被幕布遮挡的区域前,有个标识写道:尽情观看最新寓教于乐戏剧:地球 VS 异群。

珍妮弗穿过立体布景区,进入长长的走廊,步入博物馆的名人堂,如果考虑到个别案例,也可以说是耻辱堂。

杰出王牌和杰出鬼牌栩栩如生的蜡像成群结队或形单影只地立在门廊。喷气机小子看起来既年轻又英俊,他的围巾扬在身后,仿佛吹过神圣的微风。他的双眼微微眯起,似乎正盯着温柔的太阳。四王牌——黑鹰、智囊、使者还有黄金男孩站在一起,三人并排,微微侧过脸去,还有一人微微转身和他们独立开来。塔基扬医生衣着华丽,脚下有一张小小的纸牌,上面写着此展品由他本人捐赠。当然还有其他人。珍妮弗不得不承认,即使做成蜡像,游隼女士也有一种压抑的情色意味。还有飓风。还有海勒姆·沃切斯特那令人震惊的大块头,正轻轻飘在他的底座上。还有蝶蛹,躯体透明,骨骼包裹的器官清晰可见……

珍妮弗小心翼翼地看着他们。塔基扬医生,她决定,就是他了。她跨过天鹅绒绳索,靠近蜡像。她比蜡像高半英尺,蜡像的五官就和她自己的一样精致。她感到一阵不可抗拒的冲动,手沿着他厚实的桃色背心滑下。织物质地很好,摸起来非常柔软。她几乎都要相信卡片上写的是真的:这件外套,曾是塔基扬医生本人的衣物。

她心怀愧疚地环顾四周,当然,走廊空无一人。她集中一切意志,伸出手来,把包放进蜡像的胸膛。她抽回手,两本邮票收藏簿和一本神秘的书卷,将安安全全地待在这里,直到她平安返回。

现在,她需要和金福联系。这得下一番功夫。她总不能直接在电话黄页里找他的电话。

她向游隼女士的蜡像投向嫉妒的最后一眼,离开名人堂,思索下一步的举动。她没注意到,在名人堂的另一端,在被幕布遮掩的门后,有一只眼睛,一直盯着她。

♠

最糟糕的事情,福尔图纳托想,莫过于听该死的政客们讲话。台上有一打政客，包括科赫市长和哈特曼参议员。而那个混蛋，塔基扬医生，早就扬长而去，还惬意地带着一个迷人的编着头发的黑人姑娘。

哈特曼正站在讲台上："如今，接纳的时代已经到来。正如《圣经》里的诗人所言，这是一个和平的时代。这不仅是指国家间的和平，更是说我们自己内部的安定。这是一个让我们审视自己内心的时代，人类、鬼牌，还有王牌，我们都一样。这个时代不会忘记过去，但也能够回望着过去，说：'这是我生活过的地方，而且我并不会为此感到羞愧。'但是，如今，我的责任面向的，是未来。非常感谢。"

一架警用直升机在头顶盘旋。福尔图纳托抬头望去，看见灵龟的龟壳缓慢地从公园上方飘过，然后慢慢消失不见。

福尔图纳托大概知道男孩在哪儿。这么近的距离里，他能模糊地看见孩子眼中看到的景象，当他坐在看台边缘，他可以用三角测量法测量哈特曼与他的距离。

就在那儿，十五或二十码开外，起码这回男孩穿了衣服，这意味着他是以人类的样子来到这儿，并保持着人类的形态。他无精打采地靠着一个灯柱，大约十五或二十英尺开外，站着年长版的他——显然，那是他父亲。

男孩环顾四周，看着西装革履的男人和踩着高跟的女人，他们为哈特曼议员稀稀拉拉但不失端庄地鼓着掌。男孩厌恶地抬起嘴角。福尔图纳托明白男孩的感受。或许，这些仪式里还有点真情实感，但现在这就是一场无聊跟着无聊的场合。毕竟，除了那些需要被看到的人，没人是为听服务自身的政治演讲而来。只有那些需要被看到的人，他们要靠抛头露面来表达自己的政治立场。

而那些真正关心的人，那些追星的孩子，依然对个人权力抱有幻想。他们依旧相信善恶之间有着清晰明确的界限，并想在善恶之间发动战争。

福尔图纳托把百变王牌病毒看成是一种没有灯神的阿拉丁神灯。病毒会把感染者的 DNA 序列按宿主潜意识的内容进行重写。如果不幸，那就是一场噩梦。如果你能活下来，你就成了鬼牌。但有时，病毒也会击中血液里的纯粹之物，比如阿尼对恐龙、对漫画书，还有对王牌纯粹的爱。不过，即使如此，病毒还是让他闹了不少笑话，它让他可以将自己的梦想带上街头，并活在其中。

这种笑话正是自然法则之一，质量守恒定律。阿尼可以变成任何他能想象出的恐龙，但他的质量总是维持不变。如果他变成暴龙，那他就是个三英尺高的暴龙。这种身高对儿童来说没什么，但他已经十三四岁了，体内充满各种青春少年的旺盛活力，以及对永生不灭的痴心妄想。

"嘿，"福尔图纳托朝他喊，"嘿，小子！"

阿尼转身看他。

男孩的一只手臂掉了下来。

手臂上的肌肉仿佛长出自己的大脑，在空中飞过，跳过人行道。福尔图纳托和男孩都愣住了，他们一头雾水地站在那里。然后，鲜血如瀑布般从片片血肉中涌出，空气中顿时充满肉铺的气味。

男孩开始变化。即使失去一只手臂，他也拥有很好的直觉。他剩下的手臂开始萎缩，长出鳞片。他的大腿一点点肿胀，胃开始收缩。

福尔图纳托使出自己的能量，试图暂停时间。他周围的人从动态渐渐变为静态，但从男孩断臂处涌出的鲜血却丝毫不受影响。

钦天士。福尔图纳托心想，钦天士给男孩下了防护罩，以屏蔽能出手救他的能量。

福尔图纳托想朝他跑去，但这就像奔向一个噩梦，空气如湿水泥一般黏腻，耗尽他的力气。

男孩血流不止。鲜血在他的网球鞋边汇成血泊，浸湿了他牛仔裤的裤脚。他无法完成变化。他的左手变成一只巨大的、镰刀形爪子，正徒劳地向前挥舞。他脸上除了下颚有些鼓,其他还是人样。他的眼中闪过震惊、愤怒、恐惧,最终化为无助。

一摊血肉从男孩的喉咙里喷出,随着他的脖子突然爆裂,肩膀流血的速度变慢了。

男孩跪倒下去。他古怪的长着节的双腿和又长又坚硬的尾巴尖支撑着他。他的胸膛被撕开,心脏跌落到混凝土上,似乎在阳光下颤抖着,断断续续地纤维化还不到一秒,便停止了跳动。

男孩扭曲变形的尸体旁站着一个小个子,可能只有五英尺左右高,一袭及地黑袍被溅满血迹,底部已完全浸湿。和他身躯相比,他的头显得过大,还戴着厚厚的眼镜。

福尔图纳托见过他两次。其中一次是七年前,在鬼牌镇的埃及共济会神庙里。福尔图纳托曾通过他深爱女子的双眼看着他,那是一个叫艾琳的女人,她已经死了。

第二次则是福尔图纳托率领众人攻击大都会修道院分馆之时。正是这场攻击,导致了早些时候咆哮者的死亡,还有他面前的这桩惨案。

"我等过你。"钦天士说,"我还以为你不会来,我得在没你的情况下动手。"他的声音有一种阴沉的吟唱节奏。

福尔图纳托无法接近他方圆二十英尺之内:"为什么是男孩?看在上帝的分上,为什么是男孩?"

"我想让你知道,"钦天士说,"我不会再鬼混了。"他嗅了嗅沾满鲜血的手指,"你们都会死。从现在开始,一直到明天凌晨四点。调好手表,做好准备。"他抬眼扫过演讲台,转动眼珠,仿佛在寻找某个不在那儿的人。他点点头,微笑起来。

"凌晨四点?"福尔图纳托咆哮着扑进紧紧束缚他的力场:"为什么是凌晨四点?之后会怎么样?"

力场消失了,他失去平衡差点摔倒。钦天士也不见了。时间加速流逝，他无法移开目光，看着孩子的父亲目睹自己儿子被肢解的遗骸，放声尖叫起来。

◆

斯佩克特喝完杯里的啤酒，咽下一个饱嗝。无底洞酒吧位于第二十七街和第二十八街之间，往西再走半个街区就是切尔西公园，其偏远足以避开拥挤的游客。这地方以暴力闻名，因此大部分本地人也不来这儿。除了他，只有另外两人坐在酒吧里，但所有的桌子都被占据了。酒吧区域唯一的光亮来自霓虹啤酒标识和电视机。他听见后面的房间传来台球相撞的声音。

"想再来一杯吗？"酒保问。他很高，有一头卷曲的金发和健美运动员的体格。

"当然。"斯佩克特有点飘飘然。他的手指和脚趾有些麻木。时间差不多了。他喝了一整天酒。钦天士不会来烦他，因此他可以在这里低调行事，喝个酩酊大醉，球赛开始时再看看球，这就足以打发他去海防百合餐厅之前的时间。

酒保拿过一杯啤酒，放在有着划痕、坑坑洼洼的木头桌上。有人在上面刻了"乔伊斯+我说的任何人"几个字。斯佩克特拿起啤酒，享受冰冷玻璃贴在皮肤上的触感，和往常一样，痛苦会在他的体内折磨他。如果到晚上能一切顺利，或许他会杀几个游客，来结束这一夜。他绝不会为此进监狱，这就是他能力的美妙之处。以前，警察抓过他，但案子预审听证时，由于没有任何实物证据能证明是他杀死了受害人，警察不得不把他放出来。

"现在，第九频道的记者，卡尔·托马斯，在喷气机小子之墓为您现场直播，带来特别报道。"斯佩克特抬头看向电视。

一位年轻的黑人记者顿了一下，用一根手指戳了戳耳朵，然后点头。他身后的人群挥着手臂凑过来，试图挤进镜头。"卡尔·托马斯报道。另一场袭击使得今日成为十年来最为暴力的百变王牌日。显然，一名精神变态的王牌杀手正在街头游荡。他最新的受害者是一个能把自己变成小恐龙的男孩。对此，警方还未发布官方言论，无法确认本案是否与早些时候咆哮者被杀一事有关。但是，据目击者所言，这是同一人在今天发起的第二场袭击。今早在鬼牌镇，一个符合嫌疑人描述的人袭击了第一名受害者——将受害人的头扭转了一百八十度。幸运的是，福尔图纳托插手进来，以他的王牌能力治愈了这名受害者。不幸的是，他没能救下这个男孩。我是第九新闻频道的卡尔·托马斯，在喷气机小子之墓为您报道。"

"操你妈。"斯佩克特伸手去拿啤酒，不料却把酒碰倒。泡沫慢慢在吧台上蔓延开来。"他们就知道去找该死的电视台胡说八道，就不能把他们的臭嘴闭上！"

"……那场可怕的悲剧。今天下午早些时候，弗雷德里科·马切拉约在一场显然完全不相干的意外中身亡，死于车祸。据说，被称为'屠夫'的马切拉约，是黑道的大人物。"

"今天真他妈不走运。"斯佩克特嘟嘟囔囔。

他掏出钱包，向酒保示意，但酒保正看着门的方向。斯佩克特顺势转身。门口站着三个小流氓。他们都仿照《活宝三人组》[1]中摩尔·霍华德[2]的发型染了黑发，皮夹克背后饰有红色大写的"床上男孩"几个字，一人拿着一个玻璃纤维滑板。领头的比另外两人矮一个头，戴着镜面太阳镜。

"统统搜身。"小头头把指尖放嘴里吹了个口哨，命令道。

斯佩克特转过凳子看着他们，身下的高脚凳大声吱呀作响。他有

---

[1]《活宝三人组》，由哥伦比亚电影公司制作并于1958年在电视上播出的一百九十集喜剧情景短片。该短片共有六人参演，但每个短片一次只有三人在其中出现。

[2] 摩尔·霍华德，《活宝三人组》里近五十年常驻喜剧演员之一。

点担心能否搞定这个戴墨镜的小头头——他的能力只有直视对方眼睛时方可奏效——另外两个不成问题。

"都自己掏出来了，很好。"一个小混混盯着斯佩克特的钱包，说，"交出来。"

斯佩克特把钱包放回裤子口袋："滚，小杂种，趁现在还来得及，赶紧滚。"

"把他的牙打下来，比利。"小头头说，"杀鸡儆猴。"

比利将滑板在身子周围颠来倒去，然后将其立起，转为进攻的姿势。这让斯佩克特想起功夫电影里拿长凳打架的中国武士。显然，这些小子完全知道自己在做什么。他得迅速将其拿下。他锁住比利的双眼，将自己的死亡经历尽数传入他的脑中。比利脸朝下栽进酒吧护栏中。

"妈的，干倒他，罗密欧。"小头头还在指点江山。

罗密欧看了看比利的尸体，又看了看斯佩克特。这是一个错误。五秒钟后，他就倒在地上没气了。

斯佩克特感到有东西逼近，便抬起胳膊遮挡，另一只手去够英格拉姆手枪。一块滑板猛砸在他前臂上，他一摇一晃地从凳子上起身，摔在地板上，手枪从手里飞出，落在几英尺外。小混混放下滑板，去拿枪，然后指着斯佩克特的胸膛，露出微笑。小混混正要扣下扳机，一只母球砸中他的侧脸。

几发子弹撕裂了桌子和地板，斯佩克特滚到一边，飞溅的木屑扎进他的衣服和血肉中。他匍匐到最后一个"床上男孩"身边，那小屁孩正坐起身来，连连摇头，墨镜不见了。

"后会无期。"斯佩克特说。

小混混对上他的目光，喘着气，然后倒地身亡。

斯佩克特捡起英格拉姆，放回皮套，站起身来。酒保恐惧但恼火地盯着他，整个酒吧鸦雀无声。

"有些人一点都不懂礼貌。这些小屁孩正在好好睡觉,把他们照顾好了。"斯佩克特搓着手臂说。

酒保小心翼翼地朝门口做了个手势。

"别担心,我这就走。"

"嘿,大块头,把我们的母球扔回来!"一个穿着白背心,身材矮小但体格健壮的人指了指斯佩克特脚下。

他捡起球扔回去:"打得漂亮。"

酒保清清嗓子。

斯佩克特步入阳光普照的街道,他把手伸进衬衫里,扯出木屑。和滑板混混的打斗一度让他忘了钦天士的事情。他咬紧牙关深呼吸,现在屠夫也死了,那笔生意估计也泡了汤。不过,问一问也没什么坏处。他从裤兜里掏出一枚25美分硬币。

无底洞酒吧出来,沿街走几步,就是一个付费电话亭。百变王牌一角博物馆没人接,因此,斯佩克特拨了扭龙酒吧的电话,找丹尼·毛。几秒后,一位年轻的东方人接了电话。

"我是丹尼·毛。您是?"声音笃定流畅,带一点点口音。

"我叫斯佩克特,在火马年生。我需要联系你们中一位带点波士顿口音、尖利、谨慎的家伙。"

电话那头停顿了一会儿:"斯佩克特先生,我跟你不熟。谁把我电话给你的?"

"一个叫独眼的鬼牌。听着,我今早收到联络,是关于一项工作。事情出了点变化,我得弄清楚他到底想怎么样。你到底能不能帮我?"

"或许吧,不过他是个大忙人,尤其是今天。或许,我能让他晚点联系你。"

"好,那我就把笔记本给别人了。"他不知道这一谎言会不会引起丹尼·毛的注意。

"呃,我明白了。你现在在哪?"

毛的咬字变重了。看来，这些笔记本比斯佩克特预想的还要重要："你把电话给我，或者我就放出风声，说你把这些宝贝东西扣了。"

"打给 555－4301。这是私人号码，你最好别拿我们寻开心……"

毛还没说完，斯佩克特就挂了电话。一对打扮时髦的情侣站在她身后，显然是等着用电话。他盯着女人，抓住自己的裆部，舔了舔嘴唇。他们立马离去。斯佩克特朝投币口又扔了一枚25美分硬币，按下号码。

电话只响一声，对面就接了："莱瑟姆。"

是早上早些时候打电话来的那个。毫无疑问，他知道的唯一一个莱瑟姆，就是那个赫赫有名的大律师。"我是斯佩克特，你听说屠夫的事情了吗？"

"当然，他的死确实改变了些东西。"听到是他，莱瑟姆毫不意外。斯佩克特从听筒里听见电话那头传来手指敲击键盘的声响。

"所以，一切都取消了，对吗？"

"让我想想。无论如何，你最好还是去海防百合餐厅吃个晚饭。如今，甘比诺家族正是极为脆弱的时候，我想他们已经无法承受失去更多的领袖了。这能毁掉整个家族。"

"所以，你想让更多有权的家族成员死掉，对吗？"斯佩克特环顾四周，确保周围没人能听见。

"是的，我们或许会根据你的战绩，来看给你多少奖赏。"

"好。独眼说，你会安排好一切，让我顺利进去，对吗？"

"这点我可以保证。对了，谁把我私人号码给你的？"

"某个口齿伶俐的，叫毛的混蛋。"斯佩克特希望他们会用竹签去挑那孩子的指甲。

"我明白了，谢谢你，斯佩克特先生。我们很快会再联系，狩猎愉快。"

WILD CARDS

斯佩克特挂断电话,那 25 美分的硬币掉进零钱箱。他上下打量街头,如果被钦天士抓住,那什么奖金都没了,他甚至会看不见明天的太阳。

♥

重回街头,珍妮弗重新评估了一下自己的情况:她没穿多少衣服,也没穿鞋,还把最后的钱花在了刚刚带她回曼哈顿的出租车上。接下来怎么办?

珍妮弗还未理清头绪,有人已经替她做出了决定。

不知从哪里冒出来两名男子,一人抓住她的一条臂膀,将她推到街上。"敢出声,你就死了。"其中一人在她耳边低语,她将下意识的尖叫咽回喉咙。

他们穿过街道,走入百变王牌一角博物馆的小停车场。那里有三个人正等着她,其中一个是她曾在金福公寓里见过的长得像爬行动物的鬼牌。

"书书书书书①。"他发出嘶嘶声,凑近珍妮弗,"它们在哪儿?"

她朝后退,避开他嘴里伸出的长长的分叉舌头。

"我,我身上没有。"

"我明明明明明白。"他目不转睛地盯着她穿着比基尼的身体,"它们在哪儿?"

"如果我告诉你,你就不会留着我了。"

爬行动物般的鬼牌咧嘴一笑,唾液从上颚垂下的长门牙上滴下。他倾身向前,舌头如爱抚般地在珍妮弗脸前颤动。她扭头躲开又暖又湿的舌头的触碰。鬼牌弯下腰,舌头沿着她的喉咙往下滑,滑过她双

---

① 故意为之,强调说话者因吐舌头而口齿不清。

乳之间，然后朝上沿着她裸露的胳膊向下滑去，敏感地刺激着她的前臂。珍妮弗颤抖着，一半出于恐惧，一半出于愉悦。那个抓住她右臂的男人紧紧握着她的手腕，鬼牌舔舐着她的掌心，她根本来不及先一步将手握成拳。舌头在她的手上逗留许久，鬼牌方直起身来，将舌头收回口中。

"反正我们也不需要你。"他嘶鸣着，"你尝尝尝尝起来有外星人的味道——塔基扬医生。"他眯起眼睛。"你为什么要把书给他？"

博物馆里的卡片没有说谎，珍妮弗心想，那件外套确实曾属于塔基扬医生本人，而这鬼牌竟尝出了它的味道。她无法否认他的指控，但她也不想告知自己把书放在蜡像中这一事。她必须编个好故事，虽然她不怎么会说谎。

"呃……"

"告诉我。"

鬼牌长着又厚又尖的指甲。他用指甲划过珍妮弗裸露的胸膛，力道不足以划出鲜血，但也足够留下红色的伤痕。

"呃——"

这时，他们身后的树爆炸了。整棵树粉身碎骨，树叶和树枝落了他们一身。爆炸的冲击波让珍妮弗和抓住她的两名男子倒在地上，其中一个已松开她的胳膊，于是她用膝盖三次顶向另一个男人的肚子。她不知道自己有没有击中他的胃或是腹股沟，但她的行为足以让他尖叫着放开她。珍妮弗狂乱地看着四周，转身就跑，而暴徒们也开始行动。

"在那里！"

其中一人指着街对面，一名男子正盯着他们。他的五官被兜帽遮住，看不分明。他个子中等，身材极佳，但最引人注意的，是他手上的弓——那是一部高科技机械，由很多有趣的曲线和很多根弦组成，弦紧紧贴着几个小滑轮。男子冷静地张弓搭箭，而街上的人也注意到了他，都如惊慌失措的小鸡一样四散奔走。

如爬行动物般的鬼牌似乎认出了他，恨恨地嘶鸣着，男人正欲放箭，却被一辆突然驶入街上的巴士挡住了目标。

暴徒四散奔走，珍妮弗觉得这是用自己的方法消失的好时候。她向公园深处跑去，向自己的幸运星致谢，感谢男人出手相助。

他怎么会卷进来？她不明白。他想要什么？她想知道，这个男人是不是前几个月报纸上铺天盖地报道的那个狂热弓箭义警。一定是他。纽约是个神奇的地方，但她很怀疑这里会不会有第二个拿着弓箭到处乱跑乱射的男人。

穿过树丛时，她突然意识到什么，结果踩在锋利的石头上，不由一个激灵。她见过他。即使他刚刚戴着兜帽，但从衣服和身材看，他就是那个在艾比兹球场和她搭讪的男人。

他为什么要跟踪她？他到底想要什么？

♣ ♦ ♥ ♠

第九章

下午2：00。

垃圾婆能往回走，去罗斯玛丽办公室时，已经过了下午两点。街上和地铁上，到处都是戴着面具化着装的狂欢者。她曾在人群中看见一只短吻鳄的吻部，正当她要走向它时，她意识到那不过是个纸糊的模型——不是杰克。这使她深感不安。垃圾婆总会对病毒给自己带来的变化自怨自艾，是杰克和他经常失控的体型变化教会了她，还有比经历生死、经历任何城市里的野生动物所受到的痛苦更为可怕的命运。

她倚着墙，思索着鬼牌悲惨的命运：因为丑陋的畸形，或是隐藏的生命，令他们无法把自己藏起来从而远离这一切。他们被困在自己被命运背叛的扭曲躯壳中，与世隔绝。垃圾婆猛地打了个寒战，闭上双眼，寻找她的老朋友——白猫和黑猫的踪迹。他们很安全。这让她感到温暖。

一阵轻微的拖曳使她警觉起来。她伸手去拿自己的迷彩面料钱包，并给那个试图抢包的家伙送上憎恨和威胁的心绪波动。带着触角鬼牌面具的小偷被她的反应吓得大吃一惊，加之被头脑中异样的感觉所迷惑，立马退回人群中。

她很少在人类身上使用自己的能力，她一直不确定这种能力是否会对人类生效。鞋跟还是让她不舒服，垃圾婆靠墙直起身子，随着涌动的人流，朝喷气机小子之墓和司法中心走去。

当她到达司法中心时，人群中大部分人已转到鬼牌镇、喷气机小子之墓或者唐人街那里了。垃圾婆步入地方检察官所在的大楼。穿着商务正装比穿破烂衣服别扭得多，自信地昂首阔步对她而言也更加困难。她来到罗斯玛丽所在的楼层，意识到保罗·哥德堡已经不再接电话了。垃圾婆朝现在的接待员点点头，往回走向罗斯玛丽的办公室。哥德堡从毗邻的办公室走出，两只胳膊端着满满当当的法律文件，差点和垃圾婆撞个满怀。

"老天！抱歉。"哥德堡试图如玩杂耍一般接住书，除了被垃圾婆干净利落地拿住的最上面一本，其余的都成功了。"谢谢。"他说，"你还好吗？"

"很好。我想，你从电话里被释放出来了。"垃圾婆小心翼翼地把书放在最上面，挨着哥德堡的下巴。

"你见过我？"哥德堡咧嘴一笑，然后一脸茫然，"真不敢相信我竟不记得见过你。"

"你那会儿正心烦意乱。马尔登女士在吗？"垃圾婆朝罗斯玛丽的办公室示意。

"如果你觉得今天早上让你心烦意乱了，那你会爱死这个下午的。一切都失控了。"他把书稍微往右移了移，"所以，如果有机会，走之前打个招呼吧，会让你神清气爽。"

"我们走着瞧。"她伸出手，把最上面那本书放稳。

"哥德堡！那些该死的案件簿呢？"空洞粗粝的声音听起来相当不耐烦。

"永远别让查韦斯夫人久等。"他用下巴夹住最上面的书，朝大厅一路小跑，"待会见，希望如此。"

垃圾婆转身目送他离开，这才回身看向罗斯玛丽的办公室。罗斯玛丽正倚着门框，朝她微笑。

"有所收获，梅洛蒂小姐？"罗斯玛丽朝她招手，示意她进来。

垃圾婆摇摇头，有些恼怒地意识到自己脸红了。

"嗯哼。怎么换了衣服？"罗斯玛丽在身后关上门，"来，坐。"

"商业活动。"垃圾婆坐下，踢掉高跟鞋，发出几不可闻的叹息。

"这话的意思是不是'我一点都不想知道'？"罗斯玛丽只收到垃圾婆无动于衷的眼神，于是继续说，"屠夫死了。'车祸'。我不能说我非常心烦意乱，但我也不相信这是车祸使然。这件事你有什么消息吗？这是差不多中午十二点过，在中央公园发生的事情。"罗斯玛丽坐在桌子边缘，向后仰，伸展脖子，拱起脊背，"作为该家族的常驻专家，每个人都在问我这件事。我希望或许有一只松鼠或者猫看见了什么……"

"抱歉，他们的记忆太短，不足以——"垃圾婆喘着气，突然住口，"杰克！"她的身体开始痉挛。

"苏珊妮，怎么了？要不要叫医生？"罗斯玛丽抓住垃圾婆的手，后者却把它甩开。垃圾婆看见了她的吻部末端，看见一团明亮的火焰。她看见一只手正拿着一袋用透明塑料包着的书，另一只手挥着手枪，又是一阵闪光——

♣

对福尔图纳托来说，她看起来还是只有十六岁，虽然她早就过了可以合法饮酒的年龄。她穿着牛仔裤，脚踩运动鞋，围裙下是一件T恤衫，红棕色的头发松松垮垮乱七八糟地别在头顶。她一只手抱着一叠盘子，另一只胳膊被一个胖游客抓着。游客正朝她大喊大叫，她开始出汗了。

她的汗水不过是一场仪式。水份开始从她周围的空气里析出，胖游客抬起头，想弄明白室内怎么会下雨。

"简。"福尔图纳托轻声喊道。

她转过身，眼睛瞪得像只小羚羊："是你！"她说，盘子稀里哗啦砸到地上。

"别紧张,"福尔图纳托说,"看在上帝的分上,别紧张。"

她把头发从额头往后捋:"你简直不会相信我这一天是怎么过的。"

"不,"福尔图纳托说,"我相信。我希望你不要问任何问题,只管跟我走。现在,钱包、毛衣还是别的什么,都别拿了,不重要。"

显然她不喜欢这个主意。她盯了他几秒,一定是在他眼中发现了什么诸如紧迫感一类的东西:"呃……好吧。最好是要紧事,如果是什么花招,我可不会开心。"

"生死攸关。真的。"

她点点头,把围裙摘下来卷成球:"那好吧。"她把围裙和碎盘子一起扔到垃圾堆里,"这份工作已经够糟糕了。"

胖游客站了起来:"嘿,这是什么情况?你是她的皮条客还是什么,伙计?"

福尔图纳托还没来得及反应,女孩就给了胖子一个恨意满满的眼神,他周围的鹅毛细雨瞬间化为持续 5 秒的咆哮山洪,将他淹没。

"我们走吧。"睡莲说。

♠

"老天,你到底被抢了多少次?"她惊声呼喊,目光在洁白无瑕的起居室梭巡。起居室里只有一张豪华长毛白地毯,一扇褐红色垂直百叶窗,一架白色三角小钢琴,以及一套褐红色组合沙发。

"太多了,我倒真是希望你们人类有点麻醉剂合法化的意识。这会让许多人的生活简单不少。"

"我们人类里,也有些人希望如此。这会让发展中国家大赚一笔。"她答道。玻璃咖啡桌上放着由栀子花和兰花扎成的精致花束,她靠过去抚摸着花瓣。空调嗡嗡作响,将寒冷的空气带入室内,使人不适。

栀子花散发的幽香，与清晨残留的咖啡香，还有刺鼻的熏香混合在一起。桌上其他地方被打扫得一干二净，只留有一本大大的写真集——罗伯特·瓦夫拉著的《爱马的姑娘们》。露莱特把书放在膝上，翻开书页。

"你爱哪样？姑娘还是马？"

"你觉得呢？"塔基扬医生顽皮一笑。他正在回放自己的电话消息，大部分消息似乎都是女人留的。最后一条消息播放结束，他关掉机器拔掉电话。"所以，我们大概有几小时的私人时间。"她发现自己无法满足他眼中的饥渴，因此重新将目光投向书籍。

"要喝点什么？"

"不了，谢谢。"

房里充满紧张的气氛，几乎在他们间凝成有形的界限。露莱特焦虑地站起来，在房间里踱步。摆满两面墙的落地书架上放着几种不同语言的书籍。一面向外凸起的墙壁和两扇侧窗构成了一个小小的壁龛，看上去只可能是个祭坛。一张盖着绣花灰布的矮桌上摆着一个简单又美丽的插花，一支蜡烛、一把小刀，还有一个小小的霍皮族[①]种子罐，罐子里摆着一根细长的熏香。

"这真的是为……"

"祭祀而设？"他正在麻雀虽小五脏俱全的厨房给自己倒杯喝的，闻言转身答道，"是的，这就是我和你说的祖先崇拜。"

这使她回想起一系列令人不安的回忆：在故乡的卫理公会教堂的唱诗班中歌唱，母亲为圣诞游行中的天使排练，她敲着那架老钢琴，发出优美的乐声，脑袋随着旋律充满活力地上下摆动，而孩子们的声音如同鸣唱的蛐蛐般溢满整个屋子。还有一回，一名传教士前来拜

[①] 霍皮族，北美印第安人的民族之一。

访，进行关于下地狱和诅咒的布道，她吓坏了，钻到父亲怀里寻求安慰。

她奔向钢琴，在放着垫子的长椅上坐下。一把小提琴放在钢琴之上，光滑的金色曲线温柔地反射着射灯的灯光。她第一次在这间堪称完美的房间里发现了一丝不和谐的东西：一堆杂乱的总谱和乐谱横在谱架上。露莱特眉头一皱，倾身向前，研究起其中一份手稿上的符号。记号似乎都在熟悉的地方，但谱号的记号却些点奇怪。钢琴盖砰的一声向后打开，她默读曲谱，奏出音乐。

她清楚，塔基扬医生已经站在她身后，因为令人激动的磁场加强了，他钟爱的微妙气息正冲刷着她的身体。他试图鼓掌，冰块在玻璃杯中叮当作响。

"美妙，你相当有音乐造诣。"

"自当如此，我的母亲是一名音乐老师。"

"在哪儿教书？"

"费城公立学校系统。"

塔基斯星人轻轻顿了顿，方开口询问："你觉得这首曲子怎么样？"

"非常莫扎特。"

塔基扬医生弯弯的眉毛间拱起一条细线，他闭上眼，似乎很痛苦："真是个打击。"

"什么？"

"没有艺术家喜欢被人说，自己的作品模仿了别人。"

"噢，我很抱歉——"

他抬起一只小手，咧嘴一笑："即使他们心知肚明，这就是事实。"

她转回身，对着钢琴，把乐谱翻到下一页："不管是不是模仿，它都很优美。"

"谢谢,我很高兴,我小小的工作能取悦你,但让我们来听一首真正的大师之作。我很少能找到另一个人,可以——"他顿了顿,眼中闪过调皮的光彩,"一起即兴演奏。"他迅速翻着乐谱,刨出贝多芬的第五号F大调钢琴和小提琴奏鸣曲,即著名的《春天奏鸣曲》。

她注视着,看着他小巧优雅的双手爱抚着小提琴的抛光表面,上紧琴弦,拨出一个个颤抖的音符。"你更喜欢用哪个?"她问,指着钢琴和小提琴。

"我没法选。我更偏爱这个。"又是一声敲击小提琴木头琴身的声响,"因为这个,数年里,我得以住在排水沟的边上,而不是睡在排水沟里。"

"什么?"

"老黄历了。我们调个音?"

钢琴琴弦颤抖,鸣奏出A音,与小提琴飘在空中的乐音相应和。

"老天,那是什么?一把斯特拉迪瓦里[①]?"

"我倒是想啊。不,这是一把纳吉瓦里[②]。"

"噢,那个得克萨斯农工大学,自以为发现了克雷莫纳学院秘密的化学家。"

他把下巴从小提琴上移开,朝她微笑:"你真是冰雪聪明。还有什么你不知道的事情吗?"

"我敢说起码有千百件事情我不知道。"她干巴巴地回答。

他的唇从她的嘴角,一直吻到她的脖子,温柔又温暖的气息轻轻

[①] 斯特拉迪瓦里,即安东尼奥·斯特拉迪瓦里(1644—1737),著名的意大利弦乐器制作家,时至今日,一把由他制作的小提琴堪称无价之宝。

[②] 纳吉瓦里,即约瑟夫·纳吉瓦里,美国得克萨斯农工大学匈牙利裔科学家,率领研究小组利用红外线光谱技术和核磁共振技术对斯特拉迪瓦里小提琴进行研究,并利用现代技术,制作出了与斯特拉迪瓦里音色相当接近的小提琴,即纳吉瓦里小提琴。

打在她的肌肤上。

"我们开始演奏?"她的声音中有一丝尴尬和恼怒。

他们从完美的齐奏开始,小提琴奏出第一个长音,然后滑入优美的装饰音。她回应着乐句,时间似乎停下脚步,现实也不复存在。二十分钟的完美和弦与优雅的天才。二十分钟的无言、无思、无忧。一个完美的时刻。塔基扬医生忘我地站在那里,双眼紧闭,睫毛拂过高高的颧骨,金属般的红发在小提琴上打着卷,窄窄的脸上洋溢着喜悦。

一曲终了,塔基扬医生将小提琴放入琴盒,不发一言。露莱特把手放在膝上,盯着琴键。几秒后,他的手碰了碰她的肩膀,如惊弓之鸟栖息在树梢,随时会惊慌地飞走。

"露莱特,你让我觉得……好吧,那是一种我很多、很多年都没有感受过的感觉。我很开心,你今天沿着亨利街走过。或许,冥冥之中自有原因。"

她如隔岸观火般看着他,手指交叉紧绷,指节泛白:"你又在寻找意义了。"

"我以为,你只会在我寻找安慰时警告我。"

"好吧,再加上意义。"她一向用麻木来遮掩自己的感情,如今,她揭起那麻木的一角,发现恐慌伴着愈发加快的心跳悸动着。她望向自己的灵魂,发现一道淌着血的伤口。恐惧、憎恨、内疚、遗憾,还有绝望。

全怪他。

"走吧,去床上。"这些词掩盖了如此之多的痛苦,却不加任何修饰,她为之骇然。

◆

要穿过城市,从地下走要快得多。杰克沿着西四街车站的台阶,拾级而下。一层，两层，三层。除了维修工，几乎没人会下到第四层。他穿过一扇无名铁门，进入东西走向的维护管道。在他们的小笼子里，昏暗的安全灯泡发出脆弱的黄光，沿着通道照亮一个个孤零零的照明灯。他踏着污垢走过。

能大步流星向前，不必担心有无数龟速行走的路人拦住去路，着实令人振奋。杰克检查手表，难以置信地又瞧了瞧，这才下午两点多。可他好像已经在这个城市找了科迪莉亚好几天。更重要的是，他完全忘记了时间。他想自己是不是在浪费时间。或许他应该给罗斯玛丽打电话，问问垃圾婆有没有进展，报警，或是任何事……他应该好好观察，而不是胡思乱想。

他沿着通道里的一个急转弯行走，却迎面与一个亡命奔跑的家伙撞个满怀。起初，他只隐约看见一个黑暗的身形，然后他瞥见一只巨大的眼睛悬在那人脸的正中央，一只单片眼镜在昏暗的灯光下闪闪发光——

"狗娘养的！"那人说着朝着杰克扬起一只手。红色的火焰从那人的掌中喷涌而出，一阵令人痛苦的声波冲击着杰克的双耳，嗡嗡声从他脑袋中穿过，最终撞到走廊的混凝土墙壁上。水泥碎片溅在他的侧脸上，但杰克却没有感到疼痛。

"喂！"杰克喊道。他倒在隧道的地面上，肾上腺素开始奏效。现在，一切都是本能反应了。漫长一天中的所有紧张、毫无结果的搜寻带来的沮丧，还有他间歇性想要杀掉什么东西的渴望，所有的这些都处在临界点上。而且，他很饿。非常饿。

"杂种！离我远点！不然要你小命！"黑暗的人影掏出手枪，又补了一枪。杰克看见子弹击中钢柱，弹出火花。

"你他妈在干什么？"杰克大吼。"啊啊啊啊啊啊啊啊！"爬行动物的大脑在喊，不受限制的荷尔蒙如山洪般爆发。杰克感到自己的躯体正在伸长，他那退化的尾巴伸展着，肿胀着，衣服在剥落，他的鳄

WILD CARDS

吻在眼前突然出现，一排排牙齿如雨后春笋般长出，比卡德摩斯①种下的龙牙还长得快。

他的爪子在坚硬的土地上乱刨乱扒，似乎在寻找什么。他发出充满期待的嘶鸣。

饿，他想。他也感到愤怒，但最主要的还是饥饿。

拿着手枪的男人退回急转弯的角落。他另一只手中拿着什么闪闪发光的东西，难以置信地盯着短吻鳄："他妈的给我让开！"

鳄鱼张开剪刀般的血盆大口，向前冲去。男人以迅雷不及掩耳之势开了枪，子弹擦过短吻鳄布满鳞甲全副武装的前肢。男人尖叫着，绝望地使出双手试图抵挡鳄鱼的上下颚以千钧之力砰地合上。手枪在黑暗中掠过，消失不见。塑料包装的包裹被吞入鳄鱼的口中，还有拿着包裹的手，以及一部分胳膊、男人的肩膀，还有男人的脸庞。几秒后，他接连不断的尖叫停止了。

单片眼镜滚到远处，砸在隧道的墙壁上，玻璃碎了一地。

鳄鱼把他的下颚从尸体的残肢上扯下来。他没有咀嚼。食物沿着他的咽喉咽下，强大的消化酶将好好解决他的饥饿。他再次张开血盆大口，发出"何人敢上前应战"的咆哮。

没有人，也没有东西前来应战。鳄鱼重重地把脑袋从走廊的一侧甩到另一侧。在更深的头脑中，他还记得，觅食并不是他唯一要优先解决的问题。

他望向前方的黑暗。他还有什么事必须要做。

---

① 卡德摩斯，希腊神话中的英雄，腓尼基王子。他遵照神示，来到彼奥提亚，修建卡德摩亚堡（后发展成忒拜）。建堡之前，他被迫和战神所生的巨龙交战，将它杀死，并遵照雅典娜的劝告，拔下它的牙齿，播进地里。龙牙生长出一些武士——斯帕托斯（意为"播种下去的人"），他们自相残杀，最后剩下5人，帮助建立了卡德摩亚堡，成为忒拜名门的始祖。

♥

"打车？"睡莲说，"我以为我们要赶时间。"

"这有助于我们完成任务。"福尔图纳托说，"我们可不想大张旗鼓，起码今天不行。"

出租车靠边停下，他们上车。"去帝国大厦。"福尔图纳托和司机说，他向后靠在座位上，"我们没必要自己找目的地。"

"是钦天士，对不对？"

"他刚刚杀了恐龙小子，把他撕成了碎片。他原本也会杀了死期，但死期比任何人知道的都要难啃。咆哮者的事情，你可能已经听说了，所以这是……"

他停顿一会，话刚说一半，简就不再听了。"恐龙小子？"她问。

福尔图纳托点点头。

"天呐。"她直直向前望去。水——不是眼泪——在她的脸颊上凝结成小水珠。福尔图纳托分不清她是真的要流泪，还是准备把出租车内饰撕成两半。终于，她再次开口："好吧。"她言简意赅，"好吧。算我一个。我们从哪儿开始？"

这不起作用。福尔图纳托心想。她没有在你面前变得软弱，也没有在你面前变得无助。她太过坚强。当他们不需要你的保护，你又应该做什么？

"呃，"他说，"不如进行一项保护任务？"

"什么？你认真的吗？保护谁？"

"我想的是海勒姆·沃切斯特。"

"噢，那个胖子？"

"他绝对是钦天士的目标，正身处险境。"

"噢，好吧。"她说，"那就暂且如此。"

♣

  当王牌云巅遇到麻烦时，一项既名声显著又独一无二的机制便会建立起来。很久以前，海勒姆曾辞去职位，亲自来负责倒霉但必要的安保事宜，但他坚持认为，这一安保事宜是为了万无一失。彼得周手下的男人（和女人）们行动高效迅速，技艺精湛，又极不显眼。对付醉鬼、持枪抢劫还有禄普狙击枪时，没人能比他们做得更好。然而，要对付钦天士的威胁，他们接受的训练还远远不够。

  模块人看起来和爱达荷州的小丑一样不显眼。虽然这名机器人的预设容貌中，没有显露任何性格特质，也没有头发，可他看起来却如男模般英俊。他脑袋上戴着一顶无檐帽，来遮蔽植入他头部的圆顶雷达。一对带旋转枢纽的榴弹发射器，安在他人工合成的肩膀上。

  模块人的肩部模块突然弹出。通常，海勒姆会坚持让模块人在门口检查他的军火，但今天可不是往日。机器人落在阳台，接待员领他去办公室，海勒姆直截了当地问他今天都装备了什么武器。

  "左边的模块装了催泪弹，右边是烟雾弹。"模块人说，"当然，烟雾不会影响我的雷达，但会让任何潜在对手陷入盲区。催泪弹可以……"

  "我知道催泪弹能来干什么。"海勒姆言简意赅，"看来，你的创造者人认为，钦天士需要呼吸。希望他是对的。"

  "我可以把榴弹发射器换成20毫米口径的穿甲炮。"模块人愉快地说。

  海勒姆发出差点噎住的声音："如果你敢在我的饭店里开炮，哪怕只是想一想，你就别想踏进这里一步。"

  "事实上，这炮更像是一把大机关枪。"

  "怎样都不行。"海勒姆斩钉截铁。

  "你想让我在外围巡逻吗？"

"我比较想让你坐在吧台尽头,别碍事。"海勒姆告诉他,"还有很多工作需要完成。晚上七点,客人们就会陆续赶来品尝鸡尾酒。如果要出什么事,应该会在这之前发生。"

他陪机器人走到吧台尽头,给他留了瓶纯麦芽苏格兰威士忌。柯蒂斯陪海勒姆一路走回办公室:"他们也就毁了龙虾,"他向海勒姆汇报,"吉尔斯手下还没跑的员工正在清理损失。有人把吉尔斯带去了鬼牌镇诊所。"

"找他们的负责人,告诉他,我要金枪鱼。"海勒姆说,"有多少要多少。我们今晚用烟熏金枪鱼代替龙虾。"

"保罗不会开心。"柯蒂斯说。

海勒姆推开办公室的门:"让他咆哮,然后再让他下厨。如果他拒绝,我就自己来。我对卡真菜熟悉得很。"他若有所思地顿了顿,"短吻鳄有种有趣的风味,你不会想,吉尔斯也许有条……不,这个要求太高了。噢,还是高价买点金枪鱼吧。如果我今早不出手,这些都不会发生。"

"你不该自责。"柯蒂斯说。

"为什么不呢?"海勒姆问,他抽抽鼻子,"我还记得,1971年,我第一次被诊出问题的时候。塔基扬医生说,我不会死,而且会拥有与众不同的能力,我那时就决定要用这些能力为公众做点好事。我知道这有点荒唐,但这就是那个时代的要义。柯蒂斯,我告诉你,虽然这没有我穿的衣服那么可笑,但行侠仗义是一种荒谬的职业选择。"他沉思一会,从背心上揪下一缕线头,"它很合身,"他说,"但也可笑。无论从什么角度看,我的体格都如此与众不同,戴不戴面具都一样。曾经,一名八卦专栏作家精准地猜出我的身份,我的半吊子冒险就此半途而废。我不是什么谦虚的家伙,柯蒂斯,但食物才是我最擅长的东西。如果早上我还记得这点,吉尔斯就不会吃那么多苦头了。"

柯蒂斯还未开口,海勒姆便转身离去,把自己关在办公室里。

WILD CARDS

他的午餐正摆在桌上等着他：三块厚切煎猪排，配洋葱、罗勒，旁边放着意面沙拉、清蒸西兰花，以及磨碎的罗马诺奶酪，还有一块著名的王牌云巅芝士蛋糕。海勒姆坐在桌后，开始沉思。

一份报纸放在他丝毫未动的午餐盘边。《每日新闻》已经出了号外增刊，安东尼把它和海勒姆的晚礼服一起带了来。横跨小报头条的是一张由业余摄影师在喷气机小子之墓前拍摄的照片，海勒姆觉得这张新闻照片很不错，但他几乎不敢细看。

他发现自己的目光正从恐龙小子残缺不全的尸体上移开，开始看背景中人们的脸庞。他们的心绪都写在脸上：恐惧、歇斯底里、悲恸、震惊。有些人一脸茫然，还有些人则饶有兴趣地盯着眼前，表情令人生厌。在右手边的角落里有个漂亮的金发女郎，正被抱着她胳膊的十几岁男孩的几句俏皮话逗得哈哈大笑，似乎完全不知道几英尺外发生的恐怖情况。如果她环顾四周，她的笑容还会如此灿烂？如果她看见这张照片，发现自己的笑容将永远被定格，又会作何感想？

他的午饭正在慢慢变凉，但海勒姆一点胃口都没有。恐龙小子一直是让他头疼不已的来客。他还记得，在一个炎热的夏夜，一只无齿翼龙从敞开的阳台大门直扑进来，扇跑了晚餐。酒水洒了一地，盘子落了一地，甜点车七倒八歪，半打顾客没有付钱，愤然离去。海勒姆让这家伙变得沉重不已，无法飞翔，毫不含糊地好好训斥了他一顿，这才终止了这场闹剧。从所有的报道来看，这孩子已经被恐吓了将近一星期。

电话响起，海勒姆迅速拿起听筒："什么事？"他粗暴地问，一点寒暄的心情也没有。

"是我，海勒姆。"杰伊·阿克罗伊德说。

海勒姆几乎把这侦探忘了："你在哪儿？"他问。

"现在吗，我在水晶宫男更衣室外的付费电话亭，正被一个看起来既像灌水袋又像剑齿虎的鬼牌盯着。我觉得他可能想用电话，所以我直奔主题。蝶蛹知道些消息。"

"蝶蛹知道的消息多了去了。"海勒姆说。

"非常好,"阿克罗伊德答,"你的朋友棒槌可不是单兵作战。他和他的整个诡计都是什么东西的一部分,那可是一个庞大的东西。蝶蛹知道是谁,也知道是什么事,但她要求用来交换信息的价钱远远超出了我的预算,但可能会在你的预算之内。我今晚带她过来,你可以自己和她谈一谈。"

"你要把她带到这儿来?"海勒姆问,"杰伊,她是鬼牌,不是王牌。"

"我是王牌。"阿克罗伊德提醒他,"她是我的女伴。别担心,我让她保证把奶子遮住。真可惜。虽然透明,但它们可是很好看的奶子。只要假装她是个地道的英国人,你就能得到很多东西。"

"好吧,"海勒姆说,"就在你为蝶蛹的奶子安排社交日程时,棒槌把吉尔斯送进了医院,还毁了我的龙虾。"

"我知道。"阿克罗伊德说。

海勒姆震惊了:"你怎么会知道?"

"见蝶蛹前,我路过富尔顿街,想顺便见见吉尔斯,给他玩点魔术的小把戏,比如从他的鳃里摸出个硬币,看看能不能让他开口和我聊聊。然后看到巷子里有辆大卡车在燃烧,我便起了疑心。我进去时,那个七英尺高的家伙正要出来,他看起来和电话那端的家伙非常像,就是太丑。于是我做了一个好市民应该做的事情,把他逮了起来。现在,他在陵墓监狱里关着呢。"

"老天,"海勒姆大声说道,"杰伊,这是今天我听到的第一个好消息。谢谢,干得漂亮。为这个你可以来这儿吃一个月免费晚餐。"

"我希望还能加上开胃菜。不过,事情还没完。虽然棒槌现在被我关了起来,但迟早会有人发现他在那儿喊叫,而且他们会数人头,然后放他走。除非我们能用什么指控他。你能来下市中心,行行好帮个忙吗？"

海勒姆大窘："我……杰伊，我很想，但现在我实在是分身乏术。"

"遇上鹅肝酱危机了？"

"福尔图纳托要带人过来。我得，呃，留在这里。而且，我从来没见过棒槌，他们攻击的是吉尔斯，让他提出指控。"

"他吓坏了，海勒姆。"

"如果我们放了棒槌，他也没什么好怕的。告诉吉尔斯这点，他不能就这么让棒槌逍遥法外。"

阿克罗伊德叹了口气："好吧，我会和他谈谈。见鬼了，这种日子，我真希望能自个儿转转。你知道今天的交通糟成什么样了吗？"

♠

斯佩克特盯着哈德逊河位于新泽西的河岸。他在蒂内克长大，从他记事以来，他就恨纽约人。他恨他们对新泽西指手画脚的轻蔑评论，恨他们无休止地讲嘲笑新泽西的笑话。他们还真以为，住在几英里开外，就高人一等了。他杀的每一个纽约人，都是对他们长期以来蔑视的小小报复。

如今，钦天士知道他还活着。老家伙太忙，自己不会看电视，但他有一群走狗给他传递消息。斯佩克特只能寄希望于他袭击名单上的其他王牌比自己重要。见鬼，钦天士才不会信这种鬼话。他们早就好好收拾过他一顿。如果他不挡道，或许会在明天的《时代周刊》上见到其他所有人的讣告。

西侧公路就在他身后，早就挤满车辆。码头熙熙攘攘，但干活的还得吃饭。他们才不会休一天假去寻欢作乐。

斯佩克特回头望向曼哈顿。避风塔大厦就在高速公路对面，那里的公寓奢华昂贵。这栋建筑就像某种三十年代低级科幻的产物，开放式大堂一直通到建筑顶部。他沿着大厦毫无中断的银线一路攀爬。他眯起眼睛，那里有什么东西，有什么人站在上面。

一名乘坐滑翔机的男子从二十层楼高的屋顶边缘，纵身而下。他滑翔数秒，然后平稳下来，朝着河流滑翔而去。

"被警察逮到，你就得蹲监狱了，伙计。"斯佩克特痛恨高处，无论有没有翅膀，每每想到从这种高楼上摔下去，都让他瑟瑟发抖。他转身，继续看着新泽西的方向。

有什么东西正跨过河流，朝着城市的方向而来。它在几百英尺的高空，快速移动，他认出了那熟悉的龟壳："灵龟。看来钦天士还没找上你。"

斯佩克特对灵龟的喜爱，就和他对其他突袭大都会修道院分馆的王牌的喜爱一样——都为零。他挺直肩膀，擦擦嘴唇，突然觉得自己很脆弱。如果钦天士现在要来取灵龟狗命，他可不想在附近待着。

灵龟放慢速度，在河面之上徘徊。几艘私人船只在附近游弋，轻快地上下颠簸劈波斩浪，但他们似乎并没有遇上什么麻烦。灵龟开始轻轻摇晃，滑翔机拐了个弯，直直冲向他。斯佩克特想逃，但好奇使他留了下来。他们之间不到一百英尺。有种如切割玻璃的声音传来，然后是一声巨响，滑翔机开始转向。斯佩克特认出了这个声音，意识到灵龟有麻烦了。钦天士引诱的最后一个王牌，是个自称小恶魔的波多黎各小子。这小子能产生电磁脉冲，把方圆五十码的电力统统消除。现在，灵龟龟壳上的相机和电子设备，都成了一堆垃圾。

小恶魔操纵着滑翔机重新飞到灵龟上方，风减慢了他的速度，让他得慢慢攀爬。岸边，码头工人们正放下手中的篓子，看着河流。几秒后，龟壳被一团爆炸的橙色火焰包裹。凝固汽油弹。爆炸的声音在水面回响。火焰开始熄灭，斯佩克特可以看见一部分的龟壳已经着了火。灵龟摇摆得更加厉害，终于倒向水面。一声巨响和嘶鸣在龟壳击中水时响起。一些近处的船只朝灵龟游去。龟壳漂浮了几秒，然后迅速下沉，仿佛水底有滑轮把他拖下去似的。如今，水面上除了一点热气，什么都没留下。

"老天，谁能想到，这竟然如此容易。"斯佩克特直觉汗毛倒竖，可以肯定的是，钦天士会看着灵龟沉进河中，就像他一样。其他王牌也不会对灵龟的处境有任何帮助。钦天士正将他们逐个击破。之前之所以能战胜钦天士，全靠他们有所组织，并出其不意。今天，一切都反了过来。斯佩克特听见警报声响起，他转身就跑。

◆

"我们在电视上看见了。"海勒姆对福尔图纳托说，"先是咆哮者，然后是恐龙小子，太可怕了，实在难以置信。"福尔图纳托点点头，对身处拥挤的办公室里感到非常不自在。海勒姆的主厨、保镖，还有一群服务生，都挤在办公室里。

模块人从之前靠着窗子的地方走过来："你好啊！"他向简打招呼，"不知道你还记不记得我。模块人，还记得吗？你可以管我叫时髦人士。"

简朝他点点头，然后无视了他。"这里根本不需要我。"她对福尔图纳托说，"你想找个地方把我藏起来，好让我别烦你。"

"不对，"福尔图纳托说谎，"你见过钦天士，你比任何人都知道他是多么强大。我们唯一的希望是从数量上战胜他，我们所有人，在一起，合力一击。"

"我们所有人？包括你？"

"我得找到其他人。这是我的报应，好吗？这是我的责任。"

"你知道吗，你没必要独自面对。让别人助你一臂之力不是什么犯罪。"福尔图纳托一言不发。"我……哦，见鬼，我为什么要在这里浪费口舌？但有一件事，如果你把我丢在这里，有人死了，或者受伤了——我本可以救下他们，我可不会让你忘记这些。明白了吗？"

"我接受。"福尔图纳托说。

海勒姆跟着他走到大厅:"呃,福尔图纳托,我能耽搁你几分钟吗?"福尔图纳托点点头,海勒姆把门关上。"几分钟前,我接到一个电话。是纽约警署的阿尔托贝利中尉打来的,他们在找你。"

"他手上有什么?"

"他不肯说,不过他说,他需要你尽快去大都会修道院分馆,越快越好。"

"好吧,我待会就去。"

"福尔图纳托?"

"还有什么事?"

"塔基扬医生怎么办?"

"他怎么了?"

"钦天士不也在追杀他吗?"

"管他干什么。"

"起码让我警告他一下,这样可以吗?"

"我不在乎。"福尔图纳托说,"只要你别干什么蠢事,也别把我带来的人单独留在这儿就行。我就指望你了,兄弟。别搞砸了。"

"好的。"海勒姆轻快地答应。

福尔图纳托的电梯到了,他按下 1 楼,然后轻轻把关门按钮摇下。

♥

热气腾腾的椒盐脆饼散发出的香气让斯佩克特的胃咕咕作响。除了无底洞酒吧的几颗花生,他这一天什么都没吃。他朝小摊走去。摊主是一名身材矮小的中年男子,穿着浅蓝色衬衫和黑色无带裤,正朝斯佩克特微笑,露出一口弯弯的黄牙。他戴着一个按钮,上面用大写字母写着:小贩明白怎么让椒盐脆饼弯曲。

"需要什么?"

"来一份椒盐脆饼。分两份装。"

小贩掏出脆饼,心不在焉地卷起来:"小子,我告诉你。如果每天都是百变王牌日就好了,那我就可以早早地退休,玩玩赛马了。"

斯佩克特拿过脆饼,付了钱。小贩有一种失败者才有的那种暗淡简单的梦想。斯佩克特甚至早就不需要什么梦想。他就杀杀人,偶尔想一想,为什么杀人不会让他感到困扰。

他咬了一大口,脆饼既暖和又很有嚼劲。这能让他在去海防百合餐厅前填饱肚子。

半路,他突然感到一阵恶心,头晕目眩。椒盐脆饼从他手上落下,他跪倒在地。黑暗在他视野边缘蔓延开去。

"你感觉不舒服还是什么,先生?"他听见有人在问他。

他看见豪华轿车在他旁边停下。一扇镜子似的窗户慢慢摇下,钦天士朝他微笑。斯佩克特因疼痛弯下腰,脸压在冰冷的混凝土上。他一点动弹的力气都没有。他闭上眼,奋力呼吸,他还能闻见椒盐脆饼的香味。

车门砰地关上。晕倒前,他感到有一双手正把他提起。

♣

福尔图纳托介绍她叫睡莲,但她却告诉海勒姆,自己更喜欢被人叫做"简"。"我懂你的感受,"他说,脸上带着他最有魅力的微笑,"他们曾管我叫胖子。"她看起来既羞涩又甜美,但她的穿着显然并非如此。蓝色牛仔裤有自己的场合,但并不适合王牌云巅,而她的运动鞋破烂得令人难以置信。"那是个古怪的家伙。"海勒姆谈笑风生,他说的是她褪色T恤上的图案——嘻嘻哈哈的跃闪杰克。

"他今晚会来吗?"简问。

"我想他不会来,"海勒姆说,"当然他收到了塔基扬医生的邀请,但他表示了遗憾。不过他说,可能会有一名朋友替他赴宴,谁知道什么意思。如果您愿意,跟我来吧。现在这外面就和疯人院似的。"

海勒姆护着简穿过喧闹的餐厅,来到他相对安静的办公室,按铃叫安东尼过来。司机到达后,他向简介绍安东尼,然后对她说:"把你的尺码给他。"

"尺码?"她一脸茫然。

"今天的晚宴是一场正式宴会。"海勒姆解释,"像您这么可爱的年轻小姐,没理由不打扮得光彩照人。抱歉的是,只能由我们帮你买,不能让您出去购物,福尔图纳托坚持要我们待在一块。而他的战术直觉一向非常精准。"他转向安东尼,"我想,买件蓝的或绿的。露肩,配长筒袜和一些饰品。简,你穿高跟鞋适应吗?还是更喜欢平底鞋?"

"等等,"她睁大眼睛,眼中闪过一丝忧虑的神色,"我买不起昂贵的衣服。"

"高跟鞋。"海勒姆说,"毋庸置疑,你有一双可爱的腿。王牌云巅什么都能照顾好。"他微笑,"别担心,我自有办法。我有个非常厉害的会计师。"

她摇摇头:"不,很抱歉,我不能让你这么做。"

海勒姆疑惑不解:"为什么不呢?"他问。

"我不能接受你送我一堆昂贵的衣服作为礼物。我不能,也不想收。"

"亲爱的,"海勒姆半信半疑,"你让我不知所措。请注意,虽然我不会给参加晚宴的客人们一个严苛的着装要求,但如果您不接受,那会非常遗憾——"

安东尼出人意料地开了口:"如果我们将这套服装贷给她,或许女士能够接受。"海勒姆和简双双惊讶地看着他,"如果能让我大胆提议的话。"

"我做不到。"她说,"即使你们贷给我,我也还不起,我今天下午刚辞了职。哪怕找到新工作,我也永远无法用小费偿还这笔贷款。"

海勒姆若有所思地抚着胡子,微笑起来:"如果是在王牌云巅,"他说,"小费就差不多够了。当然,不是今晚。但从明天我们对公众营业开始,我保证,这里的小费相当可观,而好员工我们什么时候都需要。"

简似乎思忖了一会:"好吧,我干。你可以从我的报酬里扣掉我欠的钱。"她不卑不亢地看着海勒姆,似笑非笑。

"非常好,"海勒姆说,"现在,恐怕我得开始工作了。如果你饿了,找柯蒂斯,他会给你带午餐。"

简离去,海勒姆发现自己正盯着紧闭的大门。对他而言,简太年轻,但非常可爱,有一种纯洁无瑕的气质,让他觉得非常性感。她让他想起艾琳·卡特。数年前,他和艾琳初遇时,艾琳差不多就像简现在这么大。纯洁无瑕,却又富有力量。如果那种混合药物没有让她丧命,那她确实非常幸运。

他眉头紧锁,双手攥成拳头,想着死去的人。一个满脑子想要永垂不朽的青春期男孩,一个穿着黄色制服,咆哮能让山崩地裂的大个子。还有艾琳。他永远不会忘记艾琳。

那是很久前的事情,离福尔图纳托带着血红闪亮的硬币来找他,已经七年了。海勒姆告诉福尔图纳托她的名字,他从没想过自己会亲自为她的死亡证明贴上封条。在那之后,海勒姆一直不敢相信这是事实。死了?艾琳死了?她帮我鉴定完一枚稀有硬币后就死了,到底怎么死的?

在他感染百变王牌病毒前,艾琳成为他的情人已有数年之久。当她开始和福尔图纳托纠缠时,他们的关系结束了,但艾琳依旧对他来说非常重要。皮条客上了她,接着又让她丧了命。他让艾琳卷入了一场与她无关的事里,海勒姆绝对不会这样做。

福尔图纳托带来消息的那晚，是海勒姆一生中最糟糕的一晚。他听着福尔图纳托讲埃及共济会的事情，不由怒从胆边生，怒火沿着喉咙深处不断上涌。他从没用自己的超能力杀过人，但那晚他差点出手。他不断弯着自己的手指，看着引力波在那个高高的、长着杏仁眼、前额凸起的黝黑男子上方闪烁，心想福尔图纳托到底能承受多少重量。五百磅？一千磅？两千磅？他的心脏会在此之前还是之后爆裂？那双精瘦但结实的长腿，会不会在沉重身躯的重压下化为碎片？海勒姆可以让这些成为现实，找到答案。他只需要握紧拳头，紧紧地握起拳头。

当然，他没有这么做。海勒姆没有出手，是因为当他聆听福尔图纳托的声音时，他意识到了什么。这与男人说的话无关，福尔图纳托并不是那种鼓唇弄舌之人。但在他的语气中，还有那双黝黑的眼睛里，海勒姆意识到他们有着相同之处：福尔图纳托也爱着她。那个有着和他父亲一样的好胃口和一双迷茫的眼睛的人，甚至比自己还要爱她。所以，他松开握到一半的拳头。海勒姆感到自己和精明的皮条客武士之间有种奇怪的联系，而这种联系并不是恨意。

后来，他试图把这件事置之脑后。无论他有什么能力，他都不会因英雄主义沾沾自喜。犯罪由警察来管辖，正义是神灵的领域，他只要让人们吃饱喝足，过几小时更开心的时光，就足够了。

可是，一旦他想起艾琳，想起恐龙小子、咆哮者，想起吉尔斯还有年轻甜美的睡莲、塔基扬医生，还有钦天士死亡名单上的其他人，那种怒火就会在他的身躯中燃烧，如同1979年的那个晚上一样。

钦天士是一名非常非常年迈的老人，福尔图纳托如是说。他大概承受不了多少重量。

海勒姆冷冷地注视着午餐盘，这才举起刀叉，有条不紊地开始用餐。

WILD CARDS

♠

需要的话,斯佩克特会紧闭双眼绝不睁开。他知道,自己正待在钦天士的豪华轿车里。他能感到,自己左右各坐着一人,左边那个手肘瘦得皮包骨头,他猜,这大概是钦天士那个老家伙。

"别给我耍花招,死期。这对你没什么好处。"钦天士拿手肘猛击斯佩克特的肋骨。

他睁开双眼,钦天士的右边坐着一名中年女士。她的脸看起来就像一幅给哪个美人画的讽刺漫画,她一点妆都没化。她身着白色棉质垫肩连衣裙,系着一条窄窄的腰带,正避免和他四目相对。

"没什么要说?不过,以前你就不是那种口若悬河的家伙。"钦天士把手搭在他的左臂上,"我相信,你现在对我绝不三心二意。"

斯佩克特直视钦天士睁大的双眼,他想用自己的超能力,或许这回能奏效。好吧,失败。他把手滑进大衣,想找英格拉姆,但手枪和手枪皮套都不见了。

老人摇摇头:"我拿走了。真可悲,你居然沦落到要用枪。又被我找到,你应该感到幸运。"

"灵龟死了,对吗?"

"对。"钦天士搓着手掌,"敌在明我在暗,这简直易如反掌。"

"你怎么设的圈套?"斯佩克特问。

"我们的好朋友,布莱克队长,在警队安排发送了一条用来扰乱视线的求救信号。"钦天士把一根手指搭在额头上,"你只需要比敌人多算几步,就这样。"

"小恶魔能那么接近灵龟,真是好运气。"斯佩克特后仰进柔软的座位里,叹着气。他也没什么招能使了。

"很难说是因为运气。灵龟有血糖问题,对吗,亲爱的?"

"非常严重的血糖问题,"女人开口,"比我对斯佩克特先生做的还要糟。"

"死期，亲爱的，叫他死期。"钦天士紧紧扣住斯佩克特的手臂，"和胰素灵问个好，死期。她是我新的得意门生。"

"你好啊，甜心。"他言带讥讽。她还是不敢看他。"我还活着。所以，你留我一命，肯定是还想我做点什么。你想让我杀谁？"

"这一切都由我最信任的伙伴们来处理。不，我留你一命，是为别的。这个福尔图纳托——"钦天士另一只手握成拳，"我想在杀他前好好折磨折磨他。他有很多姑娘。今晚，我们将和几个姑娘找些乐子。你总是喜欢这种事，对吗，死期？"

"没错。什么时候干？"斯佩克特不敢相信，事情居然这么简单。老家伙还攥着他的手臂。

"晚点。非常晚的时候。"

"好。"

"但是，你想躲着我，这点我必须要惩罚你。你得记住，自己在什么位置。"

"不。"他说，并试图离开。

钦天士的双手紧紧抓住他的双手，开始旋转。斯佩克特的前臂骨吱吱作响，应声而断，剧烈的疼痛从手臂直冲到肩膀。他抓着老人，撕裂他脸颊上的肉，打掉他的眼镜。钦天士把斯佩克特折断的骨头斜着拼在一起。

"不管你有什么超能力，死期，我都能反过来对付你。我可以抹掉你脑中的一切，只留下你第一次死亡的回忆。我还可以让你残废，直到你看起来就像是从鬼牌最可怕的噩梦里走出来的东西。"

斯佩克特能感到自己的骨头正被揉在一起，他的胳膊看起来像是第三个结，僵硬的关节编织在骨头中。他想把胳膊拉回来，但钦天士狠狠锢住了他。

"我觉得，他现在好多了，胰素灵。他不会再背叛我们了。"

"瞧瞧你他妈的都对我做了什么。"斯佩克特尖叫道。

钦天士捡起眼镜,重新戴回鼻子上。"如果你再让我失望,接下来只会更可怕。司机,停车。"

轿车靠着路边停下。胰素灵打开车门,她看着他扭曲的臂膀,露出微笑。

等着瞧,早晚他也会朝你发火。斯佩克特想。他蹒跚着从她身边爬过,踏上人行道。我希望他把你五脏六腑全掏出来。

"今晚。准备好。时候到了,我会来找你。"钦天士说。胰素灵关上车门,轿车消失在车流中。

斯佩克特抬起头,人们对他指指点点,嘻嘻哈哈,好像他就是个笑话。有些人转过身去不敢直视。沿着公园大道走几个街区,就是纽约曼哈顿的泛美大厦。他们本可以把他丢在市中心的。他揉揉胳膊,再也不能旋转手腕了。

泛美大厦之巅,一架直升飞机就此起飞。斯佩克特希望自己也在上面,然后他摇摇头。这个星球上,没有一个人能逃离钦天士的魔爪。他飞快地走过街道,希望自己有时间把每一个饶有兴味盯着他看的人统统杀光。

♣ ♦ ♥ ♠

第十章

下午3：00。

卧室延续了褐红色的主题，但亮点由白色转为了灰色。这里有更多书籍、更多鲜花，梳妆台上放着一张眼神忧郁的四十年代打扮的女性照片。屋内还有一个巨大的步入式衣柜，装满了各式各样五颜六色的衣服。塔基扬医生坐在窗边的椅子上，脱下一只高跟靴。空调将风送进房内，悬在他上方的水晶和白银风铃叮当作响。

"让我来。"她在他身前跪下，拉下第二只靴子，发现和乔赛亚12码①的脚相比，他的脚是多么的小。

"我应该帮你脱。"

她放下靴子："不如我们自己动手脱掉衣服。"

"你这么急切，我真是受宠若惊，也有点担心你是不是只想快点完事。"

她的手指停在衬衫纽扣上，看着镜中的自己，色彩从她的脸上褪去，只余那侵袭着黑色肌肤的奇怪灰色。她匆匆脱掉衣服，盯着玻璃上细长的倒影。她辫子上的水晶饰品反射着灯光，在她乌木般的秀发间闪闪发亮。

"女士，你真美。"他在一边用象牙和红玛瑙为她塑了一座小像。他卷卷的红发正搭在它的肩膀上。

---

① 美国男鞋12码，相当于国内45码。

她如漫画般夸张地露齿一笑:"来吧,我会在床上感谢你。"

床单下的床垫咯吱咯吱地摇晃着。他向她伸出手,然后从她身边绕开,拔掉了床头的电话。他眨眨眼,挑逗似的看着她,依偎在她身上。他的双手和双唇熟练地挑拨着她的身体,寻找着敏感点,将她敏感的神经溶成涌动的春潮。这不再是一项要她忍受痛苦的义务了。他是一位颇有造诣的情人,似乎在用自己的身体去崇拜她。她一只手插入他的发间,将他拉近。在那一瞬,她忘掉了过去和未来,被四面八方涌来的情动包围。

他扭动着身体向她靠近,轻轻蹭着她身下的毛发。她喘息着分开双腿迎合,可他却继续挑逗她。他把双臂环在她身侧,将她锢在怀中,牙齿轻噬着她的乳尖。灼热的快感疯狂地刺激着她,她低吼着,把他拉向自己。当他顺利进入时,露莱特噙住了他的唇,吻住他。

她同时感到好几样东西:他的思维如羽毛般,毫无恶意地轻轻扫过钦天士设下的防护罩表面——钦天士为她设下防护罩,就是为了防止思维渗入。毒素在她体内汹涌,如同一只蠢蠢欲动的猎犬,正等着号令,蓄势待发。

她没有下达指令,她用模模糊糊的半成型想法为自己辩解:她会玩弄他,先向他许下爱意,那么背叛就能更彻底地让他毁灭。她的双臂和双腿缠在他身上,抬起臀迎接着每一次冲击。他的低泣不时被他低声呢喃着她的名字打断,但她一声不吭,仿佛是在用沉默否认欢愉。精液在她体内喷涌而出,他达到巅峰,发出一声尖叫,瘫在她胸前,倒在她的双乳之间。

"露莱特,我觉得你是一名王牌。"他气喘吁吁地说。

"我不是!"她把他推到一边,他茫然地朝她眨眼。

"你的防护罩不是普通人那种不成熟的保护罩,它们非常复杂精密。"

她跪在床上摇摇晃晃,双手紧紧护在大腿之间,汗水黏在她裸露的肌肤上，渐渐变凉："我不知道这是怎么回事。"

"如果你愿意让我探索，或许我能给你解释。"

"不，不要！这让我害怕，我不想让你这么做，我也不会让你这么做！"尖锐刺耳的声音穿透了她的全身，让她的双目如被刺中般痛苦。

"好吧，好吧。"他用双手轻轻抚慰她，仿佛在安慰一匹倔强的骏马，"你的身体和你的头脑都归你掌控。我绝不会侵犯你。"

她倒下，把脸埋在他的身边，尝到了汗水的咸味，闻到了男性的气息，还有性爱和剃须水的味道。"抱着我，我不想再想那些东西了。"

"嘘，嘘，有我在，你很安全。"

她大笑起来，他迷惑不解地看着她，疯狂的声音如尖利的碎片割着她的喉咙，让她的胸中溢满痛苦。

◆

"苏珊妮！"

"没关系，我没事。"垃圾婆向后靠了靠，深吸一口气，"太强烈了……"

"什么？"罗斯玛丽的声音充满真情实意的关怀。

垃圾婆看着她："他拿到了那些书——我想。那些笔记本。"

"杰克？怎么会这样？"罗斯玛丽疑惑地摊开手。

"他把它们吃了。"

"那么，这些书就是我的了。"罗斯玛丽的眼睛闪闪发光，若有所思地咬着嘴唇。

他们的谈话被四名突然走进办公室的男人打断。罗斯玛丽被拉去参加一场由纽约警署反有组织犯罪部组织的短会，讨论哪些地方可能会成为危险区域。对垃圾婆来说，这些人如同密码，行政密码。

WILD CARDS

随着警方力量覆盖面的扩大，每个区域的警力日渐稀薄，没人想要一场黑帮大战。按罗斯玛丽的说法，这是显而易见的。其他家族很可能会对甘比诺家族出手，但他们会缓慢行动，以此试探甘比诺家族的力量和领导能力。无尘白鹭会是最大的威胁，远超哥伦比亚人、飞车党、甚至墨西哥赫雷拉家族。白鹭会可不是以谨慎、克制以及耐心闻名。如果甘比诺家族不尽快重塑他们的权力，他们就会被消灭殆尽。没人喜欢甘比诺家族，但他们更害怕其他的上位者。

当罗斯玛丽正讨论五大家族的反应时，垃圾婆安静地坐在罗斯玛丽书桌后的椅子上，藏在角落里。她闭着眼睛，任由那些对话在四周回响。她在追寻暗渠杰克。他已经退入管道里，回到自己认为最安全的地方。但每一回，垃圾婆都能对他施加影响，让他别再后退。短吻鳄抗拒着，即使鳄鱼不能理解自己为什么要寻找，或是要找什么，但他依旧在不停地搜寻。在他大脑深处，垃圾婆发现鳄鱼把科迪莉亚和某种特别美味的食物联在了一起。滑稽的想法让她无法集中心神，差点和鳄鱼失去了联系。她需要等待，等待和杰克说上话。她让自己的心神重新与爬行动物同步，在他的大脑中搜寻，小心翼翼地调整几个四肢与大脑间影响神经的化学物质连接，从神经元的层面阻止了鳄鱼的抵抗。这样一来，鳄鱼只能缓慢爬行。

垃圾婆眨眨眼，重新将注意力转回到罗斯玛丽的办公室——从远处墙壁上那幅菲奥雷洛·拉瓜迪亚的肖像开始。那四个男人已经离开，罗斯玛丽坐在桌后，正在翻一些文件。

"欢迎回到现实世界。"罗斯玛丽合上文件，"那么，杰克在哪儿？"

"包厘街底下的某个地方，我只能认出这么多了。"她眨眨眼，"你真的认为——这是现实世界？"

罗斯玛丽看向窗外："我只有这一个世界。"她的目光重新回到垃圾婆身上，"刚刚那些谈话，你听见了多少？"垃圾婆耸耸肩，罗斯玛丽继续说道,"我打算联系一些'耳目',弄清楚现在到底什么情况。之后,我想去拿那些书。拿到后,我再考虑该怎么利用它们。"她拿起电话,开始按键。

垃圾婆沉默地看着她。

"麦克斯,我是罗莎·玛利亚·甘比诺。"罗斯玛丽告诉接线员,"我听说了今天的麻烦,弗雷德里科首领……"她伸出手,把电话放到免提。

"……您上次打过来已经是很久以前的事情了,玛利亚。"

"是的,已经很久了。但我依旧是甘比诺家族的一员。"

"弗雷德里科首领已经成为过去。"麦克斯停顿了一会儿说,"可能是一个意外,也可能是该死的——抱歉,玛利亚——华人。我真想你父亲,玛利亚。如果他还在,这种事情绝对不会发生。"

"我父亲是一位好领袖,麦克斯。有没有接班人?"

"没有。那个屠夫——抱歉,玛利亚——他觉得自己能永生。"

"家族怎么办?"

垃圾婆目光锐利,盯着罗斯玛丽。地方助理检察官的语气并不是随口问问,她看起来忧心忡忡。她握紧双手,关节泛白。

"今晚八点,在海防百合餐厅有一场家族聚会——年轻的小头头觉得在那里聚会很有趣,而且那里吃的不错。届时,小头领们会决定谁是下一任领袖。原谅我的鲁莽,但我希望,他们这回能做出更加明智的选择。"

"我相信他们会的,麦克斯。"

"玛利亚,如果你把你电话给我,我会告诉你发生了什么。"

"不,不。我总不在家,而且我恨电话答录机。"

"我实在不敢相信,你这样的好姑娘,居然还没找一个好丈夫。你知道的,你不能一直为隆巴尔多·卢卡塞哀悼。不要让那场悲剧毁了你的生活。"

"谢谢你，麦克斯。我不会的。你知道我是个多么挑剔的家伙，毕竟，我是我父亲的女儿。"

"是啊，你真是你父亲的女儿。和他一样聪明，和他一样强壮。别见外，罗莎·玛利亚，我们都很想你。"

听着罗斯玛丽的对话，垃圾婆睁大了眼睛。罗斯玛丽从书桌上捡起一支圆珠笔，朝她扔去。

"保重，麦克斯，我会很快联系你，再见。"

"再见，玛利亚。"

罗斯玛丽关掉免提，电话发出尖锐的声响。

"什么这么有趣，苏珊妮？"

"'噢，麦克斯，我在做地方检察官，事情太多，实在无法组建家庭。'他们真不知道？"

"苏珊妮·梅洛蒂，上帝会帮你解决这个问题。他们当然不知道。罗斯玛丽·马尔登是一名非裔爱尔兰人，和玛利亚·甘比诺那种20世纪的麦当娜长得一点都不像。自几年前我参加母亲的葬礼后，就没见过他们了。而且我还戴着假发、面纱，还没化妆。"罗斯玛丽摇摇头。"他们怎么会把这两个人联系在一起？这里的所有人，都只是觉得，我在学校读了正确的书，而且不知怎么知道一位研究甘比诺家族的专家。他们也觉得我是走了好运。"

"上帝已经帮你解决了这个问题。"垃圾婆仰进椅背，脑袋歪到一边，"你在担心甘比诺家族的幸福，对吗？毕竟，甘比诺家族还是你的家族。"

"如果权力的平衡被打破，我们就面临灭顶之灾。"罗斯玛丽起身站了起来。

"胡说八道。我们去找杰克。"

罗斯玛丽张张嘴，正欲回答，电话却在一边响起，接待员的声音从另一头传来："马尔登女士，我这有点问题。菲茨杰拉德警员从陵墓监狱打电话过来，说有人，额，'隔空传人'，我想他是这么说的，有人把一名嫌疑犯直接隔空送到了陵墓监狱。"

"圣母啊，为什么是今天！"罗斯玛丽盯着电话，仿佛想用目光让电话炸掉，"帕特里夏，今天下午不是汤姆林森负责接电话吗？"

"呃，没错，马尔登女士，我的名单上也是这么写的。但他还在外面吃午饭，其他我想找的人要么在开会，要么就不在办公桌前。"

"我刚刚打赌，说他们都在开会。"罗斯玛丽叹了口气，坐了回来，"我会接手的。"

垃圾婆不相信罗斯玛丽如她声称的那样和甘比诺家族毫无来往。这些书就是罗斯玛丽和她真正的家庭团聚的借口。垃圾婆觉得自己被设计操纵，从而帮助罗斯玛丽达到这一目的，这让她非常生气，也让她十分嫉妒罗斯玛丽的过去。

垃圾婆将办公室从她脑中移开，继续追踪杰克，他还在沿着爬行动物的道路追踪猎物。即使他现在行动迟缓，可找他还是花了些时间。当她确定他的方位后，便重新将心神转回办公室，发现罗斯玛丽如临大敌地看着她。

"菲茨杰拉德警员——当然，他很快就要升为菲茨杰拉德警官了，正歇斯底里，还语无伦次。我现在得下去看看。你要不和我一起下去，然后我们从那里出发？"垃圾婆点点头，罗斯玛丽伸手去拿对讲机："帕特里夏，试着给我找一下哥德堡，让他在电梯那儿和我碰头。"罗斯玛丽从椅背上抓过夹克，"我们得在其他事情发生前赶紧离开，我想速战速决。"

"为什么是他？"垃圾婆穿好鞋子，畏畏缩缩。罗斯玛丽帮她扶着门，她从中穿过。

"你的伙伴，哥德堡？因为他是新来的，应该学学怎么对付这种事情。而且，我喜欢在四周散布痛苦。来吧。"

哥德堡在电梯处等候，非常紧张地看着罗斯玛丽。她们走上前去，他朝垃圾婆点点头。

"苏珊妮，我想你已经见过保罗·哥德堡了。"罗斯玛丽朝垃圾婆挥手，"保罗，这位是苏珊妮·梅洛蒂，我的朋友和助手。"

"非常高兴能正式认识你，梅洛蒂小姐。"他向她微笑，"我希望早些时候没有冒犯到您。"

"哪里哪里。"垃圾婆砸向电梯的下降按钮。

"额，好的，好的。"保罗转身看向罗斯玛丽，"马尔登女士，请问，我能问一下，我为什么在这儿？"他摊开手，一脸好奇。

"今天可不是对我口出直言的好日子。"罗斯玛丽看向垃圾婆，后者正盯着变换的楼层数字，"我会在路上告诉你。"

"明白，女士。"保罗说。

♥

阿尔托贝利中尉和福尔图纳托在崔恩堡公园南入口对面的街垒处碰面。街垒设在那很久了，带着未成年帮派和王牌们将埃及共济会连根拔起时留下的破坏的痕迹，它们已然成了那里永久的陈设。

警察到处都是。只要一辆警车开走，立马会有另一辆过来顶替它的位子。如今，他们深陷糟粕之中，到处都是瘦骨如柴、穿着T恤衫牛仔裤的未成年孩子。他们戴着手铐，大汗淋漓，有些孩子的脸上和手上还淌着鲜血。阿尔托贝利摇摇头。他个子不高，两鬓灰白，除了腰腹，其他地方都很瘦。

"这是警署专员的主意，"他说。整个上周，警署专员都在广播里喋喋不休，说要对百变王牌日采取强硬措施。"很棒，对不对？他妈的用这么多时间，来耍这些杂技。如果我们留在本来的位置，而不是到这里教训几个小屁孩，或许就能救下咆哮者，或是恐龙小子，更别说灵龟了。"

"什么？"

"电话里刚说的，"阿尔托贝利说，"我他妈都不敢相信。两个流氓王牌用扰频器还是什么玩意儿把他引了出来，然后用凝固汽油弹攻击这个可怜虫。灵龟沉入了哈德逊河，他们正在用工具找龟壳，目前还没有消息。"

"天哪，灵龟。"如果他们能找到他，福尔图纳托想，那么我们就都完了，我们剩下的人都没有希望了。

我要死了，他想。

某种程度上，失去所有希望反而让事情容易了许多。现在就只是在压力下排除杂念一心做事的问题。救下能救下的，别的就不再干涉。

或许某天，他想，在下午四点前，你就会有出手的机会。你要做的就是做好准备，耐心等待。千万别想着自救，因为你早就迷失了。你要做的就是杀掉他，不管要付出什么样的代价，你必须杀掉他，或者在杀掉他的过程中死去。

他的双手在颤抖。不是因为恐惧，真不是。这更像是一种病态的、无助的愤怒。他将双手紧握成拳，紧紧攥住拳头，以至于他觉得自己攥得太紧，会把自己弄伤。还没来得及意识到自己要做什么之前，他已经转过身去，一拳砸碎了路边一辆警队巡逻车的后窗。大块的安全玻璃如未经切割的宝石般，在后座上翻滚。

"老天，福尔图纳托！"阿尔托贝利跑到车边，看着福尔图纳托的手，"你还好吗？"

"我挺好。"

"老天，我该怎么解释车窗的事情？"

"就说是些小屁孩干的，我不在乎。"他弯弯手指，让一些镇定的咒语穿过脑海，"忘掉那个窗子吧，阿尔托贝利？告诉我，你要我来做什么。"

"黑帮，"阿尔托贝利不情不愿地从车边转过身来，"你们这群家伙毁掉大都会修道院分馆后，没人再去那儿，所以孩子们就回来了。警署专员想从孩子们身上打探，拿到一些鬼牌的重要讯息。可后来呢，这里的地下到处都是管道，里面到处都是尸体。"

"带我去看。"

阿尔托贝利领着他穿过街垒，来到一辆急救车边。担架床上有两具并排的尸体。福尔图纳托拉开一个尸体上盖着的床单。这是一名帮派男孩，有着长长的黑发，头上裹着印度班丹纳花绸巾。他看起来有点眼熟，原本喉咙的地方塞了一团棉花。"他是给共济会跑腿的。"福尔图纳托说，"我就知道这么多。"

阿尔托贝利点点头，给他看另一具尸体。这是个英俊的小伙子：一头明亮的金发，鼻梁和下巴轮廓分明。封锁鬼牌镇那天，艾琳死的那个夜晚，他就在场。就是他，得出没必要杀福尔图纳托的结论。

"罗曼人。"福尔图纳托说，"我想，他的名字叫罗曼。他是共济会的一员。此前，我听说他在蹲监狱。一定是被保释还是因为什么放出来了。"

"还有六七个其他孩子——我们已经把他们送走了。有两个或三个女孩的残骸，混在一起无法分辨。她们应该不是埃及共济会成员，可能是妓女。"他迅速抬头扫了福尔图纳托一眼，"无意冒犯。还有一个像是木雕一样的东西，但我们发现时它大多已经成了碎片。奇怪的是，它穿着衣服。"

"可能是个王牌，"福尔图纳托说，"木头人之类的。"

"还有一件事，"阿尔托贝利说，"有个人还活着。"

♣

斯佩克特在小巷乱七八糟的垃圾堆里东找西找，想找些沉重的东西。他现在摇摇晃晃，精疲力竭。估计是胰素灵那个婊子搞的鬼。

钦天士的能量用得很快，这是斯佩克特还能活着的唯一原因。钦天士需要他对付福尔图纳托手下的姑娘们，从而重新补充自己的能量。当他们联手杀人时，斯佩克特杀人的手法可以让钦天士更加方便地汲取死者的能量，或者鬼知道他是怎么做的。钦天士总会给他留点残羹剩饭，这让斯佩克特感觉很好，能与之相比的事情可不多。如果钦天士足够虚弱，他或许有一丁点儿机会在那之前杀掉这个老混蛋。可反过来说，钦天士可以把自己的能量补充到极限，无人可挡。

他从垃圾箱里刨出一个残缺的大理石镇纸。镇纸做成一匹咆哮的骏马的样子，但马头不见了。斯佩克特跪下，把被碾碎的手臂贴在柏油路面上，另一只手将镇纸悬在骨头断裂处上方，模拟数次怎么把镇纸砸下来。他尽力把前臂抬到最高处，闭上眼，想象他要砸的是钦天士的脑袋，然后用尽全力把镇纸砸下，发出砰的一声巨响。他咬紧牙关，压住尖叫，又砸了一回。又是一声巨响。他把无头的石马丢到一边，将骨头重新拉成一条线。一两分钟后他松开手，他的手臂重新变得笔直，但手腕还是没法转。骨头依旧凸着，无法还原。

斯佩克特摇摇晃晃地站起身，手臂软弱无力地挂在身侧。这次的伤比以往任何一次都更严重，他唯一的一套西装也是一团糟。他沿着小巷慢慢走到街上，希望这已经是最坏的情况了。

♠

福尔图纳托小心翼翼地跨过警方设在隧道中的重型电缆。隧道中，每隔几英尺，就有一盏弧光灯。光滑的墙壁上有着坑坑洼洼的小气泡。福尔图纳托认为，这可能是共济会里的王牌用某种热能量钻出来的痕迹。主室有三十英尺宽，地板上摆着一块磨损的波斯地毯，有人曾在上面灭过烟头。家具都是廉价的塑料制品，有长期被雨淋过的痕迹。

戴着塑胶手套的便衣警察正在收集碎片，把它们放进密封袋里。其中一人刚捡起一个一次性塑料注射器。福尔图纳托抓住男人的手腕，弯下腰嗅了嗅针头。警察在一边盯着他。

"海洛因。"福尔图纳托说。

"这周围还有很多，"警察说，"这现在的海洛因就和尘土一样便宜。"

福尔图纳托点点头，想起了维罗妮卡。现在，她可能就在街头，用绳子绑着手臂，将肘部蓝色静脉显露出来……

"这里。"阿尔托贝利说。"我不知道这他妈的是个啥。"

从睡莲的描述里，福尔图纳托认出他来。他是噩梦之一，一个小小的古怪天才，正是他为钦天士重建了沙克帝德维。他对蟑螂的厌恶和恐惧将他变成了现在的模样。

"卡夫卡，"福尔图纳托说，"他们就是这样叫你的，对吗？"

"不，"男人说，"起码不会当面这样叫，这是规矩。"他坐在角落里的一张红棕色沙发上，没有被实验室白大褂覆盖的地方和沙发的颜色一样——瘦骨嶙峋的腿后冒出尖刺，手长得和镊子一样，再往上，他的脸庞扁平，没有鼻子，本该是眼睛的地方隆着肿块。

福尔图纳托站在他面前，感到的唯有寒冷："他在哪？"

"我不知道。"卡夫卡说。

"为什么其他人都死了你还活着？"

没有五官的脸庞转向他："给我点时间，我也会死的。那些……孩子，我当时正和外面的那些孩子玩。当我过来时，我听见尖叫，于是就躲在后面的隧道里。"

"你有没有听见其他声音？"

"他在和其他人说话——是个女人，他要她完事后在仓库见，好像在说有关船的事情。"

"什么样的船？"

"我不知道。"

"他在和谁说话？"

"我不知道她的名字。我只见过她两次。再说了,我的眼睛几乎是瞎的。我可以试着给你描述一下她的气味。"

福尔图纳托摇摇头:"还有别的东西吗?有没有?"

卡夫卡思忖了一会:"他好像还说了四点什么的,我就听见这么多。"

死期说过,凌晨四点,一切都会终结。这艘船是指一艘游艇吗?福尔图纳托心想,还说某种游轮?不太可能。那种在水上航行的东西,没法快速将他带到远处,以防被福尔图纳托追踪。

那就意味着这是在说一艘宇宙飞船。但他妈的钦天士要到哪儿去弄一艘宇宙飞船?

"让他们把我火葬,好吗?"卡夫卡说,"我恨这具躯体,哪怕想到死后还要与这具躯体为伴,我就觉得讨厌。"

"你还活着,"阿尔托贝利说,"看在上帝的分上,你还活着。"

"这是一回事,"卡夫卡说,"一回事。"

回去的路上,福尔图纳托开口:"你知道,他是对的。钦天士不会放过他。你需要安排一个警卫,随时保护他,就像特种部队保护M16狙击枪一样。"

"你是认真的,对吗?"

"他能找到灵龟。"福尔图纳托说。

"好吧,你赢了。这种案子按流程,行凶者归鬼牌镇监狱管。那是布莱克队长的地盘。但我会找自己人跟着他。我们今天的麻烦已经够多了。"

他们重新回到日光之下。"现在听着,"阿尔托贝利说,"你要小心,你明白这个钦天士的为人,你要叫后援,明白吗?"

"明白,中尉。"

"你当然会,"阿尔托贝利说,"你当然会。"

♣ ♦ ♥ ♠

第十一章

下午4：00。

电化学中和反应减弱，这鳄鱼像梦游般沿着包厘街下方的隧道缓缓前进。爬行动物的大脑完全没意识到这点，他茫然地朝着施托伊弗桑特广场的方向爬去。这个生物只有很少的时候才是杰克·罗比丘克斯，他在寻找食物。他长着宽鼻孔的鳄吻甩来甩去，寻找着某种特别美味的食物。那美味长着深棕色眼睛，还有乌黑发亮的长发，那张照片的影像牢牢印在鳄鱼的大脑之中。

鳄鱼轻轻穿过水池。隧道墙壁上，低功率的应急灯发着幽幽的冷光。大概是维修小组留的灯。杰克·罗比丘克斯偶尔会领着这样的维修小组进来，即便他们只会在周末后才会返回这里工作，他们还是会把灯开着。电费由这座城市付，没人在乎。

鳄鱼转了个弯，爬进一段更加古老的通道中。这里，地板从混凝土变成了厚厚的石板，天花板更低，环境也更加潮湿，但鳄鱼喜欢这点，他的爪子在咸水池中欢快地扑腾起来。

他的眼睛眨了眨，毫无兴趣地扫过石壁上不知猴年马月留下的涂鸦，涂鸦是喷漆画的，极为潦草。在一条狭窄的分叉处，某个闲人用石头在墙上刻下了大写的：迷失之城。

鳄鱼一点都不在乎。他只对自己的本能做出回应，顶着每一步都想要倒退的可怕惰性稳步前进。饿，他是那么的饿……对食物充满渴求。

黑暗的浅水覆盖着整条通道。鳄鱼喜欢这样，并希望着水位还会不断上升，好开始游泳。他那条有力的尾巴慢慢摆动，期待着这一切。

他的耳朵突然探听到不熟悉的声响，急忙停下脚步。猎物？他不确定。任何东西都可能是猎物，但这声音有些异常……他听见爪子在石头上乱抓的声音，还有磨牙切齿的嘶嘶低鸣。

它们在下一个弯道附近出现，数量起码有两打。大部分只有他脚蹼那么大，其他的体型大一些，少数几个领头的，大概是他十二英尺身躯的四分之一。

巨大的短吻鳄缓缓张开嘴巴，咆哮着迎接它们的挑战。

小一点的爬行动物在他身边围成一个半圆，眼睛在昏暗的光线下闪闪发光。他们湿漉漉的皮肤反着光，绿如苔藓，体型越小颜色越显苍翠。较大、较老的鳄鱼的皮肤则覆盖着灰白的色彩，那是一种诞生于黑暗的惨白色。鳄鱼群开始嘶鸣，隆隆的吼声仿佛出自同一个喉咙，他们开始前进，数百颗尖牙如抛了光的白骨，寒光闪闪。

巨大的短吻鳄看着它们，再度咆哮。这些都可以是食物，但他不想吃它们。虽然它们与他有所不同，也比他小了数倍，但也可以归为同类。他合上嘴，等待着它们。

小一点的鳄鱼先爬到他身边，它们用后腿和尾巴支撑着抬起前腿，摩挲着他肌肉发达的四肢。隧道中充斥着它们嘶鸣的声音，有的低沉而隆隆作响，有的则高亢尖厉。

它们只围了他一小会儿，小而敏捷的鳄鱼便四散开去，而大一点的则在比它们还大的弟兄面前蹭来蹭去。他则有一种陌生的感觉，令他困惑，令他不安。这不是饥饿，而是某种完全相反的感觉。

然后，鳄鱼群离开了他，小家伙们又愉快地绕了几圈，才重新加入它们的伙伴们，沿着隧道，绕过下一个弯道。爪子在湿漉漉的石板上的敲击声渐渐远去，其他爬行动物的气息也渐渐消失。

他则在一心前行的路上犹豫了。似乎有什么东西拖住了他的脚步，催促着他转入隧道跟着小鳄鱼走，成为某种更宏大存在的一部分，进入某种和他现状完全不同的一种状态。

它们的声音和气味消失了，短吻鳄听见的只有水滴落下的声响。他转过身，再次抬起沉重的四肢，朝着面前黑暗的隧道前行。他发现，他所追寻的、想要减轻的饥饿感不仅仅是口腹之欲，而现在，他知道没有什么比追踪脑中的图像更加重要。

◆

珍妮弗独自在街头游荡了两个小时，身无分文，没有鞋子，只着寸缕，终于尝到了被人追杀的滋味。她不敢在任何一个地方待太久，怕那个爬行动物一样的鬼牌再次找到她，但她又不敢向任何人寻求帮助。她害怕回到自己的公寓，因为这样可能会把他们引过来，从而暴露自己的真实身份。但是，下午的时光正渐渐消逝，离晚上也不远了，她也怕继续待在街头。她已经无视了半打下流的提议，那些只会让情况变得更糟。她想采取些积极的行动，但她已经承受了太多骚扰，如受惊的兔子般在这场狩猎游戏中精疲力竭，实在无法想出像样的计划。

她需要一个避难所，一个和平、安全的地方，让她喘口气，歇歇脚，当然，最重要的是，好好想一想接下来怎么办。前方，果园街的一幢砖石建筑让她停下脚步。那里，她想，就是她想找的地方。

那是一座教堂。教堂前的标志写着"我们永恒苦难的圣母教堂"。看起来，这是一座天主教教堂。珍妮弗作为新教徒长大，但她的家庭并不是特别虔诚，而她也没什么深厚的宗教情怀。无论如何，没有什么能阻止她向一座天主教堂寻求庇佑。

她匆匆踏上破旧的石阶，穿过打开的巨型双开木门，步入一个小小的前厅。她看着通往教堂中殿信众席的门扇，注视着。

前厅是一间没有窗户的小房间，地上铺着石板。木制长椅靠在侧墙边，墙上挂着衣帽钩，现在全是空的。紧闭的双开木门通往教堂的中殿。门上用一种朴素的风格绘出了一幅场景，如果题材不那么怪诞，这本是一幅非常美丽的画作。

画面中央是受难的耶稣，但这样的耶稣珍妮弗从没见过——她不能完全确定，但姑且先认为他是耶稣。画面中，他赤身裸体，只在腰上围了一圈麻布。另一对干瘪的手臂从他的肋骨上方伸出，而他的肩上还多了一个脑袋。两个脑袋都有美学上的消瘦特征，一个留着胡须，富含男子气概；另一个则肤若凝脂，饱含女性魅力，他们都顶着荆棘王冠，鲜血从两张脸上淌下。耶稣的身体前有着四对乳房，每一对都比上面那对要小。最低的乳房右侧有一道裂开的鲜红伤口。耶稣也不是被钉死在十字架上，而是被钉在一个扭曲盘旋、错综复杂的阶梯上，或者，珍妮弗突然意识到，这是 DNA 的象征。

背景中还有其他人，他们居于耶稣的下位。其中，有一个衣着华丽、纤细瘦弱的人，有点像塔基扬医生。但和罗马门神雅努斯一样，这个塔基扬医生有着两张面孔。一张宁静安详，有着天使般的轮廓。他笑容甜美，表现出乐善好施的仁慈。另一张则是饱含恶意的魔鬼面庞，充满兽性和怒火，唾液从长着尖牙利齿的血盆大口中滴下。与塔基扬医生的天使面孔相对应的右手，举着一轮熄灭的太阳，而与愤怒的脸庞对应的左手则举着锯齿状的闪电。

其他人物的原型珍妮弗就不那么清楚了。一个长着羽翼的微笑麦当娜每个乳房都哺乳着一个婴儿耶稣；一个穿着实验室白大褂、长着山羊腿的男人，手持一柄看上去像显微镜的东西，正在舞蹈；一个有着金色皮肤的男子俊朗的五官似乎永远带着羞愧和悲伤的神色，正在抛掷一枚枚银币，银币沿着弧线倾泻而下。

画面上方刻着："我们永恒苦难的圣母教堂。"在此之下，有一行稍微小一点的字，上面写着：鬼牌基督教堂。

WILD CARDS

珍妮弗抿起嘴。她听过一些有宗教信仰的鬼牌信奉某种正统天主教分支的传闻。当然，天主教教会显然不想与这个鬼牌基督教堂有任何瓜葛，并将后者称为异端邪说。严格意义上说，这并不是一个地下教派，但如果不是鬼牌，便会对此知之甚少，尤其是会对传闻中所说的在教堂地下室举行的秘密仪式一无所知，因为这种仪式并不像教堂本身那样对公众开放。

现在不是进行神学探索的时候，珍妮弗心想。她正欲转身离开教堂，突然传来一阵类似抓着、吸着什么东西的黏糊糊的声音从通往教堂中殿的门的另一边传来。她愣在那里，鬼牌耶稣的形象随着门从中间打开断成两半，一个人立在那里，中殿里一排排燃烧的蜡烛发出光晕，将他映得朦朦胧胧。他身躯庞大，虽然只有普通人的个子，却有常人的两倍宽，显得十分笨重，一件巨大的拖地修士服将他的身躯遮得严严实实。他的手藏在飘动的袖子里，珍妮弗几乎无法辨认藏在兜帽阴影下那张光滑的、死灰般的脸。他的脸很圆，油光闪烁，两只巨大的、明亮的眼睛被不停眨眼的瞬膜覆盖。脸中央原本该是鼻子的地方悬着一束卷须，像某种奇怪的胡子一样盖在鬼牌的嘴巴上，卷须不断抽搐，发出沙沙的声响。珍妮弗瞪大眼睛，狠狠咽了一口口水。

他向前厅迈了一步，珍妮弗又听见那种微弱的黏糊糊的声音，好像石头上的吸盘。鬼牌有一种奇怪的霉味，就像大海或者某种海洋生物的味道。

他严肃明亮的眼睛向她示意，当他开口，他的声音仿佛被嘴上的卷须遮挡，低沉又含糊不清，但珍妮弗能清楚地理解他说的每个字。

"欢迎来到我们永恒苦难的圣母教堂。我是鱿鱼神父。"

鱿鱼神父注视着她，瞬膜在他凸出的眼球上飞快地来回滑动。他好像露出了微笑，毕竟那些垂下的触手遮住了他的嘴巴，但他的脸颊确实在上扬，他的声音也变得更加和善、温柔。

"别怕我，或者这些屋墙下的任何人，孩子。我能感到，你需要帮助。只要我知道你需要什么，我会竭尽全力帮你。"

神父低沉的话语立刻让珍妮弗冷静下来。不知为何，她不会对能说出"我会竭尽全力帮你"的人心怀恐惧。

"呃，对，神父。我想我确实需要帮助。但我不知道你能不能帮到我。"

"或许能，"鱿鱼神父说，"或许不能。但是，我相信，你来到我们永恒苦难的圣母教堂并非意外。或许，是我们的神将你领入了我们的大门。或许，你可以告诉我你的故事。"

为什么不呢？珍妮弗突然想。或许，他真的可以在这一团混乱中看到一条明路。

"好的。"她开口，然后陷入沉默。鱿鱼神父点点头，仿佛能读出她脸上的犹豫。

"别担心，孩子。你说的每一句话我都会严格保密。"他打开门，指向教堂的中殿。他的手第一次伸出了修士服的宽袍大袖。他的手是灰色的，非常巨大，而手指却又细又长，手掌上布满如退化的吸盘般的细微圆形凹痕。"忏悔室在里面。神父和忏悔者间的契约众所周知，也受到普遍尊重。在那里说的一切，都将只存于你我之间。"

珍妮弗点点头，神父和忏悔者之间的契约就如律师和客户间的契约一样牢固，事实上，前者也更不易被破坏。如果神父值得信任，那就这样吧。她望向这位身躯庞大、神情肃穆的鬼牌，决定相信他。

鱿鱼神父打开门，立在一边，而她迈开脚步，进入我们永恒苦难的圣母教堂，步入鬼牌基督教堂。

♥

三人穿过陵墓监狱入口沉重的装饰门时，垃圾婆打了个寒战："我明白为什么他们叫这儿陵墓监狱了。"

保罗摇摇头："一百多年前，他们在这里建了第一所监狱。这是第三所。据说，之所以叫陵墓监狱，是因为这所建筑看起来很像埃及人的陵墓。"

"我还是喜欢不起来。"

他轻轻搭着她的肩膀："我知道。我可能会成为一名刑事律师，但我也痛恨监狱。它让我觉得自己仿佛是一只困兽。"他平静地说。罗斯玛丽在前面飞快地朝行政警官走去，显然没听见。

"除了被人类奴役的动物，大部分的动物都是自由的。"垃圾婆注视着他，保罗眼神躲闪。

"这倒是真的。"

垃圾婆的目光越过他："我想，罗斯玛丽想让你过去。"地方助理检察官从桌边转过身来，朝保罗招手。

她的注意迅速被一名在大厅长椅上剧烈摇晃的酒鬼吸引，显然此人已经没什么正常人的意识了。垃圾婆看着保罗的表情由困惑变为若有所思，然后变得兴致盎然。她跟上保罗，来到罗斯玛丽身边，地方助理检察官正和监狱的行政警官据理力争。

罗斯玛丽一脸不快："你不可能找不到他。这个家伙被凭空传来监狱，每天有多少人是这么进来的？"罗斯玛丽盯着坐在她面前的光头警官，后者怒目而视。

"如果他被凭空传进来，那就不会经过这个桌子。"他说，"他不从这张桌边过，就不会有任何纸质记录。如果没有记录，那就没办法找到他。他就在这儿，可我们一点记录都没有。"警官往那张超负荷嘎吱嘎吱响的椅子后靠了靠，向罗斯玛丽微笑："你得走程序。"他将层层叠叠的下巴拢在水桶般的胸膛上，看起来洋洋自得。

罗斯玛丽双手抓住桌子边缘，深吸一口气。

在她开口前，保罗抢先一步："我想，他的名字是棒槌，就是那个棒槌。"他突然说这些，显然是为了让自己的老板免于中风或者没忍住把那个行政警官杀掉。罗斯玛丽转过身来，怒目圆睁。"大块头，肌肉发达,"保罗继续说道,"和你有点像。"

"毫无印象。"行政警官笑了笑。保罗转过来看着罗斯玛丽,放弃似的耸耸肩,后者走过去继续对付警官。

她声音紧绷,开口说:"或许你能帮我找个工作人员。"

"他们到处都是。"他朝周围的房间做了个手势,那里有很多人,有警察,也有被逮捕的犯人,他们纷纷停下谈话,侧耳倾听。

罗斯玛丽闭上眼,咬牙切齿,疲倦地说:"我在哪儿能找到胡安·菲茨杰拉德中士?"

"胡安,"行政警官重复,似乎在思索一个长长的名单,"你为什么要找他?胡安在下面的C区。你能找到路吗?要不要我派名警官在黑暗中牵着你的手?"

"我认得路。"罗斯玛丽昂首阔步走向通往监区的第一扇大门,保罗和垃圾婆跟在身后,垃圾婆的眼角愉悦地皱起来。

"什么这么有趣?"保罗忧虑地盯着罗斯玛丽的背影。

"她一直忍着。要是我,就把那警官的喉咙扯出来。"垃圾婆似乎只是陈述事实,语气非常诚恳。

保罗迷惑了一会,然后笑了:"不,目击者太多了。再说,没有喉咙,就没有消息。"他点点头,"你想做的,应该是把他请到某个楼梯间,然后废了他的膝盖。"

垃圾婆停下脚步,头一回尊敬地看着他:"就是这样,哥德堡先生,我喜欢这主意。"

"很高兴听你这么说。你可以叫我保罗。"

"苏珊妮,"她说,"你可以叫我苏珊妮。"

"你俩到底来不来?"罗斯玛丽在前面远远地说,"我不会一直给你们按电梯。工作时间别谈恋爱。"她盯着他们,显然意识到她的笑话有多冷。保罗和垃圾婆对视一眼,有些不自然。"好吧,"罗斯玛丽第一个进入电梯,按下楼层按钮。

他们在监狱 C 区先接受一番粗略的搜查，方才能够穿过那扇斑驳褪色的钢铁大门。监区转个弯后，眼前出现了一位巨人，他庞大的身躯挡在暗绿色的走廊之间，几乎将其填满。巨人背对他们，三人不得不停下脚步。

垃圾婆轻轻发出一声警觉的"喵"，罗斯玛丽和保罗双双看着她。

"看看我为这座城市做了什么。"罗斯玛丽向前一步，"罗斯玛丽·马尔登，地方检察官办公室的。这里发生了什么？"

巨人转过脸面对她，站在他身后的两个男人同时开口：

"我的当事人——"

"这位先生——"

"我要出去！"

"等一下！"罗斯玛丽打断他们，"菲茨杰拉德，你和我说。"她告诉穿着制服的警官，"另外两个，把刚才的想法憋回肚子里，原地待着。"

穿浅灰阿玛尼西装的律师故意在罗斯玛丽经过他身边时大声嚷嚷，好让其他人都听见："我敢打赌，你是纽约大学毕业的。"他的语气有一种不会猜错的自信。

罗斯玛丽把六英尺高的波多黎各警官拉到大厅。

垃圾婆看看保罗，向棒槌点点头："盯着他。"

"真是太好了。"保罗朝律师还有他身边的大块头微笑，他伸出手："保罗·哥德堡，地方检察官办公室的。什么情况？"

垃圾婆跟上罗斯玛丽。

"刚刚是怎么回事？"地方助理检察官问菲茨杰拉德，"那个打扮时髦的家伙是谁？"

"他说他是莱瑟姆的人，施特劳斯的那个。"罗斯玛丽的厌恶和不以为然让警官有些难为情。

"对这个大块头流氓来说，不错嘛。"她点点头，"到底发生了什么？"

"这个棒槌就这样突然出现了。一定是砰呼杰伊——杰伊·阿克罗伊德干的。"

"这名字我听过，"罗斯玛丽耸耸肩，"这座城市不需要更多义警来行善了。"

"呃，这事他之前干过，不会有什么问题。人先进来，然后指控的文件随后就到。不过这回，还没有什么指控。我给棒槌宣读了他的权利，让他打了电话。"菲茨杰拉德指着那个正检查公文包金色扣子的衣冠楚楚的男人。"二十分钟后，这个人就出现了。"

"精彩。"罗斯玛丽捂着嘴，盯着天花板，似乎在等待灵感。

律师走向他们："抱歉，打扰一下，但我的客户想现在离开。"他身上的阿玛尼西装和他的头发一样灰，脸上挂着虚情假意的微笑。

"呃，先生贵姓……"

"图利，女士。西蒙·图利。"

"图利先生，你的当事人身上有一堆严重指控。"罗斯玛丽担心地摇摇头。

"哦？"图利说，"我没发现他身上有任何指控。"

"我认为，不彻底调查这些问题就将棒槌先生放走，有损公众利益。"

垃圾婆赞同地点点头。

图利不悦地皱起眉，目光越过罗斯玛丽，落在垃圾婆身上："这位可爱的女士是？"

"梅洛蒂女士，一个同事。"罗斯玛丽看了看垃圾婆，然后迅速看向图利。棒槌的律师伸出手，垃圾婆盯着它，那眼神仿佛在检查一块腐肉。

"她非常迷人。"图利吸口气，重新将注意转回罗斯玛丽："我不想让错误逮捕成为潜在问题,马尔登女士。但你该认真评估下自己的处境。"

"图利先生,就像你敏锐地指出来那样,你的当事人并没有被正式逮捕。"

"那就是错误监禁。我已经开始失去耐心了。"图利的目光向下越过自己那长长的、贵族般的鼻子,落在罗斯玛丽身上,"指控文件在哪儿?"

"毫无疑问,由于节日,诸事繁多,今天的文书处理有点慢。而且,我自己还有些问题要处理。"罗斯玛丽摆摆手,一脸无辜地朝图利笑,"我确实该考虑考虑大众福利了。"

"而我在这儿是为了保护我的当事人。我们要走了。"图利咧嘴一笑,昂首阔步地走到棒槌身边。

"图利——"罗斯玛丽朝他们走去。

"给我看看目击证人,给我看看目击证人的证词。这些都没有?那他就是我的,要么我就去告这个城市。"图利一把抓住棒槌的胳膊,巨人朝罗斯玛丽和垃圾婆咯咯直笑。

"那么,再会。"他以一种完全不符合小个子体型的高亢声音对他们说,"我会再见到你们的,我希望不会太久。"棒槌饶有趣味地等着女士们的回应,但后者完全无视,他瞪了他们一眼,和图利一起走向前门。他们经过时,菲茨杰拉德靠在墙上给他们让路。

罗斯玛丽看着保罗,苦笑:"告诉自己'我爱人权法案',重复三遍。"她抬起右手,按摩太阳穴,"你们两个先走,我想问菲茨杰拉德点事情,待会在外面找你们。"

垃圾婆和保罗在电梯里不发一言。保罗看起来非常沮丧。重见天日之时,他们觉得自己仿佛是从深水回到空气里。律师在一块磨损的大理石台阶上坐下。

"数年来,我都在和公司法打交道——兼并、收购、杠杆吞并,全是例行公事。然后，我决定做点不一样的，做点贡献。回报社会，你知道的？所以，我在这里找了份工作。"他用指节敲打着石头，"不同的在哪，哈？我们都被自己的优势束缚了。"

"很久前我就意识到了这点。"垃圾婆耸耸肩，看着川流不息的黄色出租车来来往往。她漫不经心地将自己的一部分意识转入坐在陵墓监狱屋顶上的鸽群中，望向人群。

"但是，你总得回报点什么。这是一种责任。"保罗抬起头，看着漫无目的望向天空的女人。

垃圾婆开了口："你是第二个和我说这话的人。"一只鸽子突然向她的肩膀俯冲下来，但在落在她肩膀前，垃圾婆将它支走了，"或许，你是对的。"

保罗犹豫了："我知道，这有点唐突，但我必须说点什么。"

女人专心致志地听他讲。

"你是我在这个城市中遇到的最有趣、最吸引人的人……"

"罗斯玛丽会抓狂的。"垃圾婆说。

"罗斯——马尔登女士是我上司。再说了，她不是我喜欢的类型。她有点太传统、太普通了。"保罗站起身来，看着她。

"我就不传统，不普通？"垃圾婆疑惑不解，想着自己到底有什么"不一样"。

"真的，我无意冒犯。我在想，什么时候，我们能共进晚餐。"律师的目光掠过她的左肩，看着楼梯上的人上上下下，"抱歉，你让我非常紧张。"

"谢谢，但我大部分晚上都要工作。"垃圾婆满腹疑虑，但她心中有一部分确实想答应他。

"好吧，那么，早餐如何？"

"早餐？"

"当然啦，每天早上五点左右，我都要出门跑六英里。然后再回家准备工作。如果我喜欢，我会在工作前吃一顿丰盛的早餐。虽然这会毁掉跑步锻炼的成果，但吃起来感觉不错。"他向她微笑，脑袋微微偏向一边，"你可以在某个早上加入我——我们共进早餐？"

"好的。"垃圾婆点点头，有些犹豫地笑了。这是第一次，她的眼里也充满笑意，"对，我可能会很喜欢。"

"明天怎么样？"

她盯着他，又陷入沉默。

"别告诉我，你还有约。"保罗说。

"几点？"

"早上七点。我可以去接你——"

"我会来找你的。我们在哪见？"垃圾婆极力压制自己正铸成大错的想法。

"格林威治和第七大道交界的集市见。"

"你俩看起来倒是深思熟虑。"罗斯玛丽大步走下台阶，"我知道，砰呼杰伊是好心，但有时我真希望王牌别卷进这档子事来。这会让我的生活简单不少。你也是，保罗，少插手。"她沮丧地摇摇头，"保罗，你回办公室去找查韦斯夫人，帮她工作。苏珊妮和我还有些其他事情要料理。"

"回头见。"他和垃圾婆握了握手，说。

两个女人目送保罗朝地方检察官大楼走去，罗斯玛丽试探地看着垃圾婆："他喜欢你，你知道的。当然，杰克有制服诱惑，而且毫无疑问更能挣钱。但保罗确有魅力。"罗斯玛丽歪歪脑袋，眯起眼睛，"他屁股很翘。"

"21世纪的麦当娜？"

"那是老黄历了。"她换了个话题，"杰克在哪儿？"

"我们找个安静地方，好让我集中精力。我需要找一条小巷。"垃圾婆朝角落走去。

"一条小巷，"罗斯玛丽说，"你总是出入最高档的地方。难道没人告诉你，离曼哈顿的小巷远点？"她抓起垃圾婆的手，穿过老佛爷街，"小巷那种地方，是会死人的。"

♣

某种程度上，忏悔室的黑暗反而能让人放松下来。屋子里的空气充满了海洋的味道，鱿鱼神父的庞大身影在磨砂玻璃窗的另一侧，令人安心。当他听完珍妮弗的故事思索时，发出了轻轻的叹息。

"我想，我知道那个骚扰你的鬼牌，"神父终于开了口，"他不是我的孩子，不来这儿听布道的鬼牌没几个，他们起码都会来个一两次。他叫亚龙。他的名声可不是最好的。"鱿鱼神父陷入沉思，沉默了几分钟，"我茫然无措，但也许，启示就会降临，会降临。"他站起身来，揭起挡住他那侧的厚重布料，从忏悔室中走出，珍妮弗跟着他。"我必须进行一些调查。"他举起宽宽的、铲子一样的手，长长的手指扭动着，将他在珍妮弗脸上看到的疑惑——化为沉默。"不用害怕。我会悄悄地、小心谨慎地处理。自在点，好好休息。你就像在自己家里一样安全。如果你的怀疑正确，或许还会比你家里安全许多。"

他的脸颊再度隆起，仿佛在微笑。珍妮弗点点头，目送鱿鱼神父摇摇摆摆地向远处走去，在铺着石板的地板上发出微弱的吱吱声，仿佛身后整个教堂的沉重尊严，都集于一身。

♠

露莱特就要到达巅峰，她试图抵抗，挣扎让她大腿抽搐。欲火如藤蔓般在她的腹部和腹股沟蔓延，她觉得一阵反胃。塔基扬医生苍白的眼睛望向她，眼中是那该死的多愁善感，他放缓了推进，他的双手爱抚着她的乳房，慢慢向两侧滑去。

释放！

这条指令的消逝就和它发出时一样快。潮水般的毒素褪去，沮丧的声音在她脑中咆哮着，那是钦天士的声音。她的大脑和身体又一次和谐共鸣，再也不被恐惧和犹豫所支配。她的情欲愈发高涨，以一种疯狂的节奏摆动着身体，与他小小的、结实的身躯每一次的撞击应和着。

尖厉的门铃从前门处传来，响彻整个公寓。她感到，在她的双手之下，他的肌肉紧绷着，起伏着，他滑了出来。

"该死，该死，该死。"他低语，急切地想再次进入。她俯下身子来帮忙，他们的手碰撞纠缠在一起。

门铃在响。

他终于又进去了，但门铃锲而不舍地响着，他软弱无力地瘫在她身上。

他叹了口气，匆匆闭上双眼："我觉得这一刻毁了。"

"我同意。"

"我应该去应门吗？"

"我想是的，不然他们也不会走。"

"在这儿等我。"

他起身，耸耸肩，穿上一件精致的缀着银线和红线的黑色丝缎织锦睡袍。睡袍有些过长，边缘在烟灰色的地毯上拂过。他细心地在身后关上卧室的房门，她想，他是在保护她的名声，还是他自己的名声。

她交叉着双臂，枕在脑袋下面，盯着天花板，听着前厅房间里传来的对话闷响。先是一声奇怪的拍击声，然后是一声撞击声。她从床上坐起来，床单滑到腰上。

随着锉刀发出一声刺耳的声响，卧室的窗户被撬开了。精致的纤维百叶窗被踹到一边，露莱特发出尖叫。踹入窗户的脚缩了回去，一个男人的肩膀和脑袋出现在百叶窗的空洞中,一把抓住叮当作响的风铃。她赶紧从床上跳下来,冲向门口,但刚走两步就被男人抓住头发,将她砸向梳妆台。倾斜的梳妆台边角砰的一声砸在她身上,她尖叫起来,紧紧抓住一把银质梳背的发梳。当男人再次走向她时,她怒吼着用梳子狠狠砸向闯入者的眉心。男人大声咆哮,仿佛是对这声怒吼的回应。这时,第二个男人从窗户中闯入,手里还拿着一把枪。

露莱特赤身裸体,唯一的武器只有一把发梳,她决定谨慎行事。她微微耸耸肩,扔掉了没什么用的武器,询问似的扬起眉毛。

"滚到其他房间去。"第二个男人下令,而被她攻击的歹徒正小心翼翼地揉着额头,对着镜子检查伤势。

"我能穿点衣服吗?"

"给她点东西穿。"

男人从镜子前走开,但还在揉着额头,走到步入式衣柜中,拿着塔基扬医生的一件外套走了出来。外套太小,她强行把自己塞了进去,感到肩部的接缝正在裂开。

两个男人都是东方人。华人——她看着他们平坦的脸庞,还有他们的身材,如此猜测。四个站在前厅威胁塔基扬医生的男人中,两个是华人,还有两个是鬼牌。高高的、爬行动物似的鬼牌看起来不算太糟,但他那四英尺高的伙伴却让她裸露的肌肤为之颤抖,脖子后的黑发也被激得立起来,试图寻找藏身之所。露莱特害怕这种能飞的、会叮人的昆虫,而现在她面对的是一个人形黄蜂。这家伙的身躯隐隐有点人形的样子,但那张脸却是一个三角状的楔形,上面长着一对复眼。他的双腿之间有一根长长的蜂刺。他透明的翅膀疯狂地拍打着他的纹身,整个房间都充满了低沉的嗡嗡声。

她爆发出一阵紧张的低笑:"我的上帝,当神秘的东方力量碰上本土的怪物,这是不是鬼牌要奴役我们?"她伶俐地发问,肩胛骨从后面挨了狠狠一击,不由得一个趔趄。

WILD CARDS

塔基扬医生像一团小小的红色旋风,从沙发上翻下来,躲开左边的一击,又扭动着避开第二个人的抓捕。势如闪电,黄蜂人从身后将他的蜂刺叮入塔基扬医生的膝盖。爬行动物般的鬼牌看着塔基斯星人因极度的痛苦而挣扎不休,终于倒在地上,他愉悦地咧开嘴,扮了个鬼脸。

"你死不了,塔基扬医生,只只只只只是会钻钻钻钻钻心剜骨的疼。而他的刺刺刺刺刺刺是无限的,所所所所所以,别想跑。"

高个鬼牌显摆力量般,拎起塔基扬医生的脖颈,把他扔在脚下。外星人触摸着膝盖后部肿胀发炎的皮肤,注视着压在露莱特喉咙上0.38毫米口径的手枪,战斗的火焰在体内蔓延。

他们构成了一幅颇具异域风情的奇异图景。四个身穿绸缎夹克、带着太阳眼镜、身材魁梧的华人,有的拿着枪,还有的胳膊下面夹着(某种耸人听闻的小报所声称的)可疑凸起物。一个鬼牌如臭虫般栖息在沙发后面,爬行动物鬼牌则冷漠地靠在钢琴上,拿着瑞士军刀清理自己长长的尖利的指甲。还有塔基扬医生,他身材矮小,衣衫不整,红发在肩膀上乱作一团,睡袍被撕裂,露出苍白的胸膛。

靠在钢琴上的鬼牌做了个手势,两个手下从餐桌边拿来两把直背椅。"塔基扬医生,请,请坐坐坐坐坐。然后我们可以好好谈谈。汤米。"一个华人警觉地抬起头,如闻到气味的犬只般蓄势待发。"请把好医生捆起来。我可不想让他干什么蠢蠢蠢蠢蠢蠢事。不然,我就不得不对女士动手了。"

露莱特和塔基扬医生被推到椅子上,他关切地看着她。她露出不自知的自信微笑,说:"真是沉重一击。又被流行文化背叛了。"

"我不明白。"

"在傅满洲的故事里,危险的黄种人总是神神秘秘,充满异域风情。如果他们用'汤米'这样的名字,还带着布鲁克林口音,那一切就都毁了。"

长长的分叉舌头从蛇脸上伸出,他满怀敌意注视着她:"你想要异域风情,就就就就就尽管坚持,我会让老大大大大大对付你。他会用你能承承承承承承受的一切异域风情来招待你。"

塔基扬医生的坐姿轻松优雅,但他嘴唇发白,露莱特意识到那根蜂刺依旧在折磨着他让他痛苦。汤米用他睡袍的腰带把他绑在椅子上。医生向后歪着脑袋,懒洋洋地开口:"当然,有你们相陪,我很愉快,但我可不可以知道,我为什么要承受这些非凡的快感?"

蛇脸用脚拉过一把椅子,跨坐在上面,双手交叉放在椅背上。露莱特是自由的,但有个歹徒的手正搭在她的肩膀上,而且她非常清楚他们都有枪。如果她只从自己的警察父亲那里学到一件事,这件事就是:千万别惹拿枪的。

"医生,我们是来要书的。"

外星人红铜色的眉毛朝着刘海向上扬起:"好家伙,我在这间公寓里起码有一千本这种东西。你到底说的是哪本书?"

"打他。"回答简洁明了。

汤米挥拳,发出一声仿佛是钝斧劈入木头的声响,塔基扬医生吐出一口鲜血。露莱特注意到,他很小心地将黏腻的鲜血吐在睡袍下摆上,防止弄脏白地毯。

"那本书。"

"我又不是图书馆。"

这回,汤米走到他前面,一把抓起他的睡袍,把医生拉起来,让束缚着医生的腰带嵌入医生的身体,然后狠狠地反手对着他的脸打了好几下。华人的手上戴着一堆戒指,金属深深嵌入医生雪白的皮肤,露莱特将短促的尖叫尽数咽下。当他终于收手,外星人的嘴唇已然裂开,他的鼻子在流血,一只眼睛也在变黑。

"显然,今晚海勒姆一定不会让我参加晚宴了。"他嘟嘟囔囔的声音从迅速肿胀的嘴唇间传来,"他就喜欢有绅士风度的人。"

分叉的舌头从鬼牌嘴里伸出展开，如爱抚般轻轻掠过塔基扬医生的脸，舔着血液："医生，或许你没明明明明明明白。为了拿到那本书，如果有必要，我会把你劈成两半。"

医生没有理会那极具感染、近乎疯狂的语调，直言不讳："我确实不知道你在说什么。什么书？"

鬼牌执拗地盯着他："书被偷偷偷偷偷偷了。我知道，它就在你这里。我执意要收回它。"

外星人叹了口气："非常好。请自便，我家里随便搜，但我确定，我手上没有你那本失窃的书。"

"搜搜搜搜搜搜搜搜，把这地方翻个底朝天。"塔基扬医生的脸庞因痛苦而抽搐着，"但先把她捆起来，我们不想被分心。"

汤米从口袋中掏出一卷细绳，飞快将露莱特的手脚绑在椅子上。他们四散开来，开始搜查公寓。黄蜂人继续坐在沙发上，自言自语嗡嗡作响。一大堆书从上面的架子上如瀑布般跌落下来，砸碎了一只精致的青瓷碗。医生的眼中深藏着痛苦和愤怒，但他的声音却没什么波澜，仿佛只是进行一场普通的谈话，他说："几个月内两次。这有些不对劲。我可以原谅那个翼爪虫，它不过是个毫无头脑的怪物，毁灭东西的时候不假思索。但这群暴徒……"

"我以为你有超能力。他——有人告诉我，你有的。"露莱特低低地说。

"我确实有。"

"那你为什么不用？"

"一开始我是要用，但我听见你在尖叫，意识到他们不止四人。我只可以控制三个人类。"他低语，"但这种控制很弱，如果我反击……"他那双美丽的眼睛里充满力量，注视着她，"我担心，如果我的超能力没有那么强大，你会受伤。或者，虽然我的骄傲让我不愿承认，但我的反应比我预想的要慢。那个黄蜂人动作实在太快了。"他苦恼地抱怨着。

"那我们该怎么做?"

"等待,期待有机会反击。我希望你没有那些防护罩。"他烦躁地补充,"我可以用心灵感应和你保持联系。额,好吧,为一艘逃跑的飞船哀悼,没什么用。"

"嘘。"

"黄色真的不适合你,亲爱的。"他迅速回应了她的警告。一名歹徒从他们身边路过,怀疑地看了他们一眼。露莱特使性子般回应他的建议:"我才不需要你的建议。你才是那个挑了这件和猫呕吐物一样的黄衣服的人。"

华人咧嘴一笑,露出嘴里的粉红口香糖还有一颗大金牙,然后走进厨房凹室。

塔基扬医生可怜巴巴地看着她:"和猫呕吐物一样?我一直以为这是一件特别可爱的柠檬色。"露莱特哈哈大笑,外星人赞许地看着她:"好姑娘,我们会离开这里的。"

"多好的团队啊。"她干巴巴地回答。

♣ ♦ ♥ ♠

第十二章

下午5：00。

黑暗的水流在他四肢周围涌动，鳄鱼很喜欢。不久前，水流开始上涨，一开始流速较缓，然后渐渐变成高一些的波浪，如今，水已经没到他的肚子，四重奏般的小漩涡拉着他的腿，在他的鳞甲两侧汨汨作响。

鳄鱼的尾巴笨重地来回晃动，显然有点不耐烦。他想在水中浮起来，好能真正地游泳。水意味着自由。但水位不再升高，因此鳄鱼只能拖着沉重的脚步继续前行。各种各样的、大块大块的东西轻轻推着他，在水流把它们带走前，他用吻部碰了碰它们。

这里的气味非常令人不悦，也没什么可吃的。一团柔软的东西撞到他，然后不见了。他很快又发现了肉，但那都是腐肉，而如今他对腐肉一点兴趣也没有。与其把破破烂烂的东西弄到手，鳄鱼选择继续前行。一些鲜活的美味还在前方等着他。他以前就知道这点，而知道这一点，几乎让他变得饥肠辘辘，贪得无厌。

在他脚下，透过他的耳朵和鼻孔，穿过涌动的水流，他能感到这座城市的脉搏，如今，它和自己的脉搏一起涌动。

他无视自己腹部的轻微疼痛。这和驱使他前进的强烈欲望相比简直不算什么。

在他身前，在他身后，黑暗的隧道无限延伸开去。

♦

他试着联系塔基扬医生已经两小时了,海勒姆有点担忧。

大家都说小外星人在喷气机小子之墓发表完演讲后就走了,由一名非常迷人的黑人女士陪着他。但他们去了哪儿?他家里电话没人接,鬼牌镇诊所的电话倒是有人接,但巨魔坚持说他一整天都没看到医生。塔基扬医生大概在什么地方喝了个酩酊大醉,但他人在哪儿?海勒姆已经打遍了他通常买醉的地方的电话,甚至问了畸人俱乐部、混沌俱乐部还有扭龙酒吧,以防塔基斯星人可能会想去某个不熟悉的地方买醉,淹没在自己的罪恶感中。但从下午早些时候他离开喷气机小子之墓的仪式后,就没人见过他。

福尔图纳托可能毫不在乎,但海勒姆愈发担心。钦天士会不会已经把塔基扬医生杀了?死者的名单上会不会又多了一人?

他感到胃里一阵紧缩,没有任何食物可以治好。焦虑、不安、不快。海勒姆·沃切斯特站起身来,大步步入自己的餐厅。不到两小时,餐厅就要开门迎客,几乎每个叫得上名的王牌都会到来,他虔诚地希望塔基扬医生也在其中。那时,最坏的时光就会过去。即使是钦天士,也不会疯到来进攻两小时后汇聚在王牌云巅里的力量。

海勒姆大步朝长长的弧形吧台走去。木质桌面闪闪发光,镜子一尘不染,流光溢彩地反射着光线。四名身着天蓝衬衫的调酒师正将吉尼斯黑啤酒、新阿姆斯特丹酒和阿姆斯特尔轻酒倒入干净的小桶中。模块人坐在尽头最后一张搁脚凳上,喝着一杯锈钉鸡尾酒。机器人喜欢实验新东西。

"我没检测到有任何敌意存在。"模块人说。

海勒姆心不在焉地点点头:"继续观察。"他大步流星朝厨房走去,依然在想塔基扬医生的事情。他一定在家,不然说不通。但如果他在家,为什么不接电话?因为他已经死了,他脑中的某个黑暗面低语道，而他几乎就能看见小个子外星人倒在地毯上，鲜血从他长长的红发中渗出，染在他丑陋的衣服上。

巨大的厨房中，天花板上的吊扇虎虎生风，与从烤箱中升腾的热气缠斗着，嗡嗡地响个不停。保罗·利巴尔与他的香料待在角落里，正在混合自己的卡真烟熏金枪鱼调料粉，并朝任何想看他在干什么的人大喊大叫。一打长托盘上放着成排的马铃薯，已切好、加上作料，准备烘烤，六只肥硕的乳猪已经装饰完毕准备就绪。预备厨师正在清洗蔬菜，并用纤细锋利的刀把它们切成薄片，面点主厨正为从烤箱里新鲜出炉的三层巧克力酸奶油果子蛋糕忧心忡忡。海勒姆审视着这一切，尝了一下为猪肉准备的酸樱桃酱，和酱汁厨师说了几句，然后逃离这一切，和他进厨房时一样惴惴不安。

如果塔基扬医生还没死？如果他正命悬一线呢？必须得有人去看看他。但福尔图纳托警告过海勒姆——不要离开，不是吗？如果他去了塔基扬医生的公寓，钦天士就趁机来攻击王牌云巅，或许会杀掉所有人，那他也没法独自苟活。但如果他留在这里，而塔基扬医生因此而死呢？他又怎么能安心活下去？

王牌云巅占据了整层楼，用餐区域层层叠叠，因此所有的客人都能从各个角度欣赏高处美妙绝伦的景色。厨房、储藏柜、冰柜、休息室、员工电梯还有办公室都在楼层中央，海勒姆绕了一个大圈，审视着所有的一切，不时向他的员工点点头，而他的思绪早已飘远。

临时服务生聚在一张桌子边，侧耳倾听他们的队长向他们解释王牌云巅是怎么运作的。他们穿着劣质夹克和牛仔裤，外面罩着道奇队风衣，看上去五花八门，可一旦他们穿上蓝衬衫，套上正装，他们就和常任员工一样好。其他某处，亚麻推车正转着圈，一队服务生助手正把简洁干净的桌布展开，铺到圆形宴会桌上。柯蒂斯正和红酒管理员谈话。

他看见睡莲站在窗边，孑然而立，盯着克莱斯勒大厦顶部的金色反光。她穿着一件拖地蓝色绸缎晚礼服,露出右肩,看上去非常可爱,又有点忧伤。海勒姆朝她走去,但她眼中有些东西让他有点犹豫不决,不忍打扰。他停顿一会儿,然后转身离去。

彼得周的小办公室在海勒姆办公室的旁边,都位于楼层中部,但他的办公室里可不止一台电视。一打屏幕挂在他办公室的墙上。海勒姆没敲门就走了进去:"我们安全吗?"他问。

彼得冷静的棕色眼睛盯着他:"我增派了一些人手,"他说,"相信我,任何人都别想偷偷摸摸瞒过我们的眼睛。"他向屏幕做了个手势,"监视器一切正常,主入口的金属探测仪也一切正常,我在楼里排了六个人——以往都是三个。我们已经最安全了,起码对付人类没问题。"

"太好了。我要出去一小会儿。我会尽快回来,但可能这趟门出得会比预想的要长。我一离开,就把模块人和睡莲带到你的办公室,给他们解释我们的安保系统。讲得越细越好,让他们待在这里,和你待在一起,别分开,越久越好,最好一直待到我回来。"

彼得周点点头。

海勒姆走到门厅,按下电梯按钮,用脚后跟摇晃了一会儿,又按下电梯按钮,好像这样可以让电梯来得快一些。当电梯终于打开大门,他冲了进去,差点和里面出来的砰呼杰伊撞个正着。

"你!"海勒姆大声说道,"太棒了,我正想找你。和我来,我们去找塔基扬医生。"

阿克罗伊德走回电梯,海勒姆按下去大厦大厅的按钮,他们开始下降。"吉尔斯怎么样?"海勒姆问。

"不怎么好。"砰呼杰伊说,"我和吉尔斯说话时,棒槌已经出来了。他有个好律师,我猜他们要起诉我。"他似笑非笑,"估计还想起诉你。吉尔斯不敢回家,我把他送到了我姐姐家,他在那儿应该很安全。如果我们还要找他,也知道去哪儿。"

"该死！我们就不能摆脱这群混蛋吗！这座城市到底怎么了！"

阿克罗伊德耸耸肩："我们找塔基扬医生做什么？"

海勒姆阴沉地看着他："我担心，"他说，"他可能死了。"

♥

垃圾婆倾身向前，远离小巷的砖墙。她用一个垃圾箱支撑自己站稳。小巷有一股新鲜垃圾味。罗斯玛丽有些担心地环顾四周。"放心，这儿只有我们。"垃圾婆说。

"你又不像我，天天读犯罪报告。"罗斯玛丽说，"你又没看过警探在这种地方拍的照片，你又不需要去停尸房检查——"

"安静。"垃圾婆说。

"找到他了？"

"他离我们不远，在住宅区，在东边。我猜是在施托伊弗桑特广场，当然了，是在地下。"

"我想今天没有人注意到。"罗斯玛丽说，"书还在他手上吗？"

"就我所知，他根本不记得、也没注意自己肚子里有什么东西。造成这种差异的是某个不在场的事物。但是那个包没什么理由不在那里。"

罗斯玛丽朝小巷口迈出一步："这是一种很好的方式，尤其是今天这种日子。如果我们今晚要去海防百合餐厅，那最好现在就出发。"她悲伤地朝垃圾婆微笑。"然后，我再考虑该怎么做。"

垃圾婆皱皱眉："杰克还在行动，但他走得很慢，想和他联系很容易，我们应该坐地铁，出租车会在路上堵得一团糟。"她看出了罗斯玛丽的紧张，但不予置评，然后她露齿一笑，"我从来没见过哪只动物像这只短吻鳄一样如此饥肠辘辘。我只希望，他不会把我们当美餐。"

罗斯玛丽挑挑眉。

"他太担心自己的外甥女了，"垃圾婆说，"只是他这爬行动物大脑的层面不知道罢了。"她摇摇头，想着饥肠辘辘的鳄鱼，然后领着罗斯玛丽走出小巷，步入节日喧闹的人群之中。

他们步入充满着圣歌、异国美食手推车、尖叫还有摇滚乐的混乱之中。

♣

"书书书书书不在这儿，医生。书在在在哪儿？"鬼牌发出炸裂般的咝咝声，意味着他的耐心正在飞速消逝。

"这里有将近一千本书，但他们没找到一本满意的。我管这叫不识好歹，简直是对我品味的讽刺。"

"或者是对他们品味的讽刺。"露莱特提议。

塔基扬医生猛地转头面对蛇脸，这突然先发制人的动作抢占了先机："我根本不知道这本突然冒出来的书。你说这书是有人给我的，今天确实没人给我书。过去的六小时中，我一直和这位女士在一起，有人给我书吗？"

"没有。"

"你拿到了书。"鬼牌的舌头再次顺着外星人的脸庞游移，一直向下滑到他的胸膛，"我在她身上尝到了你的气味。如果我需要把这个黑鬼剖成两半才能拿到那本书，我会这么干的。"他的食指又钝又硬，厚厚的尖利指甲嵌入露莱特的肩膀，她压抑住哭喊。接下来的痛苦会比指甲刺入麻木、疼痛的肩膀要厉害得多，她最好有所准备。

"好吧，我很通情达理的。书不在这里。我把它放到安全的地方去了。"

"你要带我们们们们们去那儿。"

"可以，但你们必须放了她。"

"不，我想，她她她她她她她得跟我们走。"

"那么，你们就拿不到书。"

"那么，我就把她毁容。"

门铃响了。

看押他们的歹徒突然换了位置。枪支的触感令人安心。汤米开始朝着门移动，然后又退了回来，如蛇一样跃向塔基扬医生，但外星人同样看到了机会，大声喊道："好的，马上就来！"

"操你妈。我会把你的细细细细细脖子扭断。"鬼牌嘶鸣着，他的手环握着医生的脖颈。

"最好还是让他开门，"露莱特低语，医生的脸庞正因为脖子被掐住而充血，无法为自己辩解，"不然他们就知道里面出事了，然后就会带着后援回来。"

"我们等着瞧，说不定是送报纸的孩子，或者摩门教徒徒徒徒徒徒。"

但二者皆不是。一个低沉、浑厚、颇有教养，但同样有些紧张和激动的男声在门外响起，喊道："医生？我必须和你谈谈。一切都好吗？"

"告诉他都好好好好好好。"

"一切都好好好好好。"塔基扬医生有意模仿他说话的样子，接着咳嗽几声，试图缓解喉咙的酸痛。

"他他他他他他他是是是是是是谁？"

"海勒姆·沃切斯特。"

"好的，你可以去开门，但要很快快快快快摆脱他。"

"最好先把他的脸清理一下。"这场噩梦开始后，露莱特的语调一如既往地毫无波澜。她对自己的控场能力感到既高兴又困惑。她的内心深处一团乱麻。

"就这么办。"

他们塞给她一块手帕，汤米解开她身上的绳子。几秒内，她的指尖就因为血液的回流开始如灼烧般发烫。

"医生?"

"来了。"他答道。露莱特把手帕浸到咖啡桌上的花瓶里,飞快地把他脸上最糟糕的淤血擦掉。

"右脸不是很糟。"她低语,"但别让他看见你的黑眼眶。"塔基扬医生的左眼受损严重,完全肿得睁不开。

"我会小心的。"他用一种不带感情的语调谨慎地说,但他的右眼闪着兴奋的光彩,热切地注视着她。她感到那片阴云轻触着她思维的边界,让她一头雾水。然后她明白了,或者起码希望或以为自己明白了。这可能是他们的机会。她飞快地紧紧握住他的手,作为回应,甜美的笑容在他脸上一闪而过,可惜那个笑容被分裂肿胀的嘴唇毁掉了。

两位挟持他们的歹徒在门边靠着墙各自占据了一个位置,一个站在塔基扬医生身后稍微偏左的地方,枪口压着外星人肾脏的位置。汤米的手搭在露莱特的右肩。爬行动物般的鬼牌猛地用脑袋往厨房的方向示意,黄蜂人从那里轻快地飞走了。他翅膀的嗡嗡声渐渐减弱。塔基扬医生勉强撞开门,偷偷地往外张望。

"海勒姆。"

"怎么这么久?"

"我在娱乐。"他微妙地给最后一个词加了重音。

"你把电话线拔了。我们试着联系你,都好几个小时了。"

鬼牌把一只手搭在塔基扬医生身上,试图强行关上门,但塔基扬医生向后一倒,把门拉开。外星人四脚朝天。魁梧的、衣冠楚楚的海勒姆不容分辨地走进房间。

"嘿。"第二个男人一边走进房间,一边开口。一把枪顶在他的身侧,他立马闭上嘴。蛇脸静静地关上门。

"老天,塔基扬医生,这是怎么回事?"

"你觉得这看上去像什么,海勒姆?"他从地上爬起来,苦笑着环视房间。

两个华人走过来,飞快地给两位新来客搜身。

"他们是清洁人员。"

"现在我们怎么办?"汤米抱怨。

"闭闭闭闭闭闭嘴。"

小个子男人做了个鬼脸,咯咯直笑,把一只手伸进口袋,用食指伪装成枪指着众人:"好了,所有人都别动,你们都在我手里了。"

连塔基扬医生都看上去一脸嫌弃,有人说道:"滚开,混蛋。我刚刚才搜过你。"

男人耸耸肩,拿出手,久久地研究着自己的手指,然后指着鬼牌,说道:"砰!"蛇脸消失了。

两个华人抓着脑袋,叹了口气。"海勒姆,小心!"塔基扬医生吼道。

大块头迟疑片刻,汤米拿出.45口径的手枪,从露莱特右耳边开了枪,海勒姆笨重地摔在沙发和咖啡桌之间。手枪发出惊天动地的声响,咖啡桌上一只精致的碗应声而裂,水和花瓣如瀑布般落在海勒姆的背上,一朵栀子花孤零零地栖息在他丰满的臀部曲线上。

塔基扬医生发出吼叫时,海勒姆的同伴后退一步,打开门,消失在大厅中。迅速退到外星人背后的华人举起枪,在地板上打出一个浅坑。

塔基扬医生转身面对汤米。这是一场面对面的对决,医生的超能力与这个混蛋扣着扳机的手的对决。谁更快?露莱特抓住她身后的空椅子,向汤米的小腿砸去。汤米咆哮着,扔掉了枪,转向她,如醉鬼拥抱难以捉摸的情人一样伸出双臂。露莱特旋转着退回身,抓着椅子指着他。

一阵如上千只愤怒的蜜蜂发出的嗡嗡声传来,黄蜂人从厨房里势如闪电地突入进来。海勒姆如跳出水面的鲸鱼一般一个鲤鱼打挺从地板上站起来，握紧拳头，鬼牌摔倒在地，翅膀如折纸般挤在一起。

汤米抓住一条椅子腿，露莱特则紧握着她不够格的防御物品不放，很快二人就进入胶着状态。汤米空出的手在背后摸索着，拿出一把刀。露莱特丢下椅子，尖叫着转身就跑。汤米抓住她头发，把她拽过来，她不知道他是准备用自己当人质，还是准备杀了她。突然间，他的脸耷拉下来，大叫一声"哇"，横在她胸前的手臂重如钢梁，然后他们两个倒在一起。她拼命挣扎着，觉得他重有千斤。这已远远超出她神经所能承受的范围。她撕心裂肺的尖叫变成歇斯底里的大笑，最终化为抽抽噎噎的呜咽。

"嘘，嘘。"温柔的双手轻抚着她的头发，为她擦去泪水，将她抱紧。"你现在很安全，都结束了。"她把头靠在塔基扬医生的肩膀上，颤抖着深吸一口气。

"见鬼的这到底发生了什么事？"海勒姆爆发出一阵愤愤不平的质问。塔基扬医生把一把椅子扶好，扶露莱特坐上去休息。"海勒姆，实在太感谢你了。你来得正是时候。"

"这些人是谁？"

"我他妈怎么知道。他们想要一本书。"

沃切斯特惊讶地睁大棕眼盯着自己的朋友，似乎怀疑他喝多了。

海勒姆的同伴朝门偏了偏脑袋："我们要不要报警？"

塔基扬医生上前一步走向他，伸出手："我也非常感激你，但你做了什么……？"他朝几秒前蛇脸鬼牌所在的位置做了个无能为力的手势，现在那里什么都没有。

穿棕色衣服的男人耸耸肩："隔空传物。用手指对着他们，砰的一声，他们就不见了。"

"不见后去了哪里？他们去哪儿了？"

"畸人俱乐部的男厕所。"

"男厕所——"

他耸耸肩:"我只能把人送到我知道的地方去。"

"真希望你知道陵墓监狱。"

"噢,我确实知道,但是……"他的脚动来动去,眼睛盯着天花板,看着海勒姆,最后把目光移回塔基扬医生身上:"今天我已经往那里送过人了,警察都快疯了。我不想再惹麻烦。"

"所以我们把他搞丢了,我永远都不会知道那是什么书。"

"要我说,这是我们今天最不该担心的事情。"海勒姆言道。

"为什么?"

"如果有些人能展现出更多责任感,不拔掉电话线,他们就不会发问了。"

"别发火。"

"塔基扬医生,我今天过得很不好……"

"我已经改过自新了。"

他们沉默地瞪着对方,沃切斯特叹了口气,伸手摸了摸自己的光头,顺着脸抚摸着胡子。医生微笑,语气柔和了些:"我们要不要再来一次?"他松了松睡袍上的腰带,在沙发扶手上坐下,"那么,什么风把你们吹来了?"

"打扰一下,但这些……这些……打手怎么办?"露莱特问。

"不用担心,他们睡几个小时就好。"

"那他呢?"她指了指黄蜂人。

"他现在重达六百磅。"海勒姆回答,"哪儿都去不了。"

"噢。"她含糊地说。

"钦天士正在城中四处横行。"海勒姆说,"我担心,他已经找上你了。当然,你已经知道咆哮者死了。恐龙小子也死了,在喷气机小子之墓被撕成了碎片。灵龟也受到攻击,报道说他已经沉入哈德逊河,之后没人见过他。"

沃切斯特瞥见医生跟跄了一下,眼疾手快地把他扶到沙发上。"白兰地,"海勒姆厉声说,露莱特强迫自己绷紧脆弱的膝盖,听从他的指示。"我很抱歉,没给你一点心理准备。但实在没什么好法子能说这种消息。"

"我不敢相信……灵龟?你刚才说了灵龟对不对?还有那个孩子!"塔基扬医生用手捂住脸。

沃切斯特三言两语,将喷气机小子之墓发生的残酷事件告诉他们。

海勒姆从露莱特松弛的手指中拿过玻璃杯,她竟没有发觉。她仿佛看见一个尖脸的小男孩,尽管下巴上布满青春痘,却依旧可爱,他正在逗长辈们开心。她想知道男孩有什么样的梦想和追求,并为他们的父母感到痛苦。一声既是饱含极度痛苦的哭号,又是低声啜泣的声音从她的喉咙中剥离开来,她坠入黑暗。

不幸的是,黑暗并非虚空一片。在那里,有着她扭曲的孩子的身影,还有她主人那双燃烧的眼睛。

♠

福尔图纳托一直往里走,直到一位看守 NBC 音乐舞台的中年女人拦住了他的去路。透过右边的巨大窗户,他能见洛克菲勒广场上的溜冰场。他完全感受不到任何游隼女士在这栋楼里的气息,但她是一名王牌,有可能她用某种方式屏蔽了他。

"抱歉,先生,但我们确实不能透露任何演出人员的信息。"

福尔图纳托用双目锁定她的双眼,命令道:"用传呼机找她。"

她的手不自觉地伸向电话,然后犹豫了:"她不在这栋楼里。莱特曼今晚替她做节目。"

"告诉我她在哪。"

女人摇摇头,一头烫过的紧紧卷起的红发随之晃动。"我联系不上。"她看上去要哭了,"今晚,她要去参加一个重要的晚宴,所以现在才不在这里录像。"

"好的。"福尔图纳托说,"谢谢。你帮了大忙。"女人犹豫地笑了。

福尔图纳托把脑袋靠在电梯门上,一路随着电梯回到大街上。他们还没找到灵龟的尸体。游隼女士的公寓是空的。几周来,没人见过跃闪杰克。

这场游戏已经持续了十七年,现在,它已经到了最后的十二小时。他每一击都正中要害,福尔图纳托心想。而我唯一一次伤到他,就是我毁掉那个该死的机器,阻止提亚玛特之时。

他精疲力尽。从那时起,他花了无数个夜晚,在哈索尔之镜里中徒劳地寻找钦天士的踪影。你必须反戈一击,他告诉自己,反击他,伤害他。

他的渴望如此强烈,甚至能尝到其中滋味。

但他怎么才能找到一个自己看不见的人?

怎么找?

♣ ♦ ♥ ♠

第十三章

晚上6：00。

斯佩克特决定豁出去为莱瑟姆和他的影拳会朋友们暗杀甘比诺家族。他得假设自己已经找到某种方法，让钦天士不会杀了他。如果他能做好暗杀工作，他的新朋友或许会在不远的将来，给他来几个大单。

他不喜欢把钱花在买衣服上，但穿着血迹斑斑的衣服，他没法混进海防百合餐厅。他选这家服装店，因为从外面看它并不起眼。服装店的里面也不起眼。这里没有豪华的更衣室，地上也落满灰尘，看上去是他喜欢的地方。斯佩克特从架子上拿下一件深棕色的大衣，穿在身上。他朝镜子走去，面部抽搐了一下。他看起来就像个巧克力冰棒。

"有什么能帮你吗，先生？"店员个子不高，脑袋两侧皆有几缕卷曲的红发，白色的卷尺绕在他的脖子上。

斯佩克特奋力脱掉外套，他的胳膊依旧隐隐作痛。他被汗水浸湿的衬衫紧紧贴在身上："我需要一件西装，棕色不适合我。有没有灰色的？"

店员朝货架走去，开始在西装里寻找。他一边自言自语，一边摇头。

斯佩克特确定没人偷看，这才从他的棕色信封里掏出几张百元大钞。

小个子店员转过身来，拿着一件烟灰色的西装："嗯，我想这个有点像。这是你要找的吗？"他指了指斯佩克特放在直背椅上的旧大衣。店员凑近，用手摸着旧大衣的材质，问："这上面都是什么？血迹？"

"是假血。我早些时候在鬼牌镇，那里乱作一团。"斯佩克特接过灰西装，穿在身上。衣服有点大，但肩膀正好。"我买了。"

"什么？你不想试试裤子吗？"店员眨眨眼，站得笔直。

"这就是为什么我有一条腰带。这件多少钱？"他把裤子搭在那只完好的手臂上。

"加上剪裁，一共250美元。都是好料子，保证值每一分钱。这种手艺现在可不多见了。"

"我不需要裁剪。"斯佩克特说。店员张口欲辩，但斯佩克特举起手指："我在新泽西有个婶婶，就喜欢干这些裁剪的活儿。所以，不加裁剪多少钱？"

"220美元。"

斯佩克特把钱递给他，把自己的另一件外套带上，摸索着信封，确认它还在老地方。他又看了看镜子。看起来不坏，他心想。你大概是今晚海防百合餐厅最帅的杀手。他脱下旧裤子，换上新的。穿起来有点大，但他能应付得来。

店员把收据和零钱递给斯佩克特："好了，先生。如果你改变主意，记得回来。我保证，这是整个城里最棒的手艺。"

斯佩克特接过钱，塞到口袋里："没问题。"他推开门，门厅的铃铛叮当作响。"一位刚长出翅膀的天使。"他走到街上，把旧外套口袋里的东西全部拿出来，然后把它塞进他见到的第一个垃圾箱里。

◆

短吻鳄做了一个清秋梦——或者，起码是爬行动物该有的梦。

梦里，他不再身处这座不断脉动的快节奏城市里的幽深隧道中。他在别处，在某个更温暖、更明亮的地方，那里水域辽阔，到处都是鲜活的生命，鲜美的食物。爬行动物沿着河口如幽灵般潜伏，他大部分身躯藏在水面之下，隆起的鼻孔和眼眶露在水面之上，切出小小的水波。

过了一会，他来到一个树木似乎上下颠倒生长的地方。它们粗糙多瘤的根系在水面上纠缠，扭成密密麻麻的木结。在他之上，交错的树枝组成的穹顶遮天蔽日。斑驳的影子投在他的背上，他继续前行，影子便愈发密集。

有声音传来，流水将之放大。他听出了这种规律——食物。如果他大意，有些时候食物也会伤到他。他随着振动朝食物游去。

在曲折幽深的河道边，在几乎无法逾越的丝柏木丛外，他见到了那条独木舟。舟中坐着两个人，他们没看见他，都在忙着把长长的木杆撑入水面上杂乱无章的浮木中。

更多的声音从那里传来。戴着鸭舌帽的男人说："她一定在那儿的某个地方，杰克。"

另一个男人声如洪钟，鳄鱼不得不把自己的内耳开口缩小。"贱人，从那边滚出来！这是你叔父说的，科迪莉亚。"

"你得告诉她，狡蛇雅克。"第一个男人说。

"我告诉你，姑娘！我不想伤害你！"他轻声笑了起来，"至少，没什么是你不喜欢的！"

鳄鱼无情地向独木舟袭来。没有争论，只有决心。他做了必须做的事情，因为他就是这样的人，他们也就是那样的人。

他再度下潜，来到独木舟下方，高高把船头掀到河口的阴影中。两个男人大喊大叫，栽到水中。鳄鱼才不在乎谁先落水，他可以把他俩都吃掉。

他张开血盆大口，尖牙随时准备撕碎猎物——

——然后他又回到了城市地下的幽暗隧道中。

短吻鳄机械地一步步交替着爪子前行，继续着那无穷无尽的慢速长途冒险。那个梦在他脑中栩栩如生。尽管他可以考虑这个问题，但他不知道这个梦是发生在过去，还是在将要发生却未发生的未来。

不管哪个都一样。他不在乎。

♥

垃圾婆用杰克几年前给她的钥匙，打开了另一扇灰色的金属大门，露出一道通往黑暗的向下的阶梯。她蹲下身子，捡起放在脚边的软包。

"还要走多远？"这是自他们在钱伯斯街站进入地铁系统以来，罗斯玛丽说的第一句话。

"我想，下了这些楼梯，再沿隧道走个一百多码，就应该差不多了。"垃圾婆关上身后的门，把门锁好，金属发出闷响。"你在烦恼什么？"

"没什么。"

"别应付我。"垃圾婆说，"能让你不开口的，一定是什么沉重的负担。"

罗斯玛丽深吸一口气："自从我父亲……去世后，还有 C.C. 莱德。我一直憎恨地铁、隧道，诸如此类。即使这是十五年前的往事，但那个夜晚依旧是个阴影，我……我不想……记起这些。"她磕磕绊绊地说出这些词句，如同一只耗尽发条的闹钟。

"但你想要那些书。"垃圾婆实事求是地说，她抓住罗斯玛丽的肩膀，让她面对自己。在昏暗的黄色灯光下，检察官的双眼是两团黑影。垃圾婆在试探罗斯玛丽的弱点。

检察官再次深吸一口气："我已经在这儿了，我会继续下去。但你无法阻止我去想这个地方对 C.C. 莱德做了什么。"罗斯玛丽耸耸肩,挣开垃圾婆,"别担心,好吗?"

"我不觉得我是担心的那个。"

罗斯玛丽刚迈出第一步,两人便听见鳄鱼发出低沉的喘息,接着是一声咆哮,她紧紧抿上苍白的嘴唇。垃圾婆满意地点点头:"那就是杰克。"

她们朝鳄鱼走去,罗斯玛丽明显落在垃圾婆身后一大截。快到达时,爬行动物停下脚步,转过沉重的头,面对她们,双眼在隧道的寒光中闪烁。他发出一声挑战的咆哮,声音撞击石壁,然后反射回来,两个女人不由往后缩了缩。

"待在这儿,搞定后我会叫你。"垃圾婆在污泥中朝暗渠杰克跋涉,温柔地进入他的大脑。她无视自己的衣衫,跪在隧道的淤泥里,轻抚着鳄鱼的下颚,心神则深入他的大脑,找到通往杰克·罗比丘克斯意识的钥匙。她在爬行动物的大脑中找到人性的火花,她拥抱它,煽动它,将它引出来,让原始人类的神经突触与显露的爬行动物大脑同时冷静下来。短吻鳄的思维渐渐褪去,垃圾婆从他的大脑中抽离,看着长长的长着鳞甲的尾巴越来越小,看着鳄鱼吻渐渐消失。短短的属于动物的四肢则渐渐伸长,变成男人的胳膊和双腿。

如今,这个赤身裸体的男人躺在隧道的地板上不断喘息,他用胳膊环住自己的胃,痛苦地哭号着。他的脸和双手又变成灰绿色,再次被层层叠叠的鳞片覆盖,整个过程又开始逆转。

"杰克!我是垃圾婆!控制你自己!"她尖锐地说,双手紧紧握住男人的手。杰克痛苦地在地上打着滚,她随着男人的动作移动,嘶哑地喘着气。她试着再次渗入他的脑海中,但如今人类的智慧已经在他的脑中设下屏障。杰克睁开双目,直视她的双眼。他抽搐一下,然后深吸一口气,躺了下来。尽管他面色苍白,但他的皮肤再次回到正常人类的样子,他的呼吸也渐渐放缓,恢复正常。

杰克伸手划过脸颊,做了个鬼脸:"我知道,我总是会问这个,但这很重要——我在哪儿?"他向下扫到垃圾婆的手,松开它们,有意移开了目光。

"试着想想施托伊弗桑特广场。"垃圾婆说,"我们现在大概在广场下方一百英尺左右。现在是晚上六点左右。"她自然地向他伸出手,帮他把湿漉漉的黑发从脸上别开,"这儿有些衣服,是我从你在联合广场的藏身处带来的。"垃圾婆把随身携带的包裹递给他,"罗斯玛丽也来了,她在离隧道这儿不远的地方。"

"我猜,你们都在,必有缘由。"杰克僵硬地站起来,一只手捂着肚子,另一只手撑着额头,"我感觉糟透了。"他痛苦地穿上棉裤和工作衬衫。

"是因为你吃的东西。"垃圾婆一针见血,"你觉得肚子疼,肚子里让你疼的不是锡罐,而是一些书。一些很重要的书。"

"所以我吃了一个图书管理员?太棒了。"杰克用手理着纠缠不清的乱发,仰头看向头顶上某个通道的天花板,"反正我的卡早过期了。"

垃圾婆摇摇头:"就我看到的而言,你吃了一个小偷。这个小偷恰好带着一些笔记本,这些笔记本可是城里每个罪犯愿意以杀掉二十个祖母为代价也要得到的东西。"

"而我,也想要这些笔记本,以便找出其中缘由。"罗斯玛丽朝他们走来,恢复了以往的镇定自若,"再过几小时,甘比诺家族有一场聚会。有了这些书,我想我可以阻止一场血色盛宴。"

"那就问问我在不在乎。"杰克愁眉苦脸,"我外甥女已经在纽约游荡差不多有十二小时了。如今,她可能已经成为野狗的晚餐。这才是我的问题。我必须找到她,然后我们才能讨论你那些珍贵的书。"痛苦让杰克战栗,他走上台阶,这种痛苦愈发严重。

"罗比丘克斯,我能让你生不如死!"罗斯玛丽跟在他后面。

"闭嘴,罗斯玛丽!"垃圾婆说,"杰克,还有件事情你得明白。"

她语气平静,试图让他停下脚步。"找这些东西的可不止黑手党。这些书可是炙手可热的东西。有人在用鬼牌,甚至王牌来找这些书。如果你走到街上,又知道自己体内有什么东西,很可能在招到出租车前你就没命了。有些能用心灵感应的王牌或鬼牌,会直接像杀猪一样把肠子从你身体里扯出来。那时,科迪莉亚怎么办?"她顿了几秒,让杰克好好考虑,"在外面,我没法保护你。但你没法找科迪莉亚时,我还可以帮你找她。对了,小心。"

"那么,要多久?"杰克想直起身,但再次因为疼痛不住喘息。

"罗斯玛丽?"垃圾婆搀着杰克的手臂,扶着他。

"只要在外面两小时,把书带到家族聚会上,这就是我想要的。"罗斯玛丽盯着暗渠杰克,等待他的回应。

他对上她的双眼:"两小时,女士,就这样。如果垃圾婆找不到科迪莉亚,我要你的人也一起找她。区里每个警察都要来帮忙。成交?"杰克摇摇晃晃地靠着垃圾婆,一只手撑着墙壁。

罗斯玛丽露出微笑:"成交。"

♣

小教堂内,时间的流逝似乎与众不同。或许是因为这里既黑暗又静谧,只有几支祈愿蜡烛和几盏荧光台灯隐隐闪烁着微光照亮黑暗,或许是因为这里有一种虔诚的宁静,教区的信众们在教堂的长椅上默默祈祷。不管是何原因,这种和平与宁静渐渐让她心烦意乱的神经安定下来。珍妮弗开始觉得自己在这里是安全的,她的思绪开始天马行空般游荡。她开始研究彩色玻璃窗上的怪诞象征。彩窗悬在同样怪诞的鬼牌基督受难的苦路十二站画作上方。但珍妮弗很快厌倦了他们愚钝的神学。她的胃不满地咕咕直叫,她朝祭坛望去,想知道是什么耽搁了鱿鱼神父这么久。

她周围默默祈祷的教区信众都是鬼牌,有些畸形程度比旁人更加明显。有个长着胡子、身材匀称的美丽女人有着三只眼睛，光滑的皮毛覆盖在每一寸肌肤上。还有一个长相甜美的侍者男孩，他小心翼翼地在祭坛周围蹒跚而行，重新布置各种摆件，把葡萄酒和圣饼重新补满。

珍妮弗听见轻柔的脚步自她身后传来，她转过身，仿佛看到亚龙的身影，他舌头舔舐她身体的回忆涌上脑海。直到她发现来人不是那个让她毛骨悚然的爬行动物鬼牌，只是个走路轻手轻脚、还被珍妮弗突然的动作吓了一跳的小姑娘，珍妮弗这才将悬着的心放下。

"我……我，很抱歉，"她说，"我不是故意想吓你的。"

来人个子很高，身材苗条，是个非常美丽的少女。她有一头黝黑发亮的头发，有着深棕色的眼睛。她穿着破旧的牛仔裤和一件褪了色的运动衫，运动衫上隐约可见摇滚乐队"铁锯齿乐队"的名字。她没有化妆，只戴了一件小小的首饰：一个银色的鳄鱼耳钉。鳄鱼的眼睛由绿宝石制成。她的声音非常轻柔，抑扬顿挫如同音乐，还带着点珍妮弗从未听过的异域风情。她提着一个旧行李箱，行李箱表面是印花布，也已经有些褪色。

"没关系。"珍妮弗安慰地笑着说，"我只是有点紧张过头。"

"我观察了你很久。"少女用她那难以捉摸的口音说，"我注意到，呃，或许你需要一件毛衣，或者，呃，别的什么，这里很冷。"她顿了顿，害羞地微笑着，然后像是害怕自己冒犯到珍妮弗似的迅速补充道，"不知道你愿不愿意穿，或者，穿泳衣到教堂有什么特别的理由。"

珍妮弗再次微笑起来，她被女孩的提议感动了。她显然才到纽约没多久，甚至可能刚刚到，或许是离家出走或者惹了什么麻烦才逃到这里。但却依旧贴心地来到珍妮弗身边，为她伸出援手。

"那就太好了。"珍妮弗说，"只要别太麻烦你就好。"

女孩摇摇头，把她的行李箱放在铺着石板的地面上，打开箱子。

"一点都不麻烦。"她在箱子里翻找一阵,说,"来,试试这个。"

那是一件很大的、褪了色的运动衫,上面的大写字母"杜兰"有些磨损。珍妮弗飞快地穿上它,感激地朝女孩微笑。

"谢谢。"她犹豫了一下,然后继续说道,"我叫珍妮弗。我现在……有些……事情……需要处理。但过了这阵,如果你需要什么,或者要找过夜的地方,还是其他——"

"我能照顾好自己。"

"我也能,"珍妮弗指出,希望自己说的是事实,"但有人能依靠,总是好的。"

女孩点点头,回了珍妮弗一个微笑,珍妮弗把自己的电话号码给了她。那个年轻的、有着蓬乱金发和天使般面容的侍者男孩,还有一个用歪歪扭扭的修士服藏住畸形身躯的鬼牌蹒跚着朝他们走来。

"鱿鱼神父想见你。"他对珍妮弗说。

珍妮弗点点头,回头看着女孩:"你叫什么名字?"

"科迪莉亚。"

"谢谢你的运动衫,科迪莉亚。记得一定要给我打电话。"

科迪莉亚点点头,珍妮弗则跟着男孩走向教堂后面属于神父的私人房间,那是神父准备弥撒和处理教堂事务的地方。

他将她领到一间小小的、陈设简陋、朴实无华的小房间。杂乱无章的书桌后,鱿鱼神父坐在一张巨大的旧椅子里。他看着珍妮弗走入房间,眼睛眨都不眨,和另一个坐在牧师书桌前木椅子里的男人一样。

"据可靠消息,这个男人找你有段时间了。你有他想要的东西。作为回报,他会保护你。"鱿鱼神父笨重地站起来,"我有充分可信的依据,能明确告诉你,你可以信任他。我不知道他的名字,但他的化名是自由民。"

这就是她在球场见到的那个男人,也就是后来,或许是无意中,把她从亚龙手上救下来的男人。他还穿着那时的衣服，戴着那时的兜帽。他的脚边摆着一个扁平的长方形箱子。他定定地凝视着珍妮弗，深邃的眼中若有所思。

鱿鱼神父看着他们，谨慎地绕着书桌慢慢踱步。

"毫无疑问，你们二位有很多共同感兴趣的东西要讨论，而我还有些事情要做。所以，我先走一步，二位慢慢聊。"他朝珍妮弗投去久久的、充满善意的目光，"祝你好运，我的孩子。或许有一天，你会再来拜访我们。"

"我会的，神父。"

他又朝那个叫自由民的男人点点头，迟缓庄重地离开房间，关上身后的门。珍妮弗决心，如果她不把那些邮票还给金福，那神父可怜的募捐箱里就会收到一笔可观的捐款。她欠他太多了，即使他对她伸出的援手不一定完全行得通。

珍妮弗感到自由民正在看着她，于是转过去对上他沉重坚定的目光。

"金福的日记。"他开口。他的声音低沉有力，珍妮弗感到他有些紧张地战栗着，似乎差点就没控制住自己，"在你手上吗？"

所以这就是第三本书，一本日记。她张了张嘴，然后又合上，心想自己是否能承受告诉他真相的代价。

自由民的紧张让珍妮弗有点害怕，但恐惧、饥饿、疲惫、以及被追杀一天的怨恨，让她的回答强硬得甚至令她自己都意外："我知道你长什么样，所以你或许该摘下面具。我不喜欢和那些遮遮掩掩的人谈话。"

男人靠回椅子上，愁眉苦脸："面具我现在还得戴着。"

在珍妮弗的记忆中，他五官立体，棱角分明，前额和嘴边都有皱纹。他紧绷的脸因为紧张微微颤抖着，面具藏不了这些。

"你就是幽灵?"他出其不意地发问。珍妮弗点点头。"你是个小偷,据我所闻,还是个神偷。今早,你闯入了金福的公寓,把一些值钱的东西从墙上的保险箱里拿走了。"

"你怎么知道的?"

"一位水晶般透明的女士告诉了我。"他看上去对珍妮弗恼怒不解的样子有些小小的自鸣得意,"你知道,很多人在找你。他们想要你偷走的东西。"

"好吧,"珍妮弗含糊不清地说,"那些邮票确实非常稀有。"自由民倾身向前,下巴搁在一双看起来庞大有力的手掌上。他专注地盯着珍妮弗,珍妮弗挑战似的瞪回去,直到他发出一声叹息,再度开口。

"你确实不知道,对吗?"她摇摇头,试图隐藏自己愈发高涨的兴奋之情。自由民显然知道一些她最关心的问题的答案。"去他的邮票。没人在乎它们。每个人都想拿的是你偷走的另一本书,金福的私人日记。里面详细记载了他来纽约后,插手的每一桩腐败和肮脏的事迹。"

"我以为他是个生意人,开的是餐厅、洗衣店,诸如此类。"

"他确实有那些产业,"自由民说,"但都只是幌子,用来解释他的财富是从哪儿来。每一个肮脏的勾当都有他的影子——毒品、娼妓、保护费、赌博,他样样俱全。那本日记里的东西,可以让他在很长一段时间里,无法染指这些。"

"你是在为他做事,想替他找回日记?"

自由民的嘴紧紧抿成一条窄窄的线,下巴上肌肉隆起,分明可见。"不是。"这个从他咬得紧紧的嘴里跳出来的词是那么掷地有声、直截了当、寒冷彻骨,足以让珍妮弗抑住颤抖。

"那你不在乎邮票吗?"

他摇摇头,捕捉到她的目光。她感到自己好像一只小麻雀,正被一个巨大、冷静但极具潜在破坏力的巨人紧紧抓在手掌心。这有些可怕,但不知为何她却也觉得有些兴奋。

"好——"她缓缓开口,"你不在乎邮票,我不在乎日记。我想我们达成了共识。"

自由民再度微笑,珍妮弗再次压抑住颤抖。

"邮票归你了。"

"好的,我知道书在哪儿。"她沉默一会儿,思索着。她对这个自由民一点都不了解。她只知道,自由民是最近一连串弓箭杀人事件的幕后主使,因为他潦草的大名可是签在很多的犯罪现场备忘录之上。鱿鱼神父说,此人可以信任,但她也没那么了解鱿鱼神父。男人耐心地等待着,似乎看穿了她内心的一切,意识到她正试着解决内心两难的困境。起码从他的行为上看,他不是个杀人狂魔。显然,他是个危险人物,但他周身散发的危险气味反而像是种香料,散发着诱人的香气。她突然下定决心,感到同样强烈的冲动在脑中闪过。

"我会告诉你书在哪儿。"她说,"只要你回答我两个问题。"

"什么问题?"自由民的脸上和声音里是由衷的困惑。

"你是怎么在艾比兹球场找到我的?"

"简单。"他笑得像只大尾巴狼,"你的买家出卖了你。他听到金福放到街上的风声,知道这些书,但不知道怎么才能联系到金福。他得找个中间人,一个买卖信息的经纪人,而这个经纪人恰好……是……我的……一位朋友。她让他和金福搭上了线,但同时也告诉了我这个消息。我来到他的商店,恰好看见你从当铺旁边的一家店铺中离开,沿着大街前行,并排到了球场前买票的队伍里。我就跟着你进去了。"

"这说得通……我想。现在,第二个问题。"她甜美地微笑起来,"你的真名是什么?"

连珍妮弗自己都不太明白,她为什么要问他这个,她只知道,自己想让他们二人在个人层面上有所交流,而不仅仅是以两个戴着面具的匿名人士的身份在谈话。

他靠回到椅子上，皱起眉头："我可以逼你说出日记在哪儿。"

珍妮弗拉紧运动衫，意识到自己正在蹚一趟危机四伏的致命浑水，她的喉咙突然有些干涩。

"我知道你能做到。"她轻声说，"但你不会这么做。"

"你凭什么这么说？"

她耸了耸瘦削的肩膀："我就知道你不会。"

他又盯了她一会，但她毫不移开目光。他像只发怒的狗熊般，发出一声含糊不清的咆哮，然后咬牙切齿地说："布伦南。"

珍妮弗点点头，朦胧中觉得自己的判断对了，松了口气。这意味着她并不是真的处在危险之中。如今，她的能力已经完全恢复，如果他敢袭击，她只需要化为幽灵，即可逃生。

"很好。"她说，"书在塔基扬医生那里。"

"塔基扬医生？"布伦南显然大吃一惊。

"事实上，"她露出微笑，"是放在他包厘街一角博物馆的蜡像里。"

"那儿用来藏东西，不赖。"布伦南反应了一会，方才开口，"金福的人还在找你——只要亚龙尝过气味，只要气味还留在他的舌头上，无论天涯海角，他都能找到你。所以，我会把你带到一个安全的地方，然后再去找书。日记我留着，其他归你。"

"我和你一起去——"

"不。"这个词如断头台的刀刃一样坚硬锋利，珍妮弗明白，此事毫无回旋之地。

"好吧，如果你一定要让我待在某个地方，最好是个有吃的的地方。我现在感觉好像一周都没吃东西了。"

布伦南考虑了一会儿，然后点点头。他把手伸进牛仔裤后面的口袋里，掏出一张纸牌，牌面是一张黑桃A，然后从鱿鱼神父的书桌上拿起一支钢笔,在纸牌正面匆匆写下一些信息。他把钢笔放回桌上,把纸牌递给珍妮弗。

"海勒姆·沃切斯特正在举办一场只有王牌才能参加的晚宴,地点是王牌云巅。你在那儿应该很安全,而且那里吃的不少。你听说过福尔图纳托吗?"珍妮弗点点头。"把这个给他。"

珍妮弗扫了眼他写在纸牌上的东西。直截了当,言简意赅:"看好她——自由民"她抬头,看着布伦南,目露尊敬。她确实听说过这位暗影王牌福尔图纳托的一丁点事迹。她听说的不多,毕竟福尔图纳托不是那种喜欢抛头露面的王牌,但布伦南与他有私交,这倒是很有趣的发展。她想,或许自由民也是一名王牌,她想知道病毒又赋予了他什么样的超能力。

"如果福尔图纳托不在,交给塔基扬医生也行。但是,不管你做什么,离特里普斯上尉——那个高高的、瘦瘦的嬉皮士,还有那个叫幻想的舞者远点。我对他们不放心,一点都不放心。"

她考虑了一会儿他的提议,然后点点头。如果要相信他,那就彻底相信他。

"我不想添麻烦,但我们可不可以先找个地方买衣服?我不想穿成这样去王牌云巅。"

"神父和我说过你的,呃,着装情况。"他伸手去拿放在他脚边的箱子,拿出一包衣服,"我希望这些合身。"他挑剔地打量着她,"你比我想的要高些。"

珍妮弗就地脱下运动衫,穿上牛仔裤和深色套衫毛衣,布伦南则谨慎地打量着办公室。她穿上布伦南带来的袜子,一边把跑鞋鞋带系紧,一边抬头,正好对上布伦南专心致志盯着她的目光。衣服里面还有个面具。她把面具塞进牛仔裤后面的口袋里,站起身来。上衣和鞋子大小正好,但牛仔裤有点短,紧紧地包在她苗条的身体上。她把运动衫叠得整整齐齐,放在神父的办公桌上,又留下一张简短的说明情况的便条。

"好了。"布伦南站起身来,拿起箱子,"第一站,帝国大厦。"他满意地微笑着,"如果你在一间挤满王牌的屋子里还不安全,天下就没有安全的地方了。"

♠

走上他母亲的褐石公寓台阶,来到奢侈舒适的上西区,福尔图纳托闭上眼睛。米兰达用那经验丰富的手指,把他的黑领带拉直。米兰达已经快五十岁了,比她还是一名艺伎时胖了不少,身上的低胸成衣早被香奈儿的定制服饰代替。十年前,她成为了他母亲生意上的业务经理,自那时起,她一直忠心耿耿。

"你看上去很糟。"她说,"维罗妮卡还是老样子?"

"对。"福尔图纳托说,"我不觉得她能做到。"

他又说:"我从来就没弄懂她。她想要的,就是嫁人、生孩子,再把孩子放到日托班。嫁一个她从没见过的丈夫,获得一堆仆人、汽车还有金钱。我一直扪心自问,我到底哪儿做错了。"

"这不是你的错。整个国家都这样。如今,贪婪横行。"她抚摸着他的嘴唇,刺激着皮肤,"你看上去很疲惫。"

"我精疲力竭。"

"我一直知道怎么治好这个。"她站得很近,他能闻到她身上的香水和她皮肤甜美的气味。她从他脸上看出了他心甘情愿,便说:"躺下来。"

他四仰八叉在床上躺下。她脱掉自己的夹克和短裙。福尔图纳托伸手欲解领带,她却开口:"别动。"

她脱掉了自己剩余的衣物,她脱下内裤和长筒袜,姿态依旧优雅,毫不破坏气氛。她的胸衣在她的肩上和乳房周围留下痕迹,胳膊下还有黑色的腋毛茬。

她来到床上，跨坐在福尔图纳托身上，开始抚摸自己。她从自己的前额开始，手指沿着脸颊慢慢滑下，然后又回到耳朵和下颚的交界。鸡皮疙瘩从她的脖子上显露出来。她向前摆动身体，直到那双饱满的、下垂的乳房离他的脸只有几英寸距离。他倾身向前，亲吻这对乳房，而她却抽身离开："别这样。"她说，"我告诉你了，别动。"

她用指尖抚过那双硕大的深色乳尖，直到它们变得坚挺，直直地朝向他。接着，她轻轻拂过小腹，将左手埋在身下，右手则再次抚摸着福尔图纳托的嘴唇。他舔舐着她的手指，拱起背。

她在床上跪下，俯身去够他的唇："轻点，"她说，"上次还是很久前的事情了。"

他的舌头舔舐着、探寻着，她渐渐开始动情，向他敞开心扉。她抓住床边的黄铜栏杆，开始缓缓扭动。她的呼吸渐渐加快，沉重的大腿压在他的身体两侧。然后，她的身体紧绷，发出一声小小的、嘶哑的尖叫，他如饥似渴地汲取着她的能量，心怀感激。他感到能量充盈着他的身体，几乎没注意到她弯下腰轻轻地吻着他的唇："你尝起来和我一样。"她说，"保重，福尔图纳托。"

她拿起衣服，离开这里。

福尔图纳托走下楼梯，看到客厅里围着一群漂亮姑娘。中间坐着一位身材颀长、引人注目的少女。她套着长袖T恤，穿着牛仔裤。

"巫子，"福尔图纳托说，他用自己母亲做艺伎时的名字称呼她，"怎么回事？"

"艾尔罗伊在鬼牌镇发现了她。"巫子说。和米兰达一样，这十年，她胖了不少，高挑的她，如今看上去就像盎格鲁-撒克逊人。她穿着一件黑色棉质线衣，一条黑短裙，里面是一件红黑相间的丝绸衬衫。最上面的三颗纽扣其中一颗不见了。她轻巧无声地穿过房间，来到福尔图纳托面前。"她从鬼牌基督教堂里出来，似乎某个甘比诺的眼线正在找她麻烦。艾尔罗伊让她搭了个便车。"她耸耸肩，"她就到这儿了。"

"她很美。"

"对,"巫子说,"她很美。"

"好了。"福尔图纳托对其他姑娘说,"都散了。难道没有一个地方是你们应该去的吗?"她们纷纷散开,一个个离去,卡洛琳路过时,还用一只手臂环过他的腰。然后,房里就剩他和女孩了。"我叫福尔图纳托。"他说。

"科迪莉亚。"她没站起来,但朝他伸出了手。福尔图纳托握了一会儿,然后在她身边坐下。"我很感谢你们伸出了援手。"她说。她的声音很低,呼吸有些急促,典型的南方口音。性感。

"你知道自己在哪儿,对吗?"

"艾尔罗伊和我说了一些。他说,这不是强制的,但如果我想,我可以留下做个面试。"

"然后呢?"

"我还在这儿,不是吗?"

她有些轻佻,但她看上去实在太小了。"我得问一些私人问题。"

"比如,我还是不是处女?"

"比如这个。"

"不是。我在阿特里亚教区有个相处很久的男朋友。而且——好吧,你知道他们是怎么说路易斯安那的处女的:她们只不过是没有男性同辈近亲的姑娘。"她大笑起来,但福尔图纳托没有笑。

"我们得谈谈更多的东西。"他说,"有什么晚餐计划?"

"晚餐计划?一点都没有!但从你的衣着打扮来看,我觉得我不会跟你去任何地方。"

福尔图纳托看看手表:"我们可以给你找些合适的衣服穿。你多久能准备好?"

♣ ♦ ♥ ♠

第十四章

晚上7：00。

当他的理发师修好他的胡须，将围裙撤走，海勒姆·沃切斯特像个大人物一样从椅子上站起来，套上一件剪裁完美的燕尾服外套，仔细打量镜中的自己。他的丝绸衬衫是最深、最纯净的蓝色。他的配饰全是银饰。蓝色和银色是王牌云巅的标志颜色。"做得很好，亨利。"海勒姆说。他慷慨地给理发师付了小费。

柯蒂斯就在他的办公室门外等着他。除此之外，他的餐厅已经准备完毕。侍者和酒保各就各位。霜冻凯文精美绝伦的冰雕已经被移到地板上，冰雕周围环绕着护城河般、点缀着一瓶瓶唐培里侬香槟王的碎冰块。放着冷热开胃小菜的桌子在餐厅里星罗棋布，以防客人们都挤在一起。乐手们站在乐器边准备就绪。天花板上，灿烂夺目的水晶艺术大吊灯闪耀着柔和的光彩。西边，壮美瑰丽的金红色日落正刚刚开始，静候嘉宾。

海勒姆露出微笑："打开大门。"他告诉柯蒂斯。

门打开时，已经有一打人在前厅等着了。海勒姆朝女士们鞠躬，亲吻她们的手，并和每位男士用力握手问好，做好必要的互相引荐，告诉他们吧台怎么走。早来的人大多是王牌里不出名的小人物，他们为自己的现状局促不安，为能获得海勒姆的邀请兴奋不已。有几个最近才出道的王牌，从未涉足此地，但海勒姆依然像招待老朋友一样招待他们。王牌中的主要人物，总会依着流行的趋势，来得晚一些。

第一个不请自来的客人是个高个的金发大学生,他穿着租来的晚宴正装,看起来非常不自在。"我要怎么做才能进门?猜对你的体重?"当柯蒂斯叫海勒姆来时,大学生这么问他,以便能够进门。

"不需要。"海勒姆微笑着,"我想,这太老套了。但我想,你读过《百变王牌时尚》。"

"你猜对了。所以,我要怎么做,才能进门?"

"向我证明你有王牌能力。"海勒姆说。

"在这儿?"男孩不自在地环顾四周。

"有问题吗?若是冒犯的话,容我请问,你的超能力是什么?"

男孩清清嗓子:"这个很难形容——"

他的女伴咯咯直笑:"他能变得特别小。"她大声宣布,每个字都说得清清楚楚。

大学生的脸立马红得发亮:"是的,额,我能压缩我体内的分子,大概吧,从而让自己变小。我能,呃,把自己缩到六英寸高。"他试着把声音压低,但周围一片寂静。"但我的大家伙还是那么大。"他辩解似的补充道。

"那确实是种超能力,小子。"华莱士·拉勒比大声发表意见,他正站在自助餐餐桌边,拿着一块小小的荞麦煎饼,他往煎饼上放了一堆鱼子酱,压得煎饼凹了进去,看起来摇摇欲坠。"喔哦哦哦,我好怕。"

海勒姆本以为男孩的脸不可能更红了,但男孩真做到了。"别管华莱士,"海勒姆安慰说,"1978年,他展示他的超能力时,差点毁了我们的聚会。他知道,如果他敢再来一回,我就把他从这里扔出去。他们都管他叫:人形臭鼬。"

餐厅爆发出一阵哄堂大笑,拉勒比转身,又堆了一块煎饼,男孩看起来好像不那么羞涩了:"呃,"他说,"唯一的问题是,每当我这么做,我,呃,就像这样,我的身体会缩小,但衣服不会。"

海勒姆明白了:"柯蒂斯,"他说,"把他带到我的办公室,看看他能不能如他所言。"

柯蒂斯微笑道:"请走这边。"

几分钟后,他们再次出现在众人面前,餐厅的主人轻轻点了点头,围在一起的客人爆发出一阵掌声,男孩又脸红了。"欢迎来到王牌云巅,"海勒姆说,"我还不知道您尊姓大名。"

"弗兰克·博蒙特。"大学生男孩说。

"但我叫他小家伙。"她的女友提议。

"格雷琴!"弗兰克表示不满。

"我向你保证,我会把这个秘密带进坟墓。"海勒姆承诺,他对上一位路过的侍者的目光,"给他软饮料。或者你们已经到了可以合法享用香槟的年龄?"他向弗兰克和格雷琴询问,"请记住,这屋子里到处都是读心者。"

他们要了软饮料。

♦

位于帝国大厦第五大道入口前的大街,简直是间疯人院。成群结队的狗仔、围观名人的群众、还有王牌的狂热粉丝把那儿围得如铁桶一般,仔细看着每一个想进去的人物。珍妮弗和布伦南在街对面看着一辆辆豪华轿车停在红毯边,红毯从大厦的前厅一直铺到路边,一位位王牌接踵而至,旁边的闪光灯令人目不暇接,人群爆发出一阵阵兴奋的尖叫。

游隼女士乘着她的劳斯莱斯专车到达。她穿着一件露背无袖黑色天鹅绒长裙,长裙前端的深V一直裂到她的肚脐。她优雅地向摩肩接踵的人群微笑,但紧紧地把翅膀贴在身上,毕竟,她对付过不少想从她翅膀上揪羽毛当纪念品的家伙。塔基扬医生也乘着豪华轿车抵达,他的女伴是一名光彩照人的黑人女性,她穿的长裙的领口,几乎和游隼女士的一样低。

"我只能送你到这儿了。"布伦南开口,一辆出租车靠边停下,一名身着白色紧身制服的男子送上了车。

"要小心。"珍妮弗说。

布伦南微笑起来:"对我而言,不过是小菜一碟。记住,离幻想和特里普斯上尉远点。他们可能是金福的人。"

珍妮弗点点头。

"还有件事。我无法想象这里会有什么危险,但,万一出了什么问题,你不得不离开,我想先定下一个碰面的地点,这样我们就不需要满城市地寻找彼此了。"布伦南思索一会儿,"时代广场,第四十三大街和第七大道交汇的那个拐角。"

"没问题。"珍妮弗说。她想再次提醒他要小心,但那太蠢了。一切尽在掌控之中,她的冒险也就此终结。她能感到,也能意识到,虽然已经放下心来,但她心中还有一点小小的后悔。

她向布伦南挥手,布伦南也举起一只手向她挥手致意。她注视着他悄无声息地消失在阴影中,这才戴上面具,穿过街道。

♥

"你听说了灵龟的事情吗?"福尔图纳托刚进门,海勒姆忙不迭地发问。

"直到今天下午,我才听说。他们找到龟壳了吗?"

海勒姆摇摇头:"没有。我还是不敢相信,这——"他突然注意到了科迪莉亚,她已经打理得干干净净,巫子为她找了一件白色的贴身衣物。"亲爱的,请原谅我的唐突。我叫海勒姆·沃切斯特,是这个地方的主人。"

"科迪莉亚。"福尔图纳托说。海勒姆弯腰,亲吻她的手。福尔图纳托等着他跟上来,"简怎么样了?她还好吗?"

海勒姆指了指吧台:"整个下午,她都在我的视线里面。他也是。"他补充道,指了指她身边的机器人。

福尔图纳托点点头,瞧见了模块人右手中的高纯度苏格兰威士忌,"他喝醉了?"

"我听见了。"模块人非常有尊严地说道,"我是个机器人,从人类传统的定义上说,我没法喝醉。"他发出一种人工合成的清嗓子的声音,"我确实创建了一个子程序,通过将我的思维进程随机打乱,从而模拟酒精的影响,但若有任何危险迹象出现,这个子程序就会被无视。我向你保证,我没喝醉。"他转身面对睡莲,后者正盯着秀兰·邓波儿,以安抚自己不耐烦的心情。"现在,我们说到哪儿了?"

"福尔图纳托?"睡莲开口。

"等一下,"福尔图纳托答道,"再过几分钟。"他能看见游隼女士正穿过房间,他转回去,看着海勒姆,说:"你能帮我带科迪莉亚在这里转转吗?我有些事情要处理一下。"

"我很乐意。"

游隼女士周围的一群男人见到福尔图纳托走来,立马作鸟兽散。当他来到她身边,她周围就剩下两个男人了。

她戴着一双长手套,以搭配身上的长晚礼服,为她宽阔、肌肉分明的肩膀,还有那双从她背后长出的巨大棕白相间的翅膀留下了足够的空间。晚礼服剪裁得很低,她一定是把衣服粘在了身上,才防止它滑下来。

她穿着高跟鞋也才刚刚过六英尺。她精心梳理的棕发有着一种故作天然的美,绕在她的头周围占了好几立方英尺。她鼻梁挺拔,颧骨棱角分明,宛如削成,完全不像是基因塑造的模样。

她的双眼是夺目深邃的蓝色阴影,福尔图纳托怀疑她戴了美瞳,但那眼中的神采让他有些意外。她的双目熠熠生辉,看上去似乎正欲眯眼,接着又扬起一边的嘴角,露出一个讥讽的微笑。

"我叫福尔图纳托。"他说道。

"我听说了。"她自上而下缓缓打量他。米兰达让他身上留下挥之不去的麝香气味,他的勃起清晰可见。游隼女士笑意更浓:"海勒姆说,你在找我?"

"我想,你身处险境。"

"好吧,但或许不是现在。但我会将其视为一种明显可能发生的情况。"

"我是认真的。咆哮者和恐龙小子已经死了。钦天士今早把他们两人杀了。他还有十到十五个旧部。灵龟杳无音讯,大概也死了。你、塔基扬医生、睡莲,是钦天士接下来最明显的目标。"

"等一下,等一下。我大概明白了。你是唯一能拯救我的,对吗?所以,晚宴结束后,你应该和我一起回到我的顶层公寓,然后守护我的肉体,对吗?一整晚都这样?"

"我向您保证——"

"我有点失望,福尔图纳托。在我听过那么多关于你的传言后,我本以为你能讲些,呃,更浪漫的东西,而不是用这种蹩脚的理由来找我。虽然是原创,但我提醒你。"她伸出手,轻轻拍了拍他的脸颊,"这些东西毫无说服力。"

她笑着走开了。

福尔图纳托没有阻拦。起码现在她人在这里,在这里她是安全的。

他开始寻找科迪莉亚,发现她正和一名身着马戏服饰的阿拉伯人谈话。阿拉伯人正试图从她裙子领口往里面看,而且取得了一些进展。

她有天赋,福尔图纳托心想。她能把男人像鱼一样甩得团团转,她看起来既聪明,又风趣,还不会过分挑剔。如果他要带上她做生意,那应该由他来引她入门。通常来说,这是他很期待的一项工作,但对这个女孩他心存疑虑。她看起来实在太他妈天真无邪了。

门口的人群发出一阵骚动。海勒姆拽了拽福尔图纳托的胳膊,显然作为主人他有些过于热情。塔基扬医生身边的女人,福尔图纳托在喷气机小子之墓那儿就见过,那时她也在医生身边。女人瞥了福尔图纳托一眼,福尔图纳托认出了她。她是个自由职业者,而且身价非常昂贵。在日本,河豚千金难求,对男人来说她就像那千金难求的河豚,每个和她上床的男人都要冒着生命危险。据说,她高潮时会随机分泌致命的毒素,时不时有人为此丧命。因此,街上的人给她起了一个恰如其名的绰号:俄罗斯转轮。

塔基扬医生应该没什么危险,福尔图纳托心想。他才不觉得,这个小小的像水果蛋糕一样的外星人,能让那种女人高潮。

♣

"你确定你想待在这儿?"

丝绸在她身上滑过,透过裙侧的开衩,她的腿若隐若现。她迈开步子,从豪华轿车上走下,塔基扬医生的手稳稳地扶着她。

"你确定,你想待在这儿?你才是让他蓬荜生辉面上有光之人。"

他抬起一只小小的手,做了个不认同的手势:"这没什么。而且,海勒姆乐于助人,救了我们,我不想忘恩负义,让他失望。"

"好吧。"

"但你确实刚刚经受了一些很糟糕的事情,我不希望——"

"医生,我们到了,而且我真不想在人行道上几百个目瞪口呆的游客注视下,继续讨论这个问题。"

她在众人的注视下迅速穿过帝国大厦前门,觉得无聊透顶,也被他的絮絮叨叨彻底激怒。从开始为晚宴打扮起,他就一直很专注,还陪她回到她的公寓,好让露莱特换下干练的长裤,穿上现在身着的白色丝质晚礼服,一路上都关怀备至,她都准备要杀他了。真是讽刺。

在他烦恼和宠爱她时,她所有的思绪都集中在他还活着这一事实上。她已经在他身边待了八小时,还帮他逃出歹徒之手,依然没杀掉他。

时间还早,还来得及。

前厅挤满了记者。他们如沸腾的湖水一样等在电梯入口,当塔基扬医生走进来,他们立刻变成了海啸,朝医生席卷而至,蜂拥而上与他搭话。麦克风如剑雨一般戳向他们脸上,各种问题此起彼伏,又相互交错、重叠——"对恐龙小子和咆哮者的死,你有什么话要说吗?""这个案件里,你有没有和当局合作?""关于你被绑架一事,到底是怎么回事?"——大功率相机们嗡嗡作响,与这些问题混在一起。塔基扬医生看起来怒气冲冲,挥手欲将他们赶走,但似乎并没奏效,他只能用肩膀从这群记者里挤出一条路,朝快速电梯走去。

一名身着皱巴巴灰西装的英俊男子,朝露莱特挤过来,露莱特吓了一跳,躲开他。

"嘿,医生,让我们的眼睛歇歇,或者,你只是想和你心爱的姑娘相配?"记者目露讥讽,打量着医生的白裤子、白束腰上衣、白斗篷还有白靴子。靴子的鞋跟镶嵌着月亮石。他戴着一顶白色的天鹅绒礼帽,一枚镶着月亮石的银质饰针别在卷起的帽檐上。

"底格,一边去。"

"这位新的王牌是谁?嘿,宝贝儿,你的超能力是什么?"

"我不是王牌,别烦我。"焦虑让她的呼吸急促起来,转头避开那些过于刺眼的目光。

"塔基扬医生,"底格开口,语气突然变得非常严肃,"我可以和你说几句话么?"

"现在不是时候,底格。"

"事关紧要。"

"塔基扬医生,请把我从人群里救出来。"她用手指猛拉他的衣袖,医生这才把注意力从记者的身上移开。

"到我办公室见。"

电梯门发出一声叹息,在他们身后合上,她的心跳这才缓了下来。

"底格从不出错。你确定,你真的——"

"我不是王牌!"她猛地把他搭在自己裸露肩膀上的手拿开,"我到底要和你说多少次?"

"抱歉。"他的语气低了下去,淡紫色的眼里看起来很受伤。

"别!别抱歉,别挂念,别关心我!"

他远远地挪到电梯另一端,沉默地搭乘电梯上升。电梯把他们带到王牌云巅开阔的室外前厅里。露莱特环顾四周,好奇心将之前的烦躁淹没。她从没来过这里。乔赛亚曾认为,所有关于王牌、鬼牌的奇人异事都是市井粗鄙之谈,而且他对此可不止是一点恐惧(瞧瞧他发现自己也携带外星病毒的反应就知道了),因此,他一直躲着这个属于王牌的圣城。

名人的照片一排排悬在墙上,屋子的中间站着海勒姆。他满面春风,温文尔雅,彬彬有礼,但拒绝让那个穿着紫色山姆大叔服装的高个子稻草人一样的人物进餐馆时,他寸步不让。

"但我,我是星光的朋友,"这个瘦得像竹竿一样的金发嬉皮士辩解道,"也是跃闪杰克的朋友,兄弟。"

"我相信你是。"海勒姆说。他温柔地解释,有名的王牌们总是友人成群,如果都来,餐馆远远接待不下,而如果上尉愿意在除今晚之外的晚上大驾光临,王牌云巅将不胜荣幸。今晚是私人晚宴。他相信,上尉能够理解。

塔基扬医生瞬间明白了情况,他一只手搭在海勒姆宽阔的肩膀上:"我知道他看起来像什么,"他说,"但特里普斯上尉确实是一名王牌,也是一位好人。我能给他担保,海勒姆。"

海勒姆一脸惊讶,然后放松了语调:"好吧,当然了,如果你这么说的话，医生。"他转身朝向特里普斯上尉，"请接受我诚挚的歉意，我们总是会遇到许多不请自来的客人，还有王牌狂热追随者，他们总是穿着奇装异服。所以，如果有人不能展现王牌能力，我们……我相信你能理解。"

"没事，我理解，兄弟。"特里普斯上尉说，"没关系，谢啦，医生。"他戴上帽子，进入餐厅。

♠

"你戴着面具，不代表你可以轻易进去，女士。"穿着燕尾服站在王牌云巅前厅的大块头告诉珍妮弗。

珍妮弗朝他微笑，把手臂幽灵化，穿过墙壁。她想做些更引人注目的事，比如沉入地板，但她不想在这群等着进入餐厅的人们面前，在众目睽睽之下，再打扮一回。

"好的，没问题。"穿着燕尾服的男人挥手示意她进去，看上去兴致索然。

王牌云巅宛如梦境。珍妮弗觉得自己微不足道、无关紧要，而且完全没有打扮得体。她希望布伦南给她带的是晚礼服，而不是牛仔裤，然后又意识到这意味着布伦南得有未卜先知的能力才行。

主用餐区里，有超过一百人齐聚一堂。他们正啜饮鸡尾酒、品尝令人垂涎欲滴的开胃小菜，三五成群高谈阔论。珍妮弗直奔自助餐桌而去，光看到这些美食，她的胃就咕咕直叫了。这儿有鹅肝酱、鱼子酱、丹麦火腿片、十二种不同的奶酪，还有半打不同品种的面包和饼干。她把酱抹在一片饼干上，环顾四周，看着如此之多的名人在身边来来往往，感觉自己仿佛成了专门追踪名人的猎犬。

海勒姆·沃切斯特，胖子，看起来有些苦恼，珍妮弗心想，大概安排晚宴给了他太多压力。即使福尔图纳托是名很少在公众前抛头露面的王牌，她还是认出了他。他正在和游隼女士谈话，看起来认真急切,而游隼女士似乎兴味索然。她能感到自己放在牛仔裤后面口袋里的那张纸牌,但要不要上前把纸牌给福尔图纳托,她有些犹豫不决。看起来,福尔图纳托有自己的烦恼,更何况,她能照顾好自己。

她从四处游荡的服务生手中的托盘上取下一杯香槟一饮而尽,将鹅肝酱和饼干冲下喉咙。

"我知道,我就知道。"一个慢条斯理、充满阳刚之气的声音响了起来,其中是掩饰不住的兴奋,"我就知道,她会来这儿。"

珍妮弗转身,一手拿着香槟,一手拿着抹了鹅肝酱的薄脆饼干。海勒姆站在她身后,旁边的正是那个从出租车上下来的、一身白色紧身作战制服的男人。

"您是在和我说话吗?"

"以你的翘臀打赌,没错,亲爱的。"白衣男子说。他的表情有些不对,他心无旁骛上下打量她,在他眼中她仿佛赤身裸体,但这不是让珍妮弗不舒服的唯一原因。他五官个个端正,甚至可以说很英俊,但合在一起就是完全不协调。他的鼻子太长,下巴太小,深绿色的眼睛高低不一。他的下颚有些倾斜,仿佛以前断过,然后歪歪扭扭地愈合了。他激动不安,难掩兴奋地舔了舔嘴唇。

海勒姆叹了口气:"你确定吗,雷先生?"

"就是她,我知道就是她。我知道她肯定会来这个该死的晚宴。如果我有半句不对,那算我该死。"

"好吧,做你该做的。"他又叹了口气,拧了拧双手,似乎想把这些麻烦从手上搓掉。那个叫雷的男人点点头,继续朝珍妮弗说话。

"我叫比利·雷,是一名联邦探员,我想看一下你的身份证明。"

"为什么?"珍妮弗发问,她有一种不祥的感觉。

"你看上去很像今早洗劫了某个重要人士的家的人。"

珍妮弗看了看手中的薄饼,她还没吃多少,更别说填饱肚子了。

"该死。"她说道,薄饼和香槟酒杯从她的手中滑落,她化为幽灵，沉入地板。

雷动如脱兔，像猫一样朝她扑过去，却只抓到地板上留下的皱巴巴的衬衫。

"啊，老天，沃切斯特。"在完全沉入地板前，珍妮弗听见他说。"你刚刚就该让我打晕这个贱人。"

◆

塔基扬医生小小的身体已经消失在寻找酒精的无数王牌中。她迫切地需要来杯酒。高谈阔论之声，冰块在水晶般的玻璃杯中叮当作响之声，和小型爵士乐队富有激情的演奏之声统统搅在一起，如钻子般往她脑海深处钻去。

各式各样声名远扬的王牌冰雕点缀着屋子。游隼女士站在她的冰雕旁边，那双漂亮的翅膀看上去仿佛要把冰雕推倒。

特里普斯上尉用一只瘦骨嶙峋的手攥着一杯果汁，试着在房间中交谈，但他那顶惊人的大礼帽总是不停地滚落在地。哈莱姆铁锤穿着他最好的衣服，看起来却明显很不自在，他正帮上尉把帽子捡起来。这位极为强大的黑人王牌与特里普斯上尉形成了鲜明的对比，哈莱姆的光头在灯下闪闪发光，而特里普斯乱糟糟的头发看起来更像一团杂草了。

教授和冰蓝先知慵懒地倚着吧台。先知那蓝色的、毫无性别特征的赤裸躯体，看上去好像是又多了一个冰雕，她甚至还朝站在周围的人发出一种微弱的寒意。她的伙伴则以奇特的着装风格引起轰动。他端着威士忌，顶着光头，戴着金属细边眼镜，拿着烟斗喷出烟圈，他看上去就像是位亲切的老舅舅。但露莱特的舅舅里，没有一个会穿天蓝色晚礼服，再趿一双凉鞋。

幻想，美国芭蕾剧院的首席芭蕾舞者，也是纽约最为人熟知的一名王牌，在麻脸老板的鼻子下拂过一朵玫瑰花，而决胜王牌则看起来一脸宠溺。

　　这么多王牌，你们谁能活过今晚呢？我想，没有几个，毕竟，我的主人正在找你们。

♥

　　要做一名和蔼可亲的主人，就必须要礼迎四方来客，这就是问题所在。海勒姆端着一只香槟酒杯小口啜饮，杯中装满了维尔诺斯姜汁麦芽酒（他喜欢手里拿一杯，让欢宴的气氛更上一层楼，但如今他身兼重任，不能让自己喝得晕晕乎乎）。他假装对特里普斯上尉说的话很有兴趣。

　　"我的意思是，整个晚宴，就像个精英主义的集会，还开在这个所有王牌和鬼牌齐聚一天的日子里，像某种兄弟会。"这个瘦骨如柴、披着一头长长的金发、还留着乱蓬蓬山羊胡的嬉皮士告诉他。

　　王牌云巅的员工已经拦下了一打王牌的狂热追随者和冒牌货，其中包括一名端着一碗据说是有心灵感应能力的金鱼的渔妇、一个穿着斗篷声称自己能在睡梦中穿越时空的老绅士、还有一名重达两百磅却只穿着胸贴和丁字裤的少女，她声称自己可以永生不死。诚然，这是个难以证伪的能力，但不管怎样海勒姆已经明确地拒绝她入内。他发现自己正希望刚刚也用同样的方式拒绝特里普斯上尉入内，毕竟上尉的超能力似乎一样难以捉摸——如果他真有那种超能力的话。如果塔基扬医生没恰好赶到，为他作保……

　　海勒姆叹了口气，现在可算覆水难收了。在他允许特里普斯上尉入内的几分钟后，上尉就开始在宴会里四处游荡，面露微笑开始交际。去问特里普斯上尉是否享受晚宴，是海勒姆犯的第二个错误。从那时起，他就被困在游隼女士的冰雕旁，不得不听那个穿着紫色山姆大叔服饰的高个男子一本正经地解释诸如酒精是毒药，兄弟，他应该认真考虑用豆腐和豆芽来招待客人，因为人体就像一座寺庙，你知道的，还有，难道举办整个百变王牌晚宴的主意不是政治不正确吗之类的问题。

怪不得塔基扬医生愿意为他担保，海勒姆盯着特里普斯醒目的喉结和紫色大礼帽心想，上尉和医生显然是在同一家小店买了衣服。海勒姆的微笑非常冰冷，他希望自己的胡子别因此而结冰。他的注意力转到屋子的另一边，发现一群食客正带着酒水走向露台，此时，夕阳已经沉到新泽西之后，把天空染成深沉而坚实的红色，这给了海勒姆一个脱身之计。"看上去，今晚的夕阳非常壮丽，上尉。"他说道，"既然你很少光临王牌云巅，那就更是一幅你不该错过的景象。在王牌云巅里看日落可是独一无二的，我相信你会认同这点。在这里，夕阳相当……相当瑰丽。"

此计奏效。特里普斯上尉伸长脖子，环顾四周，点了点头，开始朝露台走去。但不知怎地，这双长长的骨瘦如柴的腿却缠在一起，他摔了一跤。海勒姆还未来得及上去扶住他，他已经伸手抓住冰雕保持住平衡。游隼女士冰雕的翅膀尖啪嗒一下折断，打在他的脸上。他的帽子飞出十英尺远，落在哈莱姆铁锤的脚边，后者厌恶地捡起帽子，走向特里普斯，然后牢牢地把它扣戴在上尉头上。这时，特里普斯上尉已经站稳了脚跟，手里还拿着一块冰冷的翅膀尖，他看起来非常窘迫："抱歉，兄弟。"他努力道歉，试着把缺损的冰雕重新放回游隼女士的翅膀上。"我真的非常抱歉，这本来非常美丽，兄弟。"他说，"或许我能修好它。"

海勒姆把断裂的冰雕从他手中拿开，温和地扶他转了个身："没关系，"他说，"你只管去欣赏夕阳。"

♣

杰克重重地靠在垃圾婆身上，他们一路朝地铁走去。罗斯玛丽跟在他们身后，审视着来往人群。她紧紧抓着杰克另一只胳膊扶着他，三人一同朝第二十三大街上的海防百合餐厅走去。

三人在人行道上缓缓行走，没人朝他们多看一眼。"在这里。"垃圾婆把他们领到一个黑暗、狭窄的庭院中，两盏忽明忽暗的路灯病恹恹地照着街区。

"我闻到了些好东西。"杰克抬起头，凄惨地说。

"罗斯玛丽，该你了。"垃圾婆帮杰克靠在一根用来支撑年久失修的褐石屋的弯曲钢栏杆上，转身对地方助理检察官说道，"你想怎么来？"

罗斯玛丽低头凝视着街道，凝视着路灯投下的昏暗光晕："我想做的，是用那些笔记本对甘比诺家族施加影响。然后，以此为基础，或许我能联系到家族的其余成员。"她的声音和面容中都露出悔恨，"很抱歉把你卷了进来，杰克，但除非我们能让犯罪势力间的战争停止升级扩大，否则这个城市将四面楚歌。"她的声音坚定起来："拿到这本书，将其中的信息恰如其分地散布出去，从而维持犯罪势力之间的平衡。我想影响黑手党新任党首的选举，并对他对家族、对新的帮派的态度施加影响。"

"小菜一碟。"杰克咬牙切齿地说。

"你真的觉得你能做到？"这个计划有些牵强。垃圾婆对罗斯玛丽能否做到，心存疑虑。

"真是一番漂亮话。"杰克说。

"罗莎·玛利亚·甘比诺能做到这些。"罗斯玛丽直面垃圾婆。

"但是，当他们发现地方检察官助手的真实身份，他们又会怎么做？"垃圾婆朝另一个女人不悦地皱眉，"你也很可能要面对一支独立调查团。"

"这是我的选择。这是我的遗产。"她意味深长地耸耸肩，"不然，我要怎么弥补我父亲的行径？"

"说一百次玛利亚万岁，"杰克小幅度挥着手，"对此我很抱歉。"

"你父亲选择了自己要成为的人,你不必为他的罪行感到内疚。"垃圾婆紧紧握着罗斯玛丽的小臂,力道之大足以让她感到疼痛,"你只需要对自己负责。"

"我可不这么想。"她撬开垃圾婆握在她胳膊上的手,紧紧握了好一会儿,"我不喜欢的是,让你和杰克身处险境。"

"嘿,我们早习惯了。我们是王牌,对不对?"垃圾婆看向杰克,后者正用法语轻轻地咒骂着。即使光线昏暗,他们还是能看见他的皮肤开始变灰。

"还要多久?"杰克问。

"再撑一小会儿。"罗斯玛丽安慰地说。

"啊,好吧。"杰克因痛苦而抽搐着,"妈的,真疼。"

♠

当他看见一辆辆豪华轿车停在门前,他一动都不敢动。斯佩克特深吸一口气,花了一点时间让自己冷静下来。这不是钦天士,不可能是钦天士,钦天士不可能来这么早。他以为黑手党会坐什么来,本田还是南斯拉夫牌汽车?

他看见了霓虹灯拼成的百合,知道自己来对地方了。他走入餐厅,沿着嘎吱作响的木制台阶拾阶而上。一个身材魁梧的男子在台阶顶端挡住了他的去路。这个打手超过六英尺高,身材像橄榄球对防守前锋一样结实,一看就长了一身适合做暴徒的横肉。要不是戴带着反光太阳镜,对斯佩克特来说,他只不过是块任人宰割的牛肉。

"有预约?"他发问,似乎这是他唯一知道的英语词汇。

"对。"斯佩克特想从旁边溜过去,但男人抓住了他状况不佳的腰。

"等一下。"

斯佩克特咬紧牙关:"有问题吗?"

"今晚，我们有一个私人晚宴。"

"抱歉，"一位东方人把手搭在这位肌肉男雇工的肩膀上，他看向斯佩克特，嘴角轻微上扬，"这位先生不是来参加你们的晚宴，但他确实有预约。"

"那他能不能站一会儿，让我搜个身？"大块头向东方人发问，然后看着斯佩克特。

"没问题。"斯佩克特解开大衣，抬起胳膊。男人飞快地搜遍他的全身，态度十分专业。"你是特工还是？"斯佩克特发问。

"好了。做你该做的事。"大块头朝楼梯后退一步。

斯佩克特觉得这个东方人大概是餐厅经理，他将斯佩克特领到一张靠近私人包厢入口的桌子旁，给斯佩克特递上菜单，虚弱无力地微笑："别惹麻烦。"他低语道，"他们告诉我，不会有什么麻烦。"

"除非吃的太糟。"

"这里的食物非常美味。"经理示意一位服务生过来后，转身离去，看上去如释重负。

菜单是手工印刷，金色与银色的文字印在某种豪华卡片簿上，也不是按他习惯的那样折叠。斯佩克特打开菜单，叹了口气。更糟糕的是，不仅菜单里面所有的文字都是越南语，而且条目旁边也没有数字。想点什么不必发音就能吃的东西，实在太艰难了。

"打扰一下，先生。您要不要喝些茶？"

斯佩克特看向侍者："当然。"时机来临时，一点咖啡因对他的能力很有帮助。

侍者用戴着白手套的手将他的茶杯翻过来，为他满上："您需不需要再看一会儿，再点餐？"

"好，过会儿再来。"

侍者点点头，将白色的瓷茶壶放在桌上，转身离去。

斯佩克特端起茶杯，将热气从茶的表面吹走。这比他通常喝的茶看起来要绿。他试探性地啜饮一口，茶太烫，还不能喝，但它足够醇厚，能帮他完成工作。他等茶凉了几分钟，然后大口喝起来。斯佩克特闻到在热油上嗞嗞作响的肉和蔬菜的香气，他的胃犹如火烧，他急需往里面填一些顶饱的东西。

有两个人进了餐厅。其中一人很年轻，另一个则年近古稀。他们都穿着深色大衣，戴着深色礼帽。他们和门口的警卫寒暄一阵，然后消失在私人包房之中。斯佩克特能听见他们的谈话声，但听不清足够的词句，来弄明白他们在交谈什么。无关紧要，再过不久，他们中的大部分就得葬身鱼腹之中。

他重新看向菜单，如果点一个牛肉菜，他起码还能吃点肉。

另一队人马通过门卫，走进了会议室。你们好啊，他心想。我是死期，我今晚就要让你们死得透透的。服务他的侍者走了回来："您选好了吗，先生？"

"对，我想点一个有牛肉的菜。你明白的，还要一堆热的东西。"侍者点点头，转身离开。

斯佩克特看了看手表，晚上7:45。他端起茶杯，啜饮绿茶。当他确认所有人齐聚一堂，那就要开始行动了。

◆

鸡尾酒时光就要过去，柯蒂斯和他引人注目的员工们开始引导客人走到餐桌边，杰伊·阿克罗伊德这才挽着蝶蛹出现。砰呼杰伊还是穿着他穿了一整天的棕外套棕皮鞋，没打领带，而且衣服看上去有点皱皱巴巴。蝶蛹穿着一条熠熠生辉的拖地长裙，裙子闪着金属的银色光泽。裙子遮住了一对乳房，也遮住了一边的肩膀，但侧面却高高开衩，以充分显出她没有穿任何内衣。她大步流星地走过餐厅，一双长腿若隐若现，透明的肌肤下，肌肉如烟雾一般移动。在她面如骷髅的脸上，那双眼睛扫视全厅，好像她才是这里的主人。

海勒姆在酒吧遇见了他们。"和往常一样,杰伊又迟到了。"他说,"老是推迟我们的会面,我真该为此罚他去做苦工。我是海勒姆·沃切斯特。"他亲吻蝶蛹的手。

她好像被逗乐了:"我猜也是。"她以一种受过良好教育的公学口音说。

"你是英国人!"海勒姆露出愉快的微笑,"我父亲也是英国人。他在敦刻尔克打过仗,你知道的,他是位战争新娘——不是穿白婚纱的那种。"

蝶蛹彬彬有礼地笑了。

阿克罗伊德的微笑更有些显得愤世嫉俗:"你们可能想聊一聊温斯顿·丘吉尔,或是约克夏布丁之类的。我想,我还是去喝一杯吧。"

"请自便。"海勒姆说。杰伊明白他的暗示,晃过去找壁行者聊天。"我相信,你有消息要给我。"海勒姆对蝶蛹说。

"或许吧。"她答道。她环顾四周。在这群名人集聚、美女如云的大厅里,她身上汇聚了太多目光。"在这儿谈?这有些太显眼了。"

"到我办公室说。"海勒姆回答。

门在他们身后合上,海勒姆心怀感激地沉入椅子,示意蝶蛹坐下。"可以吗?"她从小小的手提包中拿出一支香烟,问道。海勒姆点点头。蝶蛹点起香烟,海勒姆看着烟雾在她的鼻腔中旋转。"让我们略过前戏,"蝶蛹提议,"你想要的信息非常危险,而且价值连城。你准备付多少?"

海勒姆拉开抽屉,拿出一本总账大小的支票簿,开始填写一张支票。蝶蛹仔细地注视着他。他撕下支票,将它滑过桌面。

蝶蛹倾身向前,接过支票,看着上面的数字。她扬起眉毛,脸上幽灵般的肌肉组织开始运作。她把支票对折,放入手提包:"很好。这能买不少,沃切斯特先生。买不了全部,但能买不少消息。"

"继续说。"他双手交叉,放在桌上,"你告诉杰伊,说棒槌只是组织中的沧海一粟。是什么样的组织?"

"你可以管他们叫影拳会。"蝶蛹说,"这就是你在街头听到的名字,和其他帮派的名字一样好。这是一个庞大且极有势力的犯罪组织,沃切斯特先生,它由很多小帮派构成:唐人街的无尘白鹭会、鬼牌镇的狼人帮、棒槌在水边的小混混们,还有一打其他的势力。他们在哈林区、在地狱厨房①、在布鲁克林,还有整个纽约,到处都有盟友。"

"联合会。"海勒姆说。

"别把他们和黑手党混为一谈。事实上,影拳会正在与黑手党进行一场安静的战争,而且处于上风。他们已经把手伸进了很多好生意中,从贩毒,到娼妓,到洗钱,甚至还有很多合法正当的生意。棒槌和他的保护费只是这个组织中最小、最微不足道的一部分,但尽管如此,如果我是你,我也会非常小心。棒槌本人只不过是个廉价打手,但他的赞助人可都是些残忍无情而又无所不知的家伙,无法容忍任何人插手。如果你惹恼了他们,他们会像拍苍蝇一样轻而易举地把你杀掉。"

海勒姆握紧拳头:"他们会发现,这可没那么容易。"

"因为你是一名王牌?"她露出微笑,"在今天这样的日子里,这似乎是值得紧抓不放的小宝贝,亲爱的男孩。你还记得,去年史泰登岛上,那起轰轰烈烈的黑帮谋杀案吗?报纸上到处都是。"

海勒姆皱起眉头:"某个黑桃王牌干的,对吗?我好像看过一些头条,受害者自称什么来着?"

"伤疤。"蝶蛹说,"他是一名能瞬间远距传物的王牌,也是影拳

---

① 地狱厨房,又名克林顿区,是纽约曼哈顿中心西侧的一个街区。从传统意义上说,地狱厨房东至第八大道,西到哈德逊河,南抵第四十三大街,北达第五十九大街。

会的打手。好吧，他完了，但若传言为真，影拳会手下还有不少其他王牌，这些王牌的能力和伤疤的一样厉害，这样的王牌影拳会甚至还有一打。你听过这些名字：渐隐、耳语者、亚龙。以及，门外的客人里，也可能有影拳会的人。他们正啜饮着你的香槟，思考着怎么把你毁尸灭迹得最好。"

海勒姆沉思一会儿："你能告诉我，这个组织的首脑叫什么名字吗？"

"可以。"蝶蛹冷冷地说，"但传这种消息，我会小命不保。当然，若是价钱合理，我也甘愿冒险。"她大笑起来，"我只是觉得，你没那么多钱，沃切斯特先生。"

"你可以假设，我想和他们谈判。"他说。

蝶蛹耸耸肩。

"除非你告诉我他的名字，不然你会发现，我可以轻而易举地让那张支票无法兑现。"

"我可不希望那种事情发生，"她说，"施特劳斯的莱瑟姆，这个名字耳熟么？"

"那个律师事务所？"海勒姆问。

"在杰伊把棒槌传送到陵墓监狱后，莱瑟姆所在的律师事务所——施特劳斯的律师，今天下午把棒槌从监狱里捞出来了。我正好今天有事去了这家公司问了一些问题，然后我发现他们的高级合伙人似乎对棒槌这种人有着浓厚的兴趣。这很不同寻常，毕竟他们的个人客户里有一大堆城里最富有或最有权势的人物，这些人有充分的理由保持谨慎。你明白我在说什么吗？"

海勒姆点点头："你有没有他的地址？"

她打开手提包，把地址递给海勒姆。海勒姆对她的尊敬更上一层楼。

"我再给你一点免费建议。"她补充道。

"是什么？"

蝶蛹露出微笑："别叫他枪眼。"她说。

♣ ♦ ♥ ♠

第十五章

晚上8：00。

晚宴的开端已经成了某种仪式。

当客人陆续就坐，当侍者端上前汤、食客选好菜肴，当所有的目光都集中在海勒姆·沃切斯特身上。他将一个细细长长的杯子倒满香槟，让自己变得比空气还要轻盈，轻轻飘到高高的天花板上，浮在某盏大吊灯旁边。"让我们举杯，"和往年一样，他举起酒杯说道。他深沉的嗓音很严肃："敬喷气机小子。"

"敬喷气机小子。"他们齐声重复，一百个声音汇聚在一起，但没人喝酒，因为后面还有更多的名字。

"敬黑鹰。"海勒姆说，"敬智囊，敬使者——不管他身在何方。敬灵龟，是他的声音把我们从蛮荒之地拉了回来。让我们祈祷他还活着，就像马克·吐温——对他死讯的报道实在所言不实、夸大其词。敬我们所有的王牌弟兄，无论他们伟大或是渺小，活着、死去，还是尚未出生。敬成千上百的鬼牌，敬成千上万死于黑桃王后的普通灵魂。"

海勒姆停顿一会，俯视房间，静默一阵，这才继续开口："敬咆哮者，"他说，"他的笑声可以震裂砖石。敬恐龙小子，他永远都不会像谋害他的人那样渺小。敬塔基斯星人，他们诅咒了我们，也让我们宛如神灵。敬塔基扬医生，他在我们需要帮助时伸出了援手。还有，一如既往，敬喷气机小子。"

"敬喷气机小子!"他们再次重复。这回,他们饮下美酒,也许有一两个人停了下来,想着那个他们记忆中还没去世的男孩。之后,他们拿起汤勺,开始享用美餐。

海勒姆·沃切斯特缓缓落回地面。

♥

"你没吃东西。"塔基扬医生瞥了眼她几乎没动的盘子,柔声提醒她。

"你也没有。"

"我有理由。"

"什么理由?"

"我嘴疼。"

"这不是真正的原因。"

"你为什么会在乎真正的原因?"

"我不在乎,才不在乎。"她移开目光,但回忆如同一幅鲜明的图案,让她的神思从房间里移开。乔赛亚,他的鼻孔挑剔地缩在一起,叠加在特里普斯上尉那张善良的脸上。她的孩子像一个怪物,躺在西北风的盘子上。

"你的理由是什么?"

我准备杀——我必须杀掉——你,而且我快失去勇气了。这个回答你满意吗?

她的大脑已经指挥嘴巴做出了回答,她听见自己说道:"今天发生的事情,让我沮丧。"

"哪一部分?"外星人带着一丝可怕的微笑,问道。

"在喷气机小子之墓,那场谋杀。"

他覆上她的手:"你也说中了我没胃口的原因。那小子……我怎么吃得下饭。我在想他的父母亲。"

WILD CARDS

今晚早些时候,她喝下的法式洋葱汤开始涌上她的咽喉,她痉挛着把它们咽下。"不好意思,"她喘着气低语着,拉开椅子,跑出餐厅。一些好奇的目光注视着她。

盥洗室里,她用冷水冲刷着自己的面庞,毫不在意自己精心化下的妆容是否糊掉。她清洗着自己的嘴巴,这有点效果,但无法缓解她胃部深处如火焰灼烧般的硬结。她琥珀色的眼睛忧郁地凝视着镜子,因惊恐而睁大的眼珠变成了浅黄色。她打量着镜中自己完美的鹅蛋脸,打量着高高的轮廓分明的颧骨,打量着自己窄窄的鼻子(某个白人祖先的遗传)。看上去这就是一张普通的脸。但就是这张脸,怎么会藏着如此……她的思绪不愿承认这个词语。不是邪恶。这张脸藏着回忆。

邪恶的回忆。

可这是谁的邪恶?是那个把诞于地狱的病毒带到地球,还破坏了她生活的男人的邪恶?

还是她自己的邪恶?

她把手搭在水池两边,向前弯下腰,呼吸急促。

"他还活着,露莱特。"

恐惧让她发出一声呜咽,她转过身来面对他。钦天士把指甲锉放在一边——那是王牌云巅为了女性顾客的便利而设的东西——向后缩了缩身子。他仔细检查着手背上一截一截的血管,坐在小小的梳妆凳上缓缓转过来面对她。这是一幅相当不协调的景象:钦天士打扮成王牌云巅的服务员,两排剧院似的灯光描绘着他的身躯,光秃秃的后脑勺反射在镜子上。

"天哪,上帝,你在这里——"

"做什么?显然是为了完成你失败的任务。弄一些小小的死亡。我来到这里,期待着看见恸哭、恐惧,还有憎恨。结果我看见了什么?一群王牌胡吃海塞,口若悬河、滔滔不绝、高谈阔论。"

"你不能……不能在这里。"

"噢,我可以。尽情待在这里。从塔基扬医生开始。"

"不要!"

"你关心他?"

"他是……他是我的。"

"那么,你为什么还没杀掉他?"快活的语调从他口中流逝,他的声音听起来像岩石磨过砂纸。他从椅子上起身,行动迟缓,却更具威胁。

"我——"她说不出话来,顿了顿再度试着开口,"我在玩弄他。"

"多么戏剧般——甚至肥皂剧般——的词语。玩弄他。"他若有所思地重复着。他迅速伸出手,抓住了她的咽喉,"那么,别再玩弄他!杀掉!"唾沫打湿了她的脸颊,她在他的手里扭动挣扎。

那只手攥得更紧,压力之下她的咽喉开始疼痛。鲜血上涌,冲击着她的耳朵,露莱特抓着他的手,乞求他宽恕,但只能发出低泣的声音。他轻蔑地把她扔到一边,她重重地摔到坚硬的马桶边缘上。

"你逼不了我。你的威胁远远不够。"

"这倒是事实。我希望你还记得我告诉你的智慧。只有你的憎恨才能让你重获自由。只有释放灵魂中的毒药,你才能获得平静。"

她用手戳着太阳穴:"我不知道我更恨哪个,你的威胁还是你的流行心理学。"

他无视了她的话,继续言道:"只有终极进化,才能把你从一生的回忆中拯救出来。"

他撕开自己精心铸造的精神防护,抓住并打破了她的一部分思想。画面从她的眼后振翅飞过:护士的手重重地压在她的胸膛,强迫她往后退。"别看。"她看到了。怪物!这东西躺在孵化器中,哭叫着宣布自己的生命。藏起来。整整四天,她看着它死去。厌恶化为爱，爱又化为仇恨。护士的手重重地压在她的胸膛，强迫——

就这样，画面如梦魇般循环往复。

"杀了他，画面就会停下来。"

"噢，上帝！我不相信你！"她痛苦地抓着头发，手指在发中扭曲。

"很不幸，对你来说，你别无选择。"

♣

"时间到了吗？"杰克把脑袋从紧紧抓着的钢栏杆上抬起来。

垃圾婆移过来，站在他的身边。她用胳膊环着他的腰。"很快，很快就到了。"她伸出手，把被汗水浸透的黑发从他的眼前移开。显然，他非常痛苦。杰克盯着她，他的黑眼睛藏在阴影下，混在黑夜中几不可见。

"你得自己进去。"她说，"时候到了，我会帮你变身。整个过程中，我都会和你在一起。"垃圾婆把手放在他抓着栏杆的手上，他翻过手，与她十指相扣。

"我有种不祥的预感。"杰克说。他低头，看着他们交错的手指，但没有抽回手。"我希望，那些猫在。"

"我也是。"

"一旦出了岔子，"他言道，"你就走。我是认真的，我能照顾好自己。"

垃圾婆什么都没说，但把他的手握得更紧了。她看向罗斯玛丽："我们可以开始了吗？"

律师走回角落中，凝视着布满尘土的砖石。"一切正常，"她碰了下电子表，在昏暗的光线中眯起眼睛，"现在是八点十二。这时候，每个要来的人都该进去了。我们走。"

海防百合餐厅的入口，有一盏由霓虹灯描绘的巨大睡莲，嗡嗡地闪着光,照亮安静的街道。半打豪华轿车停在餐厅外的路边。穿着制服的司机在车队前站成一排,像普通出租车司机一样抽着烟谈天说地。每辆车都有一到两个面无表情的男人守着。两个警卫警惕地看着垃圾婆和她的同伴从面前经过,眼睛像 M60 自动机枪上的瞄准镜一样,盯着他们走过去。所有的警卫都带着黑色的袖章。

还没到门前,香菜、鱼还有越南菜烹饪时冒出的辣椒气味就把他们淹没了。

"我的上帝。"杰克朝天翻了个白眼,然后看着垃圾婆,"你信吗?我现在饿了。"

"一做完这件事,我们就吃饭。"

虽然入口与街道平齐,但餐厅却设在楼梯之上。红色的墙纸吸收了大部分光线,显得楼梯间非常昏暗。内门边的凹室里,站着一个和外面警卫穿着一样柔软西装的大个子男人,正向下盯着楼梯。他听见外面的声响,从门里走了出来,挡在楼梯顶端的餐厅的入口。

"有预约吗?"他问道。

"当然有。"罗斯玛丽毫不犹豫地回答。

垃圾婆感到那双藏在反光墨镜后的眼睛在上下打量他们,似乎在检查他们是不是威胁。大块头耸耸肩,显然对他们很满意。他后退一步,让开了路。显然,他没认出罗斯玛丽。

餐厅里的壁纸更暗了。一个紧张兮兮的中年东方人迎了过来,拿着一捆菜单向他们打招呼:"晚上好。三位,对吗?"

他正欲领着他们走向诸多空桌子中的一个,罗斯玛丽阻止了他:"我们是来聚会的。"

小个子突然停了下来。整个餐厅几乎空无一人。一对老夫妻挤在一边的角落里亲密。近处,一个身材高大、面容憔悴、嘴巴歪斜的男人一边吃饭一边抬起了头。他和东方人换了个眼神。一瞬间,垃圾婆觉得这个落单的食客看起来非常眼熟,但她的注意很快就被跌跌撞撞、差点摔到养着鲤鱼的水缸里的杰克拉了回来。餐厅的主人看起来非常苦恼。

他的笑容渐渐衰弱，他开口："这里没有聚会。"

"不，"罗斯玛丽答道，"这里有一场聚会。在私人包厢里。"

"这里没有聚会。"

"我们这里有的只是，"杰克绷紧嘴唇，慢慢地挤出词句，"沟通失败。"

罗斯玛丽研究着餐厅，看到两个身穿深蓝色西装、戴着墨镜、分别坐在房间后面的两张桌子后的男人时，她停了下来。他们都戴着表示哀悼的黑袖章。

她朝近的那个走去："晚上好……阿德里安，对吗？托尼·卡伦扎的儿子？"

"女士，你认错人了。"他答道。右边的警卫瞥了眼他的同伴，后者耸耸肩。垃圾婆紧紧抓住杰克，随时准备着只要枪声一响，就把他拉到藏身之处。

"阿德里安，"罗斯玛丽说，"我们以前常常一起玩。你绑架了我的娃娃，然后索要赎金。如果你不记得了，我会很伤心的。"地方检察官的助理丢下垃圾婆，站在距那个男人所在桌子几英尺开外。看上去她一点都不紧张，她扬着头颅，双臂轻松地垂在身侧。垃圾婆曾在一次审判中看过她这么站着，垃圾婆想，她从没像罗斯玛丽这样笃定过。

她现在更不确定，罗斯玛丽真的仅仅准备用那些书来影响甘比诺家族？她身上有太多她父亲的影子。垃圾婆记得，罗斯玛丽曾提起，说她希望自己是个儿子，这样就能继承父亲对家族的控制权。她真的要为罗斯玛丽提供得到甘比诺家族控制权的手段吗？

"我告诉过你，我的名字不是阿德里安。"

"那么，我想，我也不是罗莎·玛利亚·甘比诺。"

男人摘下墨镜:"玛利亚!"他第一次笑了,"我记得,有一次我给你送来被绑架的娃娃的右手,你还是不愿意付赎金。"

另一个男人开了口:"安静。罗莎·玛利亚·甘比诺几年前就销声匿迹了。"他对她说:"对我而言,你看上去更像是一个地方检察官,马尔登女士。"

"很好。我不认识你,对吗?"

"不认识。"

"我的父亲用老法子为家族而战,我选择了新办法。"

"比如,追捕我们?"第二个男人说,"起诉我们?"

"要当一个有用的地方检察官,我就得是一个好地方检察官。"

墨镜下方那张薄薄的、毫无表情的嘴巴朝一边抽了抽:"阿德里安,找下你父亲。我想他会对这个感兴趣的。"他朝后仰回椅子中,"马尔登女士,你和你的朋友们,请坐。"

罗斯玛丽拉过一把椅子,坐下。她跷起二郎腿,朝另一张桌子上的男人微笑,然后头也不回地说:"苏珊妮,我想,现在正是时候。"

垃圾婆让杰克转向自己,朝他的脑袋伸出一只手,男人急剧后退:"不能在这儿!"

"你是对的。"她对上罗斯玛丽的眼睛,朝男盥洗室的门努努下巴。

"好主意。"罗斯玛丽说。她朝桌子对面的男人开口:"我的朋友很快就会重新加入我们。我可以保证,他们没有……携带武器。"她直直地看向不透明的眼镜片,"你叫什么名字?"

"好吧,快去快回。"他漫不经心地朝卫生间挥了挥手,"你总是和瘾君子混在一起?"

罗斯玛丽伸手,从桌子另一边拿过茶壶,给自己倒了一杯茶:"不是。"

"莫雷利。"男人回答。

"认识你非常高兴。"

垃圾婆扶杰克进了男盥洗室。

"或许，我最好第一个走。"杰克伸出手，让自己靠着门框站稳。

"你做不到的。"垃圾婆实事求是地说。

"你的信念真是动人。"他痛苦地喘着气，"但另一方面……"

垃圾婆拉开门走了进去。小便池旁没人，但有个穿着脏兮兮的厨房围裙的越南男子正从隔间里出来。他惊讶地抱怨着匆匆洗净双手，然后用垃圾婆庆幸自己听不懂的语言嘟嘟囔囔地离开。"进来吧。"她告诉杰克。他关上门。

"我不知道我能不能做到，"杰克说，"有时，我想不起他来。现在我太痛了，无法集中精力，我——"

"只管脱掉衣服。"

"什么？"他试图挤出微笑，"垃圾婆，现在不是时候。"她恼怒地盯着他，杰克这才闭了嘴。

"这回，我没有多余的衣服给你。如果你不脱，你会毁掉身上的衣服，明白吗？"

"噢，好的。"他背过去，开始解衬衫纽扣。垃圾婆坐到脏兮兮的瓷砖地板上，毫不在意自己的外套会不会脏。杰克脱完衣服，半信半疑地看着她。他把衣服捆成一束，放在面前。

"躺下。"

杰克吞了吞口水，在垃圾婆面前卧倒。在这有限的空间里，他把双脚伸到绿色的木头隔断下。她伸出手，把他的衣服放到安全的地方，双手捧着他的脑袋，开始将自己的意识送到他的脑海中，寻找转变的关键之处。

"放下痛苦，别试着控制它。"垃圾婆不再使用几年前她用的那种粗糙刺耳的嗓音。现在，她正用着平日里让她的动物冷静下来的节奏说话。她让自己的呼吸与那种节奏保持同步，并轻轻抚摸着杰克的头。

她知道该怎么做。这不是她第一次和杰克合作，不过，这确实是她第一次试着释放野兽，而不是抑制它。

杰克在她的手下放松着自己。在他的脑海中，他领着她一层层深入自己的意识。她避开那里的重重障碍，尊重后面的私人领域。两只猫正在催促她进去一探究竟。出于友谊和对隐私近乎病态的渴望，垃圾婆抵制了这种剧烈诱惑。

在杰克脑海中的旅途，是一场由气味决定的旅行。这座城市，里面的人群，垃圾婆，都以他们独特的气味而不是图像或言语来呈现。图像和言语在意识链非常靠后的位置才出现。

降到沼泽、糜烂的死尸和腐肉、还有黑暗的气味弥漫之地，杰克停了下来。垃圾婆感到他在恐惧，他担心自己永远不会从那片沼泽中回来。垃圾婆再三向他保证，她就在那儿，绝不会弃他而去。但，正是垃圾婆强有力的意志，让杰克回到属于爬行动物自我意识中心的那片黑暗之地，沉入那些气味之中。杰克的自我意识被纳入另一种意识之中，随着他的意识朝爬行动物的大脑炸裂开来，垃圾婆随即从他的脑海中离去。沼泽的瘴气与藏身其中的美洲鳄如腾起的激流，在她身后紧追不放。

她的意识回到自己的躯体，这一反应让垃圾婆的脑袋重重击到陶瓷水槽的侧面，她迅速从沉沉靠在自己膝盖上的鳄鱼脑袋上抽回双手。爬行动物又一次翻过身，站了起来，发出垃圾婆刚刚在他脑海中听见的挑战似的咆哮。她飞快地喘着气，让空气深深沉入自己的肺，进入鳄鱼的大脑安抚着他。鳄鱼的尾巴尖一阵痉挛，接着他静静地离开她，在小小的盥洗室里抽搐着，想到更大的天地中去。

垃圾婆听见罗斯玛丽的声音在门外响起，她抬起头。盥洗室的门已完全打开，露出餐厅的越南老板那张忧心忡忡的脸。他瞪大眼睛，捂住嘴巴，看着这幅完全不可能发生的景象，猛地把门关上。

她低头看向鳄鱼，开始在他的头脑中寻找能让他吐出书籍的关键。她发现了那段有毒的肉的记忆，于是指挥着鳄鱼朝隔间爬去。

这一精神控制的后果，差点也让她中了招。

鳄鱼把他食道里的东西吐了一地，也吐了不少到马桶中。还未完全消化的食物发出恶臭，甚至让习惯了各种生死的垃圾婆都为之震惊。她让焦虑不安的鳄鱼冷静下来，起身，非常小心翼翼地在呕吐物中打捞被塑料包裹的几本书。谢天谢地，这没花多久。她在水槽里把包裹清理干净，鳄鱼挥挥尾巴，把隔间的木板砸成一堆碎柴。他从喉咙深处发出一声隆隆的咆哮，以表达自己的饥饿和不满。

垃圾婆再次朝鳄鱼的大脑伸出手，她开始进行将杰克的人性与爬行动物的思维分开的过程。不到一分钟，杰克就颤抖着躺在冰冷的、短吻鳄曾卧着的瓷砖地板上。她把衣服递给他，杰克如初生的婴儿般蜷缩在一起，抵挡气味和回忆的侵袭。

"必须得这么干。"她把纸巾弄湿，轻轻擦拭着他的额头。

"每一次，我都以为我再也变不回人类了。"杰克盯着墙壁，"若是哪天真的发生了，或许这才是最好的结局，对谁都好。"

"对科迪莉亚就不是最好的结局。"对她自己来说，也不是最好的结局。但她没有说出这一想法。

"科迪莉亚，耶，好吧。"他的声音毫无波澜，"让我们把这事做完。"

杰克穿好衣服，推开门，垃圾婆跟在他身后。他们穿过房间，罗斯玛丽和两名年长的男人站在一起。

"罗莎·玛利亚，我们对你过世的父亲怀着最深刻的敬意，但我们不能让你插手家族事务。"高个男人摊开手，如父亲一般向她致以问候。

"家族的事就是我的事。"罗斯玛丽瞥见垃圾婆和杰克走来，"我是个甘比诺。"她接过垃圾婆递给她的那个有些湿漉漉的包裹，两位年长的黑手党交换了一个有些恼怒的眼神。在垃圾婆看来，显然当她还在盥洗室时，这一对话已经进行了很久了。

"我对家族有个提议。"罗斯玛丽说。她直直地把书放在桌上，微微向前朝他们倾身，言道："所有的小头领都应该听我说说。"

高个男人开口："你是个女人。"

"罗伯托，让她说完。我们必须做出决定，这是在拖延我们的时间。"矮个男人碰了碰自己同伴的胳膊，说道，他是个体格健壮的小头领。高个男人点点头。

莫雷利打开门，罗斯玛丽朝里面走去，垃圾婆和杰克跟在她身后。莫雷利伸出手，拦下罗斯玛丽的同伴们，罗斯玛丽盯着两个小头领，直到他们点点头，莫雷利这才放下手，做了一个手势，示意他们进去。

私人包厢又窄又长，几乎被一张坐满家族小头领的桌子占得满满当当。他们正愤怒地争辩如何为弗雷德里科首领之死进行报复。黑色的绉布带无处不在。

铺着白色亚麻桌布的长桌中间，站着一个男人，听着四周议论纷纷。他抬起眼睛，看着罗斯玛丽、垃圾婆还有杰克走进来："这就是带着笔记本的那些人？"

"对，托马索阁下。"那位在外面盘问他们的小头领说。罗斯玛丽走到桌子近端，她没有拆开包裹，而是直接放在桌布上。垃圾婆站在她的身边，杰克则晃到房间另一端，举目望向窗外黑暗的小巷。

"谢谢你，罗莎·玛利亚。"托马索的声音听起来油腔滑调、虚情假意，"谢谢你把这些带给我们。"垃圾婆紧张地眯起眼睛。她知道，这个人自己绝对不会喜欢。如有必要，她会撕开他的喉咙。她皱皱鼻子，鱼酱的浓香让她意识到自己正饥肠辘辘。

"是甘比诺小姐。如您愿意，我更愿意称呼您为托马索阁下。"罗斯玛丽的手指紧紧钳住书本，对上他从桌子另一边投来的目光。垃垃圾婆能感到他们之间剑拔弩张的氛围愈发浓烈，感到连她的肌肉也在回应着这种紧张。窗外传来一辆垃圾车液压泵的吵闹声，以及一只翻倒的垃圾箱的碰撞声。包厢静默着，这一时刻仿佛被无限延长。终于，托马索先默许地点了点头。

"这些书可不是礼物。"罗斯玛丽开口，"它们是我的。我将决定，谁能获得这些信息。"

"那你就只能以家族之外的身份而发声。"托马索朝他右边的一个男人转了转眼珠。垃圾婆看见了这一微小的举动，她再次希望，自己有猫儿的尖牙利爪。

"我是以一名，曾亲眼目睹甘比诺家族近乎覆灭之事的亲历者的身份而发声。我们已经四面楚歌，而你们却坐在这里，为向一个连名字都叫不出来的敌人复仇而争论不休。"罗斯玛丽愤怒地审视着屋内众人，朝托马索摇了摇书，"如果你要走屠夫的老路，甘比诺家族就覆水难收。"

他们身后传来一声痛苦的呼号，然后门被撞开了。

"噢，不。"杰克说。

垃圾婆靠向罗斯玛丽，后者却被冲进房间的瘦小男人撞倒在地。男人的动作很快。这个憔悴的男子从罗斯玛丽手上抢过书，在疾驰而过时把她绊倒在地。

"住手！不然你就没命了！"托马索头领说。

垃圾婆奋力去接罗斯玛丽时，她瞥见托马索拔出一把精心打磨的贝雷塔手枪，瞄准逃跑的窃贼。让她震惊的是，这个小偷停下脚步，发出嘶哑的笑声。他扭着嘴角，转过身来，盯着托马索头领，后者痉挛着开了一枪，然后重重地倒在桌上。这成了震惊的头领们朝窃贼开火的信号。男人迅速朝窗户走去。这些子弹似乎丝毫没有拖慢他的脚步，仿佛统统偏移开来，而那些试图拦住他的头领在他的注视下纷纷倒下。

"杰克！快跑！就是现在！"就在垃圾婆大声警告时，她看见杰克站到了杀手面前。男人对上杰克的双眼，易形者的脸上开始冒出鳞片，慢慢伸出鳄鱼吻，尖锐醒目的牙齿从鳄鱼的血盆大口中长了出来。那一瞬间，窃贼犹豫了，黑手党头领们射出的子弹击中了他。接着，男人试图跃过这条挡住他通往窗户去路的巨大鳄鱼。

就在他跃起之时，鳄鱼扬起脑袋，锯齿般的利爪狠狠击中了杀手的脚。杀手发出震惊和痛苦的尖叫，如纸风车般在空中打了个旋，鲜血从他被截成两段的脚踝喷到房内。他撞破身后的玻璃，如一条受伤的蛇一样蜷起身子，把书紧紧攥在胸前。

窗外传来一声巨响，然后是传送带的呻吟声。黑手党纷纷跑到窗前，朝加速开走的垃圾车徒劳地开枪射击。

"那个混蛋摔在了卡车上！"窗户边的枪手回到房里，"托马索阁下，我们现在该怎么办？"他朝倒在桌上的托马索阁下说道。

托马索一动不动，没有回答。

枪手旋转着避开鳄鱼，后者正心满意足，咕噜咕噜地把脚吞入腹中。

♠

海勒姆将几个客人换了个位子，给他接待的避难人士腾出空间。睡莲坐在他的左边，游隼女士坐在右边，他的面前放着惠灵顿牛肉、土豆、白芦笋和迷你胡萝卜。这是一顿令人愉悦的晚餐。

"金枪鱼？"简惊讶地说，"这是金枪鱼？"

"不仅如此。"海勒姆说道，"这是直接从太平洋空运过来的长鳍白肉金枪鱼。"毫无疑问，她刚刚从罐头里吃下远比自己那份更多的肉块。砂锅金枪鱼、金枪鱼肉末、炸金枪鱼丸。他战战兢兢，给又一个金枪鱼卷抹上黄油。即使千钧一发，食物总能让他觉得更好。那些有关危险、死亡、暴力的想法，全部化为回忆，被美酒、美女还有美味的荷兰蛋黄奶油酸辣酱统统冲走。在他们桌后,通往露台的大门依旧敞开,夜晚凉爽的微风拂过王牌云巅,或许,这是西北风无形之手的杰作。

"好的,"睡莲回答,"这做得太棒了。"

"谢谢。"海勒姆说道。毫无疑问,她很聪慧,但又纯洁得令人震惊。对这个世界,这位简·莉莲·道恩要学的还有很多,但他觉得她会是一名学得很快又充满热情的学生。他发现自己在怀疑,她还是不是一个处子。

"你不是纽约人。"游隼女士对睡莲说。

"为什么这么说?"她看起来有些迷惑。

"本地人绝对不会说海勒姆的食物非常美味,毕竟,这在意料之中。纽约人比地球上任何地方的人都要见多识广,所以他们一定要挑些毛病,来彰显自己阅历颇丰。比如这样。"游隼女士转向海勒姆,说,"我很喜欢这土豆奶油浓汤,真的很喜欢,但我觉得这还不能达到巴黎的水平。但你明白,这个我很确定。"

海勒姆看向简,后者看起来似乎有点怕自己说了什么蠢话。"别被腐化了。"他微笑着告诉她,"我还记得小游第一回来纽约的事情。那还是在时尚秀、香水、还有《游隼的栖木》节目之前,那时她还没改名字,甚至还在她拍《花花公子》插页照片之前。她只有十六岁,从——从哪儿来的,小游?得克萨斯州的代姆博克斯?"游隼女士朝他露齿一笑,一言不发,海勒姆继续讲,"飞翔的拉拉队长,那时的媒体这么叫她。他们在麦迪逊广场花园举办了一场全国啦啦队比赛,你信吗?小游阅历丰富,直接错过了总决赛。你看,她为了省钱决定自己飞过去,而不是搭出租车。"

"然后呢?"睡莲问。

"我有一幅街道地图,"游隼女士和蔼地说,"但我太害羞,不敢问方向。我觉得,我不会错过麦迪逊广场花园那样的大地方。我一定是在麦迪逊广场花园上飞过了上百次，一直在找它在哪。"她转过头，扬起一边的眉毛，华丽的翅膀在身后引得空气微微颤抖。"你赢了，海勒姆。"她说，"食物确实很棒。一如既往。"

"飞翔也一定很棒。"简看着游隼女士的翅膀说。

"排在第二好的感觉是，"游隼女士迅速回答，"之后，你再也不用换床单了。"这个回答听起来滚瓜烂熟，显然已经把这个答案说了不下千次。桌子上其他的客人大笑起来。

简看起来有些惊讶。海勒姆想，或许她以为游隼女士会说些脱口而出的俏皮话以外的东西。她看起来如此单纯、年轻，穿着他为她买的——不对，是贷给她的，他纠正自己，因为这点对她很重要——晚礼服又是如此可爱。他倾身向前，轻轻把手搭在她裸露的臂膀上："我能教你飞翔。"他轻轻地说。当然，他没法让她真正飞起来，这不过是一点浮力的小把戏，但从没有人抱怨过。毕竟，有多少男人能让他们心爱的人轻如羽毛，或者比空气还要轻盈呢？

睡莲抬头看着他，惊慌失措，明艳动人，还往后退了一点点。她的目光似乎在他身上找什么东西，海勒姆想知道她在找什么。你在寻找什么，睡莲？他心想。小小的水蒸气开始在她光滑、冰凉的皮肤上凝结，宛如明珠。

◆

断脚处裸露的神经末梢狂热地尖叫着，直冲他的大脑。这甚至比死亡的疼痛还要糟糕，要知道，他可是花了好几个月，才忍住这种疼痛。如今，他可以在他的潜意识里哼着歌，除非他需要这种疼痛来杀个人。幸运的是，斯佩克特几乎立刻就止血了。他希望那个该死的天杀的动物被自己的脚噎死。每当垃圾车在坑坑洼洼的地面上颠簸，疼痛就会沿着他的腿给他来一下。他把笔记本塞到裤子前面，现在，这都是他的了。他可以自己来要价。他好疼，疼到没法去阅读它们，即使灯光明亮,他都做不到,更别说现在光线差得要命。也许,他可能活不到那一天。毕竟,光这一天他碰上的麻烦,就够他受的了。

卡车放慢速度,停了下来。斯佩克特试图在垃圾中匍匐前进,爬到边缘。失败。他一扭,断肢就疼得要命。他听见液压泵开始工作,抬起头,看见垃圾箱被抬起来,翻转,然后开始倾倒重达数百磅的垃圾。在被掩埋之前,斯佩克特深吸了一口气。有什么重东西落在了他断掉的脚踝上。他试图无视疼痛,努力爬到垃圾上面,却突然觉得自己在往回落。瓶子、纸箱、废纸、鸡骨头、吃了一半的电视晚餐,都压在一起朝他扑来。他和垃圾叠在一起,试着把残肢收到另一只腿下面。重压停了下来,他听见垃圾箱被放回去的声音。垃圾车蹒跚着,又开始前行。

"妈的。"他咒骂道,然后吃了一嘴湿漉漉的咖啡渣。他疯狂地朝天刨着垃圾,努力无视疼痛。他希望,卡车到垃圾场前,可千万别再停了。

♣ ♦ ♥ ♠

第十六章

晚上9：00。

他实在精疲力竭，爬不出卡车。再生一只脚已经耗尽了他全部精力。斯佩克特躺在垃圾堆顶上，随着垃圾车在大街上一路颠簸。他低头看看自己残破的脚。血肉已经从他破破烂烂的裤脚中伸出几英寸，他正在长一只新脚。这种事情从未发生过，他还以为他得找一只假肢安装上去。他的再生能力远比自己想象的还要强大。他的系统正从他身体的其他部位汲取组织，来创造一只新脚。怪不得，他一点力气都使不上。痒得要命。他把手插进口袋，防止自己去挠。他看着一排排建筑从眼前跑过去，试图想明白他现在在哪儿。大概是码头区吧。街上有些车，但卡车还开得挺快，争取了不少时间。

他把塑料包裹的笔记本从裤子里掏出来。卡车移动时他看不清多少东西，路灯投下的光晕也太不规则。幸运的是，他听见了那姑娘谈论这些笔记本。在经历他们带给他的糟心事后，这些本子最好是他要找的东西。他怎么可能想到有人会变成一条鳄鱼。今晚，所有的王牌都应该在胖子那里吃饭才对。

卡车慢了下来，周围已看不到建筑。这可能是这条路的尽头。他把本子卷起来，双手抓住卡车车厢钢围栏的边缘，蹬着那条好腿，把自己往上拉。他的肌肉颤抖了一下，然后完全辜负了他。他重新缩回垃圾堆里，筋疲力尽。

卡车停了下来。斯佩克特听见一条金属锁链被解开的声音，大门嘎吱作响。他甚至坐都坐不起来。卡车慢慢向前移动了一会，又再次停下来。他知道，接下来会发生什么。

"住手。"他喊道。他的声音虚弱无力，司机根本听不见。

液压臂将钢制垃圾箱从卡车上高高抬起，越过空中，开始向下倾斜。斯佩克特捂住脸，缩成一个球。他深吸一口气，开始往下坠，他把笔记本紧紧抱在胸前。他的脑袋和肩膀先落了地，接着两眼一黑晕了过去。

♥

当甜点车庄严地开始巡回时，海勒姆那桌，当然会第一个享用。

他觉得相当放松，也非常为自己高兴，胃口也恢复了不少。他从一名新来的服务生那里接过一块意大利苦杏酒芝士蛋糕。这名服务生是个消瘦的小个子，脑袋很大，戴着厚厚的眼镜。他又拿了一块巧克力芒果派作为享受。芝士蛋糕非常符合王牌云巅的超高标准，派也做得相当精致，上面盖着薄薄的又甜又苦的巧克力薄片。

游隼女士也挑了一块派。巧克力，她带着著名的微笑向睡莲解释，是世界上第三好的事物。

简正空洞地盯着那个服务员，她的表情有些奇怪。"有什么不对吗，亲爱的？"老人问她。

她慢慢眨了眨眼，摇摇头，好像是刚刚从睡梦中走出来："没有，我的意思是……我记不得了。"她突然打了个哆嗦，"我觉得好笑。"

"巧克力包治百病。"游隼女士提议道。

但简却挑了樱桃庆典。"因为，"她告诉海勒姆和游隼女士，脸上挂着属于她自己的微笑，"我听说，如果要在两种邪恶里挑一个，你应该挑没试过的那种。"海勒姆没想到她会引用梅·韦斯特[①]的名

[①] 梅·韦斯特（1893—1980），原名玛丽·简·韦斯特，好莱坞著名影星。

言,不由大笑出声。那个瘦削的服务生也笑了,尖细锐利的笑声绕梁不绝,仿佛在绕着桌子推甜点车时听见了什么私人笑话忍俊不禁。

在他们周围,细心的服务生正从细长的银壶里倒出新鲜的现煮咖啡,放好一只只装满鲜奶油的小壶。一瓶瓶令人愉悦的甜酒开了盖放在桌边,任何想饮美酒的人可以随时取用。

甜点享用完毕后,宾客纷纷离开座位,开始举起小杯畅饮白兰地、利口酒,并开始一年一度的绕桌寒暄。模块人先行一步,这个机器人早就无视了甜点,直接开始对拿破仑干邑白兰地进行现场饮酒测试。

海勒姆迅速用完甜点,用最快的速度拿葡萄酒把它们冲下肚,朝后挪开椅子。"请原谅我匆匆离去。"他对身边仍在细嚼慢咽享用晚餐的同伴说道,"作为主人,我有特定的责任,虽然我十分不想从这么令人愉悦的同伴身边离开一秒。"他微笑着,"请别急,慢慢来,夜晚刚刚开始。"

海勒姆在一张张桌子边来回穿梭,向他的宾客们点头示意,询问他们对晚餐的意见,带着和蔼的微笑接受他们的恭维。

西北风的桌子就在露台附近,她正在众人倾慕之下,说自己的父亲若是得知自己位列冰雕之列,无疑会非常开心。"我们很难把飓风排除在外。"海勒姆告诉她,"即使他错过了这么多事情。住在旧金山不是借口,你可以和他讲讲这是我说的。"

海勒姆差点没认出克罗伊德来,后者正紧张兮兮地四处张望找甜点车——还有两桌才到他。福尔图纳托坐在他旁边,看起来像穿的黑寿衣似的,似乎完全没有加入任何周围的晚餐谈话。海勒姆考虑要不要停下来,安慰他几句,但那双肿胀额头下的黑眼睛里的东西阻止了他这么做。

特里普斯上尉洒了弗兰克·博蒙特的女伴一膝盖香草茶,正徒劳地用大量餐巾纸擦拭,连连道歉。海勒姆因此不必再听他絮絮叨叨说着加工糖有什么危害，逃过一劫。

壁行者和哈莱姆铁锤正旁若无人交谈甚欢。海勒姆问他们觉得晚餐怎么样，哈莱姆只是简单点了点头。拉达·奥雷利，这位身材娇小的红发女性——以能变成一只成年亚洲象且具有惊人的飞行能力而闻名——用迷人的印度口音感谢他。幻想已经抛弃了陪她来的小编剧，正和教授调情。底格不知怎地混了进来，正在远处窗户边的角落里采访脉冲者。海勒姆皱了皱眉，做了个手势，两名彼得周的保安人员坚定地将底格送出门，一路朝电梯走去。一个能徒手热咖啡的男人朝海勒姆毛遂自荐想要份工作，海勒姆让他直接去找"全是坚果"咖啡店。瓢虫则深情追忆着过去，说着那年他们按喷气机小子的飞机形状，烤了一个巨大的阿拉斯加布朗尼蛋白冰淇淋蛋糕。

杰伊·阿克罗伊德看起来好像要撑死了："我再也不吃了。"他郑重宣布。

海勒姆在他身边的空椅子上坐下来："看起来，事情进展得非常顺利。"他如释负重地说。

♣

甜点车在桌子间转来转去，似乎没有人管。但这并不重要，糖类、肉类、或是任何含防腐剂的东西，福尔图纳托能不吃就不吃。

这是百变王牌病毒给他带来的最令人失望的副作用之一。他的所有感官都变得异乎寻常得敏锐。奇怪的是，自然的气味，甚至比如湿漉漉的狗或者腐烂的蔬菜发出的臭味，都不会让他如此困扰。只有人造物发出的气味——比如公交车的尾气、杀虫剂、刚涂上的油漆——才会让他不快。他甚至为此在几年前放弃了可卡因。如今，他都拿青草、蘑菇或新鲜的古柯叶来提神醒脑。

他现在就挺想提神醒脑的。海勒姆把他和克罗伊德·科伦森放在一桌，这本身不是什么问题。几年来，克罗伊德都是他珍贵的客户，克罗伊德的女伴才是问题所在。屋漏偏逢连夜雨，巫子把克罗伊德和维罗妮卡撮合到一块儿了。

维罗妮卡一会儿微笑，一会儿大笑，盘子里的东西几乎没动。福尔图纳托知道，她的好心情不过是海洛因过量的反应。他很高兴，有科迪莉亚和克罗伊德能让自己与维罗妮卡分开。从晚餐开始至今，维罗妮卡就一直无视他，她的手放在克罗伊德的膝盖上，以至于克罗伊德几乎无法在意其他任何事物。除了科迪莉亚，小姑娘立刻就让克罗伊德的注意力从维罗妮卡身上移开了。

克罗伊德看起来不错——身材苗条，皮肤是被太阳晒出的棕褐色，颧骨高耸，笑容可掬。福尔图纳托没有问克罗伊德醒了多久，但他猜，已经有好几天了。他的眼中闪着安非他命的光彩。每当安非他命起作用时，他就会睡个几天或是几周，醒来时容貌就会焕然一新，并获得新的超能力。

这回，他的超能力与金属有关。他的刀叉总是不停地在他的手里变软，如果他集中注意，刀叉又会再次坚硬起来。在科迪莉亚加入他们前，他和维罗妮卡在这个话题上含沙射影说了好久的话。

福尔图纳托吃了点沙拉，又吃了点芦笋，便不再吃什么了。

"听着。"一名穿着白色夹克的服务生为他换上干净的餐盘，克罗伊德对福尔图纳托说，"你能不能在我的账上把她加上？"他一只胳膊搂着科迪莉亚。

"有个问题。"福尔图纳托说，"科迪莉亚不在我的职员名单之上。起码现在不在。"

"噢，"克罗伊德说，"我不想在你们之间插一脚。"

"不是这样的，"福尔图纳托辩解道，"你可以说，某种程度上，我们还在互相考察。"

克罗伊德看起来有点尴尬："我不是故意把你当成……呃，一个专业人士。"他对科迪莉亚说，"不过，如果待会儿你想来我这里，我们可以喝上几杯,再无拘无束地转几圈,你明白的。我绝对不会要你做任何你不想做的事情。我河边的房子里有一堆立体音响和隔音垫,他们才不在乎我把声音放得多大……"

突然,克罗伊德的盘子里多了一块芝士蛋糕。福尔图纳托不知道这是从哪里来的。他迅速环视四周,回过头时,克罗伊德的盘子里又多了一块苹果脆皮馅饼和一片巧克力派。

很不对劲。福尔图纳托站了起来。许多王牌正朝露台走去,透过平板玻璃窗,他能看见游隼女士和睡莲正在交谈,她们的脑袋挨在一起。

他无法思考,把手放在桌上,倾身向前,摇了摇头。甜点。这些甜点是从哪儿冒出来的?好好想想,该死的。糕点可不长腿,可没法自己动。这就意味着是有人拿来的。某个你看不见的人。你的脑海里,有谁是你看不见的?

"妈的!"他和露台之间隔了一个巨大的圆桌。他抓住桌子的边缘,把挡路的桌子掀开。克罗伊德徒劳地冲向他的甜点。他离玻璃门还有两步,睡莲开始尖叫。

空气静默了半秒,然后一起化为碎片。模块人冲向露台,吼着:"离她远点!"他的身体充满能量,噼啪作响。克罗伊德抬起手,仿佛在试着将自己的超能力集中在一起。没用。模块人正朝外面扫射,突然他脑袋上的雷达软了下来,朝着另一个方向飞去,无助地砸到墙上。这一下砸得很重,肯定弄乱了什么程序,因为他开始发射烟雾弹和催泪瓦斯。此时,所有的灯都熄灭了。陷入黑暗的第一秒,福尔图纳托确定他听见了大象的嘶鸣,绝不会错。

他眨眨眼,让那里的光线向他投来。下一秒,他就能模模糊糊地看见了。空气中到处都是有毒气体,因此他屏住呼吸。

睡莲还在露台上,她的后背靠着栏杆。她的四周开始出现雨滴,纷纷下落的雨水中,他能看见钦天士的轮廓,那混蛋正朝她伸出手。

恐龙小子和停车场上的事情正在重演。他竭力想挣到她身边，紧绷的肌肉却撞上一堵无形之力，一点都使不上力。"不！"他吼道，"天杀的，不！"睡莲升到空中，开始旋转。她从露台边缘被重重摔下，消失在黑暗之中。

♠

这景象让人想起反战游行。湿漉漉的手帕捂住口鼻，将催泪瓦斯的最坏影响过滤干净。滚滚浓烟如同翻腾的巨浪，炸出令人难受的气体，引发阵阵咳嗽和尖叫。

露莱特把某人撞到一边，想去找塔基扬医生。她看见他进来了。她心无旁骛地盯着露台，向前迈进，但灯光熄灭时她失去了他的踪迹。一名王牌放出一团火焰，她用手遮住眼睛，扫视人群。模块人挣扎着站起来，一个女人在尖叫，塔基扬医生的身影在浮动烟雾构成的背景里显现出来。

眼泪顺着他的脸颊流下，他的胸膛因奋力憋住咳嗽而不断起伏。他扬起下巴，似乎在为做出某种终极努力下定决心。爆裂开的光芒射在钦天士干瘦的身体上，医生似乎正用尽全力，将赋予他自己生机的能量尽数倾泻。

然后模块人爆炸了。

烧焦的钢铁碎片与塑料碎片如弹片一样炸得满餐厅都是。其中一个锯齿状的大块碎片还挂着模块人一缕破烂的制服碎片，正中塔基扬医生的额头。医生倒了下去，满脸鲜血。

尖叫撕开她的喉咙冲了出来，她拼命冲到外星人的身边。不要死！不要死！但她不确定，自己脑中的呼号到底是出于失去他的剧痛，还是被欺骗的怒火。

她跪在地上，把他虚弱无力的身体紧紧抱在胸前，他的鲜血染红了白色的连衣裙。她从脸上扯下为了防止吸入催泪瓦斯蒙着的纸巾，把它压到搏动的、锯齿状的伤口上。催泪瓦斯把她的喉咙和眼睛当成了绝佳的靶子,她开始哭泣,她泪如雨下,眼泪尽数落在塔基扬医生的脸上,在血泊中汇成苍白的溪流。

◆

　　睡莲最后的尖叫依旧在空中萦绕。整个餐厅一片混乱。模块人的碎片在福尔图纳托的引力场中毫无恶意地盘旋。他看见毫无规律的风正从屋内穿过,那是西北风在试图驱散烟雾。有些有着投掷火焰能力的白痴试图把房间照亮,但只是成功地让窗帘着了火。海勒姆跑到阳台,握紧拳头,大声喊着:"不!不!"整个餐厅的桌子都飘了起来,浮在空中,举起桌子的王牌不知道该把桌子扔到哪儿去。有些人在天花板上倒挂起来,瓷器破碎的声音接连不断,几乎足以淹没此起彼伏的呕吐声响。

　　露台上,福尔图纳托依稀可见钦天士转过身,朝他鞠了一躬。简,福尔图纳托心想,她还在下落。游隼女士已经转身冲向栏杆,准备去救她。钦天士一手抓住游隼,准备把她扔到地上。

　　显然,游隼女士比他想象的要强壮得多。她咬紧牙关,单膝跪地,伸出没被抓住的臂膀去抠钦天士的眼睛。钦天士厚厚的眼镜掉到混凝土地上,鲜血顺着他的脸颊流下。

　　钦天士笑了。他伸出舌头,舔了舔自己的鲜血。眼镜又升了起来,重新回到他的脸上。

　　福尔图纳托调起米兰达给他的所有能量,集中在他腹部的马尼普拉脉轮中。他从喉咙里发出一声奇怪的呻吟,将生命素——这种纯粹的能量从他体内推出,投向钦天士。

　　生命素如一个蓝绿色闪着光的有垒球那么大的球体,从福尔图纳托身上射出。福尔图纳托张开双臂,五指大开,双眼圆睁。生命素穿过钦天士周身围着的一道道能量线,并将它内部彻底翻转出来。钦天士的能量线从同心圆缩成了弯弯的新月,而且都离他干瘪的身躯远远的。

矮小的钦天士抓住游隼女士胳膊的力道开始放松。游隼一个回旋,一只膝盖狠狠击中钦天士的裆部,右手手掌砸断了他的鼻子,鲜血从钦天士的脸上喷涌而出。

一旦挣脱束缚,游隼女士就从露台边缘俯冲而下,狂暴地扇着翅膀。钦天士朝她吐了口唾沫,转身面对福尔图纳托。

小个子的眼睛死气沉沉。他的眼睛和死期一样,和那个在阁楼中死去的男孩的眼睛一样。钦天士化为死亡的本身,毫不留情、野蛮残暴、无法避免。你可以跑,那双眼睛说,但我总会找到你。

然后,钦天士便消失了。

♥

王牌成群结队地挤出门,慢慢散开,如同一只缓缓醒来的八爪鱼。西北风用力擦了擦布满泪痕的脸颊,将双臂举过头顶,唤来一缕清风。凛冽的西北风将呛人烟雾凝成白色碎片,欲将人们从可怖的郁积中解救出来。门毫不像样地被人们推来推去,诸如"联系我的律师"之类的言论此起彼伏,但海勒姆似乎已经分身乏术,完全没在意到这点。他依然焦急万分地盯着睡莲和游隼女士消失的栏杆。某处,有个女人在号哭,可怕的呜咽声听起来像一只深受折磨的动物,然后,一个男人绝望地喊着要找医生。不幸的是,唯一的一名医生正冰凉地躺在地板上。

接着,露台响起急促的雷鸣般的声音,仿佛一千只天鹅腾空而起。游隼女士怀抱睡莲,轻轻落在露台之上,睡莲睁大眼睛看着游隼。海勒姆发出一阵含糊不清的呼喊,猛地向前冲去。余下的客人发出释然的喘息和如释重负的低语。两名女士都被睡莲凭空倾泻的无休止水幕浇成了落汤鸡,但这一点都没浇灭游隼女士的怒火,她如鹰隼般朝房内狠狠掷出愤怒的目光。

她对上福尔图纳托的双眼，怒火渐渐从他脸上消逝。她依旧神经紧绷，纤细的躯体如紧绷的小提琴琴弦一样颤抖，但这种紧张并不源于飞翔或战斗，而是……

随着游隼女士和福尔图纳托间形成的强大磁场如水波般起伏扩散，露莱特觉得气血正涌上她的脸颊。或许这是她超能力的作用，或许这只是因为她心烦意乱，但性爱挥之不去的麝香气味正笼罩在混乱不堪的房间里。

海勒姆踏着轻快、一丝不苟的步子穿过一片狼藉，走到福尔图纳托身旁。"好吧！"他大声宣布，"这真是一场毫无创见的混乱。这里几乎聚集了纽约的每一位王牌，他却把我们当猴耍。"他控诉地转头看向福尔图纳托，但黑人则毫无察觉，"感谢上帝，睡莲没事。如果她不像空气一样轻盈，游隼女士根本没法及时接住她。"

福尔图纳托哼了一声，但他的目光依然锁在游隼女士身上，后者将一只臂膀从睡莲肩上移开，瞪了回去。"这回，我的能力被证明是——"

福尔图纳托走开了，游隼女士放下睡莲，与他半路相会。

"福尔图纳托，看在上帝的分上！我在和你说话！你能追踪到钦天士吗？"

皮条客从游隼女士身上移开目光："如果我能追踪到他，我会让这种事情发生吗？"

海勒姆无助地摊开手："那么，我们就必须试着找到他的二把手。肯定有人知道他的计划。"

露莱特把一只手按在喉咙上，感到脉搏正在那里跳动。她坚定不移地朝下死死盯着塔基扬医生苍白的脸，害怕福尔图纳托那洞察一切的目光。她拿着被血浸透的纸巾，擦拭着他的脸，但只是火上浇油。血腥的纸团从她手中落下，她死死盯着，迷惑不解地看着自己苍白的手掌凝上锈迹斑斑的血痕。

"海勒姆,滚!"

如从引擎中腾起的蒸汽般,一声令人窒息的噪声从沃切斯特身上响起。这位身材魁梧的王牌,似乎正在中风边缘徘徊。

"我想做些什么。"

"千万别。没你插手,我能做得更好。"

福尔图纳托挽上游隼女士的胳膊,在海勒姆来得及给最后的咒骂做出反应前迅速离去。长着翅膀的王牌给海勒姆丢来一个尴尬、歉意的眼神。

♣

睡莲安然无恙。福尔图纳托离开露台,寻找克罗伊德、维罗妮卡还有科迪莉亚。

他在一张翻倒的桌子后面找到了他们。克罗伊德还抢救下一块死亡巧克力蛋糕,他们用手吃得正香。他看见福尔图纳托过来,笑容渐渐消逝。

"我真的把模块人搞砸了。"他说,"我很抱歉。"

"没关系。"福尔图纳托说,"你们没事就好。"

"我们都没事。"维罗妮卡说。

"我要去他那里。"科迪莉亚说,"如果你确定你不在乎的话。"

"没关系。"福尔图纳托说,"但今晚,我不想你一个人走在街头。如果有什么事,卡洛琳会早点回家。给她打电话,她会过来给你叫一辆出租车。"

"遵命,先生。"维罗妮卡咯咯直笑。他们站起身来,走向电梯。克罗伊德一手搂着一个,科迪莉亚手里还拿着蛋糕。

福尔图纳托转身,发现游隼女士正瞪着他。她一直试图让简冷静下来,结果在过程中又成了落汤鸡。他看见她话说一半突然噤声。他朝她走去，碎玻璃和碎瓷片在他脚下嘎吱作响。

除了游隼女士，一切都褪入阴影之中。她既高大，又有力，因为兴奋两颊绯红，福尔图纳托想要她。即使他精疲力竭，即使他虚弱不堪，他还是能感到她的热力一路穿过房间。海勒姆想和他说什么，但福尔图纳托摆脱了他，甚至都没有意识到自己说了什么。

他在游隼女士面前停下。她正重重地喘着气，好像跑了很久很久。"派对结束了。"福尔图纳托说。

"对。"

"我们要不要去哪儿？"

"我的车正在楼下等着。"

福尔图纳托点点头，她的手挽着他的臂膀，他们肩并肩朝门口走去。

♠

"等一下！"海勒姆不停咳嗽，朝福尔图纳托说。因为催泪瓦斯的缘故，他的眼睛依旧泪流不止。福尔图纳托瞥了他一眼，不发一言，然后挽着游隼女士，从他面前走了过去。海勒姆无助地站在那里，看着他们穿过宽阔的双人门，目送着他们的背影。

显然，他们不是唯一离开的人。人群开始持续不断地朝电梯走去。他们中很多还咳嗽不止，步履蹒跚，搀扶着彼此，眼睛又红又痛。蝶蛹身在其中。她停下脚步，感谢海勒姆。"我在水晶宫也曾度过几个生机勃勃的夜晚，"她干巴巴地说，"但从未像今天这样。"幻想蹒跚着从他面前走过，脸上有一道割伤，长袍毁于一旦，她停下脚步，站了好一会儿，威胁说要起诉他。

西北风将最后一缕烟雾和催泪瓦斯送入夜空，然后踏上石质栏杆，腾空跃起，消失在黑夜之中。她爬向星辰，斗篷如降落伞一般被风填满。他的朋友和宾客们纷纷争先恐后朝门涌去，海勒姆·沃切斯特仔细检查王牌云巅还剩什么。桌子人仰马翻，玻璃杯和盘子七零八落碎了一地。钦天士推着的甜点车倒在一边，紧急脚刹周围，巧克力芒果派和意大利苦杏酒芝士蛋糕在地毯上洒得到处都是。有几个人把晚餐留在了呕吐物池里，其中一个小池子还冒着烟。墙上有一个洞，似乎某些人自己弄了个通往夜晚的紧急出口。起码四扇窗户碎了，碎玻璃洒了一地。一盏水晶大吊灯落了下来，下面躺着一只失去意识的成年亚洲象。游隼女士的冰雕彻底没了翅膀。塔基扬医生的冰雕则被打翻在地，慢慢化成一摊浊水。

塔基扬医生本人一只手扶着额头，躺在地毯上痛苦呻吟。露莱特跪在他的身边，鲜血从他的手指间渗出，滴在他短外套的前面。海勒姆朝他走去，差点绊在模块人残缺破烂的躯体上——看起来，这似乎是被一只链锯切开的。"抱歉，海勒姆。"他走近时塔基扬医生说，海勒姆避开那双淡紫色的眼睛。露莱特帮着小个子站起来，但他看上去一点都站不稳，"我必须跟福尔图纳托走，他需要我的帮助。"

"他已经走了。"海勒姆说。

"去哪儿？"医生震惊地说。他把手从前额上深深的伤口上移开，盯着手指上的鲜血。

"他没说。他和游隼女士一起走的。"

"我必须找到他。"塔基扬医生说。

"我觉得，你现在这样，谁都找不到。"海勒姆告诉他，"看看你自己，你应该去医院！"

"没用，"塔基扬医生嘟囔，"我真没用。"

海勒姆听见身后传来一声象鸣，他转身，看见一头跟跟跄跄的年轻雌象，摇摇晃晃地站着。过了一会，雌象将过量的重量以能量的形式释放出来，发出一阵耀眼的白光。塔基扬医生大声哭号，海勒姆只能遮住他的双眼。当他们的视线恢复后，他们看见原本立着雌象的地方，拉达·奥雷利赤身裸体地战栗着。她的同伴，来自她所在马戏团的一位英俊的埃及飞刀投掷者，向磁铁先生借了一件长长的链甲斗篷，给她盖上。

他转头看向塔基扬医生和露莱特。塔基斯星人看起来半死不活。"带他去鬼牌镇诊所，"海勒姆对露莱特说，"那道深深的伤口需要好好照料，以防感染。或许该用 X 射线检查一下，他可能会得脑震荡，或是更糟的病症。"

"但福尔图纳托……"塔基扬医生开口。

海勒姆摆出一副严厉的样子："就你现在这个样子，只会成为他的累赘。该死，你就那么想把自己的名字加到受害者名单里去吗？你一清二楚，你现在需要的是治疗。"他举起一只手，"如果福尔图纳托打电话过来，我会让他到诊所联系你，我保证。"

塔基扬医生不情不愿地点点头，让露莱特领着他朝门口走去。

餐厅现在几乎空无一人。海勒姆朝他的办公室走去，发现特里普斯上尉待在休息室外的地板上。他跪在一堆碎玻璃和彩色粉末上，正用一只手把粉末捏到指间，再小心翼翼地放到另一只手掌中。"现在不是搞药的时候，该死。"海勒姆咒骂道。

特里普斯抬起头，苍白的眼睛蒙上一层水雾："我只想帮点忙，兄弟。"他激动地说，"我正要找一个朋友，但我摔倒了，好像，当我摔倒的时候，一起都被砸得粉碎。"

"只管回家吧。"海勒姆说。彼得周出现在他身边。"彼得，帮上尉找一辆出租车，别让他被碎玻璃划伤了，好吗？"彼得周点点头。

柯蒂斯在他去办公室的半路上拦住了海勒姆："有通电话过来找福尔图纳托。是警察。我应该怎么和他们说？"

"福尔图纳托和游隼女士走了。"海勒姆说，"我相信，她的车里肯定有个移动电话，把号码给他们。"

他用力从柯蒂斯身边挤过去，进了办公室。睡莲正坐在他的椅子上，还在发抖，面色苍白依旧。一缕缕清水从她的脸上流下，她抬起头看着他。杰伊·阿克罗伊德坐在海勒姆书桌边上，拿着模块人的脑袋："唉，可怜的硅芯片，我对他非常熟悉。"睡莲发出一声轻笑，这声音在海勒姆听起来如同歇斯底里的早期症状。阿克罗伊德轻轻把模块人的脑袋从一只手摔到另一只手。模块人的无边帽早掉了下来，雷达圆顶也被撞坏了。

"把那个放下。"海勒姆说。他疲倦地瘫在椅子上，看着睡莲，"我很高兴，你没事。我觉得，今天我没法忍受另一场死亡，尤其是你的死亡。"

"那他呢？"杰伊一边把模块人的脑袋放到书桌上，一边说。模块人的眼睛空洞地盯着海勒姆。

"我对模块人的事情非常遗憾，但准确地说，他没有什么，而且也不算死了。他的创造者大概会做一个新的出来。"

"第四代女士杀手？硅谷出品的送给女士的礼物系列的另一个产品？"杰伊说。睡莲又发出了一阵小小的刺耳的笑声。她抬起一只手捂住嘴，海勒姆能听见她不稳定的呼吸声。

海勒姆开了口："简，如果你不反对，如果你愿意在这里待一阵子，我会十分感激。游隼女士带你回来时，钦天士已经走了，万一走运的话，他可能以为你已经死了。我们别把他这个错误的想法纠正回来。毕竟，他要杀的人很多，名单很长。"他伸手摸了摸光秃秃的头顶，"我去请彼得和他的员工继续工作。我知道，这算不上什么，但总比没有好。"

睡莲点点头，把手从脸上移开："好。今天晚上我也承受不了更多的事情了。"

海勒姆挤出一个微笑，他希望这个微笑能抚慰抚慰她："我没打算，让你的第一次飞行课程，变得这么痛苦。"

她在椅子上直起腰板，似乎想尽力摆脱不愉快的记忆，再次带着那种探寻的目光看着他："那你呢？"她问道。

WILD CARDS

海勒姆·沃切斯特利索地将手放在肚子上,他意识到,自己看起来一团糟。他大笑起来,这是一个短促且毫无幽默可言的大笑。这场混乱带来的震惊终于消失殆尽,但奇怪的是海勒姆并不害怕。相反,他感到一阵恼人的饥饿。一阵难以动摇的冰冷怒意正在他的体内升腾。他想起了艾琳。

"海勒姆?"砰呼杰伊问道,打断了他的思索。

"如果可以,我会杀了他。"海勒姆回答,比起回答他们,这更像是自言自语。"也许我当时可以杀掉他,但这样睡莲就会死。对于我当时的决定,我一点都不后悔。"他深情地看着睡莲,然后转向阿克罗伊德,"杰伊。我想,我又需要你的服务了。"

"再好不过。"阿克罗伊德回答,"我们要追踪那个老家伙?"

"乐意之至。"海勒姆说,"只要我知道到哪儿能找到他,或者甚至是知道从何处下手。"他右手做了一个不耐烦的简短手势,"不,那是无用功,而且福尔图纳托已经明确表明了自己的态度,所以我们就让他逞英雄去。再说了,今晚还有很多事情要做。你可以说我不切实际,但在经历了今晚这么多事情之后,我不可能坐以待毙作壁上观。"他一脸苦相,"纠正什么错误,这种感觉很奇怪。"

"吃两片阿司匹林,躺下睡觉。"杰伊说,"这种感觉就过去了。"

"不,"海勒姆开口,"我可不这么想。"他站起身来,手伸进晚礼服的口袋,那张写着枪眼地址的纸片还在那儿。"整整你的仪表,我们要找一位律师谈谈。"

◆

他感到有双粗糙的手正磨着他的手腕。斯佩克特睁开双眼,用手捂住嘴巴。他在海防百合餐厅吃下的加了丰富作料的牛肉正在胃里翻江倒海,要吐出来。他能看见身边有个跪着的人影。斯佩克特发出痛苦的呻吟。

"你没死。我拉你出来的时候发现你还活着。还好我在。你确实差点窒息了。"

从声音上听,斯佩克特觉得这是一位老年男性。他双手摸了摸周围,他还躺在垃圾堆里。

"我他妈的在哪儿?"

"一艘装满垃圾的驳船上,朋友。如果你愿意说,我大概会问你,你到底怎生沦落至此?"老人弹了弹打火机,点起一支烟。他的头发已经全部掉没了,长了一双棕色的眼睛和薄薄的嘴唇。他皱巴巴的皮肤上有点浅浅的橘色,那笨重的身躯让斯佩克特想起了米其林轮胎人。打火机熄灭了。

"一些疯了的混蛋把我打了一顿,给我扔垃圾箱里了。我就记得这些,直到你把我刨出来。"这或许和他说过的一些谎话一样出色。他把手伸到大衣里,想找笔记本,但笔记本却不见了。"我们能弄点光吗?我想看看那些狗杂种都给我留了什么好看。"

打火机小小的火苗又亮了起来。斯佩克特翻了翻口袋,没有。他开始在脚下的垃圾堆里搜寻,他想找回那些本子,这些本子可是他让影拳会小子帮他解决钦天士的筹码。如果老东西和他想的一样精疲力竭,几个拿着自动武器的男人将使得局面大为改观,起码斯佩克特是这样想的。"你刚刚说,你叫什么名字来着?"他发问,试图转移老人的注意,让他别意识到自己在找东西。

"我没说。我叫拉尔夫,拉尔夫·诺顿。"老人把打火机放得更低了一些。他穿着蓝色长袖衬衫,配着海军蓝背心和裤子。这些衣服都斑斑点点,皱皱巴巴。"你肯定是丢了什么东西,对吗?"

"对。"他把一个塑料袋扔到一边,继续刨身边的垃圾,"你是从哪儿把我翻出来的来着?"

"驳船最末端的底下,他们把你丢出来的地方。"老人指了指,"如果你告诉我你在找什么,我就能帮你。反正现在也没什么其他的好做。"

斯佩克特低头看了看自己受伤的脚,现在,它变得粉粉嫩嫩,像一团果肉,但还在长。他缓缓站了起来,脚陷入垃圾之中,膝盖摇摇晃晃。他的脚如今就像悬在小腿跟上的一桶煤,可他必须忍着。"不用,谢了。我从你那儿把打火机买下来就够了。"他把手伸进口袋,钱还在,他抽出一张钞票。

"没必要,这不过是举手之劳。"拉尔夫把打火机递给他,"这儿到处都是液体。"

斯佩克特接过打火机,点燃,然后挣扎着朝驳船另一端走去。曼哈顿的灯火就在他正前方,但这一点并没让他感觉更好。他必须在钦天士召唤他前找到那些笔记本。

"走慢点,"拉尔夫说,"不然你会脸朝下栽倒的。"

"好,"斯佩克特重重地喘息,"不过,你他妈在这里做什么?"

"这是我回家的出租车。"拉尔夫大笑,"我住在史泰登岛的新鲜屠宰垃圾场。"

"新鲜屠宰垃圾场?"

"全国最大的垃圾填埋场。或许是世界上最大的垃圾填埋场。明天早上,他们就会接收这四艘驳船上的垃圾,我到城里,纯粹是因为几个亲戚慕百变王牌日之名而来,想让我带他们到市里转转。"

斯佩克特奋力前行:"你住在垃圾填埋场?"

"没错。你会对人们都扔了多少好东西感到惊讶。很多东西都是绝对的好货。公共卫生服务人员好几次赶我走,但我总是会回来。这里的房租实在太低,绝对不容错过。"拉尔夫把手搭在斯佩克特肩膀上,"你知道王牌吗?"

斯佩克特斩钉截铁:"都没有私交。为什么问这个?"

"因为我就是一名王牌,我也有超能力。"

斯佩克特筋疲力尽,实在没法继续前进,他一屁股坐了下来:

"你是一名王牌,你住在垃圾填埋场。我看起来像个不谙世事的乡下人还是什么?"

拉尔夫露出微笑,捡起一个牛奶盒,夸张地停顿一下,然后咬了一口。他咀嚼一会儿,咽了下去:"我能消化代谢任何东西。塔基扬医生是这么说的。大多数人眼中的垃圾,都是我餐桌上的美味佳肴。"

斯佩克特大笑起来:"你能吃垃圾。这就是你的超能力?我敢打赌,没人敢拦你的路。"

拉尔夫抱起双臂:"继续,笑掉大牙。你知道,我一个人这一年里,光食物和房租就省了多少钱?而且,我就是自己的上司,没人告诉我该干什么。没人告诉我什么时候来什么时候走。这比大多数人的超能力强多了。"

"有道理。看,我现在实在没劲了。也许你能帮到我。我在找一些被塑料包裹的笔记本。找到了我会付你报酬。"

"好吧,不过最好有比打火机更亮的光源,不然我们永远都找不着。"他若有所思地敲着两个大拇指,"烟花应该有用。我有不少,等我几分钟。"

"烟花?"

"对,我搞了一堆烟花,准备午夜的时候放一放。算是我个人的小小庆典,你在这儿等着。"他推开垃圾,朝驳船的另一端走去。

斯佩克特把手指戳进他夹克上的一堆弹孔里,咬了咬嘴唇。如果他今天能活下来,绝对一周下不了床。

♣ ♦ ♥ ♠

第十七章

晚上10：00。

车才从王牌云巅开出几个街区，电话就响了。福尔图纳托看看游隼女士，后者耸耸肩，拿起电话。"找你的。"她说。

"我是阿尔托贝利。"电话那头的声音说，"我让海勒姆把你电话吐出来了。对了，是卡夫卡的事情。"

"天杀的。"福尔图纳托闭上双眼，"他死了？"

"没。"阿尔托贝利回答，"还活着。但也离死不远了。"

"继续。"

"大概十五分钟前，有个穿白袍的怪胎就这么凭空出现在监牢里。但我明明听了你的话，在那里布置了一队特警。当他朝卡夫卡走过去时，特警几乎开动了手上所有火力。"

"然后呢？"

"他们根本伤不了他。但子弹却一直打着他，每一回，他的动作都会变慢一点。然后他就消失了。"

"你走运了。他现在很虚弱，不然你朝他扔什么都拦不住他。"福尔图纳托没有说，他自己现在是多么虚弱。

"这家伙，不管他是谁，都走运得很。"

"你什么意思？"

"电话里不方便说。你还记得上个月我们碰面的地方吗？别说名字，就告诉我是还是不是。"

"是。"

"你能在那儿和我碰面吗？现在？"

"阿尔托贝利……"

"我们要说的是生死攸关的大事，我的生死。"

"我这就来。"福尔图纳托回答。

他挂了电话，游隼女士开了口："钦天士。"

福尔图纳托点点头："我打个车。你回王牌云巅，你在那儿会很安全。"

"荒唐至极。我和你在一起才更安全。而且，既然你正坐着一辆有司机的劳斯莱斯，还打什么车。"她扬起一边的眉毛，"对不对？"

♥

枪战把剩下的几名常客吓跑后，甘比诺家族把他们的聚会搬到了用餐大厅，他们把几张桌子迅速拼在一起。更多枪械，更加警惕。罗斯玛丽站在一旁，看着男人们争吵不休。垃圾婆看见她的脸上露出了难以捉摸的微笑。杰克和垃圾婆坐在墙边的长椅上。

"我想去找科迪莉亚。已经好几个小时了——远远超过我承诺给罗斯玛丽的时间。"杰克的视线越到房间另一端，看着地方助理检察官。

"得等这一切结束，现在她还做不了主。"垃圾婆同情地看着杰克，后者正用力拽着他身上尺码明显太小的白夹克斑斑点点的袖子，"现在，吃吧。"

杰克把酸橙汁挤到汤里，摇摇头，拿起筷子。他从面前的碗里夹出一大堆虾子和米线："没了书，她打算怎么办？"他用筷子朝罗斯玛丽的方向戳了戳。

"不知道。她已经做了自己的决定，她来对付。"垃圾婆把头靠在卡座上，闭上双眼，"我要找找有没有谁看见了科迪莉亚。安静。"

杰克一边吃，一边偷听黑手党的对策，又再把碗装满。

两个男人是家族里的小头头。年长的男人黑发光滑地梳在脑后，穿着炭灰色双排扣西装。他正强调继续执行弗雷德里科首领的计划非常重要，说这是为了维稳的利益使然。年轻的男人那头深棕头发被整齐地理成昂贵的——按杰克的话说，是长着老鼠尾巴的改良版朋克头，他正指出屠夫在阻止他们的领地被别的帮派侵占一事的做法，并不十分有效。其他男人一言不发，静静聆听。

"但没有一个其他的家族挑战过我们的权威。"年长的男人向后仰着，得意之色溢于言表。

"天哪，里卡多，他们当然没有。"这个新潮的黑手党朝天翻了一个大大的白眼，"他们一直在忙着对付真正的威胁。越南人，哥伦比亚人，还有鬼牌人。天哪，你难道看不见鬼牌镇正变成一个镀着五分镍币的灾难地带吗，兄弟？"

"尊重，克里斯托弗，请有点尊重。"里卡多同情地朝罗斯玛丽歪了歪头。

"谢谢，里卡多·多梅内西。"罗斯玛丽朝桌子走了一步。

"她听到的更糟，里卡多。即使她人在地方检察官办公室，我确信她听过更糟糕的东西。"克里斯托弗·马祖切利愤怒地摇摇头，"关键在于，我们必须有一名可以应对新的威胁的领袖。你知道的，我们需要进化。"

"马祖切利是对的。"所有的甘比诺小头领都转头看着罗斯玛丽，"我们必须找一点新鲜血液来领导我们，不然整个家族都要毁于一旦。这显而易见。"

年长的男人试图安抚她："甘比诺小姐，这是一个严肃的问题。应该交由我们来讨论，或许这样最好——"

"对，里卡多，我是一名甘比诺，最后的甘比诺。"罗斯玛丽依次环顾每个人的双眼，"这是我的家族，我有权发言。"

"或许她想要父亲的位子呢。"克里斯托弗·马祖切利咧嘴一笑,直到罗斯玛丽凝视着他。

"或许,我确实想要。"罗斯玛丽露出一个浅浅的、谜一般的微笑,"多纳泰罗死了,米开朗基罗死了,拉斐尔死了,莱昂纳多也死了①。已经死了四个头领。你们明白我们面对的是什么,但你们不知道该怎么做。而里卡多只能看见过去。"

"等等。"马祖切利有些惊讶地微微张嘴。

"谁更好?"

"你是个该死的地方检察官!"

"没错。"罗斯玛丽露出微笑,似乎已经在开始思考其中可能,"我不能完全保护外面,但我能带来变革。信息是无价之宝。我作为一名甘比诺的身份是受到保护的。走出这个屋子,没人需要知道这点。沉默法则。"

"你没法暗中秘密地领导整个家族。"里卡多·多梅内西显然被整个这一想法冒犯到了,"即使我们愿意考虑这件事。"

"非常正确。必须有其他人,来当我的……传话筒。"她仔细审视着每一个头领,"马祖切利。"克里斯托弗·马祖切利无礼地朝她咧嘴一笑,所有头目都开始窃窃私语。

"先生们,你们有什么反对意见吗?里卡多?"

"他太年轻,经验不足,而且他看起来……"里卡多胳膊一甩,指着最明显的荒谬之处,"家族里的其他成员会取笑他的。"

"简直是疯了。一个女人,一个男孩……"一个有着双下巴、长着胡须,穿着传统黑外套的男人把椅子往后移开,站了起来,"你们准备好选新首领了,我再回来。"

---

① 多纳泰罗,即多纳泰罗-多纳泰罗,是意大利早期文艺复兴第一代美术家,也是15世纪最杰出的雕塑家。米开朗基罗、拉斐尔、莱昂纳多·达芬奇则是文艺复兴三杰。这里甘比诺家族的小头领用了他们的名字。

马祖切利挡住了他的去路，罗斯玛丽朝马祖切利做了个手势，后者这才移开。反对者在一片突然安静下来的气氛中穿过房间，夸张地打开门。

罗斯玛丽尖声喊道："莫雷利！"

刚刚走出门的男人回到了房内，眼睛盯着莫雷利指着他胸口的乌齐冲锋枪。"我在，小姐？"莫雷利说，"有问题？"

"我想，这个问题刚刚被解决了。你同意吗，迪森奇？"罗斯玛丽靠近，看着这个穿过房间的男人。

枪口之下，迪森奇点点头："小……小姐。我……没有问题。"

"很好。"罗斯玛丽扫视坐上众人，盯着这些男人们，"你们还有谁有问题？"

里卡多快速看了眼坐在他两边的男人，后者浮夸地无视了他。"没有，我们没有问题，甘比诺首领。"

"叫小姐就好，我想。"她朝头领们露出掠食者的微笑，"坐吧，迪森奇。谢谢你，莫雷利。你也请坐。"

马祖切利瞪着莫雷利，好像他是一块坏了的牛排。

"克里斯托弗，"罗斯玛丽开口，"你太有野心，我承认。不要犯什么冲动的错误。"

马祖切利回了她一个同样凶狠的微笑："你是老大。"

罗斯玛丽点点头，凝视着餐厅："你们谁见到餐厅经理了？"

"你想吃东西？"里卡多难以置信。

"我猜，小姐是想弄明白，那个偷书的是怎么混进来的。"马祖切利盯着里卡多，"你不觉得，这是一个很有趣的问题吗？"

莫雷利起身，朝厨房走去："小姐，他归你了。"

当莫雷利正把战战兢兢的越南人带来准备给罗斯玛丽盘问时，这位甘比诺家族的新首领叫来她坐在一边的线人们，并询问他们科迪莉亚的事情。东边，一位巡逻者记起来，好像是看到有那么一个很像失踪少女的年轻女孩,沿着某条字母大道走着。而且就在不久前。

垃圾婆想先到那里看看,然后用动物搜寻女孩。杰克则准备立刻就走,但罗斯玛丽让他们先等一等。

"听着,谢谢你们的帮助,你们两位都是。虽然这并不像我计划的那样,但如果没有你们,这一切都不会发生。"她的微笑看起来很像一名政客。

"是吗?"垃圾婆直视罗斯玛丽的双眼。

"苏珊妮,我不知道……"

"好,我会保持联系。"垃圾婆开始转身,杰克已经朝门口冲去。

"苏珊妮,晚些时候我会联系你的。告诉我杰克外甥女的情况。"

垃圾婆瞥了眼角落里的莫雷利和越南经理。在这样的光线下,鲜血看起来是黑的。她轻轻摇了摇头。

罗斯玛丽红了脸,把她拦住:"在这儿,我能做点好的,你懂的。施加一些控制。"

垃圾婆继续前行。

"苏珊妮,我想和你谈谈一些对动物的想法。"

垃圾婆跟着杰克穿过房门,肩膀和后背上部的所有肌肉都紧紧绷起。她试着充耳不闻,但她依然听见身后传来阵阵呜咽。

♣

鬼牌镇车站街对面,甜甜圈酒吧依旧生意兴隆。人行道恰好挨着排水沟,每隔几分钟,就会有辆警车过来,把醉醺醺的醉鬼扔到辖区的台阶上。

劳斯莱斯带着福尔图纳托开到几个街区外,在车流中缓慢爬行,寻找一个两车位。福尔图纳托用手肘挤开人群,来到靠后的桌边,发现阿尔托贝利正穿着运动服,戴着布鲁克林道奇队的鸭舌帽。"我差点得杀几个人,才能把那把椅子给你留着。想不想要甜甜圈?"

福尔图纳托摇摇头:"有话直说,阿尔托贝利,我没多少时间。"

"你确实看上去有点憔悴。好吧,好吧,是布莱克。约翰·F. X. 布莱克,鬼牌镇辖区的队长。"

"我知道他。"

"今天下午,我们把卡夫卡留在这里。一小时后,我收到手下一个人的电话。布莱克命令他们解除对卡夫卡的守卫。我开车过来,想一探究竟,却发现布莱克试图把卡夫卡拉上一辆警车带走。他给我胡扯了一通什么要转移囚犯。所以,我亲自把卡夫卡带走,亲自把他带回城里。"

"你想和我说,布莱克不清白。"

"你还没听到不清白的部分呢。就在那个穿白袍戴眼镜的家伙试图带走卡夫卡后没多久,我在鬼牌镇辖区的线人就给我打了个电话。他想告诉我,不到五分钟前,他就在布莱克对着的办公室看见了那个穿白袍戴眼镜的可疑人士。"

福尔图纳托站了起来:"他人在哪?"

阿尔托贝利朝警局勾了勾大拇指:"今晚,每个曼哈顿的警察都要倒两轮班。我该回河边的岗位了。"

"那就去吧。别离开别人的视线。"

阿尔托贝利顿了顿,仔细考虑福尔图纳托的弦外之音。最后,他点了点头:"好的。"

"除了你,还有谁知道布莱克的事情?"

"此事只有你知我知。福尔图纳托?"

"怎么了?"

"没什么,我猜。这不是……这不是我惯常做事的套路。我总是为自己撑腰,不靠别人。"

"他已经不是你要管的了。他是钦天士的人。如今,他就是我的目标。"

♠

地址在中央公园西边。他们打了一个出租车,海勒姆无意让安东尼或是他的宾利车卷入任何可能发生的不快。

穿过公寓大楼一扇扇沉重的钢铁玻璃门,一位门卫坐在一张老旧的书桌后。他身后是一大堆安保监控屏幕。他的身材就像一个橄榄球后卫,书桌顶端有个明显的静候着的报警装置,离他的手只有一英寸。他完全没料到,一个胖胖的穿无尾燕尾服的男人,会跟着一个穿便宜棕外套的不伦不类的家伙一起走进来。"有什么事?"当他们靠近门,门卫通过对讲机,询问到。

杰伊·阿克罗伊德拿右手比了一个手枪,透过玻璃朝门卫比了比,开口说道:"看这儿,小子!"随着空气发出砰的一声响,这个男人就消失了。

海勒姆轻轻转了转脚尖,紧张兮兮地四下张望,开口问道:"你把他——"

"纽约公共图书馆的主书堆里。"杰伊回答,"他看起来像是个要多读书的家伙。"他掏出钱包,拿出一张信用卡,眨眼间就开了门。"不带卡我绝不出门。"他把信用卡放回钱包,告诉海勒姆。他们走进前厅。

和海勒姆料想的一样,莱瑟姆住在顶层公寓里,杰伊按下通往屋顶的按钮。

门铃上方的青铜浮雕板写着:圣·约翰·莱瑟姆。杰伊按下门铃,他们靠着电梯,一言不发,紧张地等待着。他不在家。海勒姆心想,他当然不在家,他一定在外面的什么地方,他在——门发出一声轻响,慢慢打开了。

他们步入一个小门厅。门厅空空荡荡,只放了一个弯弯的衣帽架和一个雨伞架。厨房在右边,左边是一扇壁橱。门厅的前面是一个巨大的起居室，里面是一个下沉式谈话区、一个带水槽的迷你吧台，还有一面落地玻璃墙通往屋顶花园，外面是中央公园和星空的壮丽景象。起居室同样通往带卫生间的豪华卧室和书房，卧室和书房的门统统打开，书房中传来声响。海勒姆迈着小步，轻轻穿过房间，但杰伊的鞋跟却在闪闪发光的镶花地板上踏得震天响。

"没问题。对，对，不惜一切代价。有消息时再联系你。"男人按下按钮，断开扬声电话。房间里的唯一光源来自书桌上一盏带着绿色玻璃灯罩的黄铜台灯。莱瑟姆坐在书桌后面，左手压着一摞地图，右手在一台IBM电脑键盘上敲敲打打。他穿着裤子和背心，都是带白垩条纹的灰色阿玛尼套装，还有一件完美无瑕的白衬衫，系着深色绸质领带，衬衫最上面的扣子开着，领带结松松垮垮，偏到一边。他们进来时，莱瑟姆头都没抬："我认识你们吗？"

"我姓沃切斯特，"海勒姆开口，"海勒姆·沃切斯特。我的同伴是杰伊·阿克罗伊德，他是一名有执照的私家侦探——"

"他今天早些时候非法拘留了一位施特劳斯律师事务所的客户，莱瑟姆的客户，侵犯了他被法律赋予的神圣权利，导致他受到难以言说的心理创伤，更不用说还对公众释放了具有误导性的信息，损害了他的名誉，并让他担心自己的生命安全。"莱瑟姆回答，他的视线依旧没有离开键盘，屏幕上显示着某种网格状的东西。"这种错误判断，将会让阿克罗伊德先生付一大笔金钱，说不定还会让他吊销执照。"他把东西输入完毕，保存，然后抹去了屏幕上的网格。直到这时，他才屈尊将高背椅转了过来，看着他们，"如果你们是来提出和解方案的，我将洗耳恭听。"

"和解方案？"海勒姆震惊了，"你在提议，我们付钱给那个穷凶极恶的歹徒——"

"我已经警告过你，这是诽谤，沃切斯特先生。你的麻烦已经够多了。"电话响起，莱瑟姆看都不看，直接伸出手按下扬声键，大声宣布，"现在不是时候，我旁边有人。十分钟后再打过来。"电话那头的人还没说自己是谁，就自动挂断了。"现在，沃切斯特先生，你想说什么？"

"你的客户是人中渣滓。"海勒姆明明白白地说，"坦白讲，我很震惊，你这样一个值得尊敬的体面人，会考虑去代表他的权益。"

"连我都有些好奇。"杰伊·阿克罗伊德说。他双手插在口袋里，懒洋洋地倚着门，"通常来说，你的品味比这个好多了。"

"我很少参与刑事案件。"莱瑟姆回答，"而且，实际上，我并不在此案的律师记录之列。但我认为，熟悉我们所有悬而未决的诉讼，即使再微不足道，都大有裨益。直到今天下午，图利先生才向我汇报了此案。"

"你到底在为谁工作？"海勒姆发问。杰伊·阿克罗伊德发出一声痛苦的声音，海勒姆面色不善地看了他一眼，然后继续道，"这是敲诈。你我心知肚明。我想知道谁才是幕后黑手，我现在就要知道。"他穿过房间，朝书桌俯下身子，盯着律师的脸，"我警告你，我是一名王牌，而且不是无足轻重的那种。我今天过得非常糟糕。"

"你是在威胁我吗？沃切斯特先生？"莱瑟姆彬彬有礼饶有兴趣地发问。

"我感觉不妙。"阿克罗伊德在门口抱怨。海勒姆恼怒地又回头看了他一眼。阿克罗伊德正捂着肚子，脸上染上了一层淡淡的绿色，但也许这只是灯光效果。"如果知道要忍受那么多催泪瓦斯，我今天就不吃那么多了。"他打了个嗝，"卫生间在哪里？"他迫切地发问。

"穿过主卧室，在右手边。"莱瑟姆告诉他。阿克罗伊德朝卫生间这一至圣之所一路狂奔，不一会儿，他们就听见了干呕的声音。"真迷人。"莱瑟姆评价道。

海勒姆转身看着律师："别管他了。今天，你的客户和朋友们把一位体面的、诚实的人送进了医院。他们打断了他的胳膊和两根肋骨，打掉了他几颗牙，还让他得了轻微脑震荡。他们还烧了他运货的卡车，在他经商的地方大肆破坏，还用汽油荼毒了我的龙虾，莱瑟姆先生。"

"你亲眼看见我们的客户参与了如上根本站不住脚的罪行了吗？没有？我猜也是。阿克罗伊德先生看见了吗？"

"该死的，莱瑟姆。我今早就在那里。我看见他们试图——"

"谁？"

"他们。"海勒姆说道，"他的人。有三个，他们叫……目、切奇，还有……嗯，我记不得第三个人的名字了。目是名鬼牌。"

"我完全不知道你在说什么。"莱瑟姆言道，"在任何情况下，西弗斯先生都不是任何形式的帮派成员。"

"西弗斯先生？"海勒姆糊涂了。

"有时，人们管他叫棒槌。如果你要因为一个人的外表而去迫害他，你起码应该不嫌麻烦，弄清楚他的真名，他叫罗伯特·西弗斯。"

他们都听见厕所传来冲水的声响。莱瑟姆向后靠在椅子上："你的朋友完了。除非你愿意提出和解方案，否则我相信我们的生意也完了。你看，我很忙。"

杰伊·阿克罗伊德重新走回房间，面色有些苍白，正拿着一块手帕轻轻擦拭着嘴巴。

"出去。"莱瑟姆冷酷地下了逐客令，"你们都出去。"

"你不能——"海勒姆开口。

"或者，你更想我来报个警？"

他们在电梯边等待，海勒姆愤怒地瞪着杰伊，说："你吐得真不少啊。"

"你可是有很多要审的问题，海勒姆。"阿克罗伊德说，"我可不想打断你的节奏。"

门开了，他们走入电梯："这让我们一无所获。"海勒姆说，他发泄般地重重按下通往门厅的按钮。

"噢,我可不敢这么说。"阿克罗伊德回答。他看了看手表,"如果枪眼跟我想的一样聪明,他这会儿应该在搜查他的洗手间。"

海勒姆一头雾水:"搜查他的洗手间?"

"还有卧室。我可不觉得,他会买我那小小的肚子疼的账。"杰伊回答,"他肯定会认为,我跑到卫生间是为了安装一些窃听器之类的东西。"

"啊,"海勒姆说,"所以他会浪费时间在搜查上……"

"最好别。该死的,我藏得又不好。就在他床边的电话里。我还能再明显一点吗?"

海勒姆目瞪口呆:"你安装了一个窃听器,却故意让他发现,这是为什么?"

"给他点甜头尝尝呗。"阿克罗伊德回答,"一旦他发现了,就会心满意足。反正他已经觉得我们是两个笨蛋。再说了,今晚,他脑子里还有别的事情要办。"

"你到底从哪儿搞的窃听器?"他们到达大厅,电梯的门开了,他们从里面走出来。

阿克罗伊德耸耸肩:"噢,我总是随身带着几个。在让人紧张兮兮这件事上,窃听器做得棒极了。鬼牌镇里,这些可便宜了。有个人把他所有坏掉的窃听器都卖给我了,一美元六个。除非枪眼对这些小东西的了解比我想的要多得多,不然他可分不清这东西是好是坏。"阿克罗伊德又看了看手表,"现在,他应该找到窃听器了,正把那东西锁到某个地方,然后准备回去干活。不过,咱们就多给他几分钟,以防万一。你注意到他电脑上的东西了吗?"

"呃。当然了。那是什么?"海勒姆打开门,他们走出公寓。

"曼哈顿的街道。"杰伊说,"时代广场那片区域。他的书桌上还有些地图,他们正在搜查什么东西,而我们的朋友枪眼正在协调此事。他就坐在他的电话旁,让每个人和其他人保持联络,把他的棋子们在电脑上排兵布阵,非常有趣。"

"我完全不知道你在说什么。"海勒姆说。

"还记得我们在塔基扬医生那里听见的'小插曲'吗?那个高个的绿色的生着鳞片的家伙正在找什么书,在我看来,他可不是什么书呆子一类的家伙。我想,枪眼要找的,正是此物。"

"我才不在乎什么失窃的书。"海勒姆回答,"我只想让棒槌受到应有的惩罚。"

"或许,两件事情的幕后黑手是同一个人。"杰伊说,他耸耸肩,"或许不是,让我们来查一查。"他慢悠悠地走过大楼,开始在灌木丛里徘徊。

海勒姆叉着双手,皱起眉头:"你在干什么?"

砰砰杰伊回头看着他:"我准备藏在这些灌木里。我真的很擅长藏在灌木里。这是他们在侦探学校里教你的第一课。"

"你这样怎么查得出来?"

"我不查,"阿克罗伊德说,他把右手比成手枪的样子,按下扳机,"你查。"他把话说完,海勒姆没有听见"砰"的声响。

♦

在鬼牌镇警局里,福尔图纳托的黑领带和长大衣显得格格不入。这就是一个人类垃圾场。这里的空气中尽是廉价酒、呕吐物还有酸臭汗水的味道。大厅只有一个仅供站立的房间,里面是各种各样的妓女。她们布满条纹的妆容,还有斑斑点点、艳俗至极的衣服,福尔图纳托简直不想正眼看。

他花了十分钟才找到布莱克队长的房间。房门大开,布莱克正在接电话。布莱克留着胡楂,卷着袖子,廉价的发型看上去挺不错。福尔图纳托在大厅等布莱克挂了电话,这才走入房间,关上房门。

"名字无关紧要。"福尔图纳托开口,"但我现在认出你了。十七年前,我在这里的牢房待了一晚,有一名我很在意的女人的脑子被烧毁了。你身边的马蒂亚斯警官和一个叫罗马人的家伙审问了我,然后他们认为我无关紧要,于是把我放了。这些你可能都不记得了。"

"记得什么?我从没见过你,也不知道你说的这个蠢女人。"显然布莱克不擅于隐藏情绪,他面露恐惧。福尔图纳托喜欢这点。

"你最好从实招来。我赶时间,所以不会和你兜圈子。你最好老实说,现在就招。"

这很容易。布莱克不是王牌,只是一名耐特。福尔图纳托很虚弱,但也绝非常人可比。布莱克靠在他身后的转椅上,如坐针毡,放弃了抵抗。

"你到底想知道什么?"布莱克干巴巴地问。

"钦天士。他今晚要逃跑,他有一艘船,某种宇宙飞船。我需要知道这艘船在哪儿。"

"宇宙飞船?就像外星人的那种?就像塔基扬医生的那种鬼东西?你一定是疯了。"

福尔图纳托又加了一点力。布莱克开始有点头晕。"他一定打算带上你,否则你早被他灭口了。"

布莱克一头雾水:"是的,他本打算……但他决定把我留在这里,因为某些'偶发事件',他决定留我一命。"

"比如撤掉卡夫卡周围的警卫?"

"对,比如那个。"

"那么,钦天士打算去哪儿?"

"说来有趣,我确实记不得了。"

"有趣。"福尔图纳托说。他让自己灵魂出窍,进入布莱克的大脑。这个男人没有说谎。关于这艘飞船的记忆:钦天士在哪儿得到的飞船、飞船藏在何处、钦天士又准备驾驶飞船去哪儿,这些记忆统统不见，被移除得一干二净。就像钦天士切除艾琳的大脑一样。

福尔图纳托转身就走。

"你就准备……把我丢在这里？"

"你对我毫无用处。"

"但是……你就不怕我在背后对付你吗？"

"是啊。"福尔图纳托说，"我想你是对的。"他用尽最后一丝力气，把手伸进布莱克的胸膛，让他的心脏停止跳动。布莱克发出咳嗽一样的声音，朝椅子的一边瘫了下去。

"她的名字是艾琳。"福尔图纳托说，然后转身离去。

♥

海勒姆的右脚被液体没过了脚踝，他正一脚踩在马桶里。万幸的是，电话里的谈话声掩盖了他把脚拔出来时液体飞溅的声响。实际上，他每迈出一步都战战兢兢，生怕这嘎吱嘎吱的声响出卖了他。因此，他尽量一动不动。

他在卧室靠近宽敞客厅的门边蹲下。门开着，而且正通往毗邻的房间。虽然除了空空荡荡的客厅，他什么都看不见，但声音却听得一清二楚，这就足矣。他已经这么蹲了二十分钟了，听见的信息绰绰有余。

电话响了。"莱瑟姆？我是霍巴特。地铁安全。白鹭会的已经下到站台，没有任何人能在我们注意不到的情况下登上任何一班车。我已经让人在每个闸口盯着。你确定她往这儿走了？"

"我们在司法部的朋友似乎是这么觉得的。几分钟前，我刚和比利·雷通过电话，他说她正往百老汇走，他就在后面不远处跟着。亚龙已经知道消息了，而且他确定她正在往那儿走。他也在路上。"

圣·约翰·莱瑟姆，施特劳斯律师事务所的大律师，显然不只是他客户们的法律代表。

电话响了。"丘利。伙计，我们在港务局巴士总站。我在电话亭。我们在门口有人盯着。这里很多拉皮条的，还有很多妓女。但没看见穿着比基尼的白妞。"

"继续盯着。"

电话铃响个不停，伴随莱瑟姆熟练的手指在 IBM 电脑键盘上轻轻的敲击声，海勒姆悄悄往门口挪了挪。

他对猎物感到很抱歉，不管他们追踪的是谁。莱瑟姆和他的手下在时代广场周围布下天罗地网。每一通电话，都让网缩小了一些，而电话响个不停。

电话响了。"辛金？我是渐隐。"

"你在哪儿？"

"就在内森热狗店①前面。没看见她。这里现在没纽约新年夜那么糟糕，但也差不远了。"

"你现在能被人看见？"

"现在是的。不然，那些该死的耐特每秒都会撞到我。再说了，如果她露面，我需要留点能量。"

"她会出现的。亚龙对此非常确定。"

"亚龙到底在哪儿？"

"在他的豪华轿车里，正努力在车流中前进。我们的其他人在哪儿？"

"白鹭会和狼人帮的人到处都是。我们的鬼牌都带着塔基扬医生的面具，所以我们知道谁是谁。耳语者在科汉的雕像旁边，棒槌在落汤猫剧院外面。鹞鹰正栖息在高塔顶上，他应该在瞭望，但也很可能

---

① 内森热狗店，是纽约非常知名的老派热狗店，自 1916 年营业至今。经济实惠，几乎是游人必尝之选。

正在咀嚼一只天杀的鸽子。我们还有些人在开出租车,以备她打车,万一她上我们的车呢。"

听见棒槌的名字,海勒姆紧张了一些。下一通电话打进来,他听见扬声器中传来颇为熟悉的如剃刀划过黑板似的声音,他又朝前挪了挪,直到蹲在门框里。 "枪眼,你个狗娘养的,"那个声音说,"是我。"

"什么事。"莱瑟姆的声音彬彬有礼,毫无感情。

"我刚刚看见了那个骚货。我正盯着她紧绷的小屁股。你真应该看看,她除了比基尼什么都没穿,那双奶子就在外面晃里晃荡。我该杀掉她吗?"

"不。"莱瑟姆斩钉截铁,"跟着她。"

"妈的,我可以在她发现我之前,就把她该死的脑袋拧下来。"他大笑起来,"虽然这太他妈的浪费她身体的其他部位了。"

"她不是我们要杀的目标,起码在找到书之前不是。显然,她没随身带着书。盯紧她,但不许碰她。亚龙正在路上。"

"妈的。"棒槌说,"我们找到那鬼东西后,能不能让我和她找点乐子?"

"跟着她,西弗斯。"枪眼说完便挂了电话。

此时,整个顶层小屋陷入奇怪的寂静。

接着海勒姆听见了莱瑟姆转椅的声音,然后是律师轻柔的脚步。卫生间。他突然慌了神。

脚步声越来越近。

♣

斯佩克特把又一个塑料垃圾袋推到一边。一只有达克斯猎犬大小的老鼠落了下来,朝他发起进攻。这只动物沿着他的胳膊往上爬,朝他喉咙进发。他一手揪住老鼠尾巴,把它的脑袋向金属边缘撞去。老鼠发出又细又长的尖叫，痉挛似的挣扎着。他这才扔掉老鼠。

烟花正低低地燃烧，灼烧着他的手指。金属燃烧溅起的小小火花让斯佩克特的手背十分不适。他把烟火扔出驳船，当它落到水面，烟火发出微弱的嘶鸣。

"上帝，我真希望这是白天。这样我们或许就能找到了。"斯佩克特说。

"如果是白天，你就得和海鸥打架。他们就像闻到蜂蜜的蜜蜂一样，绕着驳船飞。一不小心，它们就能把你啄成碎片。别放弃。"拉尔夫说。他又从盒子里掏出一只烟花，用手上那只点燃，然后递给斯佩克特。"那些笔记本就在船上，咱们要找到他们。"

随着时间的流逝，斯佩克特逐渐恢复，愈发强壮。他的脚已经不像之前那么疼了。残肢越长越长，末端开始分开，好像脚趾正在努力重生。驳船臭气熏天，连斯佩克特也深受其扰。他希望此时能吹来一缕清风，然后又开始翻垃圾堆。

"就这样，别放弃。"拉尔夫迅速而仔细地把垃圾分类，他确实在这种事上颇有经验。

斯佩克特喜欢拉尔夫，但他对此一点都不开心。他已经记不得，上一次有人对他伸出援手，是什么时候了。如果他要杀掉这个家伙，他会觉得自己无可救药，但这或许是明智之举，他不能让这个能把他和失窃笔记本联系起来的家伙就这样到处乱跑。

"对了，朋友，你还没告诉我你叫什么。"

"艾伦。"斯佩克特说，"汤米·艾伦。"他不知道自己为什么还要说谎，反正他总得把拉尔夫灭口。

"很高兴认识你，汤米。"拉尔夫伸出散发着垃圾气味的手，斯佩克特迟疑一会儿，然后抓住了他的手，上下握了握。"你是做哪一行的?"拉尔夫问道。

"我是，呃，一名清除者。"斯佩克特从拉尔夫身边挪开几步，又开始翻一些新鲜的垃圾。他把一些纸袋扔到一边，发现一个坏了的沙发。坐垫不见了，米色的佩斯利涡旋纹花呢被染上颜色，但除此之外看起来都好。

"看，我说什么来着？"拉尔夫还站在他身后，"非常好的东西，我可以用我的斯丁麦科特清洁剂让它焕然一新，这几乎和新的一样好。"

斯佩克特一屁股瘫坐在沙发上。找到笔记本的概率正变得越来越小。这就是他的好运气，明明把那样的东西拿到了手，却又生生丢掉了。他本来可以搞定钦天士，陷害他，然后一辈子摆脱他一了百了。

拉尔夫在他身边坐下，看着斯佩克特的衣服。垃圾留下的斑斑点点掩盖了斑斑血迹。"小子，那些打你的人看起来把你伤得很重。住在垃圾填埋场有一点好，犯罪率低得吓人。"

斯佩克特一言不发，直勾勾地盯着烟花，让镁燃烧的亮光印在他的视网膜上。他想知道，钦天士到底打算把他怎么样。可能只会比现在更糟，糟得难以想象。再死一次可能是最简单的方案，但绝对不是他现在想的东西。

拉尔夫把烟花手柄插到沙发边缘，靠过去将手伸进垃圾堆里，让垃圾没到手肘。他转身看着斯佩克特，皱起眉头，然后掏出一个被塑料包着的包裹："眼熟不？"

斯佩克特抓住包裹，用裤腿擦擦干净，他的眼睛因为长时间注视烟花，导致视网膜上有些亮斑，但他知道，这就是他要找的笔记本。他把烟花扔进河里，尽可能扔得远远的。"该死的，或许我转运了。"

拉尔夫点点头，露出微笑："我都说过，我们会找到的。垃圾在我眼前，可藏不了多久。"

"好吧，你是对的。"斯佩克特把笔记本塞进裤子。在把这些给莱瑟姆前，他绝对再也不把这些本子拿出来了。

"在这儿等着。"拉尔夫从沙发上起身，开始在垃圾堆里跋山涉水,"这回,是为了庆祝。"

斯佩克特看了眼手表。已经晚上十点五十五了。他得抓紧时间。他不知道,钦天士会什么时候找他,而他希望那时候自己身边有一群难啃的骨头给他撑腰。钦天士准备把福尔图纳托留在最后,所以他名单上的下一人大概是跃闪杰克或者游隼女士。又或者是塔基扬。即使有小恶魔和胰素灵相助,要解决他们,也会让钦天士自身达到极限。斯佩克特叹了口气,或许,他也要杀掉拉尔夫。最好现在就动手。

他看见拉尔夫在驳船的一端点燃了什么东西,然后又走到另一端去碰了碰它。两团小小的火苗慢慢变成五彩斑斓的光芒,如瀑布般倾泻,然后喷向空中,足足有二十或三十英尺那么高。拉尔夫站得远远地看着它们,背对着斯佩克特。看起来,他正仔细盯着倾泻的焰火,以防驳船不慎着火。毕竟,他总不能让自己回家的交通工具被火烧了。

斯佩克特朝驳船靠近河岸的那一侧走去。焰火会吸引注意,这会是他最不想要的。现在,他可没时间杀掉垃圾先生。这事待会儿再干——如果他能活过今晚的话。

他蹒跚着走向链条围起来的围栏,缓缓攀爬着,尽可能不使用那只坏脚。他把身体撑到顶端,再慢慢朝另一端降下来。当他试图用脚支撑自己的重量时,脚还是疼得厉害。他现在能看清了:它变成了粉红色,脚趾也初具雏形。估计明天这时候,他就能痊愈——如果那会儿他还活着的话。

斯佩克特需要先联系莱瑟姆。他把手伸进大衣口袋,找那张写着律师电话的卡片。打车简直糟透了。他可以杀掉司机,然后把车抢过来,但如果可能的话,他也不想把事情弄得那么复杂。

他沿着街道蹒跚而行,想找一个付费电话。

♠

珍妮弗花了差不多噩梦般的两小时,才到达帝国大厦底部。她害怕乘电梯，或是从主楼梯走，只能不断地幽灵化，穿过一个个天花板、一面面墙壁、一扇扇锁着的大门。不久后，她不得不在每次幽灵化的间隙休息，在她虚弱的身体和不得不继续前行以防被追踪她的联邦特工追上间找到平衡。她意识到，金福一定是在很高层的地方有朋友。她想知道自由民——布伦南和金福到底是什么关系，这个念头已经不是第一次冒出来了。

她终于出来了，应该没人发现——起码她这么想。她回到街上，融入来来往往的人流，朝第四十三大街和第七大道的交汇处走去。她小心翼翼地把自己藏在黑暗之中，无视偶尔出现的要她参加派对的邀请，朝时代广场走去。如今，街上挤满了喝着酒、抽着大麻的狂欢人群，甚至快和纽约新年夜时的人一样多。这些在街上游荡的人群都下定决心，看起来都该死的下定了决心，不准备让任何东西拦着他们及时行乐。他们这种绝望的态度让大气中充满了消沉的味道，还有一些危险的气息。

或许，珍妮弗心想，这一切都是她的大脑空想出来的产物。或许那个穿着脏兮兮皮外套、戴着塔基扬医生面具、缓缓移动、似乎在跟踪她的男人，只是一个想找乐子的无辜之人。或许吧。但当她加快脚步，她瞥见那个男人也加快了脚步，她突然意识到那个男人确实在跟踪她，她的恐惧增加了。

她看到布伦南正在约好的角落等着她，她从没如此开心地想见一个人。她的脚步开始化为跌跌跄跄的奔跑，躲开几个伫立着纠缠在一起的狂欢者，朝他冲去。她接近时，布伦南转过身来，珍妮弗有些动摇了。从布伦南紧绷的身体上，珍妮弗能看见他的怒火，他下巴紧绷，薄薄的嘴唇紧紧抿在一起。当他看见珍妮弗，他放松了一些，却多了一点不确定的神色。只有一点，不是全部。

"我不确定你会过来。"他言简意赅。

"为什么？"他们谈话的声音很低，哪怕周围游荡的人群对他们毫不在意。

"塔基扬的蜡像被砸碎了,画廊里碎片落得到处都是。书不见了。"他简洁明了地说。

"不见了?"她脸上和声音里的震惊之色让他的表情缓和了些。他叹了口气,筋疲力尽地摩挲着下巴。

"金福肯定发现了它们……不知怎样……也不知道他用了什么办法。"他摇摇头,"他是个很棘手的混蛋。他的势力范围远远超乎你的想象。"

"这不可能。"珍妮弗皱了皱眉,目光锐利地看着布伦南,突然有些怀疑他可能已经拿到了书,而且决心不再履行将邮票给她的承诺。但布伦南的肩膀耷拉着,一脸的疲惫与被挫败。如果是演的,不可能这么像,珍妮弗心想。但是,那又会是怎么回事呢?

布伦南似乎在让自己振作起来。他挺直肩膀,镇定神色,再次看着珍妮弗:"来吧,"他生硬地说,"看起来,我得给你再找些衣服。"他皱了皱眉,"你是怎么丢掉自己穿的衣服的?"

"我会告诉你一切。"她回答,"但首先,我们先弄点吃的。我还是很饿。在王牌云巅,我就吃了一点抹着鹅肝酱的饼干。我们为什么不先找个地方吃个晚餐?我请客。我会告诉你在王牌云巅都发生了什么,然后你可以说说,你为什么要找金福的日记。"

珍妮弗告诉自己,她的提议只是出于好奇,但她心里有一部分在低语,说她只不过是给自己找借口罢了。事实上,她不想让布伦南离她而去。

他挤出一个微笑,看着她。

"我不觉得这是明智之举。"他开口,然后笑容消失,换成一脸愁容,接着朝珍妮弗摇了摇他放着弓箭的箱子:"躲开!"

她幽灵化了。

一个身材健硕的男人从她身边路过,他穿着深蓝缎子夹克,背后绣了一只精致的白鸟——是白鹤吗？珍妮弗心想。男人向前绊了一跤，他如风车般张开双臂，试图保持平衡。布伦南的箱子打到了他通红的脸，他应声而倒。

"白鹭会。"布伦南骂道，"我们赶紧走。"

他伸手去抓住珍妮弗的手，开始奔跑，没跑几步就停了下来，发出一声叹息，等着她先实体化。

"有时，你真难对付。"他抱怨道。珍妮弗微笑，朝他伸出手。看来，此事还未结束。什么，她想，那是一只白鹭？

他抓住她的手，开始奔跑。

在人群里，想跑直线是不可能的。他们一路狂奔，留下一串参加狂欢的人群在后面咒骂不已，又或是看见珍妮弗穿着比基尼发出轻佻的口哨，或者两者皆有。

"按这种速度，我们永远都没法撼动他们。"布伦南抱怨。他冒险回头看了看，发现一群穿着深色夹克的男人——珍妮弗意识到，白鹭会的人还有很多——正挤过人群，朝他们追来。比起布伦南和珍妮弗，他们要敏捷得多，面对拦路之人，只是简单把他们统统推开，几乎没人会对他们的粗鲁举动指指点点。"他们有八个。"布伦南说道，珍妮弗突然挣开被他抓住的手，停下脚步。

"噢，不。"她盯着什么说道。

"什么？"

"他。"

一位穿着白色紧身制服的男子正朝他们走来。

"他是谁？"布伦南问道。

珍妮弗摇摇头："在王牌云巅，他想逮捕我。他说自己是一名联邦探员。"

"棒极了。"布伦南迅速环顾四周。他们靠近街角，街角杂乱地摆着一个电话亭、一个邮箱，还有几个垃圾桶。"这边走，说不定他还没看见你。"

珍妮弗和布伦南转到一边,可这个穿着作战制服的男子却大声喊道:"别跑!你被捕了!"

珍妮弗发出痛苦的呻吟,撞到一个戴着象鼻象耳面具的男子——不对,她意识到,他根本没戴面具。她赶忙道歉,走到路边,一辆豪华轿车在一声尖叫声中停了下来。车门大开,亚龙和六个小混混鱼贯而出。

"老天。"布伦南咒骂道。他放开珍妮弗的手,电光石火间,一切都发生得太快了。

一辆有些磨损的黄色出租车在豪华轿车后面停下来,亚龙尖叫着:"抓住她!抓住他!"出租车向前撞在轿车上,乘客座位一侧打开的车门一下砸在亚龙的脸上。这个爬行动物般的鬼牌应声而倒,而白鹭会的人则穿过看客们,从四面八方一拥而上,试图包围布伦南和珍妮弗。困在包围圈里的人则意识到这是要出大事,赶紧凑在一起围观。比利·雷正朝他们跑来,尖叫着:"我是一名联邦探员,你们被捕了!"那个穿着脏兮兮皮衣戴着塔基扬医生塑料面具的身材魁梧的人,也正推开人群,朝珍妮弗和布伦南挤过来。他正挥打着畸形的、像棍棒一样的拳头,一拳把探员打到人行道上,开出一条路。

白鹭会的人你看看我,我看看你,都有些难以置信,伯南看着珍妮弗。

"什么情况?"他问道,一脚踢中最近的白鹭会成员的肚子。白鹭会的人应声而倒,又有两个朝布伦南扑过来想抓住他,均以失败告终。

令珍妮弗、看客们、尤其是那个一拳打中探员的大个鬼牌震惊的是,比利·雷轰然倒下。

"混蛋。"雷探员咬牙切齿地说,"我要狠狠踢你的屁股。"

巨人含糊不清地怒吼着,珍妮弗看着布伦南又放倒两位朝他扑过来的白鹭会成员。出租车司机从车里跳了出来,朝轿车司机大吼大叫。一名想抓珍妮弗的白鹭会的小喽啰被布伦南拦下。珍妮弗朝他微笑,然后幽灵化,于是他就一遍遍地试着抓住她,而她却在人行道上闪烁着化为幽灵。耍够了他后,珍妮弗从路边的垃圾桶上抄起一个桶盖,化为实体狠狠将其砸在那个小喽啰的脑袋上。他愤怒地盯着她,然后双腿软下去,倒在地上不省人事。四周一些围观群众拍手叫好。

巨人开口了,他的声音让珍妮弗的注意重新回到他和雷探员身上。"滚开,混蛋。"他的声音非常刺耳怪异,如剃刀在黑板上刮擦,几乎不像是人类的声音。他看起来咄咄逼人,但雷探员却朝他微笑。珍妮弗觉得探员看起来居然有些由衷的喜悦。

"你因袭击一名联邦探员被捕了。"

大块头鬼牌怒吼着,挥起棍棒一样畸形的右拳,但雷探员已经行动了。他朝下躲开拳头,然后站起身来一拳打中巨人鼓涨的肚子。所有的空气嗖的一下从鬼牌的肺里吐了出来,鬼牌跌跌撞撞,摔倒在地。但他还没出局。雷探员正欲从他身上踩过去,鬼牌伸出手,抱住探员的大腿,猛地向下一拉。雷探员再次跌倒,这回,巨人般的鬼牌如海啸一样翻过身来,把探员钉在人行道上,在探员挣扎前将他狠狠钳住,并用巨锤般的右手狠狠打碎了雷探员的下巴和嘴巴。鲜血溅得到处都是。珍妮弗倍感虚弱,她朝后退了几步,发现了自己撞到了什么人。一双手抓住她的腰,她转过身去,却发现一双非常漂亮的蓝眼睛正盯着她。除了一双蓝眼睛,和眼睛周围一些看上去像神经末梢的卷须外,其他什么都没有。她压抑住自己即将脱口而出的尖叫,用尽全力把垃圾桶盖子朝那双眼睛砸去。空气中传来一阵令人满意的闷响,她手中的垃圾桶盖子弯了起来,那双眼睛仿佛在看不见的眼睑中翻了个白眼,消失了。她身后那双隐形的手也放开了她。过了一会,一个高高瘦瘦的身影出现在她的面前,在人行道上跌跌撞撞。珍妮弗把垃圾桶盖子扔掉,这才保持着拳击格斗的姿态朝后退去。

疯狂鬼牌

和亚龙一同到达的三个歹徒开始走向她,另外两人想扶亚龙站起来,还有一个从街上冲过去揍那个追尾的出租车司机。

珍妮弗的余光瞥见那个鬼牌又回身去揍雷探员,但不知怎地,探员一边口吐鲜血和碎牙,一边伸出手来,一手抓住鬼牌的胳膊,另一只手抓住他戴着面具的脸。面具落了下来,露出一张看上去像是被炸弹炸得坑坑洼洼的战场的脸。男人伤痕累累的嘴巴大张,喘着粗气。

"你个狗娘养的长得真丑。"雷探员透过糊成一团的嘴唇和破碎的牙齿嘟嘟囔囔地说。一道快活的光线奇怪地在他的眼中闪烁起来。他像鳗鱼一样扭着身子,然后猛地向上踢腿,一脚踹中鬼牌的腹股沟。

一缕唾沫顺着鬼牌的下巴淌了下来,鬼牌发出一声咆哮。雷探员一个翻身,跨坐在他的胸膛上,狠狠用拳头砸着鬼牌的脸,直到手上沾满鬼牌的血。鬼牌的身子软了下去,雷探员轻笑着站起身来,他的眼中闪烁着神秘的光芒,死死盯着珍妮弗。她看向布伦南,但后者正忙着对付白鹭会的小喽啰们。雷探员朝她走来,一丝不苟地抹去破碎的下巴上的鲜血,以防滴到白色的制服上。与此同时,三名从豪华轿车上下来的歹徒也从另一边朝珍妮弗走来。

"你得和我走一趟。"雷探员开口。他的话含糊不清,珍妮弗几乎听不明白,但她还是让他抓住自己的胳膊。

"嘿,兄弟,滚开。这妞儿是我们的。"一个歹徒开了口,珍妮弗让他抓住自己的另一只胳膊。

"我只能跟你们中的一个走。"珍妮弗开口,然后化为幽灵,站到一边。雷探员的笑容凝固在脸上,落在那几个暴徒身上。与此同时,布伦南反手又打倒一个白鹭会的喽啰。余下的两个白鹭会成员交换了一下眼神,思索着这到底值不值,然后被布伦南一拳砸在脸上,冲破人群,倒在人行道上。布伦南转过身,看着珍妮弗。他甚至连呼吸都没加快,虽然他看着雷探员猛揍亚龙手下的喽啰看得一脸茫然。

珍妮弗看了一眼他们前面停着的豪华轿车,门开着,引擎开着。

"快来。"她朝布伦南喊道,从敞开的大门钻入车内。布伦南跟着珍妮弗上了车,关上门,一只巨大的鸟从天上猛冲下来,砸在挡风玻璃上——那是一个长着翅膀的瘦骨嶙峋的鬼牌,如凤头鹦鹉般脑袋上顶着有些脏兮兮的白羽毛,仿佛顶着王冠。丑陋的紫红相间的肉瘤垂在他的下巴上。他摇摇头,如一只撞到平板玻璃窗上的麻雀,对眼前的景象目瞪口呆,并发出一些难以理解的声音。然后这个鬼牌从引擎盖上滑到街上,绊倒了刚刚解决掉自己最后一名对手,正跌跌撞撞朝豪华轿车走去的雷探员。布伦南看着他俩如缠在一起的树枝一样摔到人行道上。亚龙东倒西歪地站起来。珍妮弗一脚油门踩下去,轿车一路狂奔。爬行动物般的鬼牌环顾四周,一脸茫然。

"刚刚发生了什么?"他问道,但可惜的是,没人能告诉他答案。

♣ ♦ ♥ ♠

第十八章

晚上 11：00。

马桶开始冲水。莱瑟姆按下按钮，开始洗手，然后拿一块绣着字母的毛巾把手擦干，关上灯，离开卫生间。

海勒姆屏住呼吸，试着往天花板再挪一挪。他紧紧握着拳头，哪怕是最轻微的动作，都可能会让他从房间里飘过。他祈祷，莱瑟姆千万别抬头看。谢天谢地他没有开天花板上的灯。一个海勒姆这种腰围的人，浮在灯具边上，可会投下一个明显得不能再明显的影子。他真该谢谢砰呼杰伊，让他沦落至如此荒唐之境地。

他希望律师能赶紧转身回到他的电脑前，但他可没这么走运。律师朝梳妆台走去，开始掏空自己的口袋：钱夹、钥匙、一大把零钱。他解开领带，脱掉背心，小心翼翼地把它们挂在步入式衣柜里，放到一件男士便服中。那件便服由黑色的丝绸织成，背面绣着金色的龙，非常精致。他坐在窗边，解开鞋子，换上一双拖鞋。不。海勒姆飘在律师上方想，不，别躺下，千万别躺下。

电话响了。

快走。海勒姆激动地想，快回其他屋子里去。枪眼看了看门，好像正在考虑要不要回去。然后，他拿起床边的电话分机听筒："莱瑟姆。"

他顿了一会儿："胡说八道。"律师言简意赅，"对，我明白你现在很痛苦。"沉默。"他吃了你一只脚？"他听起来难以置信，"不，很抱歉,斯佩克特先生,我不相信你。如果你流了那么多血,也许你已经……"他叹了口气。"好的,说说那些书长什么样。"

这一次的沉默要长得多。从他浮在天花板上的角度,海勒姆看不清莱瑟姆的表情,但他开口时的语调变了:"不,詹姆斯,不要读里面的东西。这于健康无益。你在哪儿?"他皱了皱眉。"好的,但什么垃圾填埋场?在哪儿,我不知道……他们都在时代广场上,我们看见她了……不,我不知道要多久。"他看了看放在床头柜上的闹钟,"不,不,我希望你赶紧过来。打个车……我不在乎你怎么打到车,明白吗?你知道地址。"

莱瑟姆挂了电话,若有所思地从床上起来,然后,让海勒姆如释重负的是,他朝另一间屋子的书桌走去。

海勒姆打着哆嗦,松开拳头,慢慢飘到地板上。他和羽毛一样轻盈。斯佩克特。他心想。他之前在哪里听过这个名字来着?莱瑟姆叫他什么?詹姆斯,对了,詹姆斯·斯佩克特。

突然他灵光一现。塔基扬医生,他就是从医生那里听到了这个名字。半年前,他们在王牌云巅吃着羊肉,医生说起有个人从诊所逃走,所过之处都是死亡。他在档案上的名字是詹姆斯·斯佩克特,是一名会计,但他现在有了一个新的职业。如今,在街头,他们都管他叫……死期。

他听见莱瑟姆拿起电话。海勒姆瞥了眼前门,但要到前门他得穿过起居室,其间无遮无挡。从窗户走更好。他踮着脚尖走过房间,慢慢地、小心翼翼地打开窗户,把脑袋塞出去。看来这是一段漫长的坠落,但和从王牌云巅上跳下去相比,这要短得多。

海勒姆·沃切斯特厌恶地做了个鬼脸,爬上窗台,把自己挤出窗外。窗口很紧,在某一可怕的时刻,他担心自己会卡住,于是他更努力地蠕动起来。夹克上的纽扣掉了,他猛地挣脱出来,开始下坠。当然,他只希望,自己别被风吹得太远。

♦

　　事实上，当福尔图纳托找到劳斯莱斯时，他体内的能量还有不少。他想到了游隼女士，想到她的唇，想到她的乳房，还有她双腿之间的味道。光是想想这些，就让他变得更加强壮。

　　他本准备得到她。即使这意味着拿他俩的生命冒险。钦天士不会放过他们中的任何一个人，而他们在床上将相当脆弱。

　　但还有时间。钦天士需要补充能量，他也是。他试着不去想钦天士正在外面的某处游荡，甚至现在就在挑自己的下一个受害者。别去想，他正在外面，他所争取的时间，是以别人的生命为代价换来的。

　　他转过拐角，看见了劳斯莱斯。游隼女士为他留了门，没有把车门锁上。他进入车内。

　　"你的事情？"她问道。

　　"已经处理完毕。现在没事了。"

　　"好的。"她回答，"如果你很快完事，我会记恨你的。"

♥

　　珍妮弗开着车急速转弯，轿车的轮胎发出一声痛苦的尖叫，引来从人行道下到马路上行走的行人愤怒的咒骂之声。她迅速瞥了眼右边，看见布伦南靠在豪华的座椅上，面带微笑。

　　"你乐什么？"她问道。

　　"金福没拿到书。"

　　"嗯？"珍妮弗斜着穿过两条车道，快速向左行驶。她瞥了眼后视镜，虽然她不认为有人在跟踪他们，但还是以防万一小心为上，"你为什么这么说？"

　　"很简单，"他答道。"亚龙还跟着我们。准确地说，是跟着你。所以，金福没拿到书。"他突然不笑了，皱起眉头，"但如果书不在你放的地方的话……"他没有说完。

"那肯定是被其他人拿了。被他们拿了。"珍妮弗意识到自己已经落入了布伦南所探求的问题之中，以至于她已经忘了那两本满是珍稀邮票的收藏簿。那些书本来，或者说本应该对她很重要。"你为什么这么想要那本书？"她突然发问，疾驰闯过一盏红灯，"你和金福是什么关系？"

布伦南久久地看着窗外。

"这车你开得很好。"

"说嘛，"他的沉默让她沮丧，直到实在无法忍受，不由追问道，"别敷衍，回答我的问题。这是你欠我的。"

"或许我是欠你太多。"布伦南沉思着开了口，"好吧。很久之前，金福和我有一段渊源。那时我还在越南。"珍妮弗把车速降到合理的区间，从而可以在他开口时盯着他。布伦南正心烦意乱地望向窗外，目光似乎远远飘过眼前的街道。"他是一个邪恶之人，完全以自我为中心，绝对冷酷无情。他是南越军队的一名将军，但谁给他钱，他就为谁干活。他杀了我众多手下，也想杀掉我。"他面无表情地说道，"他杀了我的妻子。"

她沉默地开着车。珍妮弗想知道她是不是探得太深了，或者，她到底想不想知道故事的其他部分。过了一会，布伦南再度开口。

"我有证据证明他在越南经手的每一个肮脏的计划，但……我弄丢了它们。金福依然高高在上，而我差点上了军事法庭。当胡志明市沦陷后，我离开了军队，金福也来到了美国。我在东方待了几年，直到数年前才回到美国。我的一位老战友几个月前看见了金福，给我寄了一封信，我才因此到了纽约。

"我坚信，这本日记有足够的证据可以把金福和无数犯罪活动联系起来。或许，最好里面还有足够的证据能把他关起来或是处决……就像十二年前，我收集的那些信息本应做到的那样……"

"我不知道,这本日记能不能作为证据呈上法庭。"

"或许不能。"布伦南承认,"但这里面会包含他活动的无数线索,有了这些线索,可以顺藤摸瓜找到他的下线和同伙。"他严肃地看着珍妮弗,"杀掉金福易如反掌,但首先,这不足以扳倒他在纽约一手建立的腐败网络,其次,这也太便宜他了。"布伦南的眼睛蒙上一层自省的阴影,"我想要他夜不能寐,连最轻微的声音都会让他战战兢兢。我想要他被剥夺所有的一切,他的财产,他的权势,还有他的富贵。最后,我想让他除了时间之外一无所有,让时间沉重地悬在他的头上,他什么都改变不了,只能在无穷无尽的日子里沉闷度日……如果他最后没有进监狱,我会剥夺他所拥有的一切,让他终日生活在贫穷与恐惧的地狱之中,永世不得翻身。要做到这些,我需要这本日记。"

布伦南再次陷入沉默。珍妮弗舔舔嘴唇。或许,她想,是时候告诉他真相了。他应该知道这些。但她体内的什么东西阻止了她开口。她又舔了舔嘴唇,强迫自己开口。

"布伦南——"

她被轿车后座突然响起的电话铃声打断了。布伦南开始朝后座看,她发出一声叹息,如释重负,仿佛审判后收到缓刑的有罪之人。

豪华轿车的仪表板上的控制键,仿佛比宇宙飞船上的还要多。

"哪个按钮能把前座和后座间的窗户摇下来?"布伦南发问。珍妮弗瞥了眼仪表盘,耸耸肩表示自己也不知道。布伦南砰地把一堆开关都按了按,打开无线电,锁了门,升起电视天线,终于将前排座椅和后排座椅之间染了色的玻璃隔断降了下来。他钻进后座,膝盖重重地砸到后排座椅前的车载酒柜和车载吧台上,珍妮弗听见他嘟嘟囔囔地咒骂了几句。他拿起电话,打开扬声器,让珍妮弗也能听见,然后轻哼一声。

"亚龙,亚龙,是你吗?我是莱瑟姆。"

珍妮弗通过后视镜看着他,发现他脸上有着一种奇怪的表情。他的笑容透着喜悦,但毫无幽默可言,好像他认出了这个名字,好像他很高兴听见这个男人的声音。

"听好了。书在死期身上。我重复一遍。书在死期身上。终止你所有的搜寻,把他带过来,明白吗?"

布伦南露出一个残忍的微笑。

"我明白。"他静静地说。

"你不是亚龙。"

"我不是。"布伦南回答。

"你是谁?"

"是过去,是鬼魂。我要来找你了。"

他挂了电话。

♣

他们穿过市区,喧闹震耳欲聋。人群如潮汐般涨落,挟着大部分漫无目的游荡的行人一同前行。

"我在试。"垃圾婆对杰克说。她眯起眼睛,向后靠着某条通往第九大街的小巷的砖石柱。"城里的小动物们从来没遇到过这么多喧闹的人,他们怕极了。"

"我很抱歉。"杰克回答,他声音里的急切变为歉意,"请再试试,再试试。"

"我正在试。"她继续集中心神,"抱歉,我什么都没发现。"她睁开双眼,发现杰克正盯着他们看起来无穷无尽的黑暗深处。"这座城市里有八百万人口,而小动物的数量可能是人口的十倍多,还没有算上蟑螂。耐心点。"

杰克冲动地抱住了她:"我很抱歉,做你能做的。让我们继续朝市里走。"他的声音变得非常疲倦。垃圾婆多抱了他好一会儿,杰克没有反对。

垃圾婆突然警惕起来："你听。"

"你听到什么了吗？"杰克问。

"我听见这里有人。你听见了吗？"她开始快步走向街区。

杰克也听见了。音乐很耳熟，声音更耳熟。

鲜血和骨头

带我走上回家之路

那里的人我欠了他们的债

那里的人终将要走

和我一起下地狱吧

和我一起下地狱吧

"完了。"杰克回答，"听起来像C.C.莱德。"

"就是C.C.莱德。"垃圾婆回答。C.C.莱德是罗斯玛丽在纽约交往时间最长、也是她最亲密的朋友。但由急性创伤引发的百变王牌怪异天赋，让她在塔基扬医生的诊所受到密切照看，已经十多年了。

他们和其他几个旁观者一同停下脚步，贴着疯狂艾迪电器连锁店①的玻璃朝里看去。橱窗里面放着几个大型录像放映机。上面的扬声器将音乐放到街上。屏幕上，几个棱角锋利的黑白几何图形翻滚着碰撞着。

"她又开始演出了吗？"垃圾婆发问，"罗斯玛丽什么都没说。"

"不是现场演出。"杰克眯起眼睛朝玻璃中望去，"只是在这种演出录像里演出。我听说，她最近写了很多新东西，给尼克·凯夫、吉

---

① 疯狂艾迪电器连锁店是美国东北部的一家电器连锁店，于1971年在纽约的布鲁克林开业。

姆·卡洛尔①这样的人物写歌。我在《声音》杂志里读到，说娄·里德②甚至考虑把她的歌放到新专辑里——而他从来没有做过翻唱。"

"我真希望她能重新开演唱会。"垃圾婆说，她的声音近似渴求。

杰克耸耸肩："也许吧。我猜，她大概无法一次应付两个以上的人。我想，她总会好起来的。"

"如果她在录音，"垃圾婆说，"那她就在好转。"

"我敢打赌，科迪莉亚会想见她。"杰克说。

垃圾婆微笑："科迪莉亚十六岁了。或许 C.C. 莱德认得布莱恩·亚当斯③。"

"谁？"杰克发问。

"走吧。"她挽起杰克的手，将他从橱窗前带走。那旋律萦绕在他们耳后：

你可以歌唱痛苦

你可以歌唱悔恨

但没有什么能带来明日

或是将昨日带走

♠

这里和隔壁的病房只隔了一块薄薄的窗帘布，有人正在隔壁呕吐。吐得精力充沛、吐得生龙活虎、吐得声如洪钟，真是一场如假包换的呕吐体验。

"所以我告诉他，我告诉他，我要在你那张丑陋的正常人的脸上

---

① 尼克·凯夫，1957 年生于澳大利亚，歌手、演员、编剧。吉姆·卡洛尔，1969—2009，作家，诗人，音乐家。

② 娄·里德，1942—2013，生于布鲁克林，歌手、音乐家、制作人、摄影师，为美国著名地下丝绒乐队的主唱兼吉他手。

③ 布莱恩·亚当斯，1975 出生，加拿大歌手，有摇滚王子的美誉。

到处都抹上——"

但那个听起来像啤酒喝多了、要被抹脸的鬼牌的声音,被塔基扬医生那一声委屈响亮如同警笛的"嗷!"淹没了。

"别哭哭啼啼了!"维多利亚·奎因①医生命令道。她和那难以置信的名字已经一起过了三十六年,看起来这名字似乎让她的性情变得尖酸刻薄,而且永无好转之日。她皱起眉头,这个表情与她可爱的脸庞和生机盎然的身体毫不相衬。她又在外星人的额头上缝了一针。

"你到底拿的是什么?一根编织针?"

"你们塔基斯星人的坚忍意志到哪儿去了?承受痛苦毫不畏缩,面对兴亡一笑而过?"

"你在病床边的礼节极为糟糕。"

"我看你找到了他。"医生无视了塔基扬,转向露莱特。露莱特感到一阵紧张。"他是不是在酒吧里?"

塔基扬医生立马听出了挖苦之意,还没意识到答案的意义所在,就立马紧追不放:"我又不是总在酒吧里。我希望你别这样逢人乱说了。"

隔壁病房传来愈发混乱的声响。"好好待着!"奎因医生命令道,她一把拉开窗帘。

塔基扬把刘海拉下来,盖住半开的伤口,针头还戳在雪白的皮肤上,他从医院的轮床上滑下。露莱特伸出手。

"你要去哪儿?"

"去搭把手。"

"你受伤了,你是一名病人。"

"可这里还是我的医院。"

---

① 维多利亚·奎因医生的名字是 Victoria Queen,和"维多利亚女王"谐音。

她精疲力竭，被不断在眼后循环的图像时刻困扰着，没力气和他争辩。她跟着他走进了布莱思·范·伦斯勒纪念诊所的急救室。

每个椅子和沙发上都坐着人。各种各样的鬼牌挤在一起，干咳着、呻吟着、喵喵叫着，恳切的目光跟着劳累过度的医生们来来回回。

一位长着三只腿的鬼牌正跟在奎因医生后面摇摇摆摆："我他妈的已经等了三个小时了！"

"恶棍！"

"婊子！"

"你只不过折了个手腕。比你严重的病人多了去。时候到了我们自然会叫你。而且，我一点都不同情你。就我个人来说，我认为埃尔默应该拧断你的脖子。"

塔基扬医生在检查一位在轮床上昏迷的老先生，似乎完全没有注意到身后的大吼大叫。但当鬼牌朝女医生挥拳，这一记重拳却转了个弯，稳稳地砸到鬼牌自己的脸上，鬼牌瘫倒在地，打起了呼噜。

"干得漂亮，医生。"一名穿着保安制服、身材魁梧、长着鳞片的鬼牌赞道，"嘿，你看上去一团糟。"

"谢谢啊，巨魔。"

"这个怎么处理？"他用脚趾推了推那个沉睡的惹麻烦的鬼牌。

"趁他睡着，让迪莉娅把他的手腕治好。"他脸上闪过一丝微笑，"省点麻醉药。"

又一辆尖叫的救护车卸下病人。一辆轮床嘎吱嘎吱从他面前滚过，上面抬着一名噩梦般的人物。他有七英尺高，脑袋像锤头一样钝。他有一只极为凶狠的红眼睛，另一只眼睛则是明亮的蓝色，在一块沉甸甸的隆起的骨头下面闪烁。头皮上本该是头发的地方布满了疖子。有些已经破开，渗出脓液。这个男人看起来好像有人拿着手提电钻在他脸上跳了支舞。

露莱特双手环着她的肚子，试图阻挡这种痛苦、这种气味还有这种声响带来的不足。奎因发现塔基扬医生正帮一名五岁的、哭哭啼啼的孩子打针，立马把他赶回隔间。当他们重新出现时，她就像一个牵着顽固学生的愤怒的女教师，拉着小个子医生的手腕。

"带他回家。"她剧烈地晃着肩胛骨，"给他用这个。让他睡觉。"

"我没事了，我要留下来。"

"百变王牌日你从不到这儿来。通常来说，你总是头朝下栽在白兰地里。为什么要打破传统？"

奎因似乎没有注意到这一评论深深伤到了塔基扬医生，或者她根本就不在乎。露莱特挽起他的胳膊，扶他走出这栋砖石建筑的侧门。

"我要跟福尔图纳托走。"他突然宣布。

"然后做什么？"

"帮他找钦天士。"他紧紧把嘴唇抿成一条线。

"塔基扬，他一定知道袭击餐厅后，曼哈顿的每一个王牌都在追杀他。他如果还待在纽约，他就是个蠢货。"

"他是个疯子，他不在乎。"

他挣开她的手，闭上双眼，似乎正在进行一场伟大的斗争——虽然，这一斗争只能从他愈发憔悴的窄窄的脸庞上显露出来，汗水在他鬓角的涡纹中纠缠，每个指节都绷成明亮的白点。他突然转过身，一拳砸到医院的墙壁上。

"他屏蔽我！"

"谁？"

"福尔图纳托。去他的，去他的，去他的。"他仰天长啸，"这么多年了，你一直看不起我。你这个傲慢的狗娘养的。来自宇宙的死基佬。好啊，好啊！那你就自己对付吧！然后，你就玩儿完了！"

"为什么要担心呢？或许钦天士也会追杀你，这样你就有足够的能量来对付他了。"

WILD CARDS

　　但他已经走了，弯腰驼背，双手深深插进口袋，完全没有留意到她话里苦涩的嘲讽。

♣ ♦ ♥ ♠

第十九章

午夜 12∶00。

"该死的!"布伦南放下电话,抱怨道。

"你想打给谁?"珍妮弗发问。

"蝶蛹。"

"还在打给她?"

"对,她还在外面。"

"不过,蝶蛹到底是谁?"

"她经营着一家叫水晶宫的酒吧。"布伦南看着窗外,回答,"她是个情报交易商,正是她让我追踪到了你。她知道一切有价值的消息,所以她肯定知道莱瑟姆住在哪里。不过,我现在联系不到她。我一直打过去,埃尔默已经烦了。该死的。"他重复道,左手手掌朝握成拳头的右手砸去。

"我们现在也做不了什么。"珍妮弗回答,"就像游船会沿着纽约最好的地方巡游,我们现在做的就和游船差不多。找一个叫死期的人,他带着一包书。"

布伦南苦笑:"我知道,这看起来似乎毫无希望,但让我们再坚持一会儿。"

珍妮弗耸耸肩:"没问题。"

当然,他是对的。

◆

怪不得死期打不到车。

他起码被射了一打子弹。子弹在他的便宜灰西装前面留下点点弹孔，而他的衬衫被火药烧得全是洞，还血迹斑斑。他闻起来和垃圾一个味儿，裤子上全是秽物。当他打开出租车车门，那瘦骨嶙峋的身体一阵战栗。死期一只脚踩在地上，扶着后门撑着自己，拖出另一条腿。那是个扭曲的小东西，没穿鞋，没穿袜，在路灯下显得非常苍白，又软又小，看上去像一只孩子的脚，正从破破烂烂的残肢上长出来，血迹在残肢上凝成一个硬壳。海勒姆咽了一下，扭过头去。

出租车司机非常沮丧："你个狗娘养的！"他尖叫，"你这个样子我还载你，你居然不给小费！"

死期令人作呕地咧嘴一笑："你想要小费，你来对地方了。你应该庆幸我赶时间，你个混蛋。"他小心翼翼地把那只初生的脚放到人行道上，碰到地面时他痛苦地一阵战栗。

"狗娘养的！"出租车司机大吼大叫。他飞快从路边离开，猛地一甩，让惯性把后门关上。车门撞到了死期的骻部。他四仰八叉地倒在排水沟里，大声尖叫，有什么东西从他的口袋里掉了出来。

书。海勒姆看得一清二楚。

书被裹在一个塑料袋里。死期挣扎着抓住书，紧紧抱在胸前，摇摇晃晃地站起来。然后，他朝建筑蹒跚着走去，一瘸一拐，一蹦一跳，试图用他新生的脚支撑体重。他的双目专注于自己的痛苦，没太留心外面的情况。他紧紧攥着那些珍贵的书，两只手都紧紧抱着袋子。他完全没去细想，为什么门卫会穿着晚礼服。海勒姆打开门，几乎为这个可怜人感到抱歉。

杰伊从灌木丛里走了出来，食指指着死期，扣着大拇指："哟！"他大声说道。

死期回头看了看。

海勒姆握紧双拳。突然间，那些书仿佛有两百磅那么重。他们从斯佩克特的手指间滑下，重重砸在他的脚上。海勒姆听见那小小的、才成型一半的骨头断了，看见柔软的白色皮肤裂开。死期张开嘴巴，纵声尖叫。

然后他就突然不见了。

海勒姆弯下腰，把那袋子书恢复到正常重量，拿了起来。他一身是汗。"我们差点就没命了。"他对砰呼杰伊说。

"我妈差点当了修女。"阿克罗伊德说，"咱们快点离开这儿。"

他们在拐角拦下了一辆出租车，就是死期刚刚乘坐的那辆，司机依然对他上一笔报酬骂骂咧咧。"去哪里？"他终于问道。

阿克罗伊德的笑容飞快消失了："去时代广场。"他答道。

♥

"好了。"游隼女士开口，"就这样，简陋，但归我自己所有。"

福尔图纳托关上门，一言不发。游隼女士的顶层公寓就是间简简单单的大开间，墙壁和地毯都是深浅不一的灰色。每个区域都有自己的色调，都比周围的区域要深上或者浅上一两个色阶。家具不是钢制家具，就是玻璃家具，要不就包着灰色棉软垫，不论便宜还是昂贵，这些家具都很长。一面墙除了窗户什么都没有，往下看就是中央公园。公寓的制高点是一张摆在角落里的高架特大号水床。水床上铺着皱皱巴巴的灰色缎面床单。

"要不要给你拿杯喝的？"

他摇摇头。游隼女士朝吧台走去，给自己往细长的酒杯里倒了杯拿破仑干邑白兰地："别这么阴沉。我们救了睡莲，不是吗？"

"是啊，你救了她。你非常出色。"

"需要的时候，我会这么做。我不喜欢被牵着鼻子走。"她把臀部靠在吧台边缘，久久地啜饮白兰地，翅膀随之轻轻摆动。她身上的情色意味是她不可或缺的一部分，无拘无束，非常自然地流露出来。她随意地转过双腿，展示着那修长浑圆的小腿和苗条的大腿。"但这不意味着我不会欣赏一定的侵略性——只要时机得当。"

"不久前，你还指控我，说我的搭讪毫无说服力。"

"我伤了你的感情，对不对？"她的眼睛又开始闪烁。

这双眼睛没有从他身上移开，也毫无保留。"我的意思是，我怎么知道，你说的是实话？而且，我只是抱怨你说话的方式不好，我可没说，我一点都不感兴趣。"

福尔图纳托穿过房间，她放下酒杯，站起身来。他的左手沿着她的翅膀间滑下，右手则环着她的腰。她的嘴唇柔软，有白兰地的香味，当他的唇碰上她的唇时立刻张开。她的舌头熟练地扫过他的牙齿，然后深深探入他的嘴中。她分开双腿，翅膀环着他，福尔图纳托觉得他们仿佛融为一体。透过裤腿，他能感到她骨盆发出的热量，她的王牌能量咆哮着穿过她的身体，进入他的体内，如原子弹爆炸一样剧烈。

她终止了这个吻，大口吸着新鲜空气："天呐。"她说。他抱起她，往床上走去。

"你轻得像羽毛。"

"我的骨头是空心的。"她在他耳边说，接着用舌头舔舐着他的耳廓。"虽然空心，但像玻璃纤维一样强壮。"她收紧抱着他胸膛的胳膊，不一会儿，仿佛要证明自己的话一样，咬住了他的脖子。

他凭着本能找到了床。他的其他感官已经完全失控。他在游隼女士的裙子上摸索，想找拉链，结果她却说："别管了。我会买条新的。我想要你。现在就要。"福尔图纳托抓住盖着她乳房的罩杯，从中间将裙子撕成两半。她的双乳从衣服里跳了出来，皮肤白皙，几乎是完美的球形。她的乳头很大，只比周围的皮肤深一点点。他用牙咬住其中一个，而她则抓破了他的晚礼服衬衫，领扣跳出来弹在地上发出咔哒咔哒的声响。她扯掉他的腰带，把他的裤子拉到膝盖，双手抓住他的下身。它从没这么肿胀和疼痛，他差点以为它会像熟透的水果一样竖着裂开。

在那条天鹅绒的裙子下面，除了吊带内裤和黑色丝袜什么都没有。她的翅膀随着呼吸搏动。她私处的毛发像小羊羔的毛一样又厚又软。她抬起还穿着黑舞鞋的双脚，放到福尔图纳托的肩膀上，伸手环住他的脖子："现在。"她说，"就现在。"

当他进入她时，福尔图纳托觉得自己仿佛是插进了一个电源插座。炽热、明亮的紫色能量脉冲环绕着他们的躯体。他这辈子从没有过这种感受。"天哪，你到底对我做了什么？"她低语，"别回答，我不在乎。别停下。"

♣

经过最初的眩晕后，斯佩克特设法抓住了狭窄过道的栏杆，阻止了自己再次翻过去。他的脚就像插进了熔岩里。他一屁股坐下来，试图搞清楚他们到底把自己送到了哪儿。这地方很高，下面是一条挤满了汽车的街道。他站了起来，跌跌撞撞地走到狭窄过道的尽头，扶着冰冷的栏杆。他极目远眺，看着洋基体育场陷入一片荒芜的黑暗。这个把他搞过来的小杂种要为他的行为付出代价。他应该认出门口的那个胖子。应该更加小心谨慎。如今，书没了，他必须自己对付钦天士。

"他妈的混蛋，把我送到布朗克斯球场①来了。"他擦了擦鼻子，寻找下来的路。几分钟后他找到了一个梯子。从这儿到下面的水泥步道，起码有五十英尺。他小心翼翼地把身子放低，把受伤的脚远远挪

---

① 布朗克斯球场就是洋基体育场。

开避免碰到任何东西。一阵夜风把他脏兮兮的头发吹到眼睛里,并让那些试图变成脚趾的组织一阵阵痛。他花了十分钟才爬到下面。

斯佩克特四下寻找可以当拐杖的东西,但一无所获。铁链围栏的另一端什么都没有,只有令人作呕的通往下面的黑暗。他挣扎着朝看台边缘走去,这是他确定的、能走出去的唯一一条路。

他翻越了另一道围栏。斯佩克特明白,他正身处右边的场地看台下。他绊在一个装满一袋袋花生的箱子上,倒地尖叫。

灯光立马就照在了他身上:"在那儿别动,伙计。"灯光后传来一个声音。

斯佩克特听见一阵啪嗒声。大概是左轮手枪上的保险带解开的声音。"救命!我需要医生!你照照我的脚!"他必须让守卫足够靠近,才能直视他的眼睛。

守卫把光照在斯佩克特的脚上。他那只坏掉的脚被书砸到的地方青一块紫一块。"老天。你到底经历了什么?"

他很近了,但他的双眼却看不分明。斯佩克特从口袋里掏出打火机,轻轻一滑。守卫的眼睛是冰蓝色的,在火光下非常美丽。斯佩克特锁住他的双目,男人轻轻呜咽起来。斯佩克特的死亡记忆朝他袭来,很快便大获成功。他倒了下去,一动不动。

斯佩克特搜索守卫的尸体,把他的手电筒和钥匙拿了出来。如果他能进更衣室,或许能找点什么来包他的脚。他肯定能找到一些拐杖之类的东西,甚至还能换一身衣服。

他一瘸一拐地沿着斜坡走上露天看台,沿着楼梯朝下面的球场走去。

♠

"最好的可能是,"垃圾婆说,"找老鼠。我正在尽可能多地调动老鼠的印象——那可有不少。"

"从老鼠的眼睛看纽约。"杰克说,"这可是旅游委员会没做过的事。"他试图让词句听起来不那么沉重。

街区里,有一队排成长蛇的人在跳舞,其中有鬼牌,还有打扮成鬼牌的耐特。舞者是鬼牌还是耐特,杰克无法分辨。停车场里几辆报废的车被舞者付之一炬,又或者,这些车被点燃前并未废弃,到底什么情况,杰克也无法分辨。无论如何,它们正愉快地燃烧着发着光,油腻的烟雾蜿蜒旋转,升上天际。

杰克和垃圾婆在一家绝美比萨店停下脚步,买了些饮料带走。他们两人都口干舌燥。"你的糖浆放得有点少。"杰克对把饮料拿给他的服务员说。他对饮料的口味不满地做了个鬼脸。

"小奶子,"服务员开口,"你不喜欢的话,就试试街区里面那家移民开的苏打水店。"

"走吧。"垃圾婆说。她动起心神,催促小巷里的六百只老鼠窜进绝美比萨店的后屋,让它们检查检查面团和奶酪的储存情况。

他们来到人行道上,杰克突然开口:"老天!"

"怎么了?"

"过来。"杰克带着她朝那群排成蛇形跳舞的舞者走去。队形开始有些分散,一些打扮怪诞的畸形舞者,掉了队,朝他们这边走来。

杰克遇上了一位舞者。这个男人身材高大,黝黑的皮肤在水银炫光和火焰照耀下近乎蓝黑色。他穿着拙劣的部落服饰,缀着大量珠子和羽毛。他的身上出了一层薄汗。然而,从他脸上滴下的却是一粒粒血珠,沿着他脸上长长的伤口,汇成一条血河。那些伤口被切成普通的V形图案,沿着他的颧骨蜿蜒。他的眼睛仿佛无尽的深邃洞穴,周围环绕着白色妆容。

他戴着一个红色小丑鼻子。

"上帝!"杰克开口,"让·雅克?是你?"

舞者停下脚步,盯着杰克。垃圾婆赶到他们身边,看着他们。

"你认出我了。"让·雅克悲伤地说,"很抱歉,我的朋友。如今,我已经不是人类。我以为没有人会知道我是谁。"

"我认得你。"杰克试探着朝他伸出手,看着他的神色,"你的脸——你都做了什么?"

"我看上去,是不是更像鬼牌了?"

"你不是鬼牌。"杰克回答,"你是我的朋友。你病了,但你还是我的朋友。"

"我就是个鬼牌。"让·雅克斩钉截铁地说,"我已经收到了死亡通知单。"

杰克无言地看着他。

黑人也看着他,然后轻轻用指间划过杰克的脸颊,迅速又温柔。队里的其他舞者围在他们身边。杰克看见,他们都是穿着奇装异服的耐特。有些穿得花里胡哨,有些则很低调,但看上去更加诡异。

"再见,杰克,我的朋友。我会想你的。"让·雅克转身离去,开始如吟诵赞美诗一样喊着这些字母:"H、T、L、V!"其他人跟着他喊道:"H、T、L、V!"他们的咆哮在街道里回响。

"HTLV?"他们站在原地,垃圾婆向杰克发问。其他舞者狂热地跟着让·雅克迅速离去。

"艾滋病毒。"杰克淡淡地说。

"噢。"垃圾婆看着他,神色有异,"让·雅克——他叫这个名字?"

杰克点点头。

"你和他……"

"我们是朋友,"杰克回答,"非常好的朋友。"

"不仅仅是朋友?"

他点点头。

"我们得谈谈。"垃圾婆说,"这件事结束后,我们得谈谈。"

"我很抱歉。"杰克回答,他开始转身。

"抱歉什么?"她再次挽住他的臂膀,"走吧。我是认真的。我们要好好谈谈。"她伸出手,像让·雅克那样用指尖轻抚他的脸颊。他的脸有些粗糙,还有着短短的胡楂。"走吧,"她再度开口,"我们还要找科迪莉亚。"

他们眼神交汇,都想着事情变得有些不一样了。但他们都不知道,为什么会这样。

◆

淋浴的水很烫,但斯佩克特很喜欢。水在他身上溅开,沿着他瘦瘦的身躯流下。他张开嘴,接满水,然后让水在嘴里四处漱漱,最后再吐出来。他的脚还是很疼,但他早就习惯了疼痛。起码,现在它干干净净。

他关掉淋浴喷头,走过冰冷的瓷砖地面,朝更衣室走去,脚还是挺疼。他开始吹口哨,吹《带我出去玩棒球》的开头,然后停下脚步。他的声音在墙间回响。更衣室比他想的还要普通。普通的淋浴间,普通的更衣柜,让人坐着休息的木头长凳,和高中没什么不同。

他朝一个装满脏兮兮的棒球制服的篮子走去,开始一件件整理,想找到和自己尺码差不多的衣服。大部分制服都太大,而他痛恨细条子衣服。不过,这些总比他被子弹打得全是孔的衣服好。如果有人问,他可以说自己是特意打扮成这样的。他设法找到一件不那么大的制服,好让他穿着看上去不像顶帐篷,然后开始穿。

他游荡到器材室,路过被笼子隔开的放着球棒、手套、练习用的击球的区域,走进放着运动器材的地方。他从地上捡起一条有弹性的绷带,深吸一口气,开始包扎自己那只还没长全的坏脚。这期间他不得不停下两次,因为实在太疼了。不过,几分钟后他已经把那只坏脚包得非常完美。他把脚放到地上,轻轻把重心往上挪了一点点。剧烈的疼痛瞬间沿着他的腿蔓延，但他还能忍受。他走回更衣室，尽可能不再一瘸一拐。

斯佩克特翻出一双网球鞋，在每只脚上都套上袜子，接着痛苦地把那只被压得不成模样的脚塞进鞋子。他松松地系上鞋带，然后把另一只脚也穿到鞋子里去。

"出来，死期。现在就出来，我在等你。"

斯佩克特抬起头，钦天士的投影正悬在他前方几英尺的地方。投影不像往日那样如刀锋般锐利清晰。

斯佩克特习惯了。钦天士的投影很淡，没有颜色，而且边缘有些模糊。老不死的肯定没什么能量了。

"你在哪儿？呃，准确一点？"斯佩克特发问。

"停车场。找豪华轿车。我要你现在就过来。"

"这就来。"

钦天士的投影消失了。

斯佩克特拿上自己的衣服，朝出口走去。他摩挲着额头。老家伙的能量正低，如果他想做什么，现在正是时候。他关掉更衣室的灯，开始吹口哨："狂欢结束了。"

♣ ♦ ♥ ♠

第二十章

凌晨1:00。

轿车快没油了,珍妮弗看见,布伦南也快没耐性了。一个小时过去,他们没有看见任何可能是死期的人带着书。他们见到了很多可疑之人,也看见很多奇异怪诞之景,但这些对他们毫无用处。

"我们最好忘了它。"布伦南开口,他看了看手表,"我想回公寓拿些装备,然后我们可以计划下一步的行动。"

他们朝鬼牌镇进发,街上人山人海,都是深夜外出的狂欢者。

"如果不坐车,我可能会更快。"布伦南这么说,"再说了,这太招摇。如果我们要开着这个穿过鬼牌镇,白鹭会的人要不了几分钟就会包围我们。"

他们靠边停车,珍妮弗准备拿钥匙关掉汽车引擎,可手刚碰到钥匙便停了下来,听着广播里的东西。

"怎么了?"布伦南问。

"嘘。"

"今天在艾比兹球场,布鲁克林道奇队以四比二击败了洛杉矶明星队,西弗赢得了他的第十四场球。但比赛后场,发生了一件令人匪夷所思的事情。开赛前,几乎整个道奇队都在更衣室里见到了一个幽灵。按一向不动声色的瑟曼·曼森所言,此事难以置信。那个幽灵在消失进俱乐部墙壁之前,还祝他们好运。根据描述,这位幽灵是一位二十岁左右的年轻女性,身材高挑,一头长长的金发,而且非常好看。它——或者说她,穿着一件黑色吊带比基尼。好吧,如果你被幽灵困扰——"

珍妮弗关掉广播,关掉引擎,下了车。布伦南挑剔地看着珍妮弗,皱了皱眉。

"怎么了?"

"我们真得让你别再穿着比基尼晃悠,这实在太招摇了。"他凑过来看着她,要不是她觉得布伦南是在分析问题,她早就脸红了。"好吧,我会给你弄点衣服。我真希望,你别老丢衣服,虽然——"

他似乎在思考怎么结束这句话,然后布伦南摇摇头,转身离去。

♥

从她坐上出租车,离开福尔图纳托的地方算起,他们已经跟了女孩好几分钟了。斯佩克特和钦天士一起坐在后座。老家伙闭着眼睛,不发一言。小恶魔和胰素灵坐在中间的椅子上,小恶魔环着胰素灵。他们可能早就睡一起了。小恶魔对他身上的棒球制服开了个玩笑,但在斯佩克特可以杀他时,钦天士插手阻止了他。

那个女孩不是他想找的目标。她很漂亮,姿态也优美,但看打扮不像是高级货色。她穿着褪色的蓝色牛仔裤,还有一件红白相间的休斯顿大学运动衫。她暗金色的头发短短的,打着紧紧的小卷。出租车到达时,她正面带微笑蹦蹦跳跳地走下楼梯,省了他们进去的麻烦。不管她在什么地方下车,想抓她都易如反掌。

斯佩克特看了看钦天士。老东西正重重地呼吸着,双手也在颤抖。当他再度睁开眼睛,斯佩克特可以试试他的能力。没有比这更好的机会了。斯佩克特盯着钦天士的眼睑,等待着。

钦天士睁开双眼。他的眼里还有不少超能力,斯佩克特完全不是他的对手。斯佩克特转了个身:"他妈的,我想知道她到底要到哪儿去?"

"鬼牌镇诊所。"钦天士气喘吁吁地大笑起来,"没错,死期。如果传言属实,正是你出生的地方。"

"我才不去那儿。"斯佩克特摇摇头。

"不,你要进去,死期。你别无选择。"钦天士再度闭上眼睛,"你根本别无选择。"

斯佩克特咬牙切齿,老混蛋是对的:"你确定,她要去诊所?"

"她就是这么和出租车司机说的,死期。还会有两个其他女人。我一个都不想放过。小恶魔和胰素灵会陪你一起进去。"钦天士顿了顿,"他们是你的后援。"

他们无言地乘车,直到出租车停在鬼牌镇诊所门口。豪华轿车超过出租车,停在一个消防栓前。女孩走下出租车。

"去抓他们。"钦天士朝诊所入口的方向猛地竖了竖大拇指。

斯佩克特打开车门,走下轿车,慢慢走向灯火通明的入口。他的勇气消失了。他人生中最糟糕的日子就是在鬼牌镇诊所度过的,那些日子中,他总是尖叫不已。为了从诊所逃出来,他不得不杀了一个勤务工人,或许有人会记得他、认出他来。两个女人从楼梯上下来,和那个从出租车上下来的女孩见面,其中一个长着一头黑发,穿着黑色亮片裙。另一个是一头深褐色的头发,穿着一件开衩到大腿的低胸铁蓝色包身裙。"发生了什么?"穿运动衫的女孩问。

"是克罗伊德。"褐发女人回答,"我们觉得他可能陷入了昏迷。前一分钟他还好好的,下一秒就昏过去,我们怎么都叫不醒。"

"我敢打赌,你已经绞尽脑汁。"穿运动衫的女孩露出微笑。斯佩克特想知道,如果她知道接下来会发生什么,她会作何表情。

他听见轿车紧紧跟在他身后。小恶魔和胰素灵走了过来。有胰素灵在,斯佩克特一刻都不敢歇息。

斯佩克特听见诊所中传来低沉的尖叫。入口处的玻璃朝外洒了一地,一个保安流着血摔到台阶下,斯佩克特向前跑去。

"别挡我的路,混蛋。滚开,不然我就把你屁眼塞你嘴里去。"说话的是斯佩克特见过的个子最大、长得最丑的鬼牌,脸上还青一块紫一块。鬼牌举起一只棍棒般的手,把只能遮住他庞大身躯一小部分的白色病号服撕成两半。

鬼牌看见姑娘们,露出微笑。姑娘们朝那辆正欲开走的出租车连连后退,轮胎发出刺耳的尖叫。

"来爸爸这里,小娘们儿。"

鬼牌抓住穿包身裙的姑娘,斯佩克特移了过去。那个姑娘试图用膝盖顶鬼牌的睾丸,但脚抬得不够高。斯佩克特看着黑发女人,眯起眼睛。这就是他在地铁站看到的那个和皮条客在一起的姑娘。她打扮打扮看起来更光彩照人。斯佩克特上前一步,朝她走去。

"你他妈是谁?"鬼牌把黑发女人扛在肩上,跳下楼梯站在他面前。"某个九月生的男孩?"

斯佩克特看见鬼牌挥拳头便扭头躲开,但拳头还是擦过他的左脸,让他栽到地上。他翻滚着避开鬼牌的再次进攻。鬼牌移动得相当迅速,斯佩克特根本没法锁定他的双眼。他转身,听见一声尖叫。小恶魔正把那个暗金色头发的姑娘拖上豪华轿车。

胰素灵对上巨人,露出微笑。

鬼牌单膝跪下:"该死,你他妈对我做了什么?"他丢下肩上的女人,一屁股瘫坐在地上。深褐色头发的姑娘撕开裙子,从他手上挣脱。胰素灵抓住她的手肘,把她带到街上。

斯佩克特坐了起来,想着要不要逃跑,他看了看豪华轿车。钦天士正盯着他,现在想跑一点机会都没有。当然,一会也是。他朝黑发女孩走去,双臂抱住她。她看起来一点都不害怕,但她眼中的某种东西,让斯佩克特觉得,她仿佛不在此地。

"又是我。"斯佩克特开口,"看来你的纽约之行将非常短暂。"她没有回答。"今晚,没人能活着出去。"她还是一言不发。

从倒在地上的鬼牌身边走过时,斯佩克特用那只完好的脚狠狠踢向他的脸。

♣ ♦ ♥ ♠

第二十一章

凌晨2：00。

她拱起脊背，直到肩胛骨如翅膀般在皮肤下棱角分明，回眸看向塔基扬，但医生没有回应她的暗示。他正激动地把梳子从乱糟糟的卷发中拽出来，无神地看着镜子。露莱特气愤地把手往后伸，把白色丝绸长裙的拉链解开。长裙窸窸窣窣地滑落在地，轻轻摩挲着她的脚踝。

梳子落在仿古梳妆台大理石台面上散落的水晶瓶上。"这一天！这一天到底为什么总是会酿成这么多悲剧？他们还庆祝。"他朝一扇关闭的窗户甩出一只胳膊，窗户没法把持续狂欢的声响挡在屋外。"你会庆祝吗？"他转过身来，看着她，那双紫罗兰色的眼睛似乎在那张苍白的脸上熊熊燃烧。

"我不会。但那是因为我天性无望。"她朝他走了就几步，但很快停下，没有碰他，"而且，我不认为你完全明白他们为什么要庆祝。不是因为他们漠不关心，而是因为这是一种努力活下去的尝试。当生活和我们开了个小小的玩笑，我们其实并没有多少选择。我们可以大笑着将痛苦藏起来。我们可以选择死亡，或者选择复仇。你听见了笑声，可我却听见了痛苦的呼号。"

"痛苦。你和我谈痛苦，这四十年来，我每天都在痛苦中煎熬。你们人类很幸运，拥有的时间非常短暂，这是一种恩赐。你们经受的悲剧将很快消逝。你们的记忆会渐渐模糊，可我们不是这样的。"

他拿起放在银色相框里的照片,盯着里面那张精致的脸。他紧紧绷着嘴唇,眼睛和嘴部的线条更显深邃。

她再次感到撕裂般的痛苦,每当钦天士剥去她的意识中遮挡的面纱,要她放出心中的恶魔,她就会有这种撕裂般的感受。这些恶魔深情地展示着她每一次失去和被抛弃时的情景,每次轮回都和前一次一样锥心刺骨。她狠狠挥着手,将照片扫开。相框落在冰冷的大理石上,玻璃如同凝固的音乐一样四散而碎。塔基扬拿起照片,保护似的将其放在胸口。露莱特盯着碎玻璃散成的水晶般的漂亮图案。

破碎的镜子反射出瀑布般的光彩,窗户的玻璃如同闪烁的穿过街道飘扬而至的雪花……

他的目光落在她身上,仿佛要把她的脸颊烧出一个洞。她慢慢转向他。他低头研究着照片,长长的睫毛垂得很低。然后,他全神贯注地注视着她。

"你说得完全没错。"他意味深长地自言自语,抽开梳妆台上的一个抽屉,把照片放进去。抽屉合上前,她瞥见了一把.375口径的马格南沙漠之鹰,黑色的金属闪闪发光。

♣

在混乱的人潮中,杰克和垃圾婆似乎开始原地打转。在纽约的最中心,这对伙伴开始觉得他们仿佛置身没有道路更没有阳光指路的森林之中。人群中的脸开始变得一模一样,唯一缺的,是一位十六岁的少女,个子高高,身材苗条,长着一头直黑发,还有一双黑眼睛。

他们穿过一条小巷,听见了似乎是尖叫一样的声响。

垃圾婆摇摇头,准备走开。

"等一下。"杰克开口。他走了几步,进入狭窄的通道,看见几个今天在不同场合遇到的人。其中一个是让·雅克。他蜷缩着,想保护其他舞者。还有一个纹着身、穿着脏兮兮的芭蕾正式演出服的舞者,正倒在小巷的地上,嘴角挂着鲜血。

　　站在两人之间的是杰克早些时候在青年幻想酒吧外遇到的朋克青年。年轻人雨水般的双眼,被小巷里的阴影笼罩。

　　"来尝尝这个。"他开口。杰克和垃圾婆听见弹簧钢呼呼作响。朋克青年猛地亮出短刀的刀锋,把刀攥在手中。

　　年轻人拿着刀蹲下,朝让·雅克虚晃一招,塞内加尔人没有动。"死基佬!我会把动的东西全部割掉!"

　　杰克开始向前,垃圾婆绊倒了他。杰克倒在地上摔进小巷,他摇摇晃晃地伸出手掌撑住自己,粗糙的砖头磨破了他的皮肤。

　　"等等。"垃圾婆皱起眉头,凝聚心神。

　　小巷深处,臭气熏天的垃圾袋堆得仿若金字塔,野猫从垃圾堆成的金字塔上如火山爆发般成群结队地扑了出来。它们咆哮着,朝拿刀的年轻人猛扑过去。年轻人愤怒地咒骂着,转过身来对付猫群。"走吧,"垃圾婆把杰克扶起来,说道,"猫会解决的,一切都不会有事。"她拽了拽他的胳膊。

　　杰克有些犹豫,但他看见让·雅克正扶他的朋友起来,这才跟上垃圾婆。

　　小巷里的猫得意洋洋地在他们身后咆哮,发出尖厉的胜利呼喊。所有的人类都从小巷中离去,除了那个拿刀的年轻人。

　　"要是换了一个善良的恐同者,大概就不会落得如此下场。"杰克低声抱怨。

♠

　　斯佩克特从没来过钦天士的顶层公寓。它坐落在中央公园的第七十大道上。公寓的布置难以置信的柔和。房间铺着深色木地板,放着深色木家具,辅以米黄色的墙壁和米黄色的天花板,

　　钦天士打开图书馆外一个房间的门,示意他们进屋。老人重重地

倚着门框。斯佩克特把黑头发女孩拉进来。被抓住的女人非常安静，这可能是胰素灵的杰作。房间灯光昏暗，唯一的光源来自一扇大天窗。天窗下面是一个红木祭坛。每个角落都摆着钢铁镣铐，祭坛末端还有一个巨大的V型凹口。斯佩克特并不想知道这是用来干什么的。

"那个。"钦天士指着穿休斯顿大学运动衫的女孩，把门关上。

小恶魔拉下女人的运动衫，把她拖到祭坛上。他迅速铐上她的双手，拉开她牛仔裤的拉链，把裤子从她腿上拉下来。他把裤子扔到地上，撕开她的红色棉质内裤，再把她的双脚紧紧拴起来。

斯佩克特感到了黑发女人的紧张，于是更用力地抓住了她的胳膊。

"把她弄好。"钦天士打开祭坛侧面的一个抽屉，掏出一个注射器。他握起拳头，束起手臂，然后插进针头，慢慢注射某种东西——斯佩克特知道，那是海洛因。老人深吸一口气，拔出针头，在胳膊上留下一个小红点，这些红点在他的胳膊上排成一排。钦天士解开长袍，长袍落到地上。小恶魔跪在她的双腿间，替钦天士做着准备工作。

钦天士抚摸着他勃起的阴茎，摇摇晃晃地走向祭坛："你叫什么名字，亲爱的？"

"卡洛琳。"她在镣铐中徒劳地挣扎，"你知不知道我们是谁的姑娘？如果我们有个三长两短，你就麻烦大了。"

老人哈哈大笑，用食指和大拇指捏住她的乳头："你们是福尔图纳托的姑娘，那个拉皮条的。这么多年来，他对我而言一直是个讨厌鬼，但也就仅此而已。有什么能比用他自己的姑娘来确保他的毁灭更合适的呢？"他转头看向小恶魔，后者的脑袋依旧埋在她的双腿之间，"够了。"

小恶魔站起身，轻轻走到斯佩克特和胰素灵抓着另外两个女人的地方。

"我们要带他一起走?"胰素灵说的是斯佩克特。

"大概吧。"

老人绕着祭坛踱步,手指划过赤裸的女人身体。

"你他妈别动她!"穿铁蓝色裙子的女人用尽全力想挣脱胰素灵,然后在她的怀里渐渐瘫软。

"别再打扰我。"钦天士站在卡洛琳的双腿间的祭坛的凹槽处,闭上眼睛进入了她。屋内,只剩下钦天士用力的喘息和镣铐晃动的沉闷声响。

钦天士把双手放到她的腋下,手指慢慢沿着她的肋骨下滑,在她的身上留下深深的红色深沟。卡洛琳尖叫起来。老人把手伸进嘴里,轻咬着从她身上撕下的皮肤。鲜血开始在光滑的木面上汇成血泊。钦天士在她肚脐周围的皮肤上刻下一个符号。

黑发女孩移开眼睛,开始颤抖。斯佩克特把她拉近:"你叫什么名字?"

"科迪莉亚。"

"他会这样对你们所有人,除非有人阻止他,然而,只有白痴才会这么干。"斯佩克特想知道小恶魔会作何评价。他们他妈的到底要去哪儿?那个早上,钦天士确实说过什么其他的世界的话,但直到现在,他才明白这到底意味着什么。

钦天士挺直脊背。他大汗淋漓,汗水的光泽在他身上闪耀。每撞击一次,他都会得到一些生命力。卡洛琳转动着骨盆,让自己尽可能地远离他,试图让老人从她身体里出去。她痛苦地咬紧牙关,但不再尖叫。

"愚蠢的婊子。"钦天士从她身体里拔出来,爬到她身上,"小恶魔,照顾好她。"他指着科迪莉亚。"死期,过来。"

直到斯佩克特确定小恶魔完全抓住科迪莉亚,方才动身朝祭坛的头部走去。

"你不介意我干你的嘴,对吧?我的小婊子?"钦天士用手滑过她身体。

"你尽管试试,混蛋。"她张大嘴巴,露出尖牙。

"没那个必要,我自有办法。"他把手伸向她的喉咙,一根指头就切开了她的咽喉。

"看着我,甜心。"斯佩克特扶稳自己,开口说道。他抓住她的脑袋,狠狠扭了一下。她的脖子发出咔的一声响。卡洛琳痉挛了几秒,然后不动了。

"蠢货。"钦天士抓住斯佩克特,把他摔到房间另一头。"你杀了她,浪费了她的能量。"他抓住卡洛琳的脑袋,狠狠弹到祭坛上。"为此,一旦收拾完她们,我就会杀了你。你根本不会想到那会多痛苦,死期。小恶魔,把下一个带过来。"他解开镣铐,把尸体扔到地上。

斯佩克特站了起来,想找能当武器的东西。如果他能走那么远,祭坛打开的抽屉里有几把刀。他觉得自己的膝盖渐渐发软,胰素灵的杰作。

小恶魔撕开科迪莉亚的裙子,把她拽上前去。她面色苍白。"不,"她尖叫着,从小恶魔手上挣开。小个子王牌咬牙切齿,抓住自己的胸膛。

"什么情况?"斯佩克特直起身来。不管发生了什么,这都让胰素灵分了心,忘了自己。他忍住跛脚的痛苦,朝钦天士跑去。

小恶魔倒在地上,撕着自己的衬衫,喘着气。"是她干的。"钦天士指着科迪莉亚,后者后退一步,"阻止这个婊子。胰素灵,小心。"

警告迟了一步。维罗妮卡醒了,抓着胰素灵的脸,把她摔翻在地。斯佩克特猛地一拳砸向老东西,把他打到祭坛上,然后朝胰素灵转身。维罗妮卡又昏了过去,胰素灵没注意到斯佩克特正从她后面走过来。他把她转过来,狠揍她的下巴,砸了两拳,胰素灵双眼翻白。

小恶魔发蓝的嘴唇溢出最后的喘息,然后便陷入死寂。"真令人印象深刻,亲爱的。不知怎地,你同时停止了他的心跳和呼吸机能。痛苦的死亡。"钦天士在祭坛上擦了擦血迹斑斑的手,站了起来。"但你会死得更惨。"

斯佩克特知道,钦天士可以用自己的能力抵消科迪莉亚的能量。每次他想杀掉老家伙,老混蛋都会这么干。他想试试别的。反正,如果他就这么站在一旁,他们都得死掉,他朝钦天士又走近了点。

"不管你对小恶魔做了什么,小姐,试着用同样的法子对付他。"斯佩克特指着钦天士,后者转身看着他。斯佩克特锁住他的双眼,试图将自己的死亡记忆灌入老家伙的大脑。他能感到钦天士正阻止他这么干。"现在就动手!"他朝科迪莉亚喊道。老家伙的眼中闪着痛苦,他伸手捂住心口,和斯佩克特预料的一样。钦天士无法同时阻挡两名王牌的力量,而科迪莉亚正愈发得心应手。

斯佩克特更加用力地集中心神,老家伙现在没法移开目光,现在他的双眼被斯佩克特锁住了。

钦天士跪倒在地:"我要杀了你们。"他喊道,声音恰好能让所有人都听见。

"但不是这次,你个老混蛋。"随着他竭尽全力,斯佩克特的呼吸越来越重。

"你在干什么?"维罗妮卡醒了,看着科迪莉亚。

"我不知道,我从没做过这个。"

钦天士把右手伸进皮肤,插进自己的胸膛,尖叫着。

"老天,我们他妈的赶紧离开这里。"维罗妮卡抓住科迪莉亚的手腕,拖着她朝门口走去。

斯佩克特暂停了眼神接触,盯着钦天士前额的肌肉。老东西正在按摩自己的心脏,以便让它继续跳动。钦天士憎恨地盯着斯佩克特:

"死。你们全都得死。"

斯佩克特追着女人们跑了出去："嘿！快回来！我们得现在结果了他！"他听见了一声嘶鸣，钦天士又开始呼吸了。"妈的。看来这事得让其他人干了。"

斯佩克特狂奔着穿过公寓，朝电梯跑去。维罗妮卡的裙子被电梯门夹住，她扯断裙子挣脱出来。斯佩克特钻到电梯里，撞倒了维罗妮卡，在她已经毁掉的裙子上又添了一道裂缝。科迪莉亚砸着电梯通往一楼的按钮。电梯嘎吱作响，朝下面滑去。

◆

"我不明白，"杰伊说道，"我就是不明白。牛奶没用，柠檬汁没用。加热也没用。痕迹这么淡，连一桶温暖的唾液都不值。我就是不明白。"他厌恶地重重把笔记本合上，愁眉苦脸地盯着蓝布封面上的竹子图案。

海勒姆倚窗而立，掀开破窗帘的一角，朝外望去。杰伊的办公室不大，只有两间屋大小，正坐落在第 42 大街的一幢看上去摇摇欲坠的砖石大楼四层，离百老汇只有半个街区远。从窗户看去，能看见落汤猫剧院的入口处的大招牌。红色和蓝色的字幕交替着在霓虹灯上从左往右闪过。"姑娘，姑娘，赤身裸体的姑娘"这几个字是蓝色的，而"整日整夜，不穿上衣"是红的。砰呼杰伊说，他在那楼里遇到了一些很有品位的人。

海勒姆放下窗帘，从窗外的灯光照耀下离开。杰伊的桌上还有剩下的比萨——香肠、蘑菇、多余的奶酪，阿克罗伊德剩一半的凤尾鱼——都是他们一小时前吃剩的。海勒姆能量有些透支，这让他饥肠辘辘、口干舌燥。比萨很好地缓解了这点。如果他们多要一个比萨，那就太好了。事与愿违，他们只多了三本麻烦缠身的书。

"我们不能留在这儿。"海勒姆放低身子坐在暖气片上。过去的

WILD CARDS

几小时里,他不得不保持真实的体重,来让自己休息休息,而杰伊为客户准备的梯背椅显然没法担此重任。海勒姆也不知道自己能不能肩负重任,他现在精疲力竭。"他们肯定在找我们。"他继续说道,"他们迟早会找到你的办公室。"

"我不知道为什么。"阿克罗伊德回答,"客户就从来都找不到这儿。"

"真好笑。"海勒姆说,"我希望,当有人开始朝咱们开枪时,你还能保持这种幽默。"

"还没人出现嘛。"砰呼杰伊指出,"嘿,从洋基体育场走过来可要很久很久,尤其是还只能用一只脚蹦跶。"

"是一只半脚。"海勒姆补充。

"就我们所知,死期依旧在计分板顶上,而枪眼还坐在电话边,想着他到底是怎么回事。"

海勒姆站起身,皱起眉头,他实在太累了。如今危险已非迫在眉睫,睡眠不足的影响开始出现。他需要咖啡。或者,在床上睡他个八到十个小时,最好还不用担心有人要闯进他家杀掉他。"够了,够了。"他宣布,"我似乎隐约记起,我们插手这事是有个好原因,但我不记得是什么了。"他穿过房间,拿起另外两本黑皮封面的收藏簿。"我的兴趣是钱,不是收藏邮票,不过我知道这些邮票起码值数十万美元,这还是个低价。至于另一本,我不知道该怎么处理,你也不知道,这对我们毫无价值可言。"

"这让我们成了两个怪人。"阿克罗伊德说,"当然啦,所有的其他人,都想要这个。"

"没错。"海勒姆告诉他,"我要给莱瑟姆打电话。我想要你在分机听着。"

侦探挑了挑眉。海勒姆从夹克口袋里捞出蝶蛹给他的那张纸,然后走向阿克罗伊德为客户准备的等待间。那是一间小小的屋子,简直能让人产生幽闭恐惧症。屋内放着一张毫无生气的橘色沙发,一张灰色的钢桌子,还有一个接待员。接待员是一位非常丰满的金发女郎,嘴巴惊讶地张成 O 形。她叫嘴巴艾米。杰伊在东乡里某个叫"男孩玩具"的地方找到了她。海勒姆抓着头发把她拎起来,自己坐在椅子上,拿起电话,开始拨号。

电话响了两下:"莱瑟姆。"

"我不和你兜圈子了。"海勒姆言简意赅,"我是海勒姆·沃切斯特。你的书在我们手里。"他听见杰伊拿起分机。

"我不知道你说的是什么书。"

"你当然心知肚明。"海勒姆忿忿不平地说。

"海勒姆,"杰伊开口,"他不过是想打掩护,以防我们录音,对不对呀,莱瑟姆?"

电话那头的人沉默一会,若有所思,然后终于开口:"很晚了。我们有话直说。你打电话来是什么目的?"

海勒姆拽拽胡子,思索字句:"一件法律事务。"他开口,"让我们说一个假设性的案例,仅供讨论。如果说,我用完全清白的来路,拿到了几本书。两本是黑皮封面,里面是价值连城的邮票,而另一本,让我们假设,是一本蓝色布面笔记本,而其中的内容,啊,都很有趣。你在听吗?"

"假设这些书的来路确实清白,我确信,你会想把书物归原主。"莱瑟姆回答。

"没错。"海勒姆说道,"事实上,在我们假设性的案例中,当我从一个臭名昭著的通缉犯手里拿到这些书的时候,我就有了这个想法。我不由揣测,这个通缉犯到底是怎么拿到书的。或许是盗窃?"

"如果事实如此,书的主人将对把书完璧归赵的行为不胜感激,甚至可能会重金酬谢。"

"行为本身便是回报。"海勒姆说道。

"嘿！"杰伊抗议。

"安静。"海勒姆说，"如今，莱瑟姆先生，既然我们在讨论失窃的赃物，正确的程序是，把书交给警方。"

"从技术上来说，没错。但这里存在诉讼问题，这些财产可能会作为证据被扣押，而其真正的主人会认为这非常不便。"

"我明白了。"海勒姆回答，"现在，我想我们已经明白对方的意思了。咱们有话直说。我不知道书的主人是谁，而且看起来似乎我也不会知道，对吗？"

"也许不会。"

"但是，我确实知道，你是他的法律代表。不，别否认，我太累了，不想再玩什么游戏。你的客户想把笔记本找回来？好啊，我是个商人，莱瑟姆先生，我不是什么邮票窃贼，也不是什么诈骗犯。让我们来做笔生意，然后你就能把书要回去。以下是我的条件。第一，不得起诉或报复我、我的餐厅或者我的朋友们，包括阿克罗伊德先生。对他的指控必须撤销。"海勒姆清清嗓子，倾身向前。嘴巴艾米躺在地上瞪着他，嘴巴长得大大的，似乎对他的所作所为有些惊讶。"第二，"他坚定地说，"立刻终止对富尔顿街鱼市的商贩收保护费。吉尔斯和其他渔民将自由地做他们的生意，不受到任何骚扰，也不在任何恐惧之下。第三，我要棒槌去蹲监狱。"

"我不是法官。"莱瑟姆说，"我不能保证谁进监狱，谁不进。"

"如果你的客户保证吉尔斯不会受到伤害，那他的证词就能把棒槌送进监狱。如果他不能，那么我就亲自出马。"他深吸一口气，"我的条件就这么多。"

"我需要咨询一下我的客户。无礼地说，我认为这些条件可能只是达成协议的基础。我会联系你的。你电话多少？"

"想都别想。"砰呼杰伊插嘴，"你以为我们有多蠢？不，我们要求碰面。我们四个，我和海勒姆，加上你和你的客户。"

"时间？地点？"律师问道。

"水晶宫，"阿克罗伊德回答，"在他们关门后。蝶蛹将作为中间人，当然，她需要收取一定的费用。她手下有个有心灵感应能力的调酒师，从而保证没人耍花招。"

"同意。"莱瑟姆回答。

♥

他的双手在她身上游走，爱抚，举动近乎崇拜。她模糊地意识到，有些事情不一样了。有些东西已经生长出来。他的注意力着了魔似的，几乎全都投在她身上。这本应比她想象的更令她困扰。但是，他正以但丁似的视角在与她这一执念做斗争——它躲起来了。真希望它死掉。她一直去看它，这东西试图寻找庇护。他亲昵的低语在其他声音中几不可闻。"显然，你们两个体内都潜伏着病毒。不幸的是，它选择在你的孩子身上表现出症状。"

"那东西和我毫无关系！显然，我的妻子没有那么忠诚。"那双棕色的眼睛尽是责备之色，那张脸上刻着英雄般的背叛，"我几乎会原谅其他的一切，露莱特，但家庭就是一切。"

"乔赛亚？你为什么这么对我？尤其是当我这么需要你的时候？"

没有怜悯。

塔基扬进入了她。她紧绷起来，那湿润柔软的地方紧紧包裹着他。蛛网般的手指扫过她的防护盾。当她集中心神，想从每个细胞里召唤死亡，她的身体似乎自己都有些畏畏缩缩。那一瞬间她犹豫了，而犹豫不决是一种肉体上的痛苦。

这个男人，实在太……好了。他们分享了音乐，分享了爱情，分享了恐惧。没有其他法子能让她摆脱……怪物。

这是一个有意识的任性之举，释放死亡的念头轻轻飘走，取而代之的是轻柔的、无法平息的爱意。

她的防护罩脱落了。它们不过是人为制成。当她释放时,她的思绪在被压力所击碎的同时,防护罩也一同破碎。

当他们融为一体,露莱特感到他的狂喜仿若一闪而过的火花。然后恐惧代替了喜悦。她能感到他正触摸着这一切。孩子、咆哮者、乔赛亚、钦天士、他的飞船宝宝、还有死亡!

他弹了回去,摔下纠结凌乱的床榻,爬到远处的墙壁边。他蜷缩着,干呕了几分钟,然后痉挛变成呜咽。他前俯后仰,抱住自己,淤青的脸上满是泪水。

快出去,看在上帝的分上,快跑!但她的双腿一点力气都使不上。因此,她只能蜷在枕头上,看着他哭泣。无论怎样,这毫无意义。他们迟早都会找到她。而她只想结束这一切。带着这些记忆她活不下去。或许,这是因为她刺杀塔基扬医生失败,噩梦才不断重演。她思忖一会,然后断然拒绝了这一想法。不,这一切都是因为钦天士说谎。她意识到,自己还没准备好要去迎接死亡。首先,她还有笔账,得好好算算。

♣ ♦ ♥ ♠

第二十二章

凌晨3：00。

斯佩克特四下张望，这才朝街对面猛冲过去。科迪莉亚和维罗妮卡跟着他一路小跑。

"看在上帝的分上，慢点！"维罗妮卡说。她正抓着包身裙，裙边悬在她膝盖上方。"那个老家伙不会再来打扰我们了。我们走的时候，他看上去很不妙，说不定这会儿已经死了。"

斯佩克特摇摇头，指引科迪莉亚在路灯下的阴影中行走。"你他妈的完全不知道自己在说什么，女士。他的能力完全可以把我们统统报销。他只需要随便从街上拉个人，然后完成他对你们死掉的朋友所做的事情就行。她叫什么名字来着？卡洛琳？"

维罗妮卡停下来，抓住科迪莉亚的肩膀："没错。而且，你杀了她。"维罗妮卡抽抽鼻子，斯佩克特不知道，这一举动是因为她终于感到了卡洛琳的死亡，还是只是因为外面冷。"咱们把这个家伙甩掉，他不会找我们麻烦。"维罗妮卡拉近科迪莉亚，"如果他敢惹麻烦，你可以对付他，就像你对付那个小恶魔一样。"

"好啊，"他说，"快他妈的走。你们只会拖累我。找你们拉皮条的去，他才需要这个呢。"

科迪莉亚慢慢转身，让维罗妮卡陪着她走去。他思忖一会儿，要不要跟着女人然后杀了她们。想在科迪莉亚使用能力前攻击不备，此事易如反掌。另一个就是个手无缚鸡之力的小姑娘。但他真的不太想这么干。他想要的只是杀掉钦天士,或者起码让他死一回。聪明的斯佩克特告诉他,让科迪莉亚和维罗妮卡活着,只会徒增烦恼,她们可以指认他,说正是他造成了卡洛琳的死亡。正如钮扣人托尼曾和他说的一样:"让你后悔的,不是你杀了谁,而是你没杀了谁。"

"妈的,我对任何人都没用。"他沿街走到第 77 大街的地铁站。他可以坐五号线到鬼牌镇。接下来干吗,他不知道。

♣

福尔图纳托把脑袋搭在游隼女士赤裸的肚子上。她伸展四肢,瘫在混乱的床单和被撕碎的衣服上,新生的羽毛在之前几个小时的火热交欢中变得十分蓬松。几分钟前,福尔图纳托拿了三根羽毛,把她送上第十四还是第十五次高潮。他早就数不清了,他忘记了滴答作响流逝的时间,甚至忘了自己身在何处。

"以上帝之名,你到底对我做了什么?"她呻吟着,"我觉得,我好像跑了一场马拉松。"

"抱歉,"福尔图纳托开口,"这似乎和地域有关。"此前,他从没和另一个王牌做过爱。他们结合所产生的能量远远超过他曾体验过的一切。他的能量体变得无比庞大,他的身子已经装不下了,它就像一个明亮的白色光环,答案在他的四周。

他已经高潮了三次,每次,他都硬生生把能量憋回去。但在整个过程中,他还是流失了几滴,足以让游隼女士也发出微弱的冷光,虽然这对她的能量并无帮助。

她抚摸着他的胸膛:"我听过余韵,但这也太荒唐了。"

他翻了个身,亲吻着她的大腿:"你知道,我得走了。"

"钦天士。"

"一小时内,有些事情将要发生。他好像有个什么逃跑计划,好让自己远离我还有这一切。但我不能让此事发生。"

"为什么不能?就让他跑。杀了他有什么好处?"

"我不是为了寻求正义——如果你这么想的话。诸如让他为自己的罪行付出代价这一类鬼话都不是。只是,我不愿在我的余生里,一直战战兢兢,担心他会再度出现。"

"胡说八道。你就是想让他死,而且想亲自杀了他。"

"啊,好吧。我就想让那个小兔崽子死掉。我承认。我求之若渴,甚至可以尝到其中滋味。"他站起身来,穿上裤子,卷起晚礼服袖子,把袖口敞开,从而不必在公寓中搜寻丢失的袖扣。

她来到他的身边,胳膊绕着他的脖子:"我想帮你,但现在光是站着我就头晕。"

"我只想让你和我一起回王牌云巅,在一切结束之前待在那里。就是这样。"

"等等……"

"我等不了。时间飞逝。"

"不。我的意思是,你有没有听见什么?"

他的感官因为能量过剩而远超负荷。似乎,有种低沉的电子设备的嗡嗡声从他体内发出。但除此之外,他还听见了别的声音,某种像是洗盘子时发出的吱吱声。他瞥着水床边的电子闹钟,它正在底座上振动。

"噢,妈的。"福尔图纳托骂道,水床爆裂开来。

水床爆炸的能量将他们震到房间另一头。起初,水是沸腾的,然后随着喷溅开来而冷却。福尔图纳托摔在一个装满竹子的灰色陶罐边,陶罐在他身下碎裂。他还没能好好喘口气,一个死气沉沉、支离破碎的人就从落地窗中飞驰而来,飞扬的玻璃碎片将他包围了。

福尔图纳托伸出手想要减缓时间的流逝,但时间却在抗拒他。他用尽全力对抗着时间,房内一道道能量线轮廓分明。他瞥见那是一具女人的尸体,但他不让自己再多看一眼,现在还不是时候。

他以自己的思绪推着能量线，能量形成的坚实光锥，在他和游隼女士躺着的地方升起。碎玻璃绕开他们，沿着屋内弯曲的新时空线落下，撞在墙上，碎为齑粉。

游隼女士从地上爬起来。福尔图纳托看着她前进的方向，用能量在她四周形成保护罩护着她。她来到自己挂着带爪手套的墙上，取下手套戴上。那里还有一件制服，但她根本没去穿。

屋顶痛苦地呻吟，如碎掉的盐饼干一样裂开落下。大块大块的混凝土和钢筋如倾盆大雨般砸向他们，但他们周围的防护罩十分坚固。对福尔图纳托的新能量来说，这消耗根本不算什么。游隼女士开始助跑，然后飞入黑暗的夜空。

福尔图纳托身下的地板弯了起来。管道应声而裂，水管喷出水柱，天然气管道也开始泄漏。他朝死掉的女人匍匐前行，将她翻了过来。

卡洛琳。

是卡洛琳。

她的脖子断了。她的皮肤布满抓痕、咬痕，还被撕裂开来。

七年来，她一直是他的最爱。他永远无法预测她的暴躁的情绪和讽刺幽默，与她做爱时那纯粹的激情，他永远都尝不够。新来的姑娘再好，他总是会回到卡洛琳的身边。

很久很久，他都感受不到任何东西。他在她的尸体边跪下，一块包着断钢筋的巨大混凝土在只距他几英寸的地方砸下。

愤怒如期而至，满腔怒火让他开始变化。

生与死，就这么简单。钦天士从杀戮中获得能量，钦天士就是死亡。福尔图纳托从性爱和生命中获得能量。而生命正藏进兔子洞里，瑟瑟发抖，不敢出来直面死亡。喊着空洞的威胁，希望它会自己离开。

他睁大双眼，眨眼间，他所怀念的一切都出现在眼前。十七年前，他在死去男孩的公寓里见到了闪烁的炽热能量线，最后那些线条如烟般消失在夜空里。

福尔图纳托站起身，愤怒的力量让他从地上浮起一英尺。他朝圆锥形的能量网伸出手，准备飞入其中将能量射进其源泉的漩涡，把钦天士撕成碎片。

他伸出手去，能量线不见了。

他穿过破碎的落地窗，在闪闪发光的三十层楼高的地方、在曼哈顿街道上方盘旋。在他之上，他看见游隼女士的身影，她赤裸的身体光芒四射，正在中央公园上方以危险的角度飞翔。城市的灯光将她身后的夜空变得灰暗单调，而她看起来仿佛来自二次元，如同一只分明的情色风筝。她在他身边兜了一圈，然后落在她破碎的公寓边缘。

"天呐，"她开口，"好累……"

"你看见他了吗？"他问道。

"没，我什么都没看见。你呢？"

"就一会儿，我看见了他留下的痕迹，这是第一次，这是第一次我比他还要强大。如果我能找到他，找到那艘该死的飞船，我可以……"

"什么？"

飞船。他想。宇宙飞船，就像从外太空来的外星人。布莱克警长说过。就像塔基扬医生的飞船。

塔基扬。天哪，塔基扬有一艘飞船！

他越想越觉得这事板上钉钉。钦天士要去抢塔基扬的飞船。

他转身朝游隼女士走去，亲吻了她。他们交合的液体像香水一样在他们四周散发着香气，福尔图纳托根本无法停下。当他放开她，游隼女士有些站不稳。

这时，她看见卡洛琳的尸体。

"上帝。"她惊呼。

福尔图纳托抱起支离破碎的尸体。"这与你无关。"他说,"这是冲我来的。你应该忘掉这个。"他命令道,虽然这并非他本意。她点点头。

他再度走入夜空。

"福尔图纳托?"

他想回头看她,但没什么要说的了。能量领着他,消失在黑暗之中。

♠

虽然夜已深沉,但街上依旧人潮涌动,那些人看起来要么喝得七荤八素、要么酩酊大醉、要么疯疯癫癫、要么斗志昂扬,要么以上皆有。珍妮弗吸引了很多她并不想要的关注,要不是布伦南怒气冲冲地陪在她身侧,她绝对走不到半个街区就得用自己的超能力来挫败某些无礼骚扰。

漫长的一天已经让她付出代价。她的脚很痛,而且疲惫不堪,饥饿感也愈发强烈,她觉得仿佛有个小动物在啃着她的内脏。她必须吃点东西,不然就没法幽灵化。把自己幽灵化需要很多能量,而她瘦削的身躯可存不了多少卡路里。

珍妮弗发现了一个看起来和狂欢者一样醉醺醺的街头小贩,她告诉布伦南她必须要吃点东西。他们停下脚步,布伦南给她买来了几块小贩售卖的椒盐卷饼。

"抱歉,这是我能找到的最好的了。"布伦南嚼着自己的那块卷饼,"今天晚上,大部分餐厅只接预订,不对外开放,或者早就人满为患,我们甚至连大门都进不去。"

"这挺好的。"珍妮弗塞了一大口面团,做了个鬼脸,咽下一大口饮料,"这芥末好辣!"她含着冰块含糊不清地抱怨。

"嗯?"布伦南停下来,转身找小贩又买了一整瓶芥末佐料。

"这是要做什么?"布伦南把芥末藏好,珍妮弗问道。

"待会儿就能派上用场。"他没细说,珍妮弗则忙着狼吞虎咽,也没细想。

他们沿着街继续走着,直到布伦南把他们带到一个窄窄的小巷。令人惊讶的是,小巷完全没有任何其他闲杂人等。

"在我回来前,你在这儿会很安全。"他告诉她。

"你要去哪?"

"去我公寓,我马上就回来。"

珍妮弗注视着他进入小巷,显然,他还没那么信任她,不愿意把她带到自己住的地方。他如承诺的那样回来了,给珍妮弗带了一件斗篷包住身体,还有一双凉鞋护住双脚。

"鞋子有点大。"布伦南开口,"但总比光着脚跑要好。"

她依然为自己不被信任而难受,但也不由得问他背上的包里都装了什么。

"里面装了什么?"

"一些今晚我们可能会用到的东西。"

"信息丰富,一如既往。"她回答。"你能直接告诉我一些事情吗?比如我们现在要去哪儿?"

"去一个可能有答案的地方。水晶宫。"

◆

十七年来,福尔图纳托都藏在阴影里。不是因为谦逊,而是因为他不想被打扰。他从不会飞过去救什么落难的矿工,或者在地铁上阻止抢劫。除 60 年代秘密参政的几个月外,福尔图纳托都待在自己的

WILD CARDS

公寓读书，研究阿莱斯特·克劳利①和 P. D. 邬斯宾斯基②的作品，学习埃及象形文字、梵文、还有古希腊文。对知识来说，似乎没有什么比它们本身更重要。

他说不清楚自己是什么时候开始变的。有时，是在一个名叫艾琳的女人大脑被钦天士彻底摧毁、死在鬼牌镇的小巷后。有时，是在他读完所有书之后，从粒子物理到共济会仪式再到《薄伽梵歌》③，这些书反反复复，都告诉他同一个道理：众生归一，无事为要，事事皆要。

今夜，他穿着所剩无几的晚礼服，像霓虹管一样发着光，怀抱着死去的女人飞过曼哈顿岛。醉醺醺的游客、七倒八歪的鬼牌，还有最后一批从剧院里出来的人仰着头看他，他也毫不在乎。

他想，自己可能活不过今晚，这似乎也不重要了。这世上的皮条客多一个还是少一个，又有什么关系？

他看见鬼牌镇在他身下延展开来。被路障拦住的街道到处都是穿着奇装异服，或者曾穿着奇装异服的人群，所有人都举着蜡烛、手电筒还有火把。包厘街上灯火通明，每盏路灯和每扇窗户都点着灯火。

他把卡洛琳放在鬼牌镇诊所的台阶上。人群分出一条道，让他过

---

① 阿莱斯特·克劳利（1875—1947），英国神秘学者、诗人、画家、小说家、登山运动员。

② P. D. 邬斯宾斯基，即彼得·邬斯宾斯基（1878—1947），俄罗斯人，极有天赋，能记得两岁以前的事情，六岁左右就已阅读成人的书籍，十二岁以前已探究过诗、画和自然科学。在他十几岁的时候，便研究数学、生物学和心理学，尤其对第四度空间的观念特别感兴趣，1905年后，开始研究密意主义。著有《第三工具》《探索奇迹：无名教学的片段》等作品。

③《薄伽梵歌》：成书于公元前五世纪到公元前二世纪，印度教的重要经典与古印度瑜伽典籍，为古代印度的哲学教训诗，收载在印度两大史诗之一《摩诃婆罗多》中。薄伽梵歌的字面意思是"主之歌"或"神之歌"，这里的主或者神就是黑天，薄伽梵相当于上帝，梵相当于圣灵。它是唯一一本记录神而不是神的代言人或者先知言论的经典，共有700节诗句。

去,又在他身后汇合。如今,可没有多少时间以供哀悼。卡洛琳已经死了,他已经不在乎了。

他直直悬到空中,飘在那里,清理思绪,想着塔基扬的身影,在他脑中,塔基扬穿着娘炮般的乡巴佬衣服,顶着一头非主流发型。你死了没,塔基扬?他想,哟,塔基扬,你读到我了吗?

塔基扬的思绪充斥着他的大脑。终于!你都到哪儿去了?我一直想联通你!你周围有某种能量墙!

我今晚补充了点能量。福尔图纳托告诉他。

我得见你。他的脑子出现了东河岸边一座仓库的影像。你能到那儿和我碰面吗?十万火急。是钦天士的事情。

福尔图纳托调出仓库内部的景象。飞船就在里面,比大部分房子都要大,形状像一只镶嵌着珠宝的海螺壳。

我知道,福尔图纳托心想,我早就知道了。

♥

塔基扬还在哭泣。一阵无尽的涌动,露莱特疲惫地想,接着是一阵恼怒的闪光。他到底想从我这儿得到什么?

"住手。"她开口,声音似乎是从遥远的地方飘荡过来。

外星人抽噎着,移开手,露出满脸泪痕的脸颊。

"没人在乎。你尽管哭干灵魂,但没人会在乎。"

"我爱过你。"他的声音沙哑刺耳,在房间的阴影中回响。

"总是用过去式。"这话荒唐幽默到难以承受。她从没意识到,她的大笑什么时候化成了泪水。

他双手抓住她的肩膀,晃着她,直到她的牙在脑袋里咯咯作响,直到她发间的水晶珠叮叮当当。"为什么?为什么?"他喊道。

"他许我复仇,还我宁静。"

"坟墓的宁静。钦天士毁掉了他接触的一切。到底要多少尸体,

才能说服你相信？"他朝着她的脸尖叫，"如今，宝宝，宝宝。"他痛苦地呻吟着，用力把她推到一边，

"那你呢，医生？"她哭泣着，"用一辈子的尸体怎么样？"恶魔开始上演他们的好戏，她抓着自己的头呜咽着："我的孩子。"

他的思绪碰上了她的大脑，但这回他们的思绪却没混在一起。她的脑子混作一团，拒绝触碰他的思想。

"又来了。"塔基扬撕心裂肺地低泣着，"我受不了了。再也受不了了。我应该怎么办？谁能帮帮我？"

他把她从床上拉起来，推到她的衣服边。"快穿上，我们必须要快，要很快。如果我能在钦天士之前先联系到宝宝。然后，接下来……接下来我会为你做我能做的一切。我可怜，我可怜的人儿。"

露莱特机械地套上裙子，穿上鞋子，拿上她的钱包，试图集中心神，但塔基扬紧张兮兮的嘟嘟囔囔却在她的神经上掠过，让她无法思考。她想把他赶出去。

"人格退化。"他在巨大的步入式衣柜里嘟嘟囔囔，"必须要找到核心，重塑记忆区间，"这一连串的话听起来就像是某个还在学校的男孩，想要临时抱佛脚准备考试。一个衣架滑过晾衣竿，发出尖锐刺耳的尖叫。

露莱特迅速行动，她拉开梳妆台抽屉，拿出沙漠之鹰，偷偷放到钱包里。不一会儿，塔基扬便拽了件大衣罩在没有扣子的衬衫外，冲进房内，抓住她的手腕。

她没有反抗。他正要带她去见她的主人。然后，她可以一起解决他们俩。

♣

福尔图纳托还没看清那地方，他就在他的头脑中听见了尖叫。那是一个婴儿如狂风暴雨般啼哭的噪音，但却又精致、纯净、令人发

狂。他弄了个精神屏障,以便让自己的头脑保持清醒。

他飞过一个破败的街区,看见了河边的仓库。仓库周围是一群穿着黑皮夹克的孩子,他们是大都会修道院分馆那儿肆虐的最后帮派。他们拿着M16狙击枪和带着皮套的沙漠之鹰,仿佛是21世纪的牛仔。福尔图纳托从空中朝他们俯冲下来,他们都仰着脑袋看着他。

"跑!"福尔图纳托命令道,"快跑!"他们丢下枪,作鸟兽散。

福尔图纳托在仓库的入口处降落。里面有什么东西如怪异的无线电波般嗡嗡作响。门上有一盏泛光灯,但福尔图纳托自己就像一个闪闪发光的小太阳。光线下,他看见塔基扬和露莱特从塔基扬公寓的方向朝他跑来。

钦天士已经进了屋。他能量的痕迹遍布墙壁,又流露到街上。福尔图纳托朝大门伸出手来,一束薄薄的粉红色激光穿透了他旁边的墙壁,留下一个空洞,然后闪烁着消失不见。空气涌入激光留下的真空,发出刺耳的破裂声。仓库里有人在尖叫。不一会,几码开外,激光又留下一个空洞,然后又一个。这声音就像是炮火在轰鸣。接着,电波的嗡嗡声和激光同时停止,而他脑中婴儿的啼哭愈发响亮。

"我要进去。"塔基扬开口,"他在伤害宝宝。"

"宝宝。"福尔图纳托言道,"上帝啊。"

"这是飞船的名字。"露莱特开口。

"我知道,"福尔图纳托回答,"你过来做什么?"

"她为钦天士工作,"塔基扬说道,"今晚,她想杀掉我。"

福尔图纳托差点大笑起来。所以,她终归不是自由职业者。她没做自由职业者实在太可惜了。福尔图纳托猛地把门打开,看见钦天士正爬进飞船的一侧。

地上有具尸体,是一个孩子,本该是胸膛的地方如今成了一个冒着烟的大洞。角落里还有四个人:一个穿着护士服拿着M16狙击枪的女人、一个白衣女人、一个长着猫脸和长爪的男人、还有一个质朴的东方女人，看起来有点眼熟。大都会修道院分馆，福尔图纳托想，我在那儿，还有鬼牌镇的旧埃及共济会神庙见过她——当然，是在他炸掉埃及共济会神庙的几分钟前。他注视着东方女人变得光彩照人。太美妙了。他移不开眼睛，他能感到大脑中的神经元哑了火。

"住手。"他命令道。他的头脑明晰起来，她又变得朴素且充满恐惧。护士举起 M16 狙击枪，福尔图纳托将枪融掉，塑料枪械在她手中变成炽热的液体，蜿蜒流淌。

"一切都结束了。"东方女人说，"不是吗？我们出不去了。"

"你们没法坐着那艘飞船出去。"福尔图纳托开口。

"我们一路从旧金山赶来，一无所获。"她说道。

"你可以直接从门离开。"

她难以置信地盯着他，似乎想确认他不是在开玩笑，然后从门里跑了出去。其他人慢慢地跟着她，不情不愿地给福尔图纳托留下一个背影。

"格蕾莎姆？"塔基扬问。他的声音充满了愤怒和痛苦，"格蕾莎姆护士？"

"什么事？"护士回答。

"你怎么能？你怎么能辜负我的信任？"

"噢，滚开。"格蕾莎姆说道，"我为什么要在意你他妈的信任？"

塔基扬双手捂住头，手指嵌入皮肤，表情变得像怪物一样可怕。福尔图纳托以为他只是怒发冲冠而倾泻怒火。哪知，格蕾莎姆眼睛朝天一翻，转了一圈，撞在门边摇摇欲坠的墙壁上。

"老天，"福尔图纳托问道，"你杀了她？"

塔基扬摇摇头："不，她没死。虽然她该死。"

"那你就得把她带出去。"福尔图纳托说，"你们两个，在还能走的时候，都出去。我要像切牡蛎一样把那飞船一切两半。"

"不！"塔基扬几乎在尖叫，"你不能！我不允许！"

"别挡我的道,小个子。钦天士是你们的人。是你们的病毒把他变成了这样。我要结束这一切,如果你挡我的道,我或许会杀掉你。"

"但飞船不行!"塔基扬争辩。小杂种真是不知道什么时候才该尖叫。福尔图纳托必须得承认这点。"她活着。这些事情不是她的错。你不能因此惩罚她!"

"为了他妈的一个机器,我们要冒更大风险。"

塔基扬摇摇头:"对我来说不是这样。她不是机器。如果你要伤害她,你得先阻止我。你不敢这么干,否则钦天士会把我们都杀掉。"

小杂种不准备让步。"好吧,好吧。我们按你的法子来。但你得把钦天士从飞船里弄出去,不然我就用我的法子对付他。"

塔基扬停顿一会,开口:"同意。"

"那我呢?"露莱特问道。

"你和我一起去。"塔基扬回答。他执起她的手,将她拉到身后,一同进入飞船之中。

♠

钦天士冷漠地倚着床头。他长袍的袖子浸满鲜血,瘦骨嶙峋的身躯布满了腐败的死亡气息。从和他的一系列碰面起,露莱特第一次在他身上感到了困惑和犹豫。

他疯狂、血红的眼睛转过来,盯着他们。

"你没杀他。"

塔基斯星人上前一步,鞋跟在磨得发亮的地板上嗒嗒作响。"我比你预想的要厉害些,"

钦天士可怕的目光投在塔基扬身上。

"而且,只有懦夫才会派女人来杀人。"

"这就是你最好的水平?对我的指挥冷言冷语?你这个可悲的小东西。"

突然间，共济会的主人开始摇晃，痛苦地呻吟着，紧紧抓着自己的脑袋。塔基扬的头发如同一朵浮在肩上的火烧云，苍白的脸上双眼熠熠生辉，因为用力过猛而开始战栗，前额上滚下几滴汗水。接着，钦天士直起身，缓缓的举动带着威胁的意味。他挣脱了外星人的心灵控制。塔基扬恐惧地睁大双眼。

"去死吧，碍事的蝼蚁。"钦天士弯起魔爪般的手指，塔基扬猛地扑到一边，一团火球在他刚刚站立的地方爆炸开来。

宝宝畏缩着，地板剧烈地倾斜。

"这没用。你不能坐这艘飞船逃跑。"塔基扬在光滑的地板上挣扎，另一团火球炸掉了一把精致的椅子，刚刚，他正躲在这把椅子后面。"她没有导航。你要怎么在宇宙中航行？"

露莱特藏到壁龛里，祈祷钦天士没发现她，祈祷不会被她主人掷出的偏离轨道的火球化为灰烬。

"如果你真离开地球，你最好也别合眼。她是个敏感的小家伙，当然啦，这点你已经知道了。"塔基扬大叫一声，他外套的肩膀变得一片焦黑，"你一旦放松了控制，她就会挣脱镣铐，或者飞到一颗恒星里。作为一艘有生命的飞船，你会发现，其缺点就是她会和你其他的敌人一样。"

焰火表演结束了。钦天士饶有趣味地盯着塔基扬："你说得有道理，医生。所以，我要把你一起带走。"

"不……我想……不。"塔基扬气喘吁吁，说话断断续续，"我早就设了一个死亡锁扣。因此，我的身体、我的思想、我的灵魂，如今都在反对你。想要支配我，你必须要毁掉我。"

"那将是一幅令人愉悦的景象。"

"那你就回到了原点。"他们在屋子里绕着圈对峙。塔基扬小心翼翼地尽量远离钦天士，钦天士则如掠食者般耐着性子朝他踱步。"而且，还有一个小问题。但我想我应该说一下。福尔图纳托就在外面等着,为了打倒你,他不惜毁掉这艘飞船。我宁愿相信他不会这么做。这就是为什么我在这里。虽然,我想不到我有什么比面对你更不愿意做的事情了。"

钦天士不愿再听了。当塔基扬说起福尔图纳托的名字,钦天士气血上涌,大声咒骂着,唾沫星子乱飞。

"你烦我够久了,你个没用的东西。这回,我会结束这一切。"

他跳出飞船,塔基扬抓住露莱特的手腕,跟在后面追了出去。这一刻,他们仿佛走进了地狱。无数火球在空中尖叫着划出抛物线,灼烧着混凝土地面,点燃了仓库的墙壁。一股回旋的气流让他们一个趔趄摔在地上,塔基扬抓住她的手由此松开。砖石和房梁如倾盆大雨般坠落而下,宝宝惊慌失措地冲出屋顶,飞进夜空。露莱特咳出石膏尘土,朝大门爬去,无视了塔基扬的疯狂呼喊:先是为宝宝,再是为她。

她抱着沙漠之鹰,蜷缩在小巷里,仰头望着天空。

♣ ♦ ♥ ♠

第二十三章

凌晨4：00。

福尔图纳托的双腿飘离地面，盘成一朵莲花。他拇指搭着食指，将双手放在双膝之上。他觉得自己与游隼女士最后的高潮仍在继续。当她抓住他，将能量重新传给他时，他觉得自己仿佛被炸成了一粒粒原子，然后带着整个宇宙一起重塑身躯将宇宙包藏其中。他觉得自己就像太阳的日核，无法控制的光芒从他的体内迸射而出，仿佛永远不会停止。

五分钟后，钦天士从飞船上出来，福尔图纳托仿佛回顾了他生命里的每一个细节，丝绸在他皮肤上滑过的触感，每首在他耳边响过的旋律，还有每一个他亲吻过的女人的气息。此刻仿若永恒，又似乎只是弹指一瞬。

"他妈的！"钦天士尖叫着，"你就是个蠕虫，是个蛆，是个他妈的变形虫！你干吗老在我的脑袋周围嗡嗡个不停，你是苍蝇，还是蚊子，还是只蝗虫？"他举起骨瘦如柴的双手，血迹斑斑的长袍袖子滑到手肘上。他的手臂内侧斑斑点点，尽是淤痕和伤口。福尔图纳托想起他在大都会修道院分馆见到的海洛因。

钦天士的双手如甜瓜一样膨胀开来，炸出无数个火球，上百个火球在空气中呼啸而过，直奔福尔图纳托而去。他每打偏一个火球，这个火球都会削去他一层力量，而他没法那么快重塑自己的防护罩。最后一个火球灼伤了他左胳膊上的毛发。

仓库的屋顶爆炸了，钦天士飞快从中穿过，飞向夜空，他还在尖叫："一条在街上追着我跑的狗，还想啃我的鞋子。巫术？就凭你的亲吻和拥抱，性爱和吮吸？你不过是个毛头孩子，一个虫豸，一个小小的、无助的、蠕动的精子。你从没见过什么才叫真正的能量。"他一把将福尔图纳托扯过来，仓库、曼哈顿岛，在他们之下渐行渐远。

此刻的钦天士在发光。比福尔图纳托更炽热、更明亮。"死亡才是力量。脓液、腐败，还有堕落。憎恨、痛苦，还有战争。"

钦天士远比他想象的更加强大，这反而让他十分冷静。城市远在他们身下，成了一盏孤灯。他们飞过曼哈顿和皇后区之间的东河。威廉斯堡大桥正在福尔图纳托之右，电缆在狂风中空洞地叮当作响。

他们飞得太高，福尔图纳托感到自己晚礼服衬衫敞着的地方一阵寒冷。空气非常干净，带着来自长岛海湾的咸味。他张开双腿，站在空中，双臂蜷在身侧，他知道，自己要死了。

他让自己像八卦"艮"位一样不动如山。他的对立是"讼"位，象征着冲突，充满混乱与毁灭。重建防护罩毫无意义。他将所有的能量收回体内，运回身体正中，将其塑成一个球体，再不断将其压紧，使其更坚硬、更小，直到他所有的力量、知识和能量被压成一个针头大小的颗粒，置于神阙①之后。

他不会有第二次机会。他将汇聚的一切射向钦天士，它穿过空气，福尔图纳托趔趄一下，感到虚弱、无力、空虚。它如此明亮，福尔图纳托不得不抬起双手挡住眼睛，即使如此，他都能透过血肉看见自己的骨骼。

比起眼前所见，他觉得自己似乎更是通过知觉，感到它像子弹穿过果冻一样穿透了钦天士的防护罩，进而穿过钦天士的身体。当他再度能看见之时，钦天士正因震惊和痛苦折起身子。

---

① 神阙：中医里的神阙穴，在肚脐之后。

钦天士的身躯炸成一团火焰,他炽热、火红地燃烧着,漆黑的浓烟从他身上腾起。他的双臂从火球中伸出奇怪的角度,福尔图纳托看着他们变得焦黑,结出硬壳。

然后,火焰熄灭了。

钦天士的身躯一片焦黑,像一具干尸。他在夜空中飘浮,夜风将烧焦皮肤炭化出的碎片纷纷吹落。

福尔图纳托深吸一口气,他还有一点点剩余的能量,足以让他们浮在空中,但也仅此而已了。而这些能量也将很快消失殆尽。

他无法移动,一种虚无的感觉环绕着他。钦天士睁开双眼。

"就这样而已吗?"他说道。他哈哈大笑,慢慢地挺直身躯。烧焦的皮肤从他身上剥落,福尔图纳托看见下面烧伤的粉红色皮肉。"这就是你最好的机会?这就是你能做的最好程度?我本可以为你感到遗憾,如果你伤到我,我还真会为你感到遗憾。现在,受死吧。"

福尔图纳托看见这个丑陋的、生着水泡的小个子正在重整旗鼓,他周围的虚无告诉他应该怎么做。

他默默吟诵,驱散恐惧。他清理思绪,发现最后一些余思——卡洛琳、维罗妮卡、游隼女士——仍纠缠在那里。他解开它们,让思绪朝身下的灯光飞去。

他放慢了自己的心跳,心脏剧烈震颤,他终于平静下来。

毕竟,这不过是死亡。

他触碰到钦天士的思想,看见能量开始释放,于是伸出手来帮助他。他松开屏障,拉下阻尼杆,打开所有开关,将刻度盘调到十。

我们同归于尽,福尔图纳托心想。你和我。一切都已不重要。他化为虚无,变成了真空一片。到我这里来,他想,把你的一切都带给我。

冰冷的白光溢满了天际。

♦

受曼哈顿天际线所限，大部分人甚至都没能看到东河上空发生的战斗。看见这场战斗的，多是在东面数个街道十字路口上的人。

即使是这些旁观者，也不觉得闪光爆炸的火球让人印象深刻。杰克听见一个盯着顺水流下的火花的鬼牌说道："嘿，在这两百年里，我见过许多比这个更壮观的东西。这几乎不算什么。为什么他们不去对自由女神像做点什么呢？"

"对啊！"有人附和，"那该多好。"

在第十四大道和A大街的交叉口，没人瞪着眼睛窥见河流上空都发生了什么。

"三小时后，我有个约会。"垃圾婆开口。"这是我二十年来的第一次约会，而世界末日就要到了。"

焰火变得暗淡，继而熄灭。

"我想，一切都过去了。"杰克说，"不是世界末日。你还能去约会。谁是那个幸运的家伙？"

她退了几步，从他身边离开。

他意识到她在想什么，急忙补充道："我不是在说风凉话，我是认真的。他是谁？"

"保罗·哥德堡。"

"那个律师？罗斯玛丽办公室的那个？"

"对。"

"你准备穿什么？"杰克问。

垃圾婆犹豫了一下："就平时穿的。"

杰克大笑："流浪女士的打扮？"

她愤怒地摇摇头："商务套装。"

"别这样。"

WILD CARDS

这回,杰克抓住了垃圾婆的手臂,把她拖回街上。"这儿大概离玛丽安通宵店还有三个街区,"他开口,"这季的衣服已经出来了。"

"你什么意思?"垃圾婆问。

"你需要找一家通宵营业的服装店。"杰克回答,"这下有乐子了。"

"我不是来找乐子的。"垃圾婆回道。

"你难道不想在早餐约会时光彩照人吗?"

她坚定地直视前方。

"那么,我们走吧,老姐。"

杰克拉着她一路往前走。她试着拖时间,杰克就等着她,挽着她胳膊,兴高采烈地把她转过来。他吹着口哨,那是一首不成调的《我们要去见魔法师》。

"你又不是朱迪·加兰①。"垃圾婆抱怨。

杰克回以微笑。

人渐渐稀少,东河上空那场可歌可泣的战斗也如迪士尼的焰火般渐渐消散,示意父母亲人该带孩子回家了。不过,人群离去更主要是因为他们已精疲力竭,毕竟,这可是十分漫长的一天。

所有的玛丽安通宵店都生意兴隆,它能比普通精品店卖出更多商品。它在曾是停车场的最底层延展开来。

杰克带着垃圾婆在店铺外的橱窗看了看。"对,"他说,"噢,就是这个。一条丝绸裙,看见了吗?"他指着裙子,看着她的脸,然后回到店里。"我想,水蓝色就不错。完美。"他先一步走在垃圾婆前,"来嘛,苏珊妮。现在是灰姑娘时间。"

垃圾婆做着最后的挣扎:"我身上没带多少钱。"

杰克帮她抵着门:"没关系,我有钱。"

---

① 朱迪·加兰(1922—1969),美国女演员、歌唱家。

♥

　　当爆炸的能量穿过福尔图纳托的身体，他已经无可抵抗了。既然放弃抵抗，因此这些能量穿过了他的身体，留下了一些微粒。这些微粒里有知识、记忆，还有一些个人见解。

　　福尔图纳托看见，二十年前，一个戴着厚厚眼镜的小个子正从东河里爬出来。在此之前没有任何记忆，那些本该存放记忆的地方如今是一片焦土，而这片焦土正是他自己铸成。是他自己选择了这条道路。他没有人类的身份认同感，也没有留下任何属于人类的过去。

　　小个子男人爬进东河畔的草地，仰头看着夜空。百变王牌病毒第一次在他体内展开，他的思绪飞向天空，在群星间遨游。它看见燃烧成红色、紫色和蓝色的星云，看见或带着条纹、或生着螺纹、或披着光环、或环着光晕的行星。它看见卫星和彗星，还有一块块不规则的小行星。

　　然后它看见了夜空有某种东西在移动。那是某种黑暗、近乎无意识的东西，它广袤无垠、坚韧有力、邪恶污秽、饥肠辘辘。他的思想开始尖叫。

　　小个子男人发现自己正站在鬼牌镇一栋砖房之前，身上除了眼镜未着一物，他还在尖叫。一扇门为他打开，一个叫巴尔桑的人带他进来，教他各种各样的秘密，告诉他那些所见之物的名字，还有那个终极的共济会的词语：提亚玛特。

　　他教小个子关于机器的知识，那是共济会兄弟给卡廖斯特罗带来的沙克帝德维。卡廖斯特罗建立了秩序会，以保护提亚玛特——暗黑姐妹——还有沙克帝德维的秘密。

　　直到巴尔桑再也没有什么能教小个子，小个子就成了钦天士，然后在一个笨手笨脚、叫福尔图纳托的巫师的无意帮助下，消灭了巴尔桑。这都是为了夺取秩序会的控制权，去揭示他们的命运，去建立一个名为埃及共济会的宗教专制去统治世界。那个世界将乞求被敬畏与感恩所统治。因为钦天士可以利用沙克帝德维,而沙克帝德维本来就是为此而建……

"不。"福尔图纳托开口,"不。"

但这些知识不愿离去。这些由沙克帝德维授予埃及共济会的知识,将人类从提亚玛特中拯救出来,而不是为了把提亚玛特诱惑至此。这些知识,是为了唤来网络,去摧毁提亚玛特。

沙克帝德维本可以拯救他们,而福尔图纳托却毁了她。正是因为他的举动,成百上千的人失去了生命。不论他宣称自己有多少智慧,他仍只是冲动的产物,不过是个喜怒无常的孩童。

钦天士还活着。那副模糊的眼镜依然挂在他的耳朵上,他破破烂烂的长袍依然在风中呼呼作响,他的胸膛起起伏伏。他的眼睛滚回到自己的头颅里,而他的能量都不见了。彻底消失了。

对福尔图纳托而言,飘过他们间三十英尺的距离,用双手掐住小个子的咽喉,结束他的生命,易如反掌。

但是,他任钦天士坠落。

很久很久后,福尔图纳托听见水花飞溅的声响,小个子男人兜了整整一圈,再度回到东河之中。

♣

亨利街依旧寂静荒芜,街上的狂欢结束,水晶宫也关门歇业。虽然露天集市早就空无一人,但街区的两端依旧摆着路障。海勒姆和杰伊走在大街中央,路过一排排没亮灯的房子。排水沟里塞满垃圾:餐巾纸、纸杯、塑料叉子,还有报纸。

沿着街区走了一半,一个昏暗的身影从阴影中出来和他们搭讪。砰呼杰伊迅速从口袋里掏出手,但海勒姆抓住他的胳膊阻止他,说道:"别这样。"

人影走到路灯下。这是一位穿着不再挺括的军绿夹克、重如千斤的灰发女人。她的下半身只有一只巨大的腿,这条腿颜色苍白,非常潮湿,柔弱无骨。她像蜗牛一样朝他们走来:"有零钱吗?"她问道,"行行好,有没有零钱给一个可怜的鬼牌?"

海勒姆发现自己无法看着她。他掏出钱包,递给她一张五美元钞票。女人接过钱,海勒姆握紧拳头,帮她减轻了一半的重量。这维持不了太久,但起码会让她好过一会儿。

水晶宫旁边的堆满杂物的空地上,有什么在燃烧。十几个小小的扭曲的活物正围着火挤成一团。火焰上夹着烤肉叉,某种动物叉在上面灼烧着。他们听见脚步,有些站起身,消失在废墟之中,还有的转过脸瞪着他们,他们的眼睛如同黑暗中快要燃尽的烈焰般灼热。海勒姆停下脚步,他不常来鬼牌镇,现在他想起其中原因了。

"他们不会打扰我们。"阿克罗伊德说,"当街道空空荡荡,整个世界陷入沉睡,这就是他们的时间。"

"我想,他们在烤一只狗。"海勒姆开口。

杰伊抓住他的胳膊:"如果你感兴趣,我会让蝶蛹给你秘方。走吧。"

他们拾阶而上,敲了敲门。

门上的标识用大写字母写着"已歇业",但不一会,他们听见锁死的插销滑了回去,一个男人站在他们面前。他留着薄薄的小胡子,黑发油光发亮,本该是眼睛的地方只有绷得紧紧的皮肤。

"萨沙,这是海勒姆。"杰伊·阿克罗伊德开口,"他们到了吗?"

萨沙点点头:"他们在大堂,只有两个。没带武器。"

海勒姆如释重负地叹了口气:"那么,我们赶紧把这事办了。"萨沙点点头,穿过小前厅,把他们领到水晶宫的大堂。

大堂中,唯一的灯悬在长长的吧台之后。屋子闻起来有种啤酒和香烟的味道,椅子也被翻起来放在桌上。他们三人坐在卡座里。昏暗的灯光下，蝶蛹看起来像一具穿着晚礼服的骷髅。她燃起的香烟末端如外面迷失灵魂的眼睛般明灭闪烁。"枪眼"莱瑟姆一丝不苟地穿着炭灰色三件套，公文包摆在前面的桌子上。他们之间的阴影里，是第三个男人。

"谢谢你，萨沙。"蝶蛹开口，"你可以先下去了。"当萨沙的脚步渐行渐远逐渐消失，大堂陷入死一般的寂静。

海勒姆再一次怀疑，自己到底遭了什么诅咒，跑到这儿来。然后他想起了吉尔斯，于是他艰难地咽了口口水，上前一步。"我们到了。"他大声说，深沉的嗓音里信心十足，即使他没这么有底气。

莱瑟姆站起身来："沃切斯特先生，阿克罗伊德先生。"他开口，仿佛这只是一场商务午餐。

第三个人发出嘶嘶声。某种又长又薄的东西从他嘴里伸出来，尝着空气。"我们还不确确确确定，你会过来。"他倾身向前，将憔悴的爬行动物般的脸伸到灯光之下。他没有鼻子，鼻孔单调地嵌在他脸上。他分叉的舌头不住摆动："如今今今今今我们又见面了。"

"抱歉，今天下午让你那样匆匆离去。"杰伊开口，"我没听清你的名字。"

"亚龙。"爬行动物般的男人回答。

"是名是姓？"杰伊问。

蝶蛹干巴巴地大笑起来。莱瑟姆清清喉咙："我们赶紧把这事办了。"他坐下，将公文包上的组合锁打开。"我已经咨询了我的客户，你的条件我们可以接受。我们对你们中的任何一个都不会采取法律行动，非法监禁一事的起诉也将撤销。我带了文件，西弗斯先生已经签了名，他放弃了所有其他要求，只要你赔他一美元。"

"我才不会——"海勒姆开口。

"钱我来付。"莱瑟姆飞快回答。他把一堆法律文件递给阿克罗伊德，侦探迅速浏览，在一式三份的文件上签下名字，把其中两份还给律师。"非常好。"律师开口,"对于鱼市,我们不会承认抱有任何愧疚之情或是承认我们插手其中,从今往后,我的客户和他的组织将对城市的那片区域不感兴趣。当然,这不是某种可以诉诸法律文书的东西,但蝶蛹就是这些手续的见证人,组织的信誉将是你的保证。"

"他们的生意建立在信任之上,"蝶蛹确认这点,"如果他们言而无信,那么没人会和他们做任何交易。"

海勒姆点点头:"那棒槌呢?"

"在我们上一次谈话后,我又重新看了看他的案子。坦白说,他不是莱瑟姆——施特劳斯律师事务所愿意代表的人。我们不管他了。"

亚龙咧嘴一笑,露出一嘴黄色的尖牙:"你想不想把他的脑袋放放放放放在盘子里端过来?"

"没那个必要。"海勒姆开口,"我只想让他为对吉尔斯的所作所为付出代价,让他去蹲监狱。"

"那么,就去去去去去蹲监狱。"他的眼睛死死盯着海勒姆,舌头贪婪地颤抖着,"现在,胖子,你得到了你想要的。把书书书书书给我我我我们!现在就要!"

他们剑拔弩张地沉默一会儿。海勒姆看着杰伊,侦探点点头:"看来所有的基本条件都满足了。"

"很好。"海勒姆说道。现在,只要完成这些就好,他也能活着走出去,回到他自己神志清醒的生活中去。他正欲开口,眼角的余光却看见有什么在吧台后移动,他转过身去。

亚龙开口:"我要书书书书书书书。简直是浪浪浪浪浪浪费我的时间。"

"我以为我在镜子里看见了什么倒影。"海勒姆说,但现在那儿什么都没有。镜子磨得发亮的银色表面在昏暗的灯光下柔和地闪烁着,但没有人在动。

"书书书书书在哪里?"亚龙坚持。

"我也很想亲自知道那个问题的答案。"另一个声音在大堂响起。

他站在门口，戴着遮住脸的黑色兜帽，手上拿着一个复合弓，箭在弦上。

亚龙恶毒地嘶鸣着。

海勒姆愣住了："你到底是谁？"

就在此时，一个除了黑色吊带比基尼外不着一物的年轻女郎从酒吧后的镜子里走了出来。

"妈的。"砰呼杰伊骂道。

亚龙抓住蝶蛹的胳膊："你陷陷害我我我我们，婊子。你会为此此此此此付出代价。"

"这和我一点关系也没有。"蝶蛹开口。她把胳膊从他手里拽出来，看着门口那个蒙面男子，告诉他："自由民，我不在乎这个。"

"抱歉。"他抬起弓，拉开弦，"除非把书交给我，不然我就一箭射穿这位穿三件套先生的右眼。"

莱瑟姆面无表情地看着他。

"你还老是要我穿好点儿，"杰伊·阿克罗伊德对海勒姆说，"你看穿好点是什么下场？"他转身看着弓箭手，"书不在这里。你不会以为，我们会蠢到带着它们到处乱跑吧？"

"幽灵，搜身。"

穿着比基尼的女人直接穿过吧台，朝桌子走去。突然间海勒姆认出了她，她在王牌云巅穿得更多，但他确定她就是那个当比利·雷试图逮捕时穿过地板消失的年轻女郎。这让他很悲伤。她那么年轻，那么有魅力，那么可爱，可偏偏是一个罪犯。毫无疑问，她一定是被邪恶的同伴腐化了。

她先搜了杰伊，然后是海勒姆。当她碰到他时，她的双手似乎隐去了实体，直接滑进了他衣服，甚至在皮肤之上，上下移动，寻找着。这让他打了个寒战。"什么都没有。"她说道。弓箭手压低了他的弓。

"你知道，我动作有点慢，"砰呼杰伊插嘴，"你是那个使弓箭的义警对不对？黑桃A。你杀了多少人？大概有两位数，对不对？"

幽灵的眼睛转向她的同伴，她看起来有些惊愕。海勒姆想，她还是个天真无邪的小姑娘。他的心转向了她。他看在《鬼牌镇泣语》和《每日新闻》中读过黑桃A杀手的事迹，他无法想象这样一个甜美的年轻女郎，怎么会和这么一个杀人魔搅在一起。

"书在哪儿？"弓箭手问。

海勒姆盯着箭。他应该感到恐惧，但奇怪的是，他只觉得厌烦。这真是漫长的一天。"在安全的地方，"他回答。他上前一步，双手放在身侧，握紧拳头。他已经受够了。"它也将继续待在那里。"他开始朝门口走去，庞大的身躯将其他人挡在身后，"为了弄出这个局面，我已经遭受了一堆罪，我绝对不会因为你想要这些书去达到你毋庸置疑的犯罪目的，来伤害吉尔斯，或是让棒槌逍遥法外。"

海勒姆大步向前，那双藏在蒙面后的眼睛看起来十分震惊。弓箭手犹豫了一秒，然后又举起弓，弓弦顺畅地拉开，滑轮旋转着。海勒姆绷紧身体，握紧拳头，重力波在箭支周围闪闪发光——当然，除他外谁都看不见。剑拔弩张的一瞬——

——"砰"的一声，弓箭手消失了。

海勒姆听见幽灵喘息着，亚龙发出胜利的嗞嗞尖叫。蜥蜴人推开桌子，把海勒姆困在卡座里，地板中传来金属撕裂的声响。女郎节节后退，亚龙猛地朝那个女郎冲去。"别动她！"海勒姆大叫。

亚龙理根本不理会。他尖利的、嘶嘶作响的、利爪般的双手向她伸过去，可他的手却穿过她的身体，狠狠地撞上酒吧的高脚凳。砰呼杰伊哈哈大笑。

幽灵兜着大圈，大大的眼睛寻找她的同伴，不一会儿就放弃寻找开始逃跑。她再次穿过吧台，消失在镜中。镜子银色的表面像水银池般在她身后合拢。

"你能来真好。"砰呼杰伊在她身后喊道。他转身看着其他人:"我猜,你们没有她的电话,对吧?"他叹了口气,"噢,好吧……"

亚龙站起来,沮丧地尖叫着:"我要杀了她!我要把他们俩统统杀掉!"

"此事日后再说。"枪眼提议。律师叠着双手,仿佛刚刚的插曲从未发生,"我们的共识是否依旧存在?"

"我不想要这些该死的书。"海勒姆回答,"如果你兑现我的条件,它们就是你的了。"

"很好,它们在哪?"

"我们藏起来了。"海勒姆告诉他,"在喷气机小子之墓。在JB-1复制品的驾驶舱内。"

"如果它们在那儿,我们的协议将被履行。"

"如果不在,"亚龙说,"你们所有人都会非常遗遗遗遗遗遗憾。"

蝶蛹穿过吧台,拿出一瓶酒:"或许,我们应该举杯庆祝成功达成了一项艰难的交易。"

"恐怕我们没有时间了。"莱瑟姆合上公文包,说道。海勒姆根本没在听。他的视线越过蝶蛹,看着镜子银色的表面,一瞬间,他觉得自己看到里面有什么在动。

♠

她注视着他与水流缠斗,骨瘦如柴的手臂在黑暗的河水中无力地挥动。一只垂死的水蜘蛛无望地朝河岸滑去。露莱特一直等着看他死在曼哈顿的夜空中,可是,他却像小小的人形流星一样坠落下来,而她的使命还没结束。如今,她看着他与水缠斗,又一次等着他去死。他脑袋上那个小小的黑色疙瘩消失了,但她强迫自己继续等待。钦天士曾欺骗过死亡。

他的脑袋打破水面,他剧烈的挣扎将一片油污碎成一百个彩虹般的水滴。去死。露莱特祈祷,但黑色的、布满油污的东河,正把他朝缀满垃圾的河岸冲去。

钦天士蹒跚着从河里爬出来,吐出河水。他赤身裸体,粉红的血肉在被火焰灼得焦黑裂开的皮肤间露出来,那身躯就像腐烂的动物躺在生锈的罐头和湿软的汉堡中,成了泥泞河岸上支离破碎的、被碎纸包裹的小山丘。他的左手紧紧握着眼镜,皮肤随着他的一举一动渐渐剥离脱落,他试着把眼镜戴回原处。

露莱特跑向他,优美的绑带凉鞋鞋跟陷入软泥。她一脚踢上他手背。钦天士的手指如稀疏的树枝般猛地张开,眼镜从他手里飞出,自由地落在地上,在淤泥里闪闪发光。露莱特一脚踩在眼镜上,她感到它里面似乎有着钦天士的本质和塔基扬的灵魂。可鞋跟只让厚厚的镜片毫发无伤地从镜框里滑出来陷进泥里。那个肮脏的东西发出一声悲哀又令人厌恶的声响。她抽噎着抢先一步捞出眼镜。

"贱人!下流的婊子!我的眼镜,把我的眼镜还给我!"他怒不可遏地尖叫,声音不绝于耳。

一块破碎的木板为她提供了帮助。露莱特脱下鞋子,跪进泥中,用锋利的鞋跟狠狠砸着眼镜。鞋跟上镶嵌的水钻溅入她的手掌,刺出鲜血,她将染着血的皮革抓得更紧。

"杀了你!我要杀了你!"钦天士摸索着肚子咆哮着,他伸出双手,却摸到各式各样的小碎石,又缩了回去。

一只镜片发出尖厉清脆的破碎声。

"不!"

另一只镜片应声而裂。

"杀了我?你连我在哪都看不见。你这回还跑吗?他们在追捕你。你要杀掉谁来汲取能量?塔基扬就要来了。你们俩只会活一个。为了我,你最好快滚。"

他的鼻子化为灰烬,嘴巴成了一片苍白的裂缝,眼睛则因破裂的毛细血管而变得通红,他的脸转向她:"结束了,都结束了。"他颤抖着说。他的双手深深陷入泥泞,手指紧紧攥着臭气熏天的淤泥,仿佛想起了其他更为光荣的时刻。

终于,他低下身子开始爬,露莱特跟在后面。她赤脚踩着光滑的泥土,裙子的下摆摇曳生姿,沙漠之鹰的重量让她的手提包重重下垂,链子紧紧嵌入肩膀。

♣ ♦ ♥ ♠

第二十四章

凌晨5：00。

街上终于空无一人。只有最强健的狂欢者才会留在街上喝到凌晨，那些最虚弱的狂欢者早就不省人事——或者更糟——像被遗弃的洋娃娃一样倒在街上。

水晶宫离喷气机小子之墓约一英里远。珍妮弗知道，她没法赶在他们之前到达陵墓。毕竟，穿着布伦南给她的人字拖凉鞋根本跑不快，但这也总比赤脚跑过满是垃圾的街道要好。

布伦南。他到底发生了什么？小个子男人对他伸出手指，砰的一声，他就不见了。就这样，好吧，她想着，她轻松地迈开长腿，大步流星地走过水晶宫和陵墓间的一个个街区，呼吸随之急促。此事由她而起，她自然要有始有终。

真是大言不惭，她心想。她已经开始想念板着脸的布伦南。她希望他是对的。

那幢宏伟的建筑就是喷气机小子之墓，如今它看上去如同朦朦胧胧的黑色剪影，哈德逊河从它面前静静流过，门可罗雀。不过，有一辆长长的豪华轿车，正停在陵墓主入口处二十英尺高的喷气机小子雕像前，与珍妮弗和布伦南借用的那辆轿车很像。

车里和车的四周一个人也没有。珍妮弗意识到，亚龙和其他人一定早就进了这幢巨大的建筑里

她悄悄走上大理石台阶，就像她为自己取的化名一样静如幽灵。

她脱掉布伦南借给她的斗篷，踢掉凉鞋。肾上腺素的激增击退了试图压倒她的疲倦。

这是漫长的一天，她告诉自己。但很快，不管怎样，这都会落下帷幕。

陵墓非常广袤，一架喷气机小子的 JB-1 喷气机 1:1 的复制品正悬在天花板上，沐浴在穹顶内侧悬挂的隐蔽照灯的柔光之下。

光芒照在陵墓的地面上，模模糊糊地映出三名仰头看着天花板上飞机模型的男子。当然，她认出了亚龙，还有那个绰号"枪眼"的男子。第三个是个陌生人，个子中等，身材中等，面容在昏暗的光线里看不真切。

珍妮弗对自己微笑。除非他们有人能飞，否则他们没一个人能到喷气机复制品的驾驶舱里。这是一项困难的任务，当然，这是对她而言。

她沿着墙壁的阴影，朝陵墓的远端走去。这里的声学效果非常好，她能听见男人们在说什么。

"那个肥胖的狗娘养养养养养的一定定定定定是飘飘飘飘飘上天花板，把书书书书书放了进去。"

"他们怎么放的不重要，"身份不明的男子坚定、恼怒地开口，"我要你们把书拿下来，现在就要。"

他们为问题争论不休，珍妮弗则到了大楼后方。她还藏在阴影里。她化为幽灵，与短暂的眩晕做着争斗，然后顺着墙壁直达天花板。这是容易的部分。现在，事情有点棘手了。她让机背挡住男人们的视线，溜进驾驶舱看见了一个小小的塑料包——正是她用来放书的小包。这真是今早发生的事情吗？感觉像是过了整整一年。

她不敢冒风险将自己变为实体去检查它们。她触摸书籍，将它们幽灵化，然后，她不但没有感到这是预想中的胜利，反而有种不安的战栗穿过她幽灵般的身躯。

她的耐力已经到达了极限。她把自己逼得太紧,在过去的二十二个小时里,她幽灵化的次数比以前所有的加起来还要多,而且,每两次幽灵化期间,她也没吃多少东西,也没好好休息。她只剩一点时间来化为实体,否则就麻烦大了。

她溜出驾驶舱,但因心太急而马失前蹄。枪眼绕着飞机走着,想找另一个观察角度,正好看见了幽灵般的珍妮弗,她的身影像万圣节幽灵一样映在机翼上闪烁。

"又是她!她拿到了书!"

她往下看去,只觉一阵眩晕。她必须赶紧重归实体。此时,本能已替代了理性,她跳下了飞机。

她像一片羽毛一样轻轻落在地上,几乎失去了意识。当她摸到周围的地面,她的身体迅速化为实体。这一转化耗尽了她全部能量,她两眼一黑晕了过去。

◆

"但科迪莉亚怎么办?"垃圾婆问。他们拿着包裹,下到市政厅地铁站,走进通道,朝杰克家走去。两只猫跟着他们,黑猫和白猫心满意足地蹭着垃圾婆的双腿。

"卡真人有句话。"杰克打开铁门,回答她。

"什么话?"

黑猫和白猫像《李伯大梦》①中李伯打呼噜般轻轻叫个不停。

"我记不得了。"杰克回答。他的声音似乎总能让垃圾婆处在狂

---

① 《李伯大梦》:也作《瑞普·凡·温克尔》,是有"美国文学之父"之称的美国浪漫主义作家华盛顿·欧文(1789—1895)在《见闻札记》中的一篇小说。讲述了殖民时期,居住在哈德逊河畔一个小村落里的游手好闲的农民李伯,为了逃避恶妻的数落,经常买醉并藏到山上,后在卡兹琦山上长眠20年,醒来后回到山下,发现早已物是人非的荒诞故事。

躁边缘。"大意是只要你尽力了，就会有机会。否则，就一点希望都没有。"

"没错。"垃圾婆说。

"我会找到科迪莉亚，她不会有事的。"

"你很累了。"女人说道，"你现在精疲力竭。"

"你也是。"

"我还好。"

两只猫遥遥领先，敲着杰克的房门。杰克开了锁，两只猫都开始往里钻，垃圾婆突然一僵："杰克，"她有些踌躇地开口，"我……感到了一些东西。"

杰克的手停在半空，钥匙还没塞回口袋。

"是一只老鼠，"她继续说道，"它在阴影里，在一个橱柜顶上，它看见……"垃圾婆犹豫了一下，"该死，杰克，是她！"

他匆匆让两只猫还有垃圾婆走进维多利亚式风格的客厅，关上门，问道："在哪儿？"

"我正在找。楼里还有其他老鼠，我正一只一只地看……找到了！"她露齿一笑，"我找到一只在外面的，正在小巷里探头探脑。是一间酒吧，或者夜店之类的地方，有个巨大的霓虹标志在动。"她摇摇头，"霓虹标志是女人的样子，一个有着六只乳房的脱衣舞娘，你，呃……"垃圾婆迟疑了下，"你得从脱衣舞娘的双腿之间走到店里。"

"我听过。"杰克说，"这是畸人俱乐部。我没去过。"他拿起一本《东乡花边》，扫过上面的广告，言道："上面没有。"他又拿过一本《恋物癖时代》："当其他的一切都不能满足……"他翻着书页，"好了！找到了。在查塔姆广场。"

"离这儿不远。"垃圾婆回答。她已经准备好，朝门走去，两只猫围绕在她脚边。

"不行。"杰克开口。

她转身看着他:"不行?"两只猫摇着尾巴,也转头看着他。

"你还有事,我自己来就好。"

"杰克——"

"我是认真的。"杰克把手中的包裹放下,"你好好准备一下。"他打开一个小小的包裹,拿出一些化妆品,"我冒昧买了这些。"

"你在做什么?"他让她坐在古色古香的镀银镜子前,她问道。

"花不了多久,"他承诺,"然后,我就去畸人俱乐部。"

"你疯了。"她说道。

"当然啦。"

杰克摆弄着唇彩和腮红,让她脑袋微微斜了斜,好让她看着镜子里的自己。

"好戏时间到。"他开口。

"杰克……"垃圾婆倔强地摇摇头,"我们说好要好好谈谈……"

"明天再说。"他瞥了眼火车钟表,"或者今天晚点再说。我们有的是时间。"

垃圾婆一反常态地追问:"为什么,杰克?"

他弯下腰,平视着她的眼睛:"你或许也会问,为什么会有百变王牌病毒,苏珊妮。但它就这么发生了,你得对付它。"

她沉默了一会儿:"慢慢就会习惯的。"

"我也一样。"

"我……我还……"她的声音一点点小下去。

"我也是,亲爱的。"杰克吻了她,"我也是。"

♥

斯佩克特知道,福尔图纳托赢了。如果赢的是钦天士,那他可会把福尔图纳托切成鱼饵,然后再把他丢到河里喂鱼。斯佩克特和其他人一样注视着这场战斗。不同的是,他明白到底发生了什么。他不敢相信福尔图纳托那个头脑简单的蠢货居然没给钦天士致命一击。如今,钦天士会藏起来,舔着伤口,然后等着重整旗鼓。斯佩克特觉得,老东西应该会试着在曼哈顿一侧的河岸登陆。如果斯佩克特能找到他,就能解决他,一了百了。

"这可是审判日啊。"他摩拳擦掌。

他走进废弃的小巷。寒冷的空气似乎要把他的呼吸冰冻成霜。他又累又麻木,小巷的尽头是一堵墙。

"妈的。"他掉头就走,然后停下脚步。墙那边有什么声音,而且声音还很耳熟。他走到墙边,开始朝上跳,酸痛的肉慢慢向上扯着他。

♣

钦天士停下脚步,气喘吁吁,胸膛咯咯作响。他哑着嗓子从嘴里吐出一连串充满仇恨的字句,这些话就像悬在一缕缕唾沫上的珠子,他每喘一下,就咳出一个来。露莱特也停下脚步,等他找到能量继续骂。她心烦意乱,想明白为什么塔基扬动作如此之慢。如今他早该到了。他们所有人都成了终极致命联盟的一员。

钦天士消失在黑暗的小巷口,露莱特继续等塔基扬,后者依旧没到。她追着钦天士的脚步,差点绊倒从另一个连着的小巷里走出来的塔基斯星人。露莱特退进一堆杂乱无章的包装箱后,看着外星人捂住眼睛,像追踪猎物的狐狸一样,突然定住,然后非常准确地转向几分钟前钦天士走的那条路。露莱特跟在后面,双手攥着沙漠之鹰,手枪如同寻找矿脉的卜棒,在她身前迅速移动,指着道路。

他们向右急转,进入另一条小巷,那是一个死胡同,再过一百英尺,便是一面砖墙。塔基扬双手置于身侧,握紧拳头,居高临下盯着钦天士,那张精致的脸烙满了怒火留下的痕迹。

"诅咒你,福尔图纳托!"他仰天长啸,"你个没种的东西,你个可耻的混蛋,你个没娘养的拉皮条的!我以为你会终结这一切,然而,你居然把这推到我身上!我一点都不想这样。"他的声音越来越温柔,越来越悲哀。

钦天士继续像狗一样在地上艰难地爬行,似乎没有意识到自己正走入陷阱。塔基扬看着自己的双手,从靴子里抽出一把格斗刀。露莱特咒骂一声。

小巷尽头传来鞋子磨在砖头上的声音,一个人影突然从砖墙上冒出来。他蹲在墙上,仿佛一个人形石像鬼。他从墙上跳下来,被碾坏的、长了一半的脚重重摔在人行道上,那人一阵咒骂。是死期。

露莱特气恼地哭泣着,泪水挂在嘴角,她舔掉所有咸咸的泪水,举起枪。不容死期捣鬼。

"詹姆斯!"

他悠哉悠哉地向前走去,半成型的脚让他一瘸一拐:"看来你记得我,医生。"

"对,我记得你。"塔基扬回道,他小心翼翼地远离死期满是痘疤且充满威胁的脸,"我们很担心你。"他们绕着钦天士匍匐的身躯,直到死期瘦削的后背出现在露莱特面前,挡住了她的瞄准目标。

"我不过随便说说,你个混账。"他可怖的目光从塔基斯星人转到脚下的可怜虫身上,"哦,哦,看看你都找到了什么。"他用新生的那只脚轻轻推了推钦天士,"嘿,主子,我还活蹦乱跳,你就死了。"

塔基扬向前一步,露莱特从一边转到另一边,试图绕过死期便于瞄准。塔基扬开口:"你要做什么?"

"杀了他。你要阻止我吗,小混蛋?"

"不会。"

死期狠狠盯着外星人的刀,仰天大笑,笑声在墙壁间疯狂地回响:"今晚要亲自弄些死亡,对么,塔基?又要扮演上帝?今天给一点,明天就拿走?"

"停下,求你了。"他发出破碎的低语。

这些话撞过露莱特的思绪,触碰到了一些东西。她的身躯猛地颤抖起来,手枪从无力的指间滑下,引爆子弹,击中目标,弹壳从死期脑袋上方的砖墙上反弹回来。

"妈的!"

塔基扬和死期转身看着她。钦天士猛地爆发出一阵一路积累的能量,站了起来。

♠

钦天士的声音干瘪刺耳:"帮我,詹姆斯,杀了他们。我会奖赏你。帮我。你想要什么都行。只要你现在帮我,我很虚弱,没有一点力量。"

死期抓住钦天士,焦黑的血肉纷纷从他的手中落下:"我可不这么想,老东西。"

钦天士猛地朝墙壁冲去,死期把他转过来,但钦天士在他的手中失去了形体如同幽灵:他后退一步,开始融入砖墙。行,还剩一种能力。

斯佩克特锁住那双苍白的、近乎失明的、如鼹鼠般的小眼睛,如今正是分享死亡的最佳时刻。这回,再也没有什么能挡住他。死亡迅速坚定地流入钦天士的大脑,老人喘息着,然后重回实体。

他周围的砖块开始破裂,发出炽热的红光。鲜血咝咝地涌入裂缝,顺着墙壁蜿蜒而下,随后,砖块深情地关闭,将血肉封在其中。

斯佩克特如释重负地叹了口气,他做到了。世上没有一个人会给他机会让他杀掉老混蛋,但现在老混蛋死了。钦天士、阿蒙主、大师、毁灭者赛提克,死了。

而他还活着，还能将此事四处流传。

◆

追逐的脚步声在空空荡荡的街道上大声回响。那人越靠越近，抓住了她的手。露莱特呜咽着，因恐惧而不住抽噎，转过身用牙齿和指甲攻击来袭之人。钢铁般的手掌抓住她的手腕，将她紧紧拥入怀中。清新与如今已有些熟悉的气息从塔基扬身上散发出来，冲刷着她的身体。她瘫在他的怀中，一只纤细的小手轻轻抚过她的脸颊，擦去她的泪水。

塔基扬的思绪如一股干净、冰冷的小溪，轻轻淌过她的全身，抚平了钦天士设下的防护罩坍塌后留下的道道伤痕，冲走了那些记忆，淹没了钦天士的触摸。现在，只剩广袤、痛苦的一片空虚。

她能感到，沙漠之鹰冰冷地横亘在他们之间。他后退一步，双手无力地垂到身侧，手枪从她的手中滑落。他们间似乎横亘着某个遥不可及的距离，他们就隔着这个距离互相看着对方，手枪静静地躺在他们间的地面上。

"你还没有痊愈。这不是我的天赋。但我会尽我所能。"

"我曾想杀了你。"

"你应该避免过度的情绪化，也不应该承受过多的精神压力。"

"我确实杀了咆哮者。"

"或许，你应该接受治疗。"

"我还杀了其他人。"

他弯下腰，捡起枪递给她，枪托朝外："如果你必须这么做才能得到安宁，那就结束这一切。"

"噢，该死的！"沉重的手枪猛地砸到一个垃圾罐头上，罐头叮当作响。"我杀了咆哮者！"

"我知道。对于你，我没有什么不知道的。"他薄薄的嘴唇扯出一个小小的微笑，毫无生气，充满悲伤，"我有一个极富弹性和创造性的认知。算是我成长中形成的一部分。我可以列举三个极好的理由，来为你的复仇辩护。复仇是——"

她猛地抬起手，给了他一个耳光："胡说八道！别再嘟嘟囔囔，给我个痛快！你到底要怎么办！"

他的舌尖碰到嘴唇上刚刚裂开的伤口："你准备到当局自首吗？"

"不。"

"那么，我什么都不会做。心灵感应的阅读结果，在法庭上属于不可采纳的证据。"他又露出了悲哀的微笑，"同样，我也不会对我看到的东西津津乐道加以描述。这对我的尊严毫无帮助。"他条件反射般将一只手挡住裆部，做出防御性姿态。

露莱特转身就走。她意识到她赤裸的双脚下尽是污秽，淤泥染着丝绸长裙，恰成一个适合装她灵魂的信封。

"露莱特。"

她停下脚步，没有回头。

"早些时候，我说我爱过你。我想，我现在还爱你。"

"别用这种手段给我加包袱。"

"就管它叫我对你的惩罚吧。"

"我依着仇恨而活。如今，什么都没有了。让我瞧瞧，在这两者之外，我还剩下什么。"

"我会等你。"

她憎恨自己露出微笑："该死。我想你会的。"

♥

斯佩克特坐在小巷里，后背靠着冰冷的砖墙。其他人都走了，就剩他和老家伙了。

"事情不太像你计划的那样，嗯哼，钦？"他拍拍钦天士的脸，

"或许，你脑子里早知道这会怎么发展了。"

斯佩克特觉得既空虚又疲惫。他本以为，钦天士一死，他会如释重负。毕竟，从大都会修道院分馆的战斗起，他就一直活在"老家伙在后面看着你"的恐惧中。现在，这种恐惧消失了。

他看进钦天士毫无生气的双眼："现在，你知道我经历了什么了。即便你能说个一言半语，你也不会在乎。可能只会朝我怒吼，说我搞砸了。"

斯佩克特听见有人在小巷口扔东西。他靠着墙站起来，看了钦天士最后一眼，朝大街上走去。

那个人正跪在地上擦嘴。他站起身，后退一步，远离那摊呕吐的秽物。他差不多和斯佩克特一样高，年轻，但不够聪明，不知道要离鬼牌镇的小巷子远远的。他穿着灰色的外套，灰色正是斯佩克特的颜色。

斯佩克特正好又得弄点新衣服穿。他的棒球制服在寒冷的清晨毫不顶用。他拍拍男人的肩膀："我想用这身真正的洋基队制服，来换你的外套。"

男人惊得一跃，然后平复过来，强硬地看着斯佩克特："别和我吵，兄弟。我会挖个洞把你脑袋埋进去。"

斯佩克特累得要死。他可不想用自己所剩无几的精力再给一具尸体脱外套。"如果你不按我说的做，就得死。那件外套值得你去死吗？我可不这么觉得。"

男人扬起拳头。

"愚蠢。"斯佩克特疲惫地说，"你眼睛里有东西。"

"什么东西？"

"我。"他锁住男人的双眼，把他放倒。"蠢货。"斯佩克特拉下男人的外套，自己穿上。弄裤子太麻烦，不值当。

是时候去处理一些未竟之事。该回垃圾填埋场，拜访一下拉尔夫。

"那就这样吧，窝囊废。"他对小巷里的尸体们说。没有回答。他想到会有些可怜的城市工人试着将老东西的尸体从墙里弄出来的画面，不由得微笑起来。

♣

珍妮弗觉得脸颊一阵刺痛，渐渐恢复了意识。她睁开双眼，想寻找疼痛的来源，发现一只张开的手掌正朝她的脸颊探去，她感到有双粗糙有力的手把她抱起来，手掌再次碰上她的脸颊，她的意识彻底恢复了。

他们已经到了陵墓之外，靠着停在喷气机小子雕像前的豪华轿车边。亚龙正扶她站着，枪眼则愚蠢地扇着她的耳光，而第三个——那个有些发福的中年东方男子——则站在一边冷眼旁观。他漫不经心地晃着装着书的包裹。她意识到，那个东方人正是金福。

他们见她终于恢复意识，亚龙放开她，站到一边。她无法支撑自己，瘫在轿车边，瞪着他们。黑暗中还有一个模糊的身影站在金福和枪眼后，珍妮弗燃起希望，然后又迅速绝望，她意识到，那不过只是金福手下的另一个歹徒罢了。

"你总是惹麻烦。"金福温和地说，"而且惹了个大麻烦。我希望，你从中清醒过来。"他朝亚龙点点头，鬼牌从腰间皮套里掏出一把小而丑、枪管向上微翘的手枪："看你去死，那可是相当愉快。"

亚龙举起手枪，珍妮弗闭上眼睛。她试着变成幽灵，但她做不到。转化所需的能量一点不剩，她从没想过自己会这样死去，她从没想过自己会死。

"不是在这儿，你个蠢货。"金福有些恼怒地开口，"你会毁掉车的外漆。"他转身对站在后面的那个人命令道，"把她从车子旁带走。"

他竖着衣领，以抵挡清晨的寒冷，他的帽子拉得很低，挡住了他的脸。珍妮弗呆呆地看着他，目光停在他的脸上，仔细打量。

她的嘴无声地喊出布伦南的名字，他一下抓住了她的手臂，转身将她拉拢，再一个侧踢让手枪从亚龙手中落下，手枪在夜里咔嚓作响。

亚龙愕然地嘶鸣，他的舌头如盲蛇般扭动着。珍妮弗瞪着金福，看见他们的脸上闪过惊愕与恐惧。

"是他！"金福低低地说，仿佛也是说给自己。然后他开始尖叫："杀了他！杀了他！"

布伦南赤手空拳地对上亚龙，张开一只手，另一只手紧握成拳。他微笑着站在鬼牌面前，在珍妮弗看来，他似乎是在邀请鬼牌出手进攻。亚龙朝他扑过来，他们扭打在一起，布伦南靠着轿车一侧，接下鬼牌超乎寻常的力量，亚龙得意洋洋，后退一步继续进攻。

但布伦南的动作比鬼牌快得多。他头一回张开紧握的拳头，伸出手抓住鬼牌的舌头根。他的手沿着鬼牌的舌头滑下，给舌头抹上一层粘稠的棕色物体，这才把手放开。

亚龙的眼睛似乎都从眼窝中跳了出来，他倒在地上，纵声尖叫，像着火的人拍打烧着的衣物一样不断拍打着舌头。

亚龙痛苦号叫时，枪眼挟住了珍妮弗。她听见男人们追逐的脚步步步逼近。金福丢掉价值连城的包，掏出腰间的手枪，指着布伦南。

布伦南平静地看着他。

"我的乐趣翻了一番。"金福咬牙切齿地说，"这么多年，你一直纠缠不休。如今，你将命丧我手。"

珍妮弗看到布伦南绷起身子想扑过来，但她知道他绝不可能越过他和金福间的距离。她猛地从枪眼的手里挣开，虽然不能脱身，但却足以能拿到金福的手枪，她一把抓住枪。

他咒骂着，想用力把手枪拔回来，但珍妮弗紧抓不放。珍妮弗凝神皱眉,将手枪和金福手掌的大部分幽灵化,枪眼狠狠拉着她的胳膊,把她从金福身边拽走,金福纵声尖叫。

金福跪倒在地,枪剩余的实体从手剩余的实体中落下。由于二者不再与珍妮弗直接接触,它们幽灵化后的分子微粒随着一阵清风散去。惊愕万分的枪眼放开珍妮弗,迅速弯下腰帮金福止住从残肢中喷涌而出的鲜血。

珍妮弗抓过包,转身,抓住布伦南的臂膀。

"快走。"她喊道。布伦南抵触了片刻,冷酷无情地盯着他的老对手,然后跟着她奔跑着消失在黑暗之中。

♠

福尔图纳托按响了褐石屋的门铃,门铃响了很久,维罗妮卡的声音才从对讲机里传来,当他表明身份,维罗妮卡跑着下楼为他开门。

她倒进他怀里,开始哭诉:"太可怕了。太可怕了。这个……人……把我、卡洛琳、还有科迪莉亚带走。他杀了卡洛琳,他——"

"嘘,"福尔图纳托安慰道,"都结束了,他完了。他的能力不复存在。"

"我以为我们都会死。"

"科迪莉亚现在在哪?"他轻轻地问,"她还好吗?"

"她出去了。她没事。她说她会回来。或许吧。但卡洛琳……"

她又开始哭泣。她渐渐冷静下来,福尔图纳托带她进屋。他放下行李箱,关上房门,维罗妮卡看见了箱子。

"那是什么?"

"我要离开一阵子。"

"福尔图纳托?看,我可以戒毒。这没什么大不了的。我们可以解决这件事情。"

"这与你无关。"

她伸出手,抚摸着他的额头。如今,他的额头光滑平整,他曾用来贮存能量的肿块不见了。"你还好吗?"她问道。

他点点头。他已经去过公寓,打扫完屋子,收拾好东西。他给猫留了些吃的,还将猫放在膝盖上坐了一会儿。他似乎没有什么身体上的问题,只是过于冷漠和疏离。

"我得去见巫子。"他开口。"我需要一些纸笔。去找你母亲,把她公证的印鉴带过来。"

他早已打好腹稿,花了不到五分钟把这些写在纸上,有人目睹,然后做好公证。他将纸递给巫子:"这都是你的了。"他说,"所有的这一切。如果你愿意,你可以把这些继续经营下去,或是就此结束。都取决于你。"

"发生了什么?"巫子问道。

福尔图纳托摇摇头:"我不想再改变谁了。我不想把她们变成艺伎、妓女或是瘾君子。如果其他人想继续,这没什么问题。但我不会再这么做了。除了我自己,我不想改变任何人。我不能……我不能担起这个责任。"

"那箱子是做什么的?"

"我要回家。我要回日本。去静冈的松荫寺。"

米兰达问道:"那你的能量怎么办?"

"它会回来的。"福尔图纳托回答。"我想它会的。我正要这么做。我不知道,我真的不知道。"

米兰达看着巫子:"好吧,"她开口,"我不想放弃生意,但我不知道没了你的帮助,我们能不能继续做下去。甘比诺家族就像是潜伏的秃鹰,一旦嗅到猎物虚弱,就会乘虚而入。"

"我们总是用金钱和影响力来保护自己。"福尔图纳托开口,"你会比我做得更好。"

"是啊,"巫子说道,"但我们以前有拳头,总有后备招。"

WILD CARDS

福尔图纳托从末端的桌子里拿出一副扑克，抽出黑桃 A，把剩下的扔掉。他拿起笔，在上面写道：如果可以，帮帮她们。福尔图纳托。

"有个叫自由民的男人，你们可以信任他。如果需要，在水晶宫留句话，然后把这张牌给他看。"

维罗妮卡和她一起走向大门。"你准备做什么？"福尔图纳托发问。

"和男人上床赚钱。"她回答，"我就会这个。你准备做什么？"

"我不知道。"

"你很幸运。"她开口。她与他吻别，嘴唇柔软甜蜜，差点改变了他的主意。

♣ ♦ ♥ ♠

第二十五章

清晨6：00。

杰克走后，垃圾婆留在屋内，看着自己的转变。镜中，是一个三十多岁的迷人女郎，她试着挤出微笑，但她小心翼翼，好像害怕微笑会让她的脸就此裂开。她转过身，若不是因为把这套装看成是自己的保护色，她根本无法忍受。而这条裙子后面的女郎她几乎认不出来。有那么一会儿，她还考虑过要不要换回那堆自己常穿的脏兮兮的破烂。她被这个崭新的自己吓坏了。

仿佛是听见了她的痛苦一般，黑猫和白猫踱到她身边。白猫跳到她的膝上舔着她的下巴，黑猫则用后背轻轻拱着她的小腿。他们询问她到底因何烦恼。垃圾婆想要解释，于是朝它俩都发了一张保罗的图像，两只猫对所见之人均不满意。即便垃圾婆送出她记忆中最饱含感情的脸，都不能打动它们。黑猫抬头看着她，想着保罗喉咙被撕裂的景象。这对他来说是最简单的解决方案。如果有什么让你心烦，就杀了他。垃圾婆摇摇头，重新构建了保罗的形象。

白猫则发送了一幅垃圾婆的景象，她穿着平时穿的裙子，坐在杰克屋子的地板上，和小猫们一起玩耍。垃圾婆轻轻抚摸着白猫，但将这一家其乐融融的景象排除在外。黑猫咆哮者，将巨大的爪子放在垃圾婆膝上，瞪着她的眼睛。她明白，黑猫怒气冲冲，十分沮丧。

垃圾婆重新看向镜子，看见一个戴着串珠皮革头带，穿着扎染领T恤的姑娘。这个年轻的女郎鼓励似的朝她微笑。垃圾婆伸出手，触碰女孩的手掌,想知道她有没有这样年轻快活过。她碰到玻璃,这一景象变成了她自己,水蓝色的裙子,刷着睫毛膏和腮红。她再次看着自己,觉得刚刚那个女郎眼里的某些东西也留在了她的眼中。

尖厉的电话铃声打断了她的冥想。她把白猫抱下膝盖,想知道是不是杰克又有坏消息。不过,罗斯玛丽的声音从电话那头传来。

"苏珊妮?我吵醒你了吗?"

"没有。"垃圾婆坐到电话旁的地板上。

"你能到我家见我吗?我是说,到顶层公寓?"

"为什么?"

"我只是觉得,似乎……"罗斯玛丽的声音小了一会儿,"我猜,我想告诉父亲我在做什么。或许这就是为什么我一直留着那地方的原因。但我不想一个人去。求你了,苏珊妮。"

"为什么是我?"

罗斯玛丽迟疑了一下:"苏珊妮……我信任你。除你之外,我不能信任任何人。我需要你。"

"这不是什么新鲜事。"垃圾婆绷紧下巴,攥住电话的手又紧了一些。

"苏珊妮,我知道你不同意我做的事情。但我已经许诺,要改变一些东西。"

"好吧。但我早上七点有约。"垃圾婆闭上眼,她厌恶自己需要征得罗斯玛丽的同意。

"谢谢。我会和你在那儿见面。"罗斯玛丽挂了电话。

垃圾婆低头看着两只猫。

"我觉得这个夜晚将没完没了。"

她穿上杰克坚持要买的长及脚踝的黑色开衫。黑猫和白猫陪她走到门前,垃圾婆通过心神吩咐它们留在家里。两只猫愤怒地号叫着,但还是乖乖退到门后。她关上门,垃圾婆知道黑猫将从另一个出口出来跟着她。

到地铁站时,她留了一点门,好让黑猫能进去。黑猫对所见之事非常不满,但也为不需要追逐列车或者再谋出路而感到愉悦。黑猫躺在她的脚边气喘吁吁,对他来说,他可是跑了好长一段距离。

她在第九十六大街下了车,突然意识到地铁上的人少之又少。看来,人群确实早散了。她走上台阶,来到街上。这里离中央公园西区还有两个街区,罗斯玛丽在公交站的长椅上等着她。她看见垃圾婆穿的裙子,惊讶地瞪大双眼,但没有发表评价。

"我们进去吧。"垃圾婆不耐烦地想早早结束。她突然意识到灰猫正在街对面的公园看着她。她抬起头,却看见树上什么都没有。

"我想,我准备好了。"罗斯玛丽迟疑一会儿,然后拉开一扇厚厚的玻璃门。

"小姐,你最好准备好了。"垃圾婆跟着她走进去,黑猫一路尾随。

门卫已经不是甘比诺的人。他很年轻,垃圾婆注意到他正在研究一本合同法的书。罗斯玛丽给他看了看钥匙,以罗莎·玛利亚·甘比诺的名字,在访客名册上登记入内。

进入电梯后,她又拿出另一把钥匙,让电梯直通顶层。

"五年来,我一直没有来过这里。"罗斯玛丽抬头看着电梯的天花板。

"你确定,要让罗莎·玛利亚回来吗?"垃圾婆伸出手,拍拍另一个女人的肩膀,"你不顾一切地想摆脱这一切,你的父亲,你的家族,还有这一切。你想为他的所作所为赎罪。现在,你想变得和他一样?"

"不是!"罗斯玛丽瞪着垃圾婆,过了一会,她低下头,"苏珊妮,我可以做很多好事,把整个家族转变过来。"

"为什么?"电梯猛地一停,穿着高跟鞋的垃圾婆差点一个趔趄,

"就让他们自生自灭。这是他们应得的，他们都是罪犯。"

罗斯玛丽在过道里停下脚步："没人把守，这里看起来很奇怪。以前这里总有我父亲的护卫。"

"你想那样活吗？"

罗斯玛丽打开双开橡木门的门锁，转过身，被身后无尽的黑暗所包围。"苏珊妮，你真的不能理解，我可以做与众不同之事吗？我可以让暴力和杀戮停下来。"

垃圾婆心存疑虑："你反而会毁掉你自己。"

"这值得我去冒险。"罗斯玛丽推开大门，步入屋内，"我相信这点。"

垃圾婆跟着她，看着甘比诺家族的新首领步入黑暗。她对自己和黑猫低声嘟囔："我知道你会。愿上帝助你一臂之力。"

罗斯玛丽带着垃圾婆在公寓里转了转，告诉她这里曾发生的快乐之事。这里曾有假日，曾有家人齐聚一堂，曾有生日聚会。他们最后进入的房间是图书馆。一排排书籍摆在黑色胡桃木墙上，厚厚的窗帘似乎吸走了大部分的光。虽然这里气氛压抑，但罗斯玛丽大笑起来。

垃圾婆看着她，她开口解释道："这些书很可怕，对不对？我父亲一堆一堆地买书，他根本不在乎这都是什么书，只要他们是皮革装订的，看上去好看就行。我以前常常偷偷溜进来看书。这里有霍桑，有爱伦·坡，还有艾默生。非常有趣。"她防备似的看着垃圾婆，"住在这里，也不都是坏事。"

房间中央的桌边排着一排椅子，罗斯玛丽用手滑过一张张椅背，走向桌子尽头的那张椅子。她张开双臂抱着椅背好一会，似乎在拥抱谁。然后，罗斯玛丽拉开椅子，坐了下来，透过长长的桌子看着垃圾婆。

"你能找到出去的门吗？"罗斯玛丽朝后仰着，椅背上巨大的雕花让她的身躯显得很小，"我想思考一会儿。"

垃圾婆走出门，感觉自己刚刚成了一只幽灵。她走回电梯，跪下来，轻轻抚摸着黑猫，直到黑猫轻轻地喵喵叫。她站起身，将身上的黑色毛衣裹得更紧了些。

屋外，太阳高高升起，街上的车流渐渐增多，汽笛响起，柴油尾气升腾，宣示着新的一天已经到来。灰猫还在公园里看着她。她无法毫不费力地接收动物的情绪。她给灰猫留了点私人空间，轻轻拍着黑猫的脑袋，让他穿过街道，去公园看自己的儿子。

她走上街边，招了一辆出租车，朝市中心的餐馆驶去。

随着出租车在早高峰的车流中穿行，垃圾婆开始思索一些好的对话开场白。不知何故，她想起了些六十年代的东西，用来做开场白似乎不错。

垃圾婆想知道，保罗喜不喜欢猫。他最好喜欢。

◆

"好的，你是怎么追踪我到喷气机小子之墓的？"

布伦南耸耸肩。珍妮弗带着装着书的包裹，布伦南则拎着两大袋中餐。这是珍妮弗坚持要在她公寓附近的一家店买的外卖。

"非常简单，我在给你的斗篷上放了个窃听器。那个胖子的小伙伴把我送到了霍兰德隧道①的中间，幸运的是，那儿离喷气机小子之墓并不远。虽然我必须说，我很担心在找到你之前，你已经干了些蠢事。这点我是对的。"

"哼，然后呢？"

"然后？亚龙早已布下眼线，确保他们在找回书之前无人打扰。你肯定是在他们还在边缘布防，或是把闲杂人等赶出来时，就已经先进去了。不管怎么说，当亚龙和其他人把不省人事的你拖出陵墓，我

---

① 霍兰德隧道：纽约连接曼哈顿和新泽西的一条隧道。

已经替掉了其中一个。然后，我只需要静静等待时机。时机一到，我就对亚龙出手。"

"你到底对他做了什么？"

布伦南举起手，他的手上还有棕色的印子。

"还记得我从街边小贩那儿买的芥末吗？"珍妮弗点点头。"亚龙的舌头是一种极为敏感的感知器官，对付辣味可不行。再说，除了让他不适，我也要确保这个混蛋会抹去关于你的所有气味。因此，他找不到你，你安全了。"

"谢谢。谢谢你救我一命。"

"你也救了我一命。我那会儿根本没法从金福的枪口下逃出来。"

珍妮弗点点头。她从没那样使用过自己的能力，而且，尽管这是无心之作，且金福确实想杀她。如今，她有时间细想此事，只觉一阵恶心。那些鲜血……

他们沉默地走了一会儿，她感到布伦南的目光落在她的身上，但她一言不发，直到他们走上四楼，来到她的公寓。

"我们到了。"

客厅里到处都是书，营造出一种舒适宜居的环境。起码珍妮弗是这么想的。柜台将厨房与其他区域分隔开来，布伦南把装着食物的袋子放到柜台上。

"就像在自己家一样，请随意。"她一边说，一边转身，把咖啡壶放到炉子上，从茶柜里拿出两个小碟、两个杯子。她转过身，看见布伦南正站在公寓中央，一脸不耐烦。"你想看看书吗？"

他点点头。她把包从肩上拿下来，放在柜台上的食物旁边。她挑了一个盒子，把一些煎虾饭放在自己的盘子里，又去拿装着酸甜鸡的饭盒。

"那么，请自便。"

她不知道布伦南有没有注意到她声音中的无奈，反正他毫无表示。他急切地大步向前，拿起袋子，看着里面。珍妮弗的目光全落在食物上。她叉起满满一叉鸡肉吃掉，不知怎地，这尝起来没有想象中那么美味。

"这是逗我吗？"一会儿后，布伦南问道，语气平淡，毫无感情。

他正拿着金福的日记。

珍妮弗把鸡肉咽下："不，不，我不这么想。"她轻声说。

他翻完全本，一脸的不可置信。

"是空的。"他开口，把本子打开给珍妮弗看。

"我知道。"她放下叉子，头一次看着布伦南。

"这到底发生了什么？"布伦南质问，声音里充满怒火。她能看见他把下巴绷得越来越紧，肌肉线条分明。

"好吧，首先能想到的，最接近的是，当我把书幽灵化时，墨水并没有一同被转化。你看，让诸如铅、黄金等紧实的材料幽灵化，需要花费额外的精力，而他一定是用了与此类似的东西来书写……所以……你看……"

她的声音渐渐小下去，布伦南脸上的阴云越来越厚："我经历了这么多。经历了那么多破事。就为了，一本，空白，本子。"他一字一顿，咬牙切齿。

"我不能告诉你。"珍妮弗说，"一开始，我不能完全信任你，后来，当我看见这本日记对你有多重要时，我又不知如何开口。"

布伦南静静地盯着她，她瑟缩一下，以为他要开始大吼大叫，开始扔本子，或拿本子砸她，可是他偏偏一样都没做。

"一本空白的书。"他重复着。他脸上的阴云如同刚刚迅速聚起时一样，飞速消失。他心不在焉地陷到书架旁的大毛绒椅子中，微微起身拿起一本打开朝下放着的精装《胆小鬼》。他盯着书看，仿佛以前从没见过，嘟嘟囔囔："石田，我的恩师，如果你经历了今天的一切，又会学到什么教训。请告诉我。"他严肃地，带着询问的目光看向珍妮弗,"我们能从一本空白的书里,学到什么?"

"我——我不知道。"她支支吾吾。

他耸耸肩:"我也不知道。起码现在不知道。这是一个可以用来冥想的新命题。"布伦南又翻了翻日记,一脸茫然,"当然,"他过了一会儿才开口,"金福也不知道书里什么都没有。他从头到尾都不知道。"

他微笑着,这是珍妮弗第一次在他脸上看见了发自内心的微笑。他看着珍妮弗,笑意越来越浓,最后变成哈哈大笑。那是欢快愉悦、毫无杂念的爽朗大笑。珍妮弗意识到,他已经很久很久没有这样笑过了。她感到自己也如释重负地微笑起来,这同样也是因为,他们都认可了彼此的陪伴。布伦南站起身来,笑容还挂在脸上,摇了摇头。他朝柜子走去,让眼睛和珍妮弗的双眼平齐。如果有什么,他得抬起头才能看着她的眼睛。她从没见他发自内心地微笑,而她非常喜欢。他没有开口,但他的目光已经告诉她,当他望进珍妮弗的双眼,他也喜欢自己看到的一切。

他摘下兜帽,把帽子放到柜子上。他脸上某些紧张的情绪消失了,他看起来比珍妮弗第一次见到他时更加年轻。

"你有蛋卷吗?"他问道。

她低头看着装满中餐的小盒子,感到一种奇怪的、出乎意料又难以言说的喜悦。

♥

当杰克终于找到畸人俱乐部时,他明白为什么它不是那种竭力宣传自己的通宵夜店了。那些想找它的人,总是能找到它在哪。看着横跨大门的霓虹灯女人,杰克心想,或许,有的人只需要顺着他们最黑暗的本能,就能摸到这儿来。

霓虹灯如烙铁般灼烧着他的视网膜。在这种时候,门口没人把守。大概是因为，只有最执着的客户，才会在这个时间大驾光临。

杰克无视那些落在身上的光线，推开大门走了进去。烟雾缭绕，窃窃私语，霓虹灯构成的几何图案——这都是他首先注意到的东西。

他穿过大堂，一个看起来就很疲惫的脱衣舞娘无精打采地在旋转的圆柱形舞台上跳着舞。她沐浴在玫瑰色的聚光灯下，如波浪般慢慢打着节拍，杰克甚至都听不见声音。他眯起眼睛，试图将注意力集中在烟雾之中。他意识到，脱衣舞娘的腹部看起来好像有一对竖着的嘴唇。她正要脱下丁字裤。

杰克转过身来，扫视桌子。他走向廉价的板条吧台，看见后面有一排排卡座。有个女孩身在其中——那是一位年轻的黑发姑娘，长长的黑发直直地挂在她瘦削的脸颊边。她穿着一件引人注目的蓝色紧身连衣裙，直直地看着他。

一个穿着棕外套，看起来不伦不类的男人站在卡座边，正和年轻姑娘谈话。杰克接近时，男人挺直了身子。杰克踟蹰一会儿，然后朝他们走去。他无视穿着棕外套的男人，俯视着年轻女人。女郎开始微笑。

"杰克叔叔？"她左耳挂着银色的鳄鱼耳坠，鳄鱼的眼睛是孔雀石，映着舞台上聚光灯的灯光闪闪发光。

"科迪莉亚！"

她立马冲出卡座，冲过去抱住他。仿佛她身处底舱，而他拥有泰坦尼克号上唯一一个救生艇。他们就这样抱了很久很久。

那个刚刚和科迪莉亚谈话的男人开口：“嘿！如果你想要那个，你应该租一间房子。”此言听起来没什么真正的恶意。杰克抬起头，透过科迪莉亚的肩膀看着他。男人的夹克皱皱巴巴。他没有打领带。对杰克而言，他看起来就像是一个被解雇的、郁郁不得志的联邦调查员。男人自嘲似的歪嘴一笑："嘿，无意冒犯，我想，试试也没什么。"

"我认识你吗?"杰克发问。

"我叫阿克罗伊德。"男人回答,"杰伊·阿克罗伊德,一名私家侦探。"他伸出手来。

杰克无视了他的话。两个男人互相瞪着对方的眼睛,对视几秒。然后阿克罗伊德露出微笑:"都结束了,兄弟。起码,现在每个人都累得要死。停战。"他比个手势,绕着酒吧指了指,"再说了,当比利·雷在给他的啤酒续杯时,没人会惹是生非。"杰克顺着阿克罗伊德的手指看去,看见一个穿着白色战斗制服的男人独自坐在桌边。男人的脸被打得五官不对称,左右不均匀。他的下巴看上去发了炎,正用吸管啜饮啤酒。"司法部的骄傲,最难对付的混蛋。"阿克罗伊德如此评价,"听着,冷静冷静,喝点什么,拜访下你的外甥女。"他从卡座边走开,"不管怎样,我得呼吸点新鲜空气。"阿克罗伊德拖着那双有些磨损的棕色便鞋,朝大门走去。

"坐吧,杰克叔叔。"科迪莉亚把他塞到她身边卡座的椅子上。

"你喝的是什么?"他碰了碰玻璃杯。

"七喜。"她咯咯直笑。"我想试试皇家玫瑰酒,但他们这里没有。"

"我们那里有。"杰克说道,"在曼哈顿,你什么都买得到。你只是进了错误的街区。"

一名穿着缎子上衣和缎子短裤的酒吧女佣走了过来,她露出的皮肤上有些颗粒肿瘤留下的针眼般的痕迹。"要喝点什么?"杰克点了杯铁城啤酒。那才是你可以在这种地方喝到的进口货。

"你到底在这里做什么?"他问道,"垃圾婆——我朋友——还有我,一整天都在找你。我在港务局巴士总站见到你了。在我穿过人群前,你就不见了。你身边还有一个看起来像皮条客的人。"

"我想,他就是。"科迪莉亚回答,"有个叫死期的男人……他救了我。"她迟疑一下,"但那时他还想杀我。这城市让我摸不着头脑,杰克叔叔。"

"我欠他一个人情。"杰克回答，"不管怎么样都是。"他顿了一秒，脸开始变化，下巴也有点变形。他深吸一口气，定下心神，感到自己的鳄鱼尖牙重新变回了人的牙齿。"你为什么到这儿来？你家里人都快疯了。"

"那你为什么过来，杰克叔叔？我总是听妈妈还有那些亲戚说，你是怎么离家出走，还有为什么会到这儿来的事情。"

"言之有理。"杰克回答，"但我能照顾好自己。"

"我也能。"科迪莉亚开口，"你会大吃一惊。"她踌躇一会儿，这才说道："你知道今天都发生了什么吗？"年轻女人没有等杰克摇头回应，继续说道，"我实在等不及想统统告诉你。但其中一部分是，一个人贩子想绑架我，我获救了，我遇到了一些非常奇怪，还有一些特别好的人。我发现了一个特别传奇的人——福尔图纳托——我差点被杀掉，然后……"她顿了顿。

杰克摇摇头："看在上帝的分上，然后发生了什么？"

她朝他的脸凑过来，直直地看着他的双眼，非常认真地说："一些神奇的事情发生了。"

杰克想哈哈大笑，但他忍住了。他接受了她一本正经的态度，继续追问："那是什么，科迪莉亚？"

即使在昏暗的霓虹灯下，他都能看见自己的外甥女红了脸。"感觉就像我第一次来月事，"她终于开口，"你知道吗？你可能不懂。不管怎样，那时我正在一间顶层公寓里面，一个老家伙想要杀掉我，然后有些事情就不一样了。这很难形容。"

"我想，我明白。"杰克说道。

她严肃地点点头："我想你明白。这就是你要在多年前离开教区的原因，对吗？"

"我想，是这样的。你——"这回轮到他说话结结巴巴了，"你变了，对吗？如今，你再也不是从前的自己了？"

科迪莉亚连连点头："我还是不知道我会成为什么样的人。我只知道，当那个叫小恶魔的人想抓我时——他准备帮那个老东西把我的心脏掏出来，或者别的什么——我觉得我的体内有什么东西变得非常紧，然后……"她夸张地耸耸肩，"我杀了他。我杀了他，杰克叔叔。真正发生的是，我觉得我好像能驱使自己头脑深处的某个东西，而我从不知道这能怎么用。我可以对那些想伤害我的男人做点什么。我能让他们停止呼吸，我能让他们停止心跳——我还不知道其中全部。不管怎样，这对我来说就够了。所以我到了这里。"她再度用双手环住他的脖子，"我很开心。"

"你轻描淡写很有一套。"杰克笑着说，"听着，你准备好回家了吗？"

"回家？"她听起来有些疑惑。

"去我那里。你可以和我待在一起，我们一起把事情安排好。你的家人急得像热锅上的蚂蚁。"

她连连后退："我不回去，杰克叔叔，我永远都不会回去。"

"你得和你家里人谈谈。"

她摇摇头："然后接下来就是，你会把我塞进巴士。我到下一站就下车。我会跑掉，我发誓我会。"她转过去不看他。

"发生了什么，科迪莉亚？"他一头雾水。

"如果我回去，那里有雅克叔叔。雅克叔祖。"

"狡蛇雅克？"杰克开始明白了，"他是不是——？"

"我不能回去。"她说道。

"好的。你不用回去。但我们还得和罗伯特，还有艾洛耶特谈谈。"让他惊讶的是，科迪莉亚开始哭泣。

"不。"

"科迪莉亚……"

她擦去泪水。如今,那张脸上本有些脆弱的五官中有了某种坚强的东西,她的声音中也多了一丝强硬的态度:"杰克叔叔,你必须明白。今天发生了一些事情。或许,我会成为福尔图纳托的一名艺伎,或者在这种地方卖酒,或者去哥伦比亚大学做一名核科学家,或是其他什么。任何其他的东西。我不知道。我不再是从前的我。我不知道我现在是什么——或者我现在是谁。我会自己去找答案。"

"我能帮你。"他轻轻说。

"你能吗?"她狠狠盯着他,"你真的知道你是谁吗?"

杰克没有回答。

"是啊,"她慢慢转过头,"我非常爱你,杰克叔叔。我想,我们十分相像。但我愿意自己发现我是谁。我也会这么做。"她迟疑一下,"我不觉得你真的非常认可自己,或是认可你周围之人。"她的目光似乎正穿入他的内心,在他的脑袋和思想里如探照灯一样闪烁。这种毫不妥协的闪光和阴影让他非常不适。

"嘿!"阿克罗伊德喊道,他把脑袋从前门探进来,"你们该瞧瞧这个!你们所有人都该来瞧瞧!"他又退到外面。

科迪莉亚和杰克面面相觑。年轻的女郎和其他人一起朝大门走去,杰克迟疑了下,也跟了过去。

酒吧外,黑夜渐渐散去。黎明正从东河破晓而出。阿克罗伊德站在外面的街上,指着天空的方向:"你们看看那个?"

他们都朝那里看去。杰克眯起眼睛。起初,他都没有意识到自己在盯着什么,然后细节开始慢慢拼凑起来。

是喷气机小子的飞机。四十年来,JB-1都在曼哈顿的天际翱翔。飞机有着高高的翅膀,还有鳟鱼一样的尾巴,这无疑是喷气机小子的创举。红色的机身在第一缕晨光中闪闪发光。

但如今,这幅景象有些不对劲。然后杰克意识到是哪儿出了问题。喷气机小子的飞机机翼和尾翼后,拖着长长的加速痕迹。什么情况?他想着。他和周围其他人一样,被这一景象惊得目瞪口呆,同时屏住了呼吸。

然后飞机开始四分五裂。

JB-1的一只机翼开始朝后弯折,然后从机身上脱落。飞机四分五裂。

"基督——妈的——跳梁——鬼牌——耶稣。"有人开口,这几乎是一个祷告。

杰克突然意识到眼前的是什么。这不是JB-1飞机,起码不是真的那架。他所见的那些从飞机上脱落的东西,不是钢也不是铝。它们是用鲜艳的花朵、扭曲的纸巾、木头、还有一片片铁丝网扎成的。这就是昨天游行时,那架喷气机小子花车上的飞机。

正如四十年前那样,飞机的残骸慢慢落到曼哈顿的街头。

杰克看到了喷气机小子的飞机复制品下掩盖的东西。他能认出那个钢壳,能认出那个改装后的大众甲壳虫轮廓,绝不会错。

"上帝保佑!"有人替所有人喊道,"是灵龟!"

杰克听见另一个街区的欢呼,还有更远处街区的欢呼。随着JB-1复制品最后一片残骸落到城中,灵龟发出噼里啪啦的声音,做着胜利的翻腾。然后,灵龟绕出一个优美的弧线,消失在东方,在如今悬在办公大楼顶部的太阳照耀下,更显神秘。

"还有比这更好的事情吗?"畸人俱乐部的某个逃难者开口,"灵龟还活着。太他妈好了。"他脸上的笑意在他的声音里回响。

杰克意识到,科迪莉亚已不在他身侧。他迷惑地环顾一周,肩膀后传来声响,阿克罗伊德开口说道:"她让我告诉你,她还有事情要办。她会让你知道事情如何发展。"

杰克无助地摊开手:"我怎么找到她?"

阿克罗伊德耸耸肩:"你今天早上就找到她了,不是吗?"男人不情不愿地说,"哦对了,她还让我告诉你,她爱你。"他把手放在杰克的肩上："来吧，我请你喝杯酒。"他转身朝霓虹灯女人走去。在破晓的晨光下，霓虹灯女人现在看上去有些苍白。杰克身后，侦探告诉他："我会把我的名片给你。最糟糕的时候，你可以雇我。"

杰克迟疑不决。

阿克罗伊德继续说道："此外，我会给你介绍介绍这周围。我听说，你准备在那儿改变。我不认识你，但我有种感觉，我的不少同事你也不认识。现在，是时候让你熟悉熟悉他们了。"

比利·雷无意间听到了他们的谈话："操你大爷，阿克罗伊德。"他骂道。

阿克罗伊德笑了起来："这些司法部小子对咱们侦探有点意见。"杰克跟着他走回畸人俱乐部前，他又朝东看了一眼。耀眼的阳光中，灵龟的身影消失了。

这是一个崭新的早晨。不过，每一个早晨都是新的一天。

♣

斯佩克特花了一个多小时才在鬼牌镇拦下一辆出租车。他坐进后座，翻着《时代》早刊，除了钦天士，所有死去王牌的照片都在头条上，照片周围是个黑框。灵龟的照片旁是一个问号，但显然，他还活蹦乱跳。斯佩克特有些高兴。但他不明白，为什么他也没死。他总能绝处逢生，大部分输家都会这么干。

"我跟你说，昨天真是见了鬼。"司机开口。

"昨天？"斯佩克特摇摇头。过去的二十四小时里发生了太多事情，这就像一场长长的噩梦。

"是啊。对我来说，那些王牌自相残杀没什么大不了。我对他们没什么用。"

斯佩克特无视他，翻到体育新闻。他想知道布鲁克林篮网队今年打得好不好。

"你怎么看?"

"啊?"

"你怎么看王牌?"

"我不看。为什么你就不能闭嘴开车?"

几分钟后,司机再度开口:"我们到了。你到底跑这儿来做什么?"

斯佩克特打开车门,走出车内,递给司机一张百元大钞:"在这儿等我。"

"好。但我不能一早上都坐在这儿。"

斯佩克特朝被链子围住的空地走去。是时候再拜访下拉尔夫了。或许,他会精疲力竭,无法再添杀戮。再说,垃圾场之王也不配让他出手。

他在栏杆边碰到一位穿绿风衣、戴红鸭舌帽的年轻黑人,黑人开口:"你要找什么东西么?"

"对。昨晚,这儿有一艘满载垃圾的驳船,船上有个叫拉尔夫的家伙。他们在哪儿?"

男人转过身,指着河道:"他们在去新鲜屠宰垃圾场的半道上。不过,那儿只有垃圾。"

"好吧,谢谢。"斯佩克特注视着男人走远,目光越过水面,"你会活着,拉尔夫。除非你讲了蠢话。"

出租车鸣了鸣喇叭。拉尔夫有件事说对了:自己做主是无可替代的财富。为钦天士和莱瑟姆干活,让他挨了枪子、伤痕累累、被咬一口丢了只脚,还被送到洋基体育场的计分板顶上。他受够了。他再也不要给某个大人物当枪使。从现在起,他将自己决定要杀谁,还有什么时候杀。

出租车又鸣了下喇叭。"你再按一次,白痴,"斯佩克特嘟囔着,"你再按一次试试。"

天空渐渐明亮起来，但光线却毫无温度。码头已经醒来，大部分人都从床上爬起，或是喝着早上第一杯咖啡。斯佩克特准备上床睡他一周。关于百变王牌日的七嘴八舌大概一周甚至一个月后都不会停歇。

"好的，拉尔夫，你给我指了路。从今往后，我就是老大，再也不给其他人擦屁股。"

出租车鸣起第三声长长的喇叭，斯佩克特慢慢转过来："你自找的，蠢货。"无尽的疼痛在他心里哼着歌，仿佛他刚刚被纸划出一条新鲜伤口，剧痛无比。

再打一辆车，可就难喽。

♠

即使在黎明前最为黑暗的时刻，曼哈顿也从不真正睡去。不过，当海勒姆走下出租车，河边大道如静止般，空无一人。这几乎令人毛骨悚然。他给司机付了小费，找出钥匙，爬上台阶，来到自己的门前。没什么比这看起来更像欢迎的样子了。

进屋后，海勒姆疲惫地爬着楼梯，连灯都懒得开。他一边往上爬，一边脱掉衣服，把夹克挂在抛光栏杆下的木橡子上，领带和衬衫扔上台阶，鞋子丢到踩上的第一个台阶，裤子丢到第二个台阶。反正明天女仆会收拾，他想。可现在已经是第二天了，不是吗？不对，他想，不，不管日历怎么说，今天就是百变王牌日，而且一直到他睡觉前，都是百变王牌日。

他位于三楼的卧室可以俯瞰哈德逊河。他走到窗边，把窗户打开，深深吸入夜晚凛冽的空气。西边的天空仿佛黑色的绸缎，新泽西渐渐亮起灯火。但屋内最美丽的景象莫过于他那张特大号的水床。枕头蓬松准备就绪，枕巾掀起放在干净的法兰绒床单上，看上去既温暖又舒适。海勒姆心怀感激躺了上去，觉得清水正在他身下轻轻摇晃。

他滑进毯子，闭上双眼。

咆哮者在某处哈哈大笑，海勒姆的梦境碎成了晶莹的水晶碎片。恐龙小子猛地冲进王牌云巅，破碎的身体摔在晚餐盘子上。一个拿着弓的疯子用箭瞄准他的眼睛，但砰呼杰伊说着冷笑话把箭弄没了。无数张脸转过来看着他，脸上带着淤青流着鲜血，双眼中尽是苦楚：塔基扬、吉尔斯、那个像蜗牛一样爬行的老妇人鬼牌。睡莲在笑，她裸露的皮肤上滚着水珠，仿佛出水芙蓉。她的头发在水晶大吊灯柔和的光线下闪烁。她走出餐厅，爬上护栏的边缘，去看星星。她朝星星伸出手，靠近，再靠近。海勒姆想警告她，吼着想告诉她要小心，但她脚下一滑，开始坠落。海勒姆发现，她根本不是简，而是艾琳。艾琳伸出手需要帮助，但海勒姆却不在那里，于是在海勒姆的尖叫里，艾琳坠落下去。梦里，你将永远坠落。

然后，他又到了厨房中。他在做饭，在搅拌一口大锅，锅中是一种看起来像血的黏稠液体，缓缓冒着泡，他疯狂地搅动着，因为他们很快就要来了，晚宴很快就要开了，但食物还没准备好，食物一点都不好，他们不会喜欢它，他们不会喜欢他，他必须准备好，必须让每件事情都完美得无可挑剔。他越搅越快，现在，他听见了脚步声，脚步声越来越近，来人重重踏在台阶上，有人越来越近……

海勒姆猛地坐起来，枕头和睡衣散了一床，一个从颜色到大小都长得像弗吉尼亚烟熏火腿的拳头砸向卧室紧闭的门。有人在砸门。一下，两下，三下，门应声而裂，棒槌走了进来，海勒姆气喘吁吁。

他有七英尺高，穿着紧身皮衣。他的方脑袋被无情和扭曲的角缠绕，隆起的骨头下一双眼，一只是明亮的蓝色，另一只是鲜艳的红色。嘴的右边覆盖着一条油光闪烁的伤疤，脸上还有一大片淤青。他的耳朵是某种长着纹路的革状物，就像蝙蝠翅膀，头皮本该长头发的地方是一堆疖子。"他妈的。"他尖叫着，那声音就像沸腾的水汽从他那半张的嘴里喷涌而出，"该死的王牌。"他咆哮。他右手的手指生来就合在一起攥成拳头，手指和关节处的皮肤布满高高的老茧，如同小丘。当他把左手也攥成拳，他的肌肉随之隆起，崩开了他的皮夹克："我会杀了你，你他妈个狗日的死肥球。"

"你不过是个噩梦。"海勒姆开口，"我还没醒。"

棒槌尖叫着踹着床。木框粉碎，塑料迸裂，水开始从毯子下喷涌而出，看上去就像个洒水车。海勒姆麻木地坐在那里，水渗进他的内衣，他这才震惊地眨眨眼睛。这不是梦，他告诉自己，他越来越湿。棒槌穿过水柱，左手揪住海勒姆的汗衫领子，把他拎在半空："你他妈的。"巨人不断咆哮着，"我出来了，你个混蛋，你个臭猪油，他们把我赶了出来，这都是你干的好事！我他妈要杀了你，你个屎一样的肥猪，你他妈死定了，你听见了吗，你他妈听见了吗？"

他的右手在海勒姆鼻子下面挥着，一个畸形的骨球和疤痕组织，加上角质结成的老茧，让他的右手永远都是一个拳头。"我他妈可以用这个砸凹坦克，你他妈的死混球，所以，你就想想你这张丑脸会变成什么样。你看到了吗？他妈的，你看到了吗？"

海勒姆·沃切斯特挂在棒槌的手臂上，尽力点头："对，我看见了。"他举起自己的手，说道："你看见这个了吗？"他一边问，一边握起拳头。

棒槌从地板上一跃而起，他挥来一记老拳，砸在海勒姆的脸上。这一拳很重，在他脸上留下一片红印。就在此时，棒槌飘了起来，抓着海勒姆做着困兽之斗，他的脚已经开始在天花板上摩擦。他大声吼着威胁的话。"噢，安静。"海勒姆告诉他，他正试着把棒槌的手指从汗衫上弄下来，但鬼牌实在太强壮了。

海勒姆皱了皱眉，他把自己恢复成正常的体重。

然后加倍。

再翻一番。

他不再试图推开棒槌，相反，他把棒槌拉了过来，膘肥体胖的肚腩紧紧抱着他，然后做了个笨拙的肚子着地的跳水动作，把他砸到实木地板上。于是，他今天第二次听见了骨头断裂的声响。

海勒姆爬起来，气喘吁吁，心脏如巨锤般快从他胸膛里跳出来。他把自己变轻，站到一边，皱眉俯视棒槌——后者正抱着自己的肋骨尖叫。当他再次从地板上飘起，海勒姆抓住他的手腕和脚踝，把他从大开的窗子里扔了出去。

他朝上摔去，海勒姆走到窗边，看着他往上飘。风从西边吹来，这应该会让他飘过城市，朝东河、长岛的方向飘去，最后到大西洋。他想知道，棒槌会不会游泳。

床全毁了。海勒姆走向亚麻色衣柜，拿着床单停下来，摇摇头，又把它们叠得整整齐齐放回衣柜。有什么用？夜晚都要结束了，他还有很多事情要做——王牌云巅要在午餐时间开放，有人还得监督维修工作，而且，再过几分钟，黎明即将到来，这是崭新的一天。再说，他累得不行，也没法睡了。

海勒姆·沃切斯特重重叹了口气，下楼，开始做饭。他给自己做了个奶酪煎蛋卷，切了三片培根，煎几片小红薯，配上洋葱和辣椒，再用一大杯橙汁和一壶新鲜的牙买加蓝山咖啡把早餐冲下肚里。

之后，他几乎可以肯定，他活过来了。

♦

在她周围，城市正渐渐苏醒过来。几百万人日复一日地重复着他们的小动作，为生活赋予了一种形式：或普通，或平凡，或舒适。露莱特有点兴趣，也有点期待。与过去曾主导她生活的执念相比，这显得十分单调乏味。不过，宁静蕴于简单之中。她想，她会泡一壶咖啡，来开始新的生活。之后呢？可能无限。

♥

如今，仍有商船驶向远东。虽然价格昂贵，但想找一间船上的舱房仍有可能。

  但这都是过去了。福尔图纳托站在轨道边,火车喷出蒸汽,路过总督岛,朝上纽约湾驶去。

  太阳正从布鲁克林升起。在他之下,大海正以自己的韵律起伏,广袤、守恒、不断变化,却也永恒不变。福尔图纳托将有许多新老师,而它是头一个。

♣ ♦ ♥ ♠

演职人员表

主角

垃圾婆

福尔图纳托

珍妮弗·马洛伊（幽灵）

杰克·罗比丘克斯（暗渠杰克）

露莱特

詹姆斯·斯佩克特（死期）

海勒姆·沃切斯特

创作者

利安娜·C. 哈珀

刘易斯·夏尔纳

约翰·J. 米勒

爱德华·布莱恩特

梅琳达·M. 斯诺德格拉斯

沃尔顿·西蒙斯

乔治·R. R. 马丁

配角

丹尼尔·布伦南（自由民）

塔基扬医生

钦天士

杰伊·阿克罗伊德（砰呼杰伊）

罗斯玛丽·马尔登

（罗莎·玛利亚·甘比诺）

创作者

约翰·J. 米勒

梅琳达·M. 斯诺德格拉斯

刘易斯·夏尔纳

乔治·R. R. 马丁

利安娜·C. 哈珀

客串

游隼女士

创作者

盖尔·格斯特纳－米勒

圣·约翰·莱瑟姆（枪眼）　　　刘易斯·夏尔纳
简·莉莲·道（睡莲）　　　　　派特·卡狄根
蝶蛹　　　　　　　　　　　　约翰·J. 米勒
恐龙小子　　　　　　　　　　刘易斯·夏尔纳
模块人　　　　　　　　　　　瓦尔特·乔恩·威廉姆斯
咆哮者　　　　　　　　　　　斯蒂芬·利
亚龙　　　　　　　　　　　　约翰·J. 米勒
科迪莉亚·切森　　　　　　　爱德华·布莱恩特
　　　　　　　　　　　　　　利安娜·C. 哈珀
灵龟　　　　　　　　　　　　乔治·R. R. 马丁

以及　　　　　　　　　　　　创作者
比利·雷　　　　　　　　　　约翰·J. 米勒
棒槌　　　　　　　　　　　　乔治·R. R. 马丁
特里普斯上尉　　　　　　　　维克多·米兰
小恶魔和胰素灵　　　　　　　刘易斯·夏尔纳
　　　　　　　　　　　　　　沃尔顿·西蒙斯
拉尔夫·诺顿　　　　　　　　沃尔顿·西蒙斯
挖掘者唐斯　　　　　　　　　史蒂夫·佩林
格雷格·哈特曼参议员（纽约选区）　斯蒂芬·利